Jamie L. Farley

Fallopia

Fallopia: Die Nebel der Kaltwüste

Was ist weißgrau und stört beim Essen? Ein mysteriöser Nebel, der den Weltuntergang mit sich bringt.

Glücklicherweise gibt es das berüchtigte Trio ›Die glorreichen Sieben‹! Wenn sich jemand mit magischen Dingen auskennt, die Menschen in Tiere verwandeln und im ganzen Land Chaos anrichten, dann diese kampferprobten Gefährten. Deshalb nehmen sich der verschlagene Halbling Dan, die neugierige Gnomin Orla und die mürrische Hochelfin Alea der Aufgabe an, ihre Heimat Fallopia vor der Zerstörung zu bewahren. Dass sie dabei von einem sogenannten Auserwählten begleitet werden sollen, scheint kein Problem zu sein – bis sie ihm gegenüberstehen. Kendrick ist vieles – unter anderem ein arroganter Vollpfosten und aufgeblasener Möchtegernkrieger –, aber sicher kein Held.
Leider müssen sie trotzdem mit ihm vorliebnehmen, Wunschkonzerte gibt es nur bei Barden. So zieht die vierköpfige Truppe los, um ein uraltes Siegel in der Kaltwüste zu ersetzen, dessen Beschädigung diesen verheerenden Nebel erst ausgelöst hat. Nichts ahnend, dass die Erneuerung des Artefakts ein hohes Opfer fordern wird …

Der Autor

Jamie L. Farley wurde 1990 in Rostock geboren. 2010 zog er nach Leipzig und machte dort eine Ausbildung zum Ergotherapeuten. Schnell merkte er jedoch, dass das nicht der richtige Job für ihn ist, weshalb er sich entschlossen hat, Pokémontrainer zu werden. Er ist in Leipzig geblieben und wohnt zusammen mit seiner besten Freundin Anika, einer Ente namens Dave und dem Hauszombie Bradley in einer WG. Neben der Schreiberei gehören Videospiele zu seiner liebsten Freizeitbeschäftigung. Nach dem Veröffentlichen von zwei Kurzgeschichten erschien sein Debüt ›Adular (Band 1): Schutt und Asche‹ Anfang 2019 im Sternensand Verlag.

JAMIE
L. FARLEY

FALLOPIA

DIE NEBEL DER KALTWÜSTE

Fantasy

www.sternensand-verlag.ch I info@sternensand-verlag.ch

1. Auflage, März 2024
© Sternensand Verlag GmbH, Zürich 2024
Umschlaggestaltung: Alexander Kopainski
Lektorat: Lektorat Laaksonen I Stefan Wilhelms
Korrektorat: Sternensand Verlag GmbH
Illustrationen S. 51, S. 176 und Karte: Corinne Spörri
Illustration S. 347: Judith C. Pleiner
Satz: Sternensand Verlag GmbH
Druck und Bindung: Smilkov Print Ltd.

ISBN-13: 978-3-03896-304-2
ISBN-10: 3-03896-304-2

Für meine grandiose Dungeons und Dragons-Gruppe.
Allen voran Lisa und Caro, die mir mit Alea und Orla ihre
Charaktere für die Geschichte geliehen haben. Ohne die zwei
könnte Dan nur ein Drittel so viel Chaos anrichten. Und unseren wunderbaren Dungeon Master Martin, der uns nicht nur
zuverlässig durch das Abenteuer leitet, sondern uns auch nie
an unserem Blödsinn hindert. Wir bekommen höchstens die
Konsequenzen dafür zu spüren.

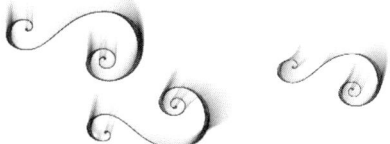

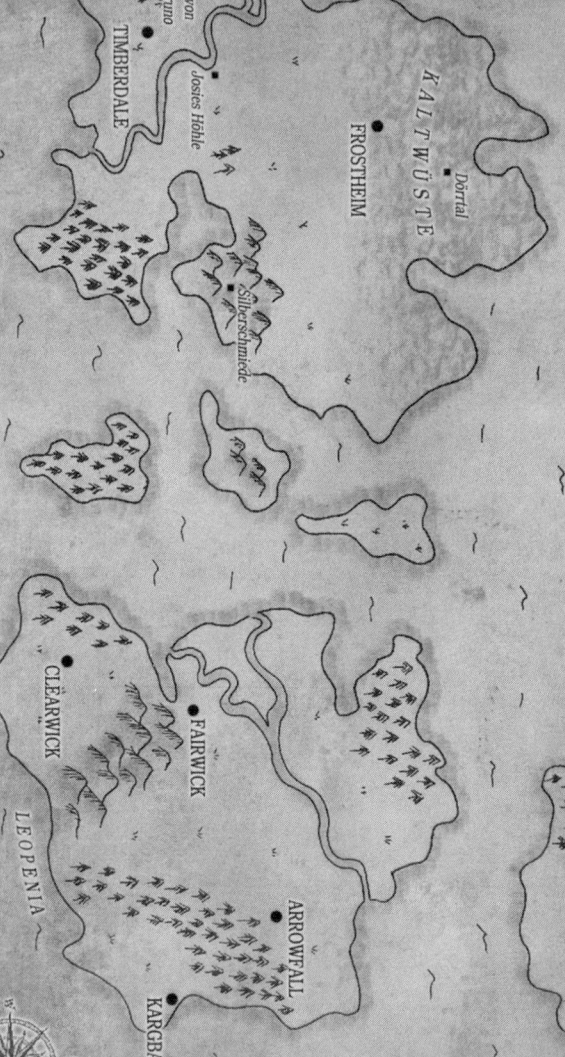

1

Das Schiff, das Apfel hieß

Dan

Der Name des Schiffes, das sie auf den benachbarten Kontinent brachte, lautete ›Jonagold‹ – wie die Apfelsorte. Auf Dans Nachfrage hatte der Kapitän erklärt, dass die erste Lieferung dieses Schiffes kistenweise Äpfel und entsprechende Produkte gewesen seien. Säfte, Alkoholika, Seifen, Eingemachtes … Seit dieser Fahrt könne er das ganze Zeug weder sehen noch riechen.

Dan saß im Schneidersitz auf einem Holzfass nahe der Reling. Unter seinem Arm klemmte eine alte Tageszeitung, die er unter Deck gefunden hatte. Als Halbling konnte er so gut wie überall einen bequemen Platz für sich beanspruchen. Seine Leute und er wurden von anderen liebevoll als das ›kleine Volk‹ bezeichnet. Die meisten von ihnen wurden nur in etwa so groß wie ein durchschnittliches menschliches Kleinkind. Das führte auch heutzutage noch zu Verwirrung bei Hochgewachsenen und Ärger bei den Halblingen, wenn man sie wieder einmal mit einem Kind verwechselte.

Laut einigen Quellen war es zu früheren Zeiten sogar so gewesen, dass man Halblinge aus diesem Grund gar nicht als eigenes Volk anerkannt hatte. Die Leute waren schlichtweg davon ausgegangen, dass es sich bei ihnen um Menschenkinder handelte, die nie richtig erwachsen wurden.

Dabei sehen wir gar nicht so aus wie sie. Unsere Ohren sind spitzer, unsere Haare flauschiger und unsere Füße haariger.

Heute waren alle ein bisschen schlauer und Halblinge wurden als solche anerkannt. Zu oben genannten Verwechslungen mit Kindern kam es trotzdem hin und wieder – etwas, was sie mit den Gnomen gemeinsam hatten, woran sich Dan aber nicht störte. Es passierte, man korrigierte und danach war alles gut.

Die See war ruhig an diesem Nachmittag. Über ihm erstrahlte ein klarer blauer Himmel ohne eine einzige Wolke. Das Schiff wurde derzeit durch reine Muskelkraft über das Meer getrieben. Die Überfahrt sollte eine Woche dauern, zwei Tage davon hatte sie bereits hinter sich gebracht.

Der salzige Geruch füllte Dans Nase. Über ihm kreischten ein paar Möwen, unter ihm plätscherte das Wasser im Takt mit den Rudern.

Auch die Crew der ›Jonagold‹ bildete eine bunte Mischung verschiedener Völker Fallopias ab: ein paar Zwerge, Menschen und Elfen. Sieben dieser Seeleute befanden sich gerade mit ihm auf Deck und kümmerten sich um anfallende Arbeiten wie putzen oder das Warten der Kanonen.

Dan liebte diese Vielfältigkeit. Seine Großeltern hatten ihm Geschichten erzählt, wie es noch vor vielen Jahrhunderten gewesen sein sollte. Als jedes Volk für sich gelebt und man Kontakt untereinander vermieden hatte. Außer, um sich gegenseitig anzufeinden und zu attackieren.

»Bis auf wir Halblinge«, pflegte Großmutter Wynne hinzuzufügen. »Irgendwie haben wir uns schon immer gern unter andere Völker gemischt.«

Nun, Dan war zu dieser Zeit nicht dabei gewesen.

Und seine Großeltern auch nicht, Halblinge erreichten im besten Fall ihre zweihundertfünfzig Lebensjahre, doch die Zeitspanne, von denen Großmutter Wynne und Großvater Sharric stets sprachen, ging in die Jahrtausende.

Dan war jedenfalls froh, dass es heute anders war. Dass die Völker nebeneinander, miteinander und untereinander lebten. Dass man in jeder noch so großen oder kleinen Stadt sowohl Menschen und Elfen als auch Zwerge, Gnome und Halblinge treffen konnte. Seit etwa fünf Jahrhunderten kehrten sogar zunehmend Orks und Halb-Orks in die Städte ein und ihre wilden Nomadenstämme lösten sich allmählich auf.

Während er darüber nachgrübelte, beobachtete er die Seeleute bei der Arbeit.

»Jetzt, wo du es sagst …« Der zwergische Seemann, der mit dem Dunkelelf das Deck schrubbte, hielt inne. In seinem blonden Bart steckten bunte Papageienfedern. Die Sonne spiegelte sich auf seiner Glatze. »Ich kann meine Taschenuhr nicht finden.«

»Seltsam«, erwiderte der Dunkelelf und wischte sich das weiße Haar aus der dunkelgrauen Stirn. »Ich bin mir sicher, dass ich meinen Ring heute Morgen noch am Finger hatte. Vielleicht habe ich ihn vorhin beim Abwaschen verloren?«

Dan hüstelte leise und schlug die Zeitung auf. Definitiv keine seriöse Veröffentlichung, sondern ein schreckliches Schmierblatt namens ›Blutbefleckt – Invasiv – Lausig – Destruktiv‹, was zu lang und umständlich war, weshalb die meisten Leser den Titel mit den Anfangsbuchstaben abkürzten. Nun war er gänzlich dahinter verschwunden.

Ein weiterer Strich auf der Vorteilliste seiner Körpergröße.

»Der taucht schon wieder auf«, versicherte der Zwerg. Der Wischmob tauchte geräuschvoll in den Eimer mit Seifenwasser ein. »Werde nachher mal schauen, ob meine Uhr vom Nachttisch gefallen und unter meine Koje gerutscht ist.«

Dan widerstand dem Drang, an der Zeitung vorbeizusehen.

Tja, wie heißt es doch so schön? Gelegenheit macht Diebe …

Dennoch würde er den Ring und die Uhr heute wieder zurückbringen. Er hatte nie vorgehabt sie wirklich zu stehlen. Es war eine Wette zwischen ihm und seiner hochelfischen Gefährtin Alea gewesen. Wenn es ihr gelang, einen gestandenen Matrosen unter den Tisch zu trinken, würde er für zwölf Stunden zwei Schmuckstücke verschwinden lassen. Wettschulden waren bekanntlich Ehrenschulden.

Hoffentlich beschuldigten sich die Seeleute bis dahin nicht doch noch gegenseitig des Diebstahls. Oder einer von ihnen kam auf die gescheite Idee, einer der drei Passagiere, die nicht zur Crew gehörten, hätte etwas damit zu tun.

Wäre Murphy hier, könnte man es auf ein unwissendes Tier schieben.

Ihm fehlte sein Frettchen, er hatte es zusammen mit den tierischen Gefährten seiner Freunde im Hafen zurücklassen müssen. Der Kapitän verfolgte eine strikte ›Keine Tiere an Bord‹-Regel und hatte sich durch nichts erweichen lassen. Nicht einmal davon, dass es sich bei Murphy um ein sogenanntes Familiar handelte. Ein Seelentier, das mit Magie an Dan gebunden worden war und zu dem er eine telepathische Verbindung aufbauen konnte.

Dafür sind wir jetzt aber zu weit weg. Er seufzte lautlos. *Murphy kann sich wunderbar um sich selbst kümmern. Und er ist ja nicht allein, die Seelentiere meiner Freunde sind bei ihm. Imir und Denu werden ihn schon ausreichend beschäftigen. Trotzdem vermisse ich meinen Stinker.*

Um sich abzulenken, kehrte Dan mit seiner Konzentration zur Zeitung zurück, die unangenehm nach Fisch stank. Vermutlich war einer damit eingewickelt worden. Wäre sein Onkel Ted hier, könnte der sogar bestimmen, um welchen Fisch es sich gehandelt hatte. Oder würde das zumindest behaupten.

Auf Seite eins war die Aktzeichnung einer hübschen Zwergin zu bestaunen, die einen beeindruckenden Damenbart zur Schau stellte.

Der war sogar lang genug, um sowohl ihren Busen als auch den Intimbereich geschmackvoll zu bedecken.

Dan beneidete die Zwerge um ihre Gesichtsbehaarung. Sein Kinnbart war schön und gut, aber Zwergenbärte spielten in einer ganz anderen Liga. Manchmal würde er sich gerne Perlen in die Barthaare flechten können. Oder sich dort überhaupt Zöpfe binden können. Oder einen Bart haben, der ihm bis zum Bauch reichte. Aber das war ihm leider nicht vergönnt.

Dafür sind die Haare an meinen Füßen unschlagbar, tröstete er sich scherzhaft und blätterte zum Hauptartikel weiter.

›GIB UNS UNSERE PRINZESSIN ZURÜCK!‹ stand in großen roten und weißen Lettern über dem Bild von einigen traurig dreinblickenden Leuten.

Abermals hatte ein Drache eine Königstochter entführt – dieses Mal Prinzessin Bernadette, einzige Tochter von König Bruno aus dem Reich Ursapenia. Das war in Fallopia nicht unüblich, es war sozusagen das Hochzeitsritual in royalen Familien. Der Verlobte der Prinzessin würde demnächst losgeschickt, um sie zu retten, damit sie heiraten konnten. Es gehörte gewissermaßen zum guten Ton für die Eltern, einen öffentlichen Aufschrei zu verursachen.

Wir leben in einer komischen Welt.

»Blanker Sexismus ist das, wenn du mich fragst«, murrte Alea neben ihm.

Dan schielte zur Seite. Er hatte sie gar nicht an sich herantreten hören. Die Hochelfin sah ihm missbilligend über die Schulter, während sie sich ihr weißblondes langes Haar neu zusammenband. Sie war eine hochgewachsene, durchtrainierte Kriegerin. Ihre geschlagenen Schlachten zeichneten sich in Form von zahlreichen Narben auf ihrer hellen Haut ab.

»Selbstverständlich ist es das«, stimmte Dan ihr zu. »Über Prinzessinnen, die den Prinzen beschützen, den Drachen selbst verprügeln und mit ihrem Verlobten unterm Arm nach Hause marschieren, würde man leider nie etwas lesen.«

Alea schüttelte den Kopf. »Warum liest du den Mist überhaupt?«

»Muss mir irgendwie die Zeit vertreiben. Außerdem wollte ich nachschauen, ob wieder etwas über uns drinsteht.«

Es wäre nicht das erste Mal, dass das vorkam. Ihre kleine Abenteurergruppe, zu der neben Alea und ihm auch eine Gnomin namens Orla gehörte, war recht bekannt. Mehr berüchtigt als berühmt.

Der letzte Artikel, der über sie verfasst worden war, beinhaltete Explosionen durch Mehlbomben, eine Massenschlägerei und Alarm durch einen Großbrand. Eine lustige Geschichte. Und einer der Gründe, warum ihr Ruf eher durchwachsen war, obwohl sie eine ausgezeichnete Quest-Abschlussquote vorweisen konnten.

Umso überraschender war es, dass ausgerechnet sie von den Shiro Ahali kontaktiert und nach E'aenathalas eingeladen worden waren. Dieses zurückgezogene und geheimnisvolle Elfenvolk ließ nur äußerst selten Außenseiter in ihre wichtigste Stadt, wenn man von Händlern absah. Aber selbst von denen hatten die meisten nur den Hafen gesehen.

Damit waren sie die Einzigen, die sich nicht der allgemeinen Volksvermischung angeschlossen hatten und unter sich blieben. Eigentlich sollte man meinen, dass dieses Verhalten ein Nährboden für Misstrauen und Vorurteile wäre. Es war leicht, den Shiro Ahali Xenophobie, Elitärismus oder Rassismus vorzuwerfen.

Wahrscheinlich taten das auch einige. Die meisten jedoch respektierten und bewunderten die Shiro Ahali. Vor allem ihre entfernten Verwandten, die Wald-, Hoch-, und Dunkelelfen.

Dan hatte auf dem Schiff nach der Meinung der Seeleute über die Shiro Ahali gefragt.

»Etwas verschroben, aber generell freundlich und sehr höflich«, hatte ihm ein Menschenmann geantwortet. »Es gibt doch überall

12

Völker, die Spaß daran haben, besonders mysteriös zu wirken. Die Shiro Ahali haben uns nie einen Grund zur Besorgnis gegeben. Haben keine Länder überfallen, keine Sklaven gehalten, sich nie groß mit anderen Völkern gekabbelt.«

Und irgendwie gehörten sie einfach zu Fallopia hinzu. So wie die Drachen, die Prinzessinnen als Junggesellenabschied entführten.

Dans Meinung nach bestanden die Shiro Ahali lediglich aus einem Haufen Introvertierter, die keine Lust auf die Außenwelt hatten. Er glaubte, sollten die Shiro Ahali irgendwann doch in Bedrängnis geraten, ihre Geheimnisse zu offenbaren, weil starkes Misstrauen ihnen gegenüber aufkam, würden sie es tun. Entweder stellte sich dann heraus, dass sie harmlos waren wie Gänseblümchen. Oder sie verbargen doch eine magische Superwaffe unter ihrer Stadt, die alles vernichten konnte.

Einerseits fühlte Dan sich durchaus geehrt, dass diese Elfen sie eingeladen hatten.

Andererseits war es auch ein Grund, um besorgt zu sein. Irgendwas musste im Argen sein, wenn diese Elfen sich an Leute wie seine Freunde und ihn wandten.

»Das Blatt stinkt«, bemerkte Alea trocken.

Dan grinste. »Auf mehr als eine Weise, ja.« Er faltete die Zeitung und schob sie sich unter das Hinterteil. »Was treibt dich hoch? Genug Seeleute im Armdrücken geschlagen?«

Alea lächelte kaum merklich und kreiste die rechte Schulter. »Erst mal ja.« Sie stützte sich auf die Reling und ließ den Blick über das Meer schweifen. »Ich brauchte etwas frische Luft. Kann es kaum erwarten, wieder festen Boden unter den Füßen zu haben. Hast du Orla gesehen?«

»Ist seit heute Morgen oben im Ausguck.« Dan deutete mit dem Zeigefinger den Mast hinauf und bemerkte, dass Orla bereits wieder auf dem Weg nach unten war.

Die Gnomin kletterte geschickt wie ein Eichhörnchen an der langen Strickleiter hinab.

»Hoffentlich geht sie dem Wachposten nicht auf den Geist«, murmelte Alea.

»Das würde ich nie tun.« Orla sprang den Rest und landete sicher auf ihren Füßen. Die zahlreichen Gegenstände, die sie an ihrem Gürtel trug – Tränke, Schreibutensilien, kleine Messer, eine Sichel für Kräuter – klimperten. »Wenn jemand von einer Menge interessanter Fragen genervt ist, hat er es auch nicht anders verdient.«

Mit ihren neunundachtzig Zentimetern war Orla nur unwesentlich kleiner als Dan, bei dem es sich im wahrsten Sinne des Wortes um einen laufenden Meter handelte.

Sie richtete ihr blaues Kleid, das sie über einer dunkelgrünen Hose trug, rückte den Gürtel zurecht und schlenderte zu ihnen. Eine sanfte Brise wehte ihr das rotbraune Haar aus dem schmalen Gesicht und legte ihre Ohren frei, die ebenso spitz waren wie die von Alea und Dan.

»Ich bin schon so aufgeregt, die Hauptstadt der Shiro Ahali sehen zu können«, fuhr Orla leise fort. Ihre verschiedenfarbigen Augen – eines blau und das andere grün – leuchteten vor Begeisterung. Das Meeresrauschen würde ihre Stimme forttragen, sodass das Gesagte innerhalb ihrer Gruppe blieb. »Dort befindet sich eine der größten Bibliotheken der Welt.«

»Ist das gesichert oder auch nur eines von vielen Gerüchten?«, wollte Dan wissen.

Orla lehnte sich seitlich ans Fass. »Ich habe doch vor unserer Abfahrt das Buch dieses Gelehrten gekauft, der zwanzig Jahre unter den Shiro Ahali gelebt hat. Es ist ein weltweiter Bestseller gewesen und eine der wenigen sicheren Quellen, die es gibt.« Sie tippte mit dem Fuß auf. »Hab's letzte Nacht durchgelesen, um möglichst gut vorbereitet zu sein.«

Neugierig lehnte Dan sich vor. »Und, was schreibt er so? Irgendetwas über ihre Sitten und Bräuche? Feiertage, Feste, Hierarchien …?«

Orla schüttelte wiederholt den Kopf. »Nichts.«

Dan zog die Brauen hoch. »Wie nichts?«

»Der Autor geht nie ins Detail.« Frustration legte sich wie ein Schatten über Orlas Gesicht und sie verzog den Mund. »Im Grunde stand da immer: Da gibt es diese besondere Nacht im Sommer, in denen die Shiro Ahali ihren wichtigsten Feiertag begehen. Was, wann und wo ist aber geheim. Und das jeeedes Mal. Du glaubst gar nicht, wie zermürbend das ist, ständig Krumen zugeworfen zu bekommen, die nicht zum Kuchen führen. Man verhungert bei diesem Buch förmlich am gedeckten Tisch.«

»Andernfalls hätten die Shiro Ahali es vermutlich nicht gestattet, dass das Buch veröffentlicht wird«, sagte Alea. »Oder hätten es diesem Gelehrten ziemlich übelgenommen, wenn er das hinter ihrem Rücken getan hätte.«

Orla winkte ab. »Entweder schreibe ich ein Buch mit nützlichen Informationen oder ich lasse es bleiben.«

Dan schmunzelte. »Man könnte fast meinen, dieser Gelehrte wäre auf das schnelle Geld aus gewesen.«

»Vermutlich.« Die Gnomin rümpfte die Stupsnase. »Aber zurück zum Punkt: Ich muss mir die Bibliothek ansehen.«

»Glaube nicht, dass du Gelegenheit dazu haben wirst«, erwiderte Alea trocken. »Sie haben uns nicht eingeladen, damit wir Urlaub machen können. Wir werden einen Auftrag bekommen, der besser gestern erledigt worden wäre.«

Orla verschränkte die Arme vor der Brust. »Eine Stunde würde mir schon reichen. Oder zwei. Oder ein paar Tage.« Sie löste ihre defensive Haltung und gestikulierte aufgeregt. »Es befindet sich unfassbar viel Wissen in dieser Stadt. Wenn ich könnte, würde ich die nächsten Jahrzehnte meine Hängematte in der Bibliothek installieren und mir den Inhalt jedes einzelnen Buches einprägen.«

Dan streckte die Beine aus, weil seine Füße allmählich einschliefen, und ließ sie über den Rand des Fasses baumeln. »Also ich würde ja gerne mal die geheimnisvollen Schatzkammern sehen. Angeblich sollen die Shiro Ahali massenweise Reichtümer haben. Hab sogar gehört, dass sie Schmuck und Münzen aus Material besitzen, das um ein Vielfaches wertvoller ist als Gold.«

Aleas Blick verfinsterte sich. »Dan …«

Er hob beschwichtigend die Hände. »Nur gucken, nicht anfassen. Keine Panik, Löwin. Als ob ich so blöd wäre, auch nur daran zu denken, da irgendwas zu stehlen.«

Zugegeben, daran *gedacht* hatte er. Nicht als tatsächliches Vorhaben, sondern rein hypothetisch.

Es wäre eine Respektlosigkeit sondergleichen von den Shiro Ahali zu stehlen. Dan war zwar ein ebenso passionierter Dieb wie jeder andere – zumindest was seine Familienmitglieder betraf –, aber er zog Grenzen.

»Ich wüsste nämlich wirklich gerne, ob das Gerücht stimmt«, fügte er hinzu. »Und aus welchem Material diese Reichtümer bestehen.«

»Nun, meiner Meinung nach sind es die Bücher«, merkte Orla an. »Wissen ist der größte Schatz.«

»Was ist mit dir, Löwin?«, fragte Dan. »Was reizt dich am meisten an Eän-Dingens? Der Elfenstadt, ihr wisst schon.«

»Eäntha… Anatala«, probierte Orla angestrengt, ihn zu verbessern und scheiterte, obwohl sie fließend elfisch sprach.

Vielleicht konnten nur Elfen diesen Namen aussprechen?

»E-aena-thalas«, intonierte Alea.

Dan deutete mit dem Zeigefinger auf sie. »Sag ich ja. Also, auf was freust du dich?«

Alea drehte sich um und lehnte sich rücklings gegen die Reling. »Hm. Schätze, die Waffenkammer. Würde gerne das stehende Heer sehen, mich mit den Generälen unterhalten. Ein wenig wünschte ich auch, wir hätten die Zeit, um den gesamten Kontinent zu erkunden, weitere Städte dort zu besuchen …«

Orla seufzte wehmütig. »Ich hoffe so sehr, dass wir wenigstens einen Tag bekommen, um uns in der Stadt umzusehen.« Sie stemmte die Hände in die Hüfte. »Je nachdem, wie gefährlich unser Auftrag wird, wäre es das Mindeste.«

Als der siebte Tag ihrer Seereise anbrach, tauchte am Horizont eine Turmspitze auf.

Alea, Orla und Dan standen gemeinsam auf dem Oberdeck und unterhielten sich. Vielmehr: Orla und Dan redeten, die Hochelfin stand zumeist schweigend dabei und hörte zu. Bis sie sich abwandte und die Lider spähend verengte.

»Alea, was sieht dein Elfenauge?«, fragte Dan.

Noch immer still, deutete sie mit dem Kinn nach vorne.

»Die Hauptstadt der Shiro Ahali ist in Sicht«, rief der Späher vom Mast und umging damit mehr oder weniger elegant den komplizierten Namen.

»Das ist der Bernsteinturm«, erklärte Orla. »Dort befindet sich auch die gewaltige Bibliothek. Im Buch stand, dass in der Spitze die sogenannten ›Schicksalsschreiber‹ sitzen.«

Dan neigte fragend den Kopf. »Was für ein dramatischer Name. Darf ich raten, was sie tun?«

»Wenn du darauf getippt hast, dass es Chronisten sind, hast du recht«, erwiderte Orla. »Also, hauptsächlich sind sie das. Niemand weiß genau, wie viele es davon gibt, aber vermutlich nur ein paar Hände voll. Sie halten die Geschichte Fallopias fest, alle wichtigen Ereignisse und die Biografien von einflussreichen Leuten.« Die Gnomin legte ihre Finger ans Kinn. »Ich würde ihnen dabei zu gerne über die Schulter sehen.«

Dan schloss sich ihrer Überlegung an: Verfassten diese Schicksalsschreiber ausschließlich Chroniken von großen Personen mit ebenso großen Namen wie Könige, Kaiser und Heerführer? Oder wurde auch den kleinen Beachtung geschenkt? Wie Bauer Henry, der jedes Jahr das ganze Dorf mit seiner Kartoffelernte versorgte. Oder die Bäckerin, die nicht verkaufte Ware des Tages unter Hungernden verteilte.

Er wunderte sich, wie viel diese Elfen vom Weltgeschehen mitbekamen, wenn sie die meiste Zeit unter sich blieben. Hatten sie Spione, die sie mit Informationen fütterten? Oder vielleicht sogar Abkommen mit diversen Herrschern, die ihnen Informationen übermittelten? Oder nutzten sie dafür eine Form der Magie?

»Wie machen diese Schicksalsschreiber das?«, sprach er seine Frage letztlich laut aus.

»Genau deshalb will ich zu ihnen«, antwortete Orla. »Entweder sind sie im Besitz eines gigantischen Informationsnetzwerkes von dem niemand aktiv etwas mitbekommt – oder alle sind Hellseher.«

Schon am Abend erreichten sie den Hafen von E'aenathalas. Die Stadt war wirklich atemberaubend schön. Auf den weißen Häusern thronten blaue, runde Dächer. Goldene Elemente schmückten Fensterrahmen, Türen und Wände. Die verzweigten Straßen bestanden aus flachen hellen Steinen. Das Licht der untergehenden Sonne ließ sie in einem warmen Orangerot leuchten. Überall blühte und gedieh es.

Dan konnte selbst vom Schiff aus schon die üppigen Gärten sehen. Blumen- und Weinranken durften ungehindert an Mauern und Wänden emporwachsen. Gras spross saftig grün am Wegesrand und hohe Bäume spendeten Schatten.

Onkel Ted, leidenschaftlicher Seefahrer und geschickter Schmuggler, hatte ihm schon von einigen Wundern erzählt, die er auf seinen vielen Reisen gesehen hatte. Aber keine seiner Geschichten reichte auch nur ansatzweise an das heran, was Dan erblicken durfte.

Vielleicht weil er wahrhaftig hier war, es mit eigenen Augen betrachten konnte, statt es sich nur vorzustellen.

Fühlte sich Ted auch jedes Mal so ergriffen, wenn er an einem neuen Hafen Anker legte?

Am Kai wurde das Schiff bereits erwartet. Während sechs Shiro Ahali dabei halfen, die Fracht zu überprüfen und zu entladen, kamen zwei Elfen auf das Trio zu. Eine Frau und ein Mann. Ihr Haar war rot wie reife Kirschen, seines hingegen schwarz. Beide hatten helle Augen und bronzefarbene Haut, die von auffälligen Tätowierungen bedeckt war. Je zahlreicher und aufwendiger sie waren, desto höher war der gesellschaftliche Stand des jeweiligen Elfen, hatte Orla ihnen erklärt.

Wenn Dan die beiden vor sich betrachtete, schienen sie außerordentlich wichtig zu sein. Ihre Tätowierungen waren eine Mischung aus runenähnlichen Schriftzeichen und Symbolen auf den Händen und Armen, stilisierten Pflanzen, Efeu nicht unähnlich, auf den Hälsen. Sie trugen lange Leinengewänder in Weiß und Hellblau; elegant und doch schlicht.

»Seid gegrüßt«, hob die Frau an und verneigte sich vor ihnen.

Alea tat es ihr gleich. »Es ist uns eine Ehre.«

Orla vollführte einen höflichen Knicks und Dan betrieb eine Verbeugung nach Art seines Volkes: die Füße zusammen, einen Arm auf dem Rücken und die andere Hand vor die Brust.

»Es freut uns, dass Ihr sicher angekommen seid«, sagte der Mann. »Dies ist meine Frau Janori und mein Name ist Eldrian. Wir sind im Namen unseres Oberhauptes Thalion Graumantel hier, um Euch durch die Stadt zu Eurer Unterkunft zu führen. Nach der langen Reise müsst Ihr erschöpft sein.«

»Bekommen wir die Gelegenheit uns genauer umzuschauen?«, platzte Orla heraus. »Ich würde die Spitze meines linken Ohrs dafür geben, Eure Bibliothek besuchen zu dürfen.«

Janori schmunzelte. »Nun, soweit müssen wir es wirklich nicht kommen lassen. Seid herzlich im Bernsteinturm willkommen, Orla. Ihr werdet noch mindestens eine Woche in der Stadt verweilen. Ihr dürft Euch frei bewegen und tun, was Euch beliebt.« Ihre klaren blauen Augen wanderten speziell zu Dan. »Solange Ihr nach unseren Gesetzen handelt.«

Inzwischen war es nicht mehr überraschend, dass fremde Leute, denen sie sich nie vorgestellt hatten, ihre Namen kannten. Ihr Ruf eilte ihnen voraus. Zum Besseren oder Schlechterem.

Dan legte nun beide Hände hinter seinen Rücken und lächelte unschuldig. »Freilich, werte Dame.«

Eldrian bedeutete ihnen mit einer Geste, ihm und Janori zu folgen. »Thalion Graumantel wird Euch in vier Tagen empfangen. Dann erfahrt Ihr auch endlich den Grund, warum wir Euch hergerufen haben. Es tut uns leid, eigentlich wollte er Euch heute treffen. Aber es gab … ein paar Unpässlichkeiten, die zunächst behoben werden müssen.«

»Das macht überhaupt gar nichts«, fuhr Orla dazwischen. »Bleibt mehr Zeit, um zu lesen.«

»Und die Stadt zu erforschen«, fügte Dan hinzu.

Alea nickte zustimmend.

»Habt Dank für Euer Verständnis.« Janori lächelte ihnen über die Schulter hinweg zu. »Wir bringen Euch in Euer Quartier. Dort warten frisch gemachte Betten, Speis und Trank und ein Bad, falls Ihr es wünscht.«

2
Audienz bei Thalion Graumantel

Orla

Früh am nächsten Morgen durchstreifte Orla die gigantische Bibliothek des Bernsteinturms. Alea war aufgebrochen, um mit dem Heerführer zu sprechen, und Dan hatte angekündigt, sich den Markt im
Stadtzentrum anschauen zu wollen.

Der runde Raum erstreckte sich über vier Stockwerke, die über eine
breite Wendeltreppe zugänglich waren. Die deckenhohen Regale waren aus hellem Holz gebaut, ebenso wie die unzähligen Schreibtische,
an denen man wunderbar arbeiten konnte.

Zwischen den einzelnen Elementen standen kunstvolle Säulen, die
wie spiralförmige Bäume aussahen. Verschiedene Reliefs schmückten die Decken der Stockwerke, sie zeigten allesamt lernende und le-
sende Elfen.

Orla schob ein Wägelchen neben sich her, auf das sie einen beacht-
lichen Stapel Bücher angehäuft hatte. Sie benutzte dafür zwei magisch erzeugte Hände, weil sie sonst nicht erkannt hätte, wohin sie

den Wagen lenkte. Auch ohne die Bücher hätte sie sich schon auf die Zehenspitzen stellen müssen, um darüber hinwegschauen zu können.

So viele Bücher, so wenig Zeit, dachte sie wehmütig.

Die Gnomin blieb vor dem Regal mit dem Buchstaben **N** stehen. Sie schnipste einmal und ließ eine dicke Pergamentrolle erscheinen. Die hatte man ihr am Eingang überreicht, darauf waren alle Bücher verzeichnet, die es aktuell in der Bibliothek gab. Alle hundertdreißig Millionen. Damit wirklich alle Titel draufpassten, war das Dokument verzaubert worden. Orla wollte sich nicht vorstellen, wie gigantisch diese Rolle sonst sein müsste.

Wäre es überhaupt möglich, so viele Meter Pergament heranzuschaffen? Gemäß dem Fall: Würde es ausreichen, um damit mindestens einmal die gesamte Welt zu umspannen? Und am allerwichtigsten: Wie viele Leben man wohl benötigte, um jedes katalogisierte Buch zu lesen und auswendig lernen zu können?

Mal sehen ... ein durchschnittliches Gnomenleben hat bis zu vierhundert Jahre. Ich bin jetzt fünfunddreißig. Wenn ich es schaffe, fünf Bücher im Monat in mein Gedächtnis zu prügeln ...

Sie stoppte sich, ehe sie sich weiter in die Überlegung vertiefen konnte. Schließlich war sie nicht zum Kopfrechnen hergekommen.

Ungeduldig vollführte sie scheuchende Bewegungen mit der rechten Hand, das Pergament rollte sich vom unteren auf das obere Ende, bis sie den gewünschten Buchstaben gefunden hatte. Wann immer ihr ein Titel gefiel, tippte sie mit dem Zeigefinger drauf. Das Buch löste sich aus dem Regal und schwebte sanft zu ihr herab.

»Nekromantie: Leichenschändung oder Nachhaltigkeit? Warum es nicht immer schlecht ist, Tote wiederzuerwecken«, las sie leise vor.

Ihr Herz machte einen aufgeregten Sprung. Das Buch war in fast allen Ländern Fallopias verboten worden, weil Totenbeschwörung nicht gern gesehen wurde.

Orla hielt es persönlich für falsch, eine Form der Magie zu verunglimpfen. Solange er verantwortungsvoll eingesetzt wurde, sollte jeder Zauber erlernbar und anwendbar sein dürfen. Sie hatte schon erlebt, wie mittels Nekromantie ein abgestorbener Fuß bei einem verletzten Krieger vollständig geheilt worden war.

Gäbe es nicht überall diese Idioten, die damit nichts als Schaden anrichten, wäre die Nekromantie eine Schule der Magie wie jede andere auch. Stattdessen bekommt man kaum eine Chance, sie richtig zu erlernen und zu begreifen, wie man damit Gutes tun kann.

Orla kehrte zu ihrem auserwählten Platz zurück und ließ dabei das Buch neben sich her fliegen: ein bequemer Sessel, der versteckt in einer Regalnische stand.

Orla lehnte sich darin zurück, schlug das Buch über Nekromantie auf und verlor sich in den Zeilen.

»Hey, Sonnenschein.« Dans Stimme kam aus dem Nichts.

Orla zuckte zusammen und ließ das schwere Buch fallen. »Dan«, rief sie empört aus. »Du kannst mich doch nicht so erschrecken.«

Der Halbling grinste entschuldigend, doch dem schelmischen Funkeln in seinen leuchtend grünen Augen tat das keinen Abbruch. »War nicht meine Absicht. Hier, ich hab dir was mitgebracht.«

Er reichte ihr einen Teller, auf dem buntes Obst um ein rundes Küchlein verteilt lag.

Orlas Magen knurrte vernehmlich. Rasch schob sie sich ein Apfelstück in den Mund. »Wie spät ist es?«

»Kurz nach fünfzehn Uhr.« In Dans schwarzem Wuschelhaar steckte eine hellblaue Blüte. »Alea und ich werden gleich Mittagessen gehen.«

»Ich bleib hier«, nuschelte Orla mit Kuchen in der Wange.

»Deshalb hast du deine Portion geliefert bekommen«, entgegnete Dan.

Sie deutete auf die Blume in seinem Haar. »So eine ist mir neu. Woher hast du die?«

Der Halbling berührte die Blüte vorsichtig. »Hat mir die Elfin geschenkt, bei der ich mir ein neues Paar Stiefel anfertigen lasse. Würde ja behaupten, sie mag mich, wenn ich nicht mitbekommen hätte, dass jeder Kunde eine kriegt.«

Orla schmunzelte. »Ich bin mir sicher, sie weiß deine Persönlichkeit trotzdem sehr zu schätzen.«

»Ehen zwischen großen und kleinen Leuten sind eh viel zu kompliziert. Ich hätte immer eine Trittleiter in ihrer Nähe gebraucht.« Der Halbling räusperte sich und kehrte zum eigentlichen Thema zurück. »Das ist eine Blumenart, die nur auf diesem Kontinent wächst. Sie wird Königstulpe genannt.«

»Aber die sieht nicht einmal entfernt aus wie eine Tulpe«, warf Orla ein.

»Wie eine Königin auch nicht. Von daher …« Dan zuckte mit den Schultern. »Wie dem auch sei, Alea und ich sind in der Taverne ›Celoniel‹, falls du doch nachkommen möchtest.«

Orla winkte ihm zum Abschied, leerte den Teller und vergrub sich anschließend wieder in den Büchern.

Die nächsten drei Tage bis zu ihrer Audienz beim Oberhaupt Thalion Graumantel verliefen genauso. Orla stand bei Sonnenaufgang auf und verbrachte die Zeit bis Sonnenuntergang in der Bibliothek. Ab und an schauten ihre Freunde vorbei und brachten ihr etwas zu essen oder zwangen sie, unter murrendem Protest, dazu, eine Pause einzulegen.

Ihre Suche nach Informationen über die Shiro Ahali war bislang wenig erfolgreich gewesen. Sämtliche Biografien oder Geschichtsbücher waren in einer Sprache verfasst, die Orla nicht beherrschte. Die Wurzeln davon lagen klar im Elfischen, jedoch mit ganz eigenem Dialektik und einer Grammatik, die sie in der kurzen Zeit unmöglich durchschauen konnte.

Orla fühlte sich wieder wie eine Studentin. Sie erinnerte sich gerne an ihre Zeit in Fairwick zurück. In der Stadt befand sich eine der renommiertesten Magierakademien ganz Fallopias. Es war eine Ehre gewesen, dort angenommen und zur Magierin ausgebildet zu werden.

Wie oft hatte sie sich so sehr in den Büchern verloren, dass sie darüber eingeschlafen war? Wie oft war es vorgekommen, dass sie der nächste Morgen überrascht hatte, weil die Stunden förmlich verflogen waren?

Für Orla gab es nur wenige Freizeitbeschäftigungen, die schöner waren, als das Lesen. Zum Beispiel über die besten Anwendungen für Feuermagie zu diskutieren. Oder Feuermagie anzuwenden.

Schritte hallten durch die Stille der Bibliothek. Dan konnte es nicht sein, den hörte man nämlich nie, wenn er sich näherte. Außerdem war er, soweit sie wusste, damit beschäftigt, jeden Winkel von E'aenathalas zu erkunden. »Jede Stadt hat seine versteckten Gassen und geheimen Winkel«, hatte der Halbling erklärt. »Und ich liebe es, nach ihnen zu suchen.«

Alea war es auch nicht, sie bewegte sich stets im disziplinierten Gleichschritt und hielt sich am liebsten auf dem Übungsplatz des Heeres auf. Sie hatte in hohen Worten und mit ehrlicher Anerkennung von der Armee der Shiro Ahali gesprochen. Als der Heerführer ihr angeboten hatte, am Training der erfahrenen Krieger teilzunehmen, hatte sie natürlich nicht abgelehnt. Alea ließ sich keine Herausforderung entgehen.

Orla sah vom Buch auf und blickte Janori entgegen.

»Guten Morgen«, grüßte diese.

Orla lächelte der rothaarigen Elfin freundlich zu. »Morgen. Eure Bibliothek ist großartig. Ich bin kaum zur Hälfte durchs Untergeschoss gekommen und am liebsten würde ich mich die nächsten Jahre hier häuslich einrichten.«

Janori ließ ihren Blick schweifen und nickte andächtig. »Das kann ich nachvollziehen. Wenn es meine knappe Freizeit zulässt, bin ich auch am liebsten hier.« Sie musterte Orla mit einem Funken Neugier in den hellblauen Augen. »Ich muss gestehen, dass Ihr die erste Gnomin seid, der ich persönlich begegne.«

»Oh, das liegt wahrscheinlich daran, dass die wenigsten von uns gern zur See fahren«, erwiderte Orla. »Ich mag festen Boden auch lieber, aber die Welt ist zu groß und spannend, um das Abenteuer Schifffahrt nicht zu wagen.«

Die Elfin lehnte sich seitlich gegen den Sessel. »Ihr seid … eine Waldgnomin, nicht wahr? Stimmt es, dass Ihr mit Tieren sprechen könnt?«

»Nur mit kleinen Tieren«, erklärte Orla. »Maximal bis Ponygröße.« Obwohl die ihm Vergleich zu ihr alles andere als klein waren.

Sie war überaus dankbar für ihre Gabe. Orla liebte jedes Tier, egal welcher Art. Sie musste an ihr Familiar denken, einen grünen Pseudodrachen namens Imir. Normalerweise leistete er ihr Gesellschaft, döste auf ihren Schultern, wenn sie las. Ihr fehlte das Gewicht und die angenehme Wärme in ihrem Nacken.

Dan und Alea würden ihren Seelentieren wahrscheinlich auch am liebsten die Stadt der Shiro Ahali zeigen. Vor allem der Hochelfin fiel es jedes Mal schwer, sich von ihrem weißen Elch zu trennen.

Wir sehen sie ja bald wieder. Ich hoffe, den dreien ist nicht zu langweilig, sonst veranstalten sie irgendeinen Blödsinn. Also … genau wie wir. Huch.

»Worüber unterhält man sich mit einem Pony? Oder einem, sagen wir, Eichhörnchen?«, wollte Janori wissen.

»Zum Beispiel darüber, wo sich am besten Nüsse für den Winter vestecken lassen.« Orla strich über den Einband des Buches. »Man schimpft über Katzen und Raubvögel und mit den Jungtieren hab ich früher gern Wettklettern veranstaltet. Ich bin zwar wirklich gut darin, aber natürlich komme ich nicht gegen die kleinen Racker an.«

Janori lachte und es hellte ihr gesamtes Gesicht auf. Bisher hatte Orla sie als freundlich, aber recht unnahbar wahrgenommen. Dieses Lachen machte sie menschlicher. Oder elfischer, in ihrem Fall.

»Das klingt wundervoll.« Janori schmunzelte weiterhin. »Was ist mit Euren Cousins, den Tiefgnomen? Sind sie auch dazu in der Lage?«

»Nein, leider nicht.« Deshalb taten ihr die Tiefgnome ein wenig leid. »Dafür können sie besser im Dunklen sehen, fast instinktiv komplexe Tunnel bauen und haben ein Näschen dafür, Edelsteine und Erzadern zu finden.«

Ein Großteil der Tiefgnome lebte unter Tage. Ihre Augen und die Haut waren sehr empfindlich gegen Sonnenlicht. Wenn sie nach oben kamen, dann nachts. Ähnlich wie die Shiro Ahali, mischten sie sich kaum bis gar nicht in die Belange der Oberwelt ein, aber betrieben regen Handel mit anderen Völkern.

»Bitte entschuldigt, dass ich Euch aus Eurem Lesefluss reißen muss, doch es wird Zeit.« Sie wies mit einer eleganten Armbewegung in Richtung Ausgang. »Thalion Graumantel erwartet Euch und wird Euch endlich erklären, warum wir Euch gerufen haben.«

Orla legte wehmütig das Buch über verschiedene Anwendungen der Elementarmagie zur Seite. »Es besteht keine Möglichkeit, das Werk auszuleihen, oder?«

»Ich fürchte leider nicht«, antwortete Janori. »Entschuldigung.«

Orla hatte mit der Antwort gerechnet, dennoch war es enttäuschend. »Ist in Ordnung. Bis zu unserer Abreise kann ich es sicher noch durchlesen.«

Sie rutschte vom Sessel und folgte Janori aus dem Bernsteinturm und durch die belebten Straßen.

Es war früher Morgen, dennoch waren schon erstaunlich viele Elfen auf den Beinen. Aus einer Bäckerei strömte ein wunderbarer Duft und zwei Shiro Ahali manövrierten ein riesiges Blumengesteck an den anderen Passanten vorbei. Orla genoss den Luxus, sich einfach nur ein wenig ducken zu müssen, um unbehelligt an ihnen vorbeizukommen.

Janori bewegte sich auf ein pompöses Gebäude zu. Wie alle anderen war es weiß mit einem blauen Dach und goldenen Verzierungen um die Fenster- und Türrahmen. Der Eingang wurde jedoch von goldmarmorierten Säulen gesäumt und die Wände waren mit aufwendigen Gipsstuck verziert.

Dan und Alea warteten in einer runden Eingangshalle vor einem breiten Schreibtisch. Dahinter saß eine streng aussehende Elfin, die ihr rotes Haar zu einem festen Knoten zusammengebunden hatte.

Sie sah nur kurz auf. »Name?«, fragte sie an die Gnomin gewandt.

»Orla Nyx Lilceli Folkor Nim Quigani«, antwortete sie. »Aber Orla reicht aus.«

Unberührt machte die Elfin sich eine Notiz des vollen Namens und nickte.

»Thalion Graumantel wartet auf diese Leute«, fügte Janori hinzu.

»Geht weiter«, erwiderte die Elfin hinter dem Schreibtisch.

»Ich habe eine Frage«, hob Dan an, während sie eine breite Treppe hochstiegen. »Muss man Thalion Graumantel immer mit vollem Namen ansprechen?«

Janori nickte. »Das ist eine Sache des Respekts. Graumantel ist nicht sein Name, sondern der Titel, den er trägt. Er ist gleichzusetzen mit der Anrede König Thalion.«

Die Elfin führte sie einen langen, lichtdurchfluteten Korridor entlang. Der Teppich, auf dem sie liefen, war weich wie Moos, hatte jedoch einen tiefen Blauton.

Am Ende des Gangs befand sich eine Flügeltür. Ein großer Mann mit wallenden blonden Haaren und stahlblauen Augen stand wartend davor. Sein Gesicht wirkte jugendlich und maskulin, in menschlichen Maßstäben gemessen war er sicherlich überaus attraktiv. Sein kantiges Kinn war glattrasiert. Das Lächeln, das er Janori schenkte, entblößte perlweiße Zähne.

»Ah, da seid Ihr ja«, grüßte er. »Ich bin sehr froh, Euch wiederzu-treffen. Und wie ich sehe, seid Ihr in außerordentlich liebreizender Begleitung.«

Der Mann zwinkerte Alea zu, deren Gesicht sich sofort verfinsterte. Die Hochelfin hatte eine schwierige Vergangenheit mit Menschen und Orks und misstraute ihnen zunächst grundsätzlich. Vielleicht sollte jemand diesem Fremden sagen, dass er sich gerade eher sein Grab schaufelte, als dass er Alea von seinem Charme überzeugte.

Dann sah er nach unten und runzelte missbilligend die Stirn. »Wer hat denn Kinder hier reingelassen? Los, verschwindet! Geht zu euren Eltern oder so.«

Orla warf einen Blick über die Schulter, in der geringen Hoffnung, dass er nicht so ein Trottel war, wie sie gerade befürchtete. Leider entdeckte sie keine Kinder hinter sich, was im Umkehrschluss bedeu-tete …

»Und warum hat der kleine Junge da einen Bart?«

… dass der Typ Dan und sie meinte.

Dan zupfte sich am Kinnbart. »Wenn Ihr den schon gut findet, dann solltet Ihr erst mal die Haare an meinen Füßen sehen.«

Orla stemmte die Hände in die Hüfte und funkelte den Blonden an. »Wir sind erwachsen.«

»Zumindest körperlich«, murmelte Alea trocken. »Geistig lässt sich darüber streiten.«

Orla ignorierte das gekonnt. »Ich bin eine Gnomin. Und mein Freund hier ist ein Halbling.«

»Wir werden einfach nicht sonderlich groß«, ergänzte Dan und fügte mit einem Seitenblick zu Alea hinzu: »Zumindest körperlich. Geistig hingegen werden wir geradezu gigantisch. Man kann sagen: Wir sind auf das Beste reduziert.«

»Jaja, wie auch immer.« Der Mann winkte desinteressiert ab, sah sie nicht einmal an dabei. »Sagt, schöne Frau, wie ist Euer Name? Ich habe Euch hier nie zuvor gesehen.«

»Ich wünschte, das wäre auch so geblieben«, murrte Alea kaum hörbar.

Orla konnte dieses rüpelhafte Verhalten nicht fassen. Wäre Janori nicht gewesen, hätte sie diesem Kerl allzugern gezeigt, dass sie sich so nicht behandeln ließ. Etwas sagte ihr, dass er mindestens eine der Unpässlichkeiten war, weshalb sich ihre Audienz bei Thalion um vier Tage verschoben hatte. Entweder war es ihrem gnomischen Instinkt oder der Tatsache zu verschulden, dass er kaum eine Minute gebraucht hatte, um sich bei ihr unbeliebt zu machen.

Verstimmt wandte sie sich an Janori. »Wer ist das?«

»Der Grund aus dem Ihr hier seid«, antwortete die Shiro Ahali.

Die Brust des Mannes schwoll vor Stolz derart an, dass Orla fast erwartete, sein Hemd würde aufreißen. »Mein Name ist Kendrick. Merkt ihn Euch gut, denn er wird in die Geschichtsbücher eingehen, sobald ich mein Schicksal erfüllt habe.«

Nachdenklich verengte Orla die Lider. Sie begann zu ahnen, was hier vor sich ging.

»Schön, Euch kennenzulernen«, rief Dan übermäßig laut und fröhlich. »Dann seid Ihr der Mann, den wir gesucht haben.«

Alea zog eine Braue hoch, die stumme Frage ›Haben wir das?‹ stand ihr deutlich ins Gesicht geschrieben.

Kendrick lachte. »Da seid Ihr nicht die Einzigen.«

Der Halbling zog einen unsichtbaren Hut und verneigte sich. »Gestatten: Danwrick Reedfellow. Zu Diensten.«

Kendrick nickte. »Und die anderen?«

»Orla«, antwortete die Gnomin knapp.

Die Hochelfin schwieg beharrlich.

Dan deutete mit einer Kopfbewegung zu ihr. »Und das ist Alea.«

»Sie ist förmlich sprachlos vor Freude«, fügte Orla trocken hinzu.

Janori deutete auf die Flügeltür. »Bitte geht weiter. Thalion Graumantel erwartet Euch. Kendrick, Ihr kennt unsere Bräuche und

Sitten, von Euch wird erwartet, dass Ihr sie erfüllt. Ihr anderen seid unsere Gäste, achtet dennoch auf gängige Höflichkeit und Respekt.«

»Selbstverständlich«, erwiderte Alea.

Orla wunderte sich ein wenig darüber, dass der Eingang nicht von außen bewacht wurde, wenn sich das Oberhaupt der Shiro Ahali dahinter befand. Gerade weil Fremde in ihrer Stadt waren, würde Orla mehr Sicherheitsmaßnahmen erwarten. Selbst wenn die Elfen sie eingeladen hatten, blieb immer ein Restrisiko. Und sie konnte sich auch nicht vorstellen, dass es hier niemanden gab, der Thalion seine Position neidete.

Die Flügeltür öffnete sich und Orla spürte Magie auf ihrer Haut kribbeln.

Durch den Türöffner? Oder war das ein Schutzzauber?

Kendrick schritt voran und sie folgten ihm langsam.

Staunend ließ sie den Blick durch den großen Saal schweifen. Er schien zu leben, überall wuchsen Pflanzen: Blumen, Pilze, Büsche und Bäumchen. Nicht etwa in Töpfen und Kästen, sie schienen ganz natürlich zu wachsen. Gras spross aus dem Boden, ein breiter Pfad aus weißem Kies führte zum hölzernen Thron. Die Decke spiegelte den tatsächlichen Himmel wider, hellblau und mit wenigen Schäfchenwolken. Das also war das Prickeln gewesen, das sie beim Eintreten gefühlt hatte.

Thalion Graumantel saß schweigend auf dem Thron. Sein langes Haar war schneeweiß und die Farbe seiner Augen ließ sich am besten mit flüssigem Silber beschreiben. Helle Tätowierungen schmückten wie filigrane Pflanzenranken seine bronzefarbene Haut.

Er sieht völlig anders aus als die Shiro Ahali, die mir bisher begegnet sind, dachte Orla. *Ob das ein Geburtszeichen der Herrscher ist? Vielleicht werden Thronerben immer mit weißem Haar geboren? Nun wäre es wirklich praktisch gewesen, wenn ich die Bücher hätte lesen können, die sich mit diesem Volk beschäftigen …*

Bestimmt hätte in denen auch etwas über die Magie in diesem Thronsaal gestanden. Aber diese Elfen wollten sämtliche Geheimnisse über sich für sich behalten. So blieb ihr nur weiter zu mutmaßen.

Kendrick formte einige komplizierte Handzeichen, verbeugte sich tief und sagte etwas in der Sprache der Shiro Ahali.

Thalion nickte und senkte sein Haupt als Erwiderung.

Orla warf ihren Freunden einen kurzen Blick zu. Nacheinander verneigten sie sich demütig und grüßten das Oberhaupt auf Elfisch. Dan ebenfalls, der die Sprache nicht beherrschte und einen furchtbaren Akzent hatte. Doch Orla war sicher, dass Thalion diese Geste zu schätzen wusste.

Der Elf erhob sich schließlich. »Ich heiße Euch willkommen. Ich hoffe, Euer Aufenthalt bisher war angenehm?«

»Ja, das war er«, antwortete Alea. »Vielen Dank für Eure Gastfreundlichkeit.«

»Eure Bibliothek ist wirklich beeindruckend«, fügte Orla hinzu.

Thalion lächelte sanft. »Das freut mich zu hören. Kendrick, dies sind Eure Gefährten, die Euch auf Eurer Mission begleiten werden. Sie nennen sich selbst ›Die glorreichen Sieben‹.«

»Und wo sind die restlichen vier?«, fragte Kendrick irritiert.

»Haben das Schiff verpasst und schwimmen noch«, antwortete Orla geflissentlich.

Auf Thalions Lippen legte sich der Anflug eines amüsierten Schmunzelns. Er deutete nacheinander auf sie. »Zuerst Alea Faris. Sie ist eine geschickte Kriegerin, hat in vielen Schlachten gekämpft und ist zudem eine erfahrene Waldläuferin. Daneben Orla Nyx Lilceli Folkor Nim Quigani, eine fähige Magierin. Sie hat die Akademie in Fairwick mit Bestnoten verlassen. Zuletzt Danwrick Reedfellow. Seine Fähigkeiten sind für die, sagen wir, heikleren Angelegenheiten bekannt.«

Kendrick runzelte fragend die Stirn.

»Ihr werdet schon sehen«, fuhr Thalion fort. »Ich habe diese Leute aufgrund ihres Könnens und ihres Rufs auserwählt, Eure Begleiter zu sein.«

Kendrick verneigte sich abermals. »Ich würde niemals an Euch zweifeln, Thalion Graumantel.«

Orla war beeindruckt, dass Thalion ihren vollständigen Namen aufsagen konnte ohne einmal zu stottern. Das gelang den Wenigsten. Allerdings wurde sie allmählich ungeduldig. Sie wollte endlich wissen, warum sie alle hier versammelt waren. Und ein wenig ärgerte es sie auch, dass Thalion sie nicht einmal gefragt hatte, ob sie die Mission überhaupt annahmen. Sie hatten keine Ahnung, worum es im Groben ging, von den Details ganz zu schweigen.

Dennoch sprach der Elf so, als hätten sie längst zugestimmt. Möglicherweise wurde ihre Anreise bereits als Einwilligung gesehen und es lag ein grundliegendes Kommunikationsproblem vor?

Thalion Graumantel setzte sich wieder. »Ihr seid nun lange genug im Dunklen gelassen worden. Lasst mich also direkt sagen, warum Ihr hier seid: Unsere Welt wird von einer Bedrohung heimgesucht, die verheerende Auswirkungen haben wird, wenn sie nicht gestoppt wird. Im Moment ist sie klein, aber sie wächst stetig. Und sie frisst.«

»Sie … frisst?«, wiederholte Dan. »Also ist es etwas Lebendes?«

»Teilweise«, antwortete Thalion. »Ist Euch die Kaltwüste bekannt?«

»Es ist der kälteste Ort Fallopias. Eine eisige Tundra, in der es kaum Leben gibt. Nur wenige kälteresistente Pflanzen und wenige Tiere. Sie befindet sich im Nachbarreich von Leopenia, in Ursapenia«, zitierte Orla, ohne Luft zu holen.

»Gerüchten zufolge soll sich im Dörrtal, das im Herzen der Wüste liegt, ein Portal in die Unterwelt befinden, das von einem magischen Siegel verschlossen gehalten wird«, fügte Dan hinzu.

Die Unterwelt. Orla würde lügen, wenn sie behauptete, sie wäre nicht daran interessiert, diesen Ort zu erforschen.

In früheren Zeiten hatten einige Völker, vor allem Menschen und Zwerge, die Unterwelt für das Jenseits gehalten. In alten Büchern fand man noch immer Zeichnungen, wie die Seele nach dem Tod hinabstieg und in einen breiten, endlos langen Fluss gezogen wurde.

Heutzutage wusste man, dass die Unterwelt ein physischer Ort war. Und ein sehr gefährlicher noch dazu. Dort hausten dämonische Kreaturen, lebende Tote und generell alles, was monströs aussah und dem man ungern im Dunklen begegnen wollte. Angeblich war sie auch der Quell für schwarze Magie – aber Orla glaubte nicht, dass so etwas existierte. Allerdings stimmte sie der Theorie zu, dass die Magie, die aus diesem Ort kam, verdorben war.

»Diese Gerüchte sind korrekt«, sagte Thalion. »Wir Shiro Ahali sind seit jeher die Wächter dieses Siegels.« Sein Gesicht verfinsterte sich. »Leider waren wir … war *ich* nachlässig. Das Siegel ist gebrochen worden.«

Kurz entgleisten Aleas Gesichtszüge, doch sie fing sich rasch und setzte eine ernste Miene auf. »Das bedeutet, das Tor zur Unterwelt steht offen?«, fragte sie mit angespannter Kiefermuskulatur.

»Noch nicht. Das Siegel ist beschädigt, nicht zerstört.« Thalion stand wieder auf und trat an eines der hohen Fenster. »Aber das ist nur eine Frage der Zeit. Ein seltsamer Nebel steigt aus dem Dörrtal auf und breitet sich dort wie eine Pestwolke aus.«

Orla beobachtete seine Spiegelung im Glas. Seine hellen Augen waren auf einen unbestimmten Punkt in der Ferne gerichtet, seine Miene angespannt. Dennoch wahrte er Haltung.

Wie aufgewühlt war der Elf wirklich?

»Im Klartext: Wie schlimm ist es?«, fragte Dan. »Auf einer Skala von ›Verschüttetes Bier‹ bis ›Apokalyptisches Szenario des Todes‹?«

»Uns haben Berichte darüber erreicht, dass der Nebel in einigen Städten in Leopenia aufgetaucht ist. Innerhalb von Minuten hat er alles ins Chaos gestürzt und ist wieder verschwunden. In der ersten

Stadt verstummten sämtliche Bewohner, die mit ihm in Berührung kamen. Ihre Stimmen verloren sich im Nebel und eine Heilung wurde noch nicht gefunden. Im nahe liegenden Dorf konnte man die Stimmen hören, bevor der Nebel es erreichte. Denjenigen, die von ihm berührt wurden, sind Fell oder Federn gewachsen. Seltsamerweise ist Ursapenia bisher nicht davon betroffen. Aber ich schätze, das hängt mit der chaotischen Natur des Phänomens zusammen. Morgen oder schon in der nächsten Minute kann sich das ändern«, antwortete Thalion.

Dan rieb sich den Nacken. »Also irgendwo zwischen ›Oh, Scheiße‹ und ›Alles brennt‹.«

Thalion schwieg kurz. »Ja.«

»Dann ist noch Luft nach oben«, murmelte Alea.

Orla war unangenehm flau im Magen geworden, während Thalion gesprochen hatte. Es stand außer Frage, dass sie helfen würden, das Siegel zu erneuern. Egal wie spannend es klang, einen Zugang zur Unterwelt zu haben: Wenn schon ein kleiner Riss im Siegel derart heftige Folgen hatte, wollte sie nicht wissen, was geschah, wenn das Tor offen stand.

Kendrick räusperte sich. »Erlaubt Ihr mir, zu sprechen?«

Thalion sah über die Schulter und nickte.

Offenbar hatte Kendrick die ganze Zeit darauf gewartet, ebenfalls das Wort ergreifen zu dürfen. »Es war vorherbestimmt, dass das eines Tages geschieht. Ich bin als Mensch unter den Shiro Ahali aufgewachsen und genau darauf vorbereitet worden. Sie haben mich schon als kleinen Jungen auserwählt und für diese Aufgabe ausgebildet. Und nun wird sich endlich mein Schicksal erfüllen. Ich bin der beste Schwertkämpfer, den Ihr hier finden werdet.«

Alea musterte ihn skeptisch von unten bis oben.

Orla hatte Kendrick kaum zugehört. Sie verarbeitete noch, was Thalion ihnen offenbart hatte.

»Dann müssen wir uns zur Kaltwüste durchschlagen und das Siegel reparieren, richtig?«, fragte Dan.

»Theoretisch liegt Ihr richtig. Allerdings kann das Dörrtal nicht mehr betreten werden.« Thalion drehte sich wieder zu ihnen um. »Zumindest nicht ohne die richtigen Vorbereitungen. Der Nebel umhüllt es wie eine Mauer. Jeder Versuch, zum Dörrtal vorzudringen, ist zum Scheitern verurteilt. Ihr müsst einen Weg finden, diese Barriere zu zerstören, um den Schaden zu beheben, der angerichtet wurde. Und Ihr müsst denjenigen aufspüren, der dafür verantwortlich ist, damit er dafür bestraft werden kann.«

Das war eine große Aufgabe für nur vier Personen.

Er sagte, wir sind aufgrund unserer Fähigkeiten ausgewählt worden. Aber das hier … das hier ist was ganz anderes als unsere bisherigen Abenteuer. Vielleicht besitzt Kendrick eine Gabe, von der bisher niemand weiß? Solche Auserwählten haben doch immer irgendwelche Tricks im Ärmel.

Orla fragte sich, was es mit der ganzen Prophezeiung auf sich hatte, die Kendrick am Rande erwähnte.

»Natürlich werden wir Euch für Eure Reise ausrüsten.« Thalion wandte sich an den Auserwählten. »Kendrick, würdet Ihr bitte Eldrian Bescheid geben, dass er alles für Euren Aufbruch vorbereiten soll? Ich hätte gerne noch einige private Worte mit Euren Gefährten.«

Kendrick schien unzufrieden damit zu sein, doch er gehorchte. Er verabschiedete sich respektvoll und verließ den Saal. Als die Tür hinter ihm zufiel, seufzte Thalion leise.

»Kendrick ist der Einzige, der das Siegel wiederherstellen kann«, sagte das Oberhaupt und setzte sich. »Wie er schon sagte: Es war vorherbestimmt, dass es eines Tages zerstört werden würde. Wir Shiro Ahali wussten, dass es geschehen wird, aber nicht wann oder wie. Prophezeiungen wie diese sind immer unspezifisch, wie Euch vielleicht bekannt ist. Vielleicht war es keine Nachlässigkeit, sondern einfach Schicksal, dass es letztlich geschehen ist.«

»Warum ist er der Einzige, der etwas dagegen tun kann?«, fragte Orla. »Wirklich besonders wirkt er auf mich nicht.«

»Die Prophezeiung besagte, dass der Auserwählte ein blonder Jüngling sein wird, der zu einer bestimmten Zeit unter einem besonderen Stern geboren wird. Zu erkennen an dem kronenförmigen Muttermal an seiner Hüfte«, antwortete Thalion. »Das traf auf Kendrick zu. Glaubt mir, wir haben alles getan, um jeglichen Irrtum auszuschließen.«

Orla musterte ihre Freunde und sie schien nicht die Einzige zu sein, die erhebliche Zweifel an der sogenannten Prophezeiung hatte.

Das ist idiotisch. Wie viele Kinder sind noch zu dieser Zeit und an diesem Tag geboren worden? Und ernsthaft: Ein Muttermal an der Hüfte zeichnet den Auserwählten aus?

»Ist er wirklich ein so guter Krieger?«, fragte Alea.

»Der beste *menschliche* in der Stadt. Leider haben seine Aufsichtspersonen ihn mehr verzogen als trainiert. Sie haben ihm in den Verstand gemeißelt, wie besonders er ist, und das ist ihm zu Kopf gestiegen.« Thalion sah sie eindringlich an. »Deshalb brauche ich Euch. Ihr müsst auf ihn achtgeben, damit er seine Aufgabe erfüllt. Wenn das Siegel im Dörrtal bricht, ist unsere Welt dem Untergang geweiht.«

Das konnte ja heiter werden. Orla wechselte einen vielsagenden Blick mit ihren Freunden. Einerseits gefiel ihr die Vorstellung gar nicht, über einen unbestimmten Zeitraum mit diesem Kendrick umherzureisen.

Dann wiederum war eine anstehende potenzielle Apokalypse um einiges unangenehmer.

Orla mochte Fallopia und plante, ein ganzes vierhundertjähriges Gnomenleben hier zu verbringen. Sie war fest entschlossen, sich dieser Bedrohung zu stellen. Alea nickte ihr zu.

Ein neues Abenteuer für uns und dieses Mal steht bloß unser aller Leben auf dem Spiel. Ganz einfach. Kein Problem. Wir lieben Herausforderungen.

»Wo müssen wir zuerst hin?«, fragte Dan. »Gibt es schon Spuren zu dem Schuldigen, die wir verfolgen können?«

Dankbar neigte Thalion den Kopf. »Euer erster Weg führt Euch nach Fairwick im Königreich Leopenia. Der Rat der Magier diskutiert bereits hitzig, wie man die Gefahr aus dem Dörrtal bannen könnte. Ich lege ein gutes Wort für Euch ein, aber ich denke, es genügt schon, dass Ihr mit Orla eine ehemalige Studentin der Akademie und anerkannte Magierin bei Euch habt.«

»Eine Frage habe ich noch«, hob Alea bedächtig an. »Warum ausgerechnet wir?«

Thalion faltete die schlanken Hände. »Wie bereits gesagt, habe ich Euch aufgrund Eurer Fähigkeiten ausgewählt.«

»Nur deshalb?« Dan neigte den Kopf. »Versteht mich nicht falsch, wir sind gut in dem, was wir machen. Aber es wird doch sicherlich Hunderte von Abenteurern geben, die genau so geeignet wären.«

»Die gibt es mit Sicherheit«, bestätigte der Elf. »Aber uns fehlt die Zeit, um ein langwieriges Auswahlverfahren abzuhalten. Euer Ruf eilt Euch voraus. Wir lasen von Euch und waren überzeugt, dass Ihr Euch nicht nur schnell von der Dringlichkeit dieser Aufgabe überzeugen lasst. Sondern, dass Ihr auch das Geschick, die Stärke und die Intelligenz besitzt, um sie erfolgreich zu lösen und sicher zurückzukehren.«

Orla genügte das als Begründung. Und nun war es ohnehin zu spät, sie hatten zugesagt. ›Die glorreichen Sieben‹ war keine Abenteurergruppe, die etwas versprach und es dann nicht einhielt.

»Wir müssen noch einmal zurück zum Hafen, an dem wir abgelegt haben«, warf sie ein. »Unsere drei Gefährten Imir, Denu und Murphy warten dort auf uns.«

»Wir werden uns darum kümmern, dass sie schnell nach Leopenia gebracht werden, damit Ihr bei Eurer Ankunft wieder mit ihnen vereint werdet«, versprach Thalion.

3

Von E'aenathalas nach Leopenia in unter fünf Sekunden

Alea

Das erste Morgenrot, das als dünner Streifen am Horizont flimmerte, erhellte den Himmel kaum.

Es war der siebte Tag in E'aenathalas, sobald alle Vorbereitungen abgeschlossen wären, würde ihre Gruppe weiterreisen. Dieses Mal per Portal.

Alea hatte sich mit Orla und Dan vor dem Bernsteinturm eingefunden, wo sie von Kendrick, Eldrian und Janori erwartet worden waren. Schweigend half die Hochelfin dabei, Ausrüstung und Proviant für die Reise zusammenzutragen.

Dan und Orla wuselten zwischen den Beinen der Größeren hindurch wie zwei Katzen, es war erstaunlich, dass bisher niemand über sie gestolpert war.

Der Halbling trug die schwarzen Stiefel, die in E'aenathalas hergestellt worden waren. Sie sahen unauffällig aus, laut ihm hatten sie eine besonders weiche Sohle, die seine Schritte noch leiser werden ließen.

Aus dem Augenwinkel beobachtete Alea Kendrick, der keinen Finger rührte, um ihnen zu helfen. Stattdessen gab er mehr oder weniger nützliche Anweisungen und tat so, als würde er alles koordinieren.

Was sollte sie von diesem Mann halten? Dass er ein Mensch war, erschwerte ihr die Sympathie zusätzlich zu seiner offen gezeigten Arroganz.

Alea hatte in ihrer Vergangenheit schmerzhafte, einschneidende Erfahrungen mit Menschen gemacht.

Aus diesem Grund misstraute sie ihnen. Seit sie mit Orla und Dan unterwegs war, hatte sie allerdings viele gute Menschen getroffen – starke, mutige und ehrenhafte Leute, die ihr ein besseres Bild dieses Volkes vermittelten.

Alea arbeitete hart daran, sich nicht länger von Vorurteilen und schlechten Erinnerungen leiten zu lassen. Schließlich wollte sie ebenfalls nicht nur wegen ihrer Rasse verurteilt werden. Das gelang ihr heute besser als früher, dennoch war es nach wie vor nicht leicht für sie.

Lern ihn besser kennen und urteile dann über ihn, sagte sie sich zum wiederholten Male.

Möglicherweise war er wirklich ein guter und ehrenhafter Kämpfer. Das würde sich hoffentlich bald zeigen.

»Das war alles«, verkündete Eldrian. »Kommt bitte zu mir!«

Alea legte das letzte Bündel mit Nahrungsmitteln ab und schlenderte auf den anderen Elfen zu.

»Thalion Graumantel hat noch ein paar Geschenke für Euch«, verkündete Eldrian und übergab zuerst Kendrick ein Schwert. »Dies ist Geisterklinge, die Waffe des Auserwählten.«

Alea bewunderte gemeinsam mit Kendrick die fein gearbeitete Waffe. Sie war nahezu durchsichtig, von blauen und grünen Adern durchzogen. Man konnte fast glauben, sie bestünde aus Glas.

Kendrick drehte das Schwert einmal, schwang es probeweise durch die Luft und grinste aufgeregt wie ein Kind, das ein ersehntes Spielzeug bekommen hatte. »Es fühlt sich großartig an. Vielen Dank!«

Alea hätte es selbst gern in die Hand genommen. Und wenn auch nur dafür, um sicherzugehen, dass die Klinge tatsächlich aus Stahl bestand. Doch Kendrick wirkte nicht so, als wollte er seine neue Waffe allzu bald loslassen. Sie würde allerdings niemals danach fragen oder zugeben, dass sie dieses Schwert mochte.

Eine weibliche Shiro Ahali reichte Alea einen fein verzierten Köcher. »Solange noch ein einzelner Pfeil in diesem Köcher steckt, wird er sich von selbst auffüllen«, erklärte Eldrian. »Sodass Ihr immer fünfundzwanzig Pfeile zur Verfügung haben werdet.«

Beeindruckt zog Alea die Brauen hoch. »Vielen Dank. Das ist mehr als praktisch.«

Orla bekam zwei dicke Bücher, die fast so groß waren wie sie selbst. Wie sie die neben all dem anderen Zeug transportieren sollten, war Alea unklar. Doch die Gnomin freute sich sehr darüber.

»Ihr werdet darin einige neue Zauber finden, die praktisch für Eure Reise sein werden«, sagte Eldrian.

»Danke schön«, flötete Orla glücklich, das Buch bereits aufgeschlagen. »Ich kann es kaum erwarten, darin zu lesen.«

»Ich hoffe, sie ist in der Lage, die zu tragen«, warf Kendrick skeptisch ein. »Ich werde ihr sie jedenfalls nicht abnehmen.«

Orla musterte ihre neuen Bücher noch immer begeistert. »Ich würde sie dir auch nicht geben wollen.«

Entweder hatte sie gnädig überhört, dass Kendrick nicht mit ihr, sondern über sie gesprochen hatte oder es vor Freude gar nicht erst bemerkt. Alea hingegen hatte es mitbekommen. Kendrick nahm Orla und Dan nicht für voll. Stets sprach er über ihre Köpfe hinweg und adressierte nur Alea oder einen Shiro Ahali.

Und das stank ihr.

Zuletzt händigte Eldrian Dan einen schwarzen Umhang aus. »Probiert ihn an! Hoffentlich hat er die richtige Größe.«

Der Halbling warf sich den Umhang über, drehte sich hin und her. »Sitzt gut, danke sehr.«

»Wenn Ihr die Kapuze aufsetzt und Euch in den Schatten stellt, könnt Ihr mit der Dunkelheit verschmelzen«, erläuterte Eldrian.

Dans verschmitztes Grinsen verriet, dass ihm diese Idee ausgezeichnet gefiel.

»Moment!« Kendrick trat an sie heran. »Ich muss jetzt wissen, was er bei uns will. Alea ist für das Grobe, Orla für das Kluge und Danwrick ...?«

»Für alles, was schmutzig, falsch und moralisch höchst verwerflich ist.« Der Halbling zwinkerte ihm zu. »Und du kannst Dan zu mir sagen.«

»Ihr könnt dem Urteil von Thalion Graumantel vertrauen, Kendrick«, fügte Eldrian hinzu.

Kendrick murmelte etwas und drehte sich dann kopfschüttelnd ihrer Ausrüstung zu. »Wie sollen wir das alles bitte schön transportieren?«

»Oh, das ist ganz einfach«, rief Orla.

Sie ließ von ihren Büchern ab und hob einen der Rucksäcke auf, die ihnen bereitgestellt worden waren. »Pass auf!«

Die Gnomin nickte Dan zu und öffnete den Rucksack. Der Halbling nahm Anlauf, sprang mit einem beherzten Satz hinein und verschwand gänzlich. Alea blinzelte überrascht.

»Das sind bodenlose Taschen«, sagte Eldrian amüsiert. »Sie werden Eure gesamte Ausrüstung fassen und dabei nie schwerer als fünf Kilogramm.«

»Hier gibt es sogar Regale und Fächer«, rief Dan aus dem Rucksack heraus. »Und unterschiedliche Abschnitte. Dort ist der Teil für die Waffen, da für die Nahrungsmittel und hier für Kleinkram. Wir können alles ganz wunderbar ordnen. Orla, fang mal an, was reinzureichen!«

Als die Sonne über den Horizont kletterte, waren die Rucksäcke gepackt und sie bereit, durch das Portal zu treten und den Kontinent wieder zu verlassen.

Wie wohl sich Alea auch in E'aenathalas fühlte: Sie vermisste Denu, den sie zurückgelassen hatte. Der große weiße Elch war seit vielen Jahren ihr treuer Begleiter, hatte mir ihr gekämpft und ihr in einsamen Stunden Trost gespendet. Bevor Alea Dan und Orla kennengelernt hatte, war Denu der einzige Freund gewesen, dem sie hatte vertrauen können.

Sie würde dem Kapitän niemals verzeihen, dass er sie gezwungen hatte, ihn im Hafen zurückzulassen.

Das würden sie Kendrick auch noch beibringen müssen: dass sie einen kleinen Zoo mit sich herumschleppten.

Eldrian öffnete ihnen mit einer ausschweifenden Armbewegung das magische Portal. »Es bringt Euch direkt in die Hafenstadt Kargbach. Eure Seelentiere sind in einem Stall untergebracht und erwarten Euch sicher sehnsüchtig. Viel Erfolg auf Eurer Reise!«

Kurz nachdem sie hindurchgetreten waren und das Portal sich hinter ihnen geschlossen hatte, wandte sich Kendrick zu ihnen um. Sein Gesicht wurde grimmig, der Blick abfälliger. »Hört mir gut zu: Ich brauche euch nicht. So sehr ich auch die Gesellschaft schöner Frauen schätze«, er zwinkerte Alea zu, »ich werde allein weiterziehen, sobald wir in Leopenia sind.«

Noch weniger als die anbiedernden Blicke, die er ihr zuwarf, gefiel Alea, in welche Richtung das Gespräch ging.

Kendrick legte eine Hand auf den Knauf seines Schwertes. »Wie ich bereits sagte: Ich bin der beste Kämpfer, den ihr in E'entalas finden könnt. Ihr werdet mich nur aufhalten.«

»Es heißt E'aenathalas«, verbesserte Alea.

Er zog die Stirn kraus. »Hab ich doch gesagt. Mithilfe von Geisterklinge und meinem Können werde ich den Nebel aufhalten. Warum Thalion der Meinung ist, dass ich ein Gefolge brauche, ist mir schleierhaft.«

Denu wartete in einem Stall in der Nähe auf sie und ehe sie sich doch dazu hinreißen ließ, ihre Faust in Richtung Kendricks Gesicht zu lenken, holte sie lieber ihren Elch ab.

Wortlos entfernte sich Alea, hörte noch, wie Orla und Dan Kendrick zu erklären versuchten, dass er allein dieser riesigen Aufgabe nicht gewachsen sei.

Und die Shiro Ahali sich etwas dabei gedacht hatten, als sie ihm Gefährten mit auf den Weg gaben. Die beiden hatten wesentlich mehr Geduld für seinen Blödsinn als Alea.

Wem von ihnen würde wohl zuerst der Kragen platzen?

Denk daran: Dieser Nebel bedroht ganz Fallopia. So gern du Kendrick auch ins Wasser schubsen willst, diese Bedrohung ist größer als deine Abneigung gegen das Großmaul. Noch.

Hinzukam, dass Alea die Shiro Ahali nach all ihrer Gastfreundschaft nicht enttäuschen wollte. Ihr Pflichtgefühl würde es nicht zulassen, dass sie sich von dieser Mission abwandte, bloß weil der Auserwählte ein Vollidiot war.

Der gesuchte Stall war nur zehn Minuten vom Kai entfernt. Alea nickte dem Stallmeister grüßend zu und steuerte zielsicher die Box an, in der Denu stand.

»Hallo, mein Freund«, raunte sie und klopfte dem Elch den Hals. »Geht es dir gut?«

Denu stupste sie an. ›*Er freut sich, Alea wiederzusehen.*‹

Seine tiefe, sanfte Stimme erklang über die telepathische Verbindung in ihrem Kopf. Er sah entspannt und gut genährt aus, offenbar hatte er eine angenehme Zeit hier verbracht. Sie war erleichtert und streichelte ihn.

›Denu hat Shiro Ahali kennengelernt‹, erzählte der Elch. ›Freundliche Elfen. Haben ihm Gemüse geschenkt. Haben ihn und seine Freunde hergebracht und erzählt, dass Alea nachkommen wird.‹

Das Stroh raschelte und Murphy streckte gähnend seinen Kopf hervor. Hinter ihm erschien Imir. Der kleine Pseudodrache quietschte erfreut, als er Alea erblickte.

»Wie haben die Shiro Ahali euch hergebracht?«, fragte Alea. »Musstest du mit dem Schiff fahren?«

Imir kletterte auf Denus Rücken und legte sich auf sein Geweih. Alea tätschelte ihm mit zwei Fingern den Kopf, während Murphy sich katzenhaft um ihre Beine schlängelte.

›Nein, nein. Kein Schiff‹, sagte der Elch. ›Magie. Ein Portal. Hat Denu schwindelig gemacht, aber es war nicht so schlimm wie das Meer. Er mag die Elfen.‹

Sie nickte und setzte das Harlekin Frettchen ebenfalls auf Denu ab. »Es sind … wirklich gute Leute. Das erleichtert mich«, murmelte sie. »Kommt, es wird Zeit. Orla und Dan warten auf uns. Wir haben einen neuen Gefährten bekommen, den wir eine Weile begleiten müssen.«

Denu brummte. ›Alea mag ihn nicht?‹

»Nein«, grummelte sie. »Ganz und gar nicht.«

›Dann mag Denu ihn auch nicht.‹

Ihre Mundwinkel zuckten und sie klopfte ihm erneut den Hals.

Alea bezahlte den Stallmeister und kehrte zu ihren Gefährten zurück.

Kendricks Augen weiteten sich, als er den Elch erblickte. »Was ist das für ein Vieh?«

Alea funkelte ihn an und baute sich drohend vor ihm auf. »Wie hast du ihn eben genannt?«

Beschwichtigend hob Kendrick die Hände und wich einen Schritt zurück. »So war das nicht gemeint.«

»Wie dann?«, zischte Alea.

Orlas lockender Pfiff schnitt Kendrick das Wort ab, ehe es seine Zunge verlassen konnte.

Imir war von Denus Geweih in die Luft gesprungen. Er flog eine Schleife, klappte die kleinen Flügel ein und fiel im Sturzflug in ihre Arme.

Murphy war mit einem Satz vom Rücken des Elches auf Dans Schultern gesprungen und leckte ihm das Gesicht ab. »Na, mein kleiner Stinker?«

»Moment, Moment, Moment!« Kendrick fuhr sich durch das blonde Haar. »Sind das eure Haustiere? Was für ein Wesen ist das?«

»Ein sogenannter Pseudodrache«, antwortete Orla. »Er ist die kleinere Variante von gewöhnlichen Drachen. Sie sind lose mit ihnen verwandt. Imir kann toll fliegen, nur leider kein Feuer speien. Dafür behält er dort oben den Überblick und kann mir übermitteln, wenn irgendetwas Verdächtiges vor sich geht.«

Der kleine Drache gab ein zustimmendes Geräusch von sich und ließ sich von Orla unterm Kinn kraulen. Dann ging die Gnomin zu zu Denu hinüber, unter dem sie problemlos hätte durchlaufen können, und legte ihm eine Hand aufs Knie.

»Denu sieht zwar unglaublich süß aus, aber im Kampf kann er zum wilden Krieger werden. Außerdem verletzt es seine Gefühle, wenn du ihn als Vieh bezeichnest.«

Und ich habe Lust, DICH zu verletzen, dachte Alea grimmig und starrte Kendrick weiterhin an.

Zuletzt stellte die Gnomin sich neben Dan und strich dem Frettchen über den Kopf. »Und Murphy kundschaftet für uns die Gegend am Boden aus.«

»Ist das nicht furchtbar aufwendig, die Tiere mitzuschleppen?«, fragte Kendrick skeptisch. »Allein das Futter, das sie brauchen werden. Und den Mist, den sie hinterlassen. Andererseits …« Er betrachtete Denu genauer. »Ist ein weißes Reittier genau das richtige für einen Helden wie mich. Zwar wäre ein edles Ross angemessener, doch ein Elch tut es auch.«

»Denu lässt nur *mich*, Orla und Dan auf sich reiten«, sagte Alea scharf. »Zu deiner eigenen Sicherheit würde ich dir raten, dich niemals auf seinen Rücken zu setzen, verstanden?«

Denu schnaufte zustimmend.

Kendrick zuckte mit den Schultern. »Von mir aus. Wir gehen weiter. Die Bedrohung wartet schließlich nicht auf uns.«

»Wir?«, wiederholte Orla.

»Ich habe keine Lust, weiter zu diskutieren.« Der Auserwählte verzog genervt das Gesicht. »Wenn ihr so dringend darauf besteht, mein Gefolge zu sein, bitte schön. Von mir aus könnt ihr auch euren Zoo mitnehmen. Kommt mir bloß nicht in die Quere, ja? Und ich hoffe für euch, dass ihr euch im Kampf nützlich machen könnt.«

Alea presste die Lippen aufeinander.

Dieser elende …

Dem Gedankenanfang folgten eine Menge elfische Schimpfwörter. Orla sah ebenfalls so aus, als würde sie den sogenannten Auserwählten innerlich mit einigen wohlgewählten Begriffen bezeichnen.

»Es wird bald dunkel.« Dan entschied sich dafür, diplomatisch zu bleiben. »Lasst uns ein Gasthaus suchen und morgen früh aufbrechen.«

Die Sonne stand tief und das rotorange Licht flutete den Hafen. Alea ließ den Blick schweifen. Der Kai war schätzungsweise nur zehn Meter lang. Neben dem Schiff, auf dem sie angereist waren, dümpelten fünf kleine Fischerboote vor sich hin über denen Möwen kreisten. Außer ihnen und den Seeleuten, die ihre Fracht abluden, war niemand hier.

Sie drehte sich den Fachwerkhäusern zu, die entlang des Kais standen. Schnell fiel ihr eine Taverne mit dem klangvollen Namen ›Butter bei die Fische‹ ins Auge. Das klang grammatikalisch falsch, war aber vermutlich lokaler Dialekt.

Kendrick verschränkte die Arme vor der Brust. »Auf keinen Fall. Erstens halte ich den Gestank hier keine Minute länger aus. Zweitens seid ihr jetzt mein Gefolge und werdet tun, was ich euch sage.«

Alea knirschte leise mit den Zähnen.

Denu stupste sie an. ›*Alea wird wieder so wütend.*‹

Sie lockerte ihre verkrampfte Kiefermuskulatur und legte eine Hand auf seine Schnauze.

»Die Lage ist ernst, und ich werde nicht in einem weichen Bett schlafen, während der Nebel da draußen neue Opfer fordern könnte«, fuhr Kendrick fort. »Wir gehen weiter und nächtigen in unseren Zelten.«

Damit machte er auf dem Absatz kehrt und ging den Kai entlang.

Dan kraulte Murphy den Kopf. »Ich sehe schon, wir werden alle noch dicke Freunde werden.«

Alea schnaubte verächtlich. »Nennt mir einen guten Grund, warum ich ihn heute Nacht nicht im Schlaf erwürgen sollte.«

»Potenzieller Weltuntergang«, sagte Orla trocken. »Warte einfach, bis die Gefahr gebannt ist. Aber lass mich ihm vorher erst den Hintern verbrennen.«

»Also, von mir aus könntest du ihm jetzt direkt ein paar Funken in den Hosenboden jagen«, raunte Dan.

»Meister Kendrick, Meister Kendrick«, rief ein aufgeregter Mann hinter ihnen.

Alea drehte sich der fremden Stimme zu. Sie sah einen Gnom auf den Auserwählten zurennen. Auf seinem Kopf trug er einen Filzhut in dessen Krempe ein Presseausweis steckte, in seiner Hand hielt er Papier und Feder.

Hastig rückte er die große runde Brille auf seiner Stupsnase zurecht. »Ihr seid es, nicht wahr? Der Held, von dem alles spricht?«

Kendrick warf sich in Pose. »Wahrhaftig, das bin ich.«

»Sollte ihm jemand sagen, dass er das besser nicht so herumposaunt?«, raunte Dan. »Der Gnom da könnte ein Assassine sein.«

»Oder schlimmer noch: tatsächlich ein Reporter«, erwiderte Orla.

Alea schnaubte.

Der Gnom lupfte seinen kleinen Hut. »Dazzlebrand ist mein Name. Bilpos Dazzlebrand. Journalist bei ›Leopenia Aktuell‹, im Auftrag unseres Königspaares Leopold und Leonie. Hättet Ihr Zeit für ein Interview?« Er winkte zwei weitere Gnome heran, die hinter ihm gewartet hatten. »Und für ein paar Bilder, die wir abdrucken können?«

Kendrick lächelte gönnerhaft. »Selbstverständlich.«

»Hatte er es nicht eben noch so betont eilig?«, fragte Dan spöttisch. »Offenbar macht der Nebel für seine Eitelkeit doch kurz Halt. Oder so.«

»Die Kunde von unserem Auserwählten hat sich ziemlich schnell verbreitet«, sagte Orla nachdenklich. »Bis zu unserem Aufbruch vor drei Wochen wusste noch niemand etwas davon.«

Dan zuckte mit den Schultern. »Die Presse ist manchmal schneller als man schauen kann. Du kennst die doch.«

Orla verdrehte die Augen. »Nur allzu gut.«

Auch Alea dachte nur äußerst ungern an die vielen Momente zurück, an denen plötzlich Reporter vor ihnen gestanden hatten. Oder an die zahlreichen Artikel, die man über sie und ihre Abenteuer verfasst hatte, ohne mit ihnen zu sprechen.

»Lasst uns einfach froh sein, dass der Gnom nicht von ›Blutbefleckt – Invasiv – Lausig – Destruktiv‹ kommt«, murmelte Dan kopfschüttelnd.

Kendrick gab sein Interview mit großen Gesten und wichtiger Miene, während er von zwei Seiten gezeichnet wurde.

»Die haben längst eine ganze Reihe an Artikeln geschrieben.« Orla kraulte Imir unter dem Kinn und der kleine Pseudodrache klang fast so, als würde er schnurren. »Dauert nicht mehr lange, bis die auch auf ihn zukommen, jede Wette.«

Alea murrte.

– LEOPENIA AKTUELL –

Erstes exklusives Interview mit dem Auserwählten!

Kendios Thodeorick Honorseeker: »Ich werde die Bedrohung aufhalten!«

Der Auserwählte der Shiro Ahali ist in Leopenia angekommen. ›Leopenia Aktuell‹ konnte ein erstes Gespräch mit ihm führen. Kendrick hat verraten, was ihn antreibt, wie er die Bedrohung aufhält und was er dafür morgens zum Frühstück isst.

›Die glorreichen Sieben‹ (restliche vier Mitglieder gerade verhindert) Begleiter des Auserwählten.

Zuletzt machte die Truppe von sich reden, als sie dafür angeheuert wurde, das Verschwinden zahlreicher Kinder und Haustiere in einem benachbarten Reich aufzuklären.

»Obwohl wir nur drei der versprochenen sieben Abenteurer bekamen, hatten wir volles Vertrauen zu ihnen«, so ein Sprecher des Königshauses.

Letztlich stellte sich die zunächst vermutete Entführung als Missverständnis heraus. Ein lokaler Barde mit Talent fürs Flötenspiel erstand ein verfluchtes Instrument. Sein Spiel lockte Kinder und Haustiere fort und der Fluch zwang ihn, sie immer weiter weg zu führen.

›Die glorreichen Sieben‹ (Verbleib der anderen vier Mitglieder weiterhin unbekannt) waren in der Lage, den Fluch zu brechen und alle Opfer zurück nach Hause zu bringen.

4

Der Irrwald

Dan

Die Kunde über den seltsamen Nebel und seine unberechenbaren Auswirkungen verbreitete sich immer weiter im Königreich. Zuletzt war der Nebel in einem kleinen Fischerdorf aufgetaucht und hatte massenweise Forellen vom Himmel regnen lassen. Die Leute dort versuchten nun alles zu verarbeiten, ehe es verweste.

Dan fragte sich, woher die Fische gekommen waren. Hatte der Nebel sie aus dem Nichts materialisiert? Oder waren die armen Tiere aus ihrem Gewässer gerissen und auf die Erde geschleudert worden?

Der Halbling sah zum Himmelblau hinauf. Imir flog wenige Meter über ihren Köpfen und ließ sich gemütlich von einer Luftströmung tragen. Das Problem bei diesem Phänomen war, dass es zu jeder Sekunde überall auftauchen konnte. Bislang gab es kein erkennbares Muster, anhand dessen man wenigstens vorhersagen konnte, wo der Nebel als nächstes zuschlagen würde.

Er richtete seinen Blick wieder nach vorne. Ihre Gruppe lief eine schier endlose Landstraße entlang, bergauf Richtung Osten auf die Kleinstadt Arrowfall zu.

Viel gab die Umgebung nicht her, vornehmlich Wiesen und Bäume, sodass Dan sich schnell daran sattgesehen hatte. Das letzte Mal war ihnen vor zwei Stunden eine Bäuerin auf einem Karren entgegengekommen.

Kendrick befand sich an der Spitze ihres Zuges. Es war ihm wichtig, zu betonen, dass er der Anführer war und jederzeit bestimmte, wo es lang ging.

Dan war relativ egal, wofür Kendrick sich hielt. In ihrer Gruppe herrschte Demokratie und das würde der Kerl früher oder später lernen müssen.

Ist aber dieses Mal nicht so einfach, dachte er. *Wenn Kendrick überstimmt wird, bockig allein loszieht und dann stirbt, haben wir ein Problem. Na ja, wird schon. Optimistisch bleiben!*

Zur Not würde Alea den Auserwählten freundlich, aber bestimmt etwas Schweres gegen den Kopf schlagen und bewusstlos an den Füßen hinter sich her schleifen. Alles zu seinem Besten, verstand sich.

Orla saß zusammen mit Murphy auf Denus Rücken und unterhielt sich mit Alea. Die Gnomin lernte seit einigen Wochen fleißig Zwergisch bei ihrer Freundin. Und auch jetzt nutzten die beiden die Zeit für eine kleine Lehrstunde.

Bevor Alea Orla und Dan kennengelernt hatte, war sie als Sölderin unterwegs gewesen. Unter anderem hatte sie ein Jahr lang eine Zwergenkarawane beschützt, die durch ganz Fallopia reiste.

»Jeden Tag von einer Sprache umgeben zu sein, die man nicht beherrscht, ist auf Dauer frustrierend«, hatte Alea einmal erklärt. »Außerdem verpasst man vielleicht wichtige Informationen. Also habe ich mich von ihnen unterrichten lassen.«

Es war gut, dass Orla die Elfin ablenkte. Je weniger Alea daran dachte, wie gern sie Kendrick verprügeln wollte, desto besser war es.

»Sagen wir, du bist in einer Taverne«, setzte Alea zu einem Beispiel an. »Plötzlich rempelt dich ein Zwerg an, schaut auf dich herab und fährt dich an, warum du nicht besser aufpasst. Und dass du erstens blind wie ein Maulwurf und zweitens dumm wie Scheiße sein musst. Was erwiderst du darauf?«

Orla dachte einen Moment darüber nach. Schließlich rief sie etwas auf Zwergisch und schüttelte dabei drohend die Fäuste.

Denu schnaufte.

Kendrick warf einen Blick über die Schulter zu ihr. »Was?«

Orla grinste breit und entblößte zwei Reihen kleiner spitzer Zähne. »Ich sagte: ›Dein Bart ist so winzig, dass selbst ein Kleinkind mehr Haare im Gesicht hat als du‹.«

»Und damit beleidigt man einen Zwerg?«, wollte Kendrick wissen.

»Klar«, rief Dan nach vorne. »Wenn du rassespezifisch beleidigen willst, ohne rassistisch zu werden, gehst du immer auf die Äußerlichkeit, auf die das Volk am stolzesten ist. Elfen haben doofe Ohren, Zwerge kleine Bärte und Halblinge hässliche Füße. Klappt gut. Nebenbei möchte ich bemerken, dass ich wunderschöne Füße habe. Willste sehen?«

Kendrick hob kopfschüttelnd die Hand. »Behalt deine Stiefel an!«

Ob er den Auserwählten damit ärgern konnte? Dan würde es austesten, sobald es einen Grund gab, aus seinen Schuhen zu schlüpfen.

Alea schob Denu eine Möhre zu und reichte auch Murphy ein Stück nach oben. Das Frettchen klemmte sich das Gemüse zwischen die Vorderpfoten und rollte sich auf Orlas Schoß zusammen, um zu fressen. »Und wenn der Zwerg dann sagt, dass dein schönes langes Haar nur eine hässliche Perücke ist, weil alle Gnome bekanntlich Glatzköpfe haben?«

Orla wischte sich eine braune Haarsträhne hinter ihr spitzes Ohr und erwidert etwas auf Zwergisch, was Alea zum Lachen brachte.

»Übersetzung bitte«, forderte Dan.

Orla drehte ihm den Kopf zu. »Weil sie aus dem Brusthaar deiner Mutter gemacht ist.«

Dan kicherte. »Ah, ›Deine Mutter‹-Witze. Ein zeitloser Klassiker.«

Er sah noch, wie Kendrick die Augen verdrehte, ehe ihr Held wieder nach vorne blickte. Gut, dass das außer ihm keiner bemerkt hatte.

Vigo und ich haben uns gegenseitig ständig mit ›Deine Mutter‹-Sprüchen aufgezogen, ging es ihm durch den Kopf. *Und wenn sie uns dabei erwischt hat, hat sie mitgemacht.*

Erinnerungen an seinen jüngeren Bruder versetzten ihm auch nach Jahren noch einen schmerzhaften Stich. Dans Verhältnis zu seiner großen Familie war innig. Er hatte ihnen auf dem Schiff einen Brief geschrieben und ihn am Hafen einem Boten in die Hand gedrückt. Er war gespannt, was seine Sippe zu Kendrick und ihrer Mission sagte. Und wer ihm überhaupt antwortete. Es könnten seine Eltern oder Geschwister sein. Vielleicht Onkel Ted, dann bekam er gleich eine Portion Seemannsgarn dazu. Oder Tante Lilly und Cousine Hani, die ihm für Kendrick einen Haufen Scherzartikel und Ideen für Streiche mitliefern würden.

Nachdenklich senkte er den Blick auf seine neuen Stiefel. *Wenn Kendrick mit Vigo gesprochen hätte wie mit Orla und mir, hätte Vigo ihm die Schienbeine grün und blau getreten.*

Das war die liebste Antwort seines Bruders für Leute gewesen, die sich über seine Größe lustig gemacht hatten. Ein beherzter Tritt unterhalb des Knies. Schmerzhaft genug, aber harmlos.

»Die Vokabeln kannst du«, fuhr Alea fort und lenkte seine Aufmerksamkeit zurück auf sie. »Du musst nur noch an deiner Aussprache arbeiten. Manche Worte klingen sehr ähnlich. Mit etwas falscher Betonung wird aus dem Satz ›Mein Vater arbeitet als Schmied‹ nämlich ganz schnell ›Meine Kartoffel hat zwanzig Arschlöcher‹.«

Sowohl Orla als auch Dan brachen in Gelächter aus.

»So schlecht kann ich gar nicht betonen«, stieß Orla aus.

Alea zog eine Braue hoch. »Sagst du.«

»Mein Zwergisch ist nicht *so* mies«, wiederholte Orla.

»Wie du meinst«, neckte Alea weiter. Ihre eben noch ernste Miene riss auf und ein Grinsen wanderte über ihre Lippen.

Orla beschwor mit einer kurzen Geste eine magische Hand, die aus bläulichem Licht zu bestehen schien. Sie ließ sie vor Aleas Gesicht schweben und schnipste ihr damit gegen die Nase. Die Elfin lachte kurz.

Plötzlich blieb Kendrick stehen. »Stooopp!« Er sah zwischen der Karte, die sie von den Shiro Ahali bekommen hatten, und dem Weg hin und her. »Der Wald ist nicht verzeichnet.«

Sie versammelten sich um ihn, um seine Aussage zu prüfen. Dan blickte in Richtung des dunklen Nadelwaldes, der vielleicht noch eine halbe Stunde von ihnen entfernt war.

Sie hatten den höchsten Punkt des Hügels erreicht, ab hier führte die Straße stetig bergab. Wie eine breite dunkelgrüne Mauer zog sich der Wald mitten durch die Landschaft und wirkte seltsam fehl am Platz.

»Bist du sicher, dass die Karte aktuell ist?«, fragte Orla.

»Selbstverständlich«, antwortete Kendrick pikiert. »Denkst du, die Shiro Ahali würden so einen dummen Fehler machen?«

Orla verzog den Mund. »Das hab ich nicht gesagt.«

»Wälder wachsen nicht über Nacht.« Dan musterte seine Gefährten. »Vielleicht eine Auswirkung des Nebels?«

Alea verschränkte die Arme vor der Brust. »Gut möglich.« Sie warf Denu einen Seitenblick zu. »Mir gefällt das nicht.«

Orla nickte zustimmend. »Er hat etwas Unheimliches an sich. Imir, tust du mir einen Gefallen? Flieg nach oben und schau, ob es einen Weg um den Wald herum gibt.«

Der Pseudodrache tat, wie geheißen.

»Das würde uns unnötig Zeit kosten«, warf Kendrick ein. »Pfeif deine Echse zurück, wir durchqueren ihn!«

»Echse?«, wiederholte Orla empört und sprang von Denu hinunter.

»Alea und Orla, ihr geht voran«, unterbrach Kendrick sie. »Ihr kennt euch von uns allen am besten in Wäldern aus. Dan, du läufst vor mir und ich bilde die Nachhut.«

Das war kein Vorschlag, sondern ein Befehl. Alea grummelte etwas Unverständliches.

Orla atmete tief durch. »Mein lieber Kendrick.« Sie sprach in einem freundlichen Tonfall. Einem *überaus* freundlichen Tonfall. Wäre Dan an Stelle des Auserwählten, würde er sich Sorgen machen. »Deine Respektlosigkeit gegenüber Imir zeigt lediglich deine Charakterschwäche und – schlimmer noch – dein Unwissen und stellt dich keinesfalls besser.«

Aber Kendrick hörte ihr nicht zu, sondern ging bereits weiter.

Dan legte einen Arm um ihre Schultern und zog sie vom Auserwählten weg. »Eure Meinung zu: ›Was sagt Kendrick als Unbeteiligter wohl zum Thema Intelligenz‹, Professor Orla Nyx Lilceli Folkor Nim Quigani?«

Die Gnomin gluckste. Der Ärger schwand aus ihrem Gesicht und sie setzte die wichtige Miene einer Dozentin auf, ehe sie ihm ausschweifend antwortete.

Je näher sie dem Nadelwald kamen, desto unruhiger wurden die Tiere, die sie begleiteten.

›Dan.‹ Murphy meldete sich über ihre telepathische Verbindung. ›*Wir sollten den Wald meiden. Murphy mag ihn nicht.*‹

Er schaute zu seinem Frettchen hoch, das noch immer auf Denus Rücken saß. »Da scheinst du nicht der Einzige zu sein, Stinker.«

Imir war auf Orlas Schultern gelandet. Der Elch hielt sich dicht bei Alea.

»Sprichst du gerade mit dem Tier?«, fragte Kendrick hinter ihm.

»Jupp«, erwiderte Dan schlicht. »Hey, Sonnenschein, Löwin.«

Orla und Alea sahen über die Schultern zu ihm.

»Warum nennst du die beiden eigentlich so?«, fragte Kendrick dazwischen.

Dan drehte sich zu ihm um und lief rückwärts weiter. »Ist das nicht offensichtlich? Schau dir die beiden an! Ihnen stehen diese Spitznamen förmlich ins Gesicht geschrieben.«

Kendrick legte die Stirn in Falten. Zweifelnd musterte er erst Alea und Orla, anschließend Dan. »Machst du das mit jedem?«

»Mit den meisten. Wenn du Glück hast, verdienst du dir auch bald einen Spitznamen.« Dan drehte sich wieder nach vorne und ignorierte Kendricks gemurrten Widerspruch, dass er so etwas nicht brauche. Als ob er da eine Wahl hätte. Das Einzige, das er beeinflussen konnte, war, ob es ein positiver oder negativer Kosename würde.

»Wäre das ein gewöhnlicher Kiefernwald, auf welche Gefahren müssten wir uns einstellen?«

»In erster Linie wilde Tiere«, antwortete Alea. »Wildschweine, Bären … möglicherweise Wölfe.«

»Aber die lassen uns in Ruhe, wenn wir sie in Ruhe lassen«, fügte Orla hinzu. »Und wenn sie keinen Nachwuchs dabeihaben, versteht sich. Hier könnten einige Kobolde leben, die vielleicht eine größere Gefahr sind.«

Alea nickte zustimmend. »Und Wegelagerer oder Räuber.« Sie rollte mit den Schultern. »Sollen sie nur alle kommen und ihr Glück versuchen.«

Kendrick legte eine Hand an seinen Schwertgriff. »Niemand wird es wagen, dir auch nur eines deiner wunderschönen Haare zu krümmen«, versprach er. »Ich werde dich natürlich schützen, Alea.«

Dan presste die Lippen aufeinander, um nicht laut aufzulachen. Orla kicherte.

Es war schon irgendwie niedlich, dass Kendrick sich als Beschützer aufspielte. Doch Alea hatte wesentlich mehr Kampferfahrung und konnte ihn vermutlich mit einer Hand auf dem Rücken im Zweikampf besiegen. Aber wenn er ehrlich war: Diese Seite von Kendrick war ihm lieber als der arrogante Kerl, der ihnen auf dem Schiff gesagt hatte, er würde sie nicht brauchen.

»Nicht nötig«, erwiderte die Elfin kühl. »Ich kann wunderbar auf mich selbst aufpassen.«

Kendrick öffnete den Mund, doch Orla war schneller: »Waldtrolle könnte es hier auch geben. Möglicherweise Irrlichter und wenn wir Pech haben, dann könnten wir einem Waldschrat begegnen.«

»Auf jeden Fall müssen wir auf Fallen achten«, sagte Dan. »Egal ob Kobolde, Jäger oder Wegelagerer: Jeder könnte etwas vorbereitet haben.«

»Dafür bist du zuständig«, wies Kendrick ihn an.

»Ich tue, was ich kann«, erwiderte Dan. »Trotzdem hilft es, wenn wir alle die Augen ein bisschen offen halten.«

Als sie den Wald betraten, beschwor Orla vier kleine Lichtkugeln, die um ihre Gruppe schwebten. Das weiche Leuchten in Hellblau, Rot, Grün und Lila kam kaum gegen die zunehmende Dunkelheit an. Tiefhängende Äste sahen aus wie klauenartige Hände, die nach ihnen griffen. Reflektierende Augenpaare beobachteten sie aus dem Dickicht, nur um im Bruchteil einer Sekunde zu verschwinden, wenn sich Dans Blick mit ihrem kreuzte.

Ihm stellten sich die Nackenhaare auf. Dieser Wald löste ein Gefühl in ihm aus, das er nicht beschreiben konnte. Stärker als bloße Unruhe und schwächer als nackte Angst. Oberflächlich roch er Tannennadeln und Erde, doch alle drei bis vier Atemzüge, mischte sich ein unangenehm schwerer, süßlicher Duft dazu. Jedoch verschwand der, sobald er ausgeatmet hatte. Nirgendwo saß auch nur ein Vogel. Kein Knacken oder Rascheln im Unterholz, kein Kratzen, Schnaufen oder Schnüffeln. Es war totenstill und bitterkalt hier. Wie in einem …

Oh, nein, stoppte er seinen Gedanken. *Das ist weder ein hilf- noch sonderlich einfallsreicher Vergleich.*

»Spürt ihr das auch?«, fragte Alea leise.

»Was genau?«, erwiderte Kendrick.

»Die Wurzeln«, murmelte die Hochelfin und sah zu Boden. »Sie winden und regen sich wie Würmer.«

Dan richtete die Konzentration auf seine Füße. Die Bewegungen, die tief unter der Erde liegen mussten, waren subtil, aber wahrnehmbar. Als würde etwas wellenartig gegen seine Stiefelsohlen drücken. Zwar sanft, dennoch ließ sich eine außerordentliche Kraft erahnen, mit der das, was auch immer unter ihnen lauerte, jederzeit an die Oberfläche brechen konnte.

»Hoffen wir, dass es wirklich Wurzeln sind«, sagte Orla.

Je tiefer sie in den Wald eindrangen, desto dichter standen die Nadelbäume aneinander. Kein Sonnenstrahl brach durch die Kronen. Obwohl kein Lüftchen wehte, bewegten sich die Tannenwipfel permanent; schaukelten und wogen wie bei einem Tanz. Die Finsternis war beinahe physisch, als könnte er sie berühren und fühlen, wenn er seine Hand nur nach ihr ausstreckte.

›Murphy friert‹, beschwerte sich das Frettchen in seinem Kopf. ›Und überall sind Augen. Der Wald beobachtet uns. Er hört uns zu. Sein Atem stinkt.‹

Dan runzelte die Stirn. »Als wäre er etwas Lebendiges, nicht wahr?«

Murphy und Imir hatten sich fest aneinander gekuschelt und ließen sich weiterhin von Denu tragen.

»Imir hat mir Ähnliches gesagt«, meldete sich Orla nachdenklich.

Alea nickte lediglich und gab zu verstehen, dass auch Denu ihr so etwas erzählt hatte.

»Könnt ihr alle mit euren Tieren sprechen?«, fragte Kendrick irritiert.

»Jupp«, bestätigte der Halbling. »Aber das ist jetzt nicht wichtig. Wissen wir noch, wo wir sind und wo wir lang müssen?«

Orla kratzte sich am Kopf. »In etwa?«

»Was soll das heißen?«, fuhr Kendrick sie an. »Ihr habt die Aufgabe, uns zu führen.«

»Wir kennen diesen Wald nicht«, erwiderte die Gnomin ebenso patzig. Sie betonte jedes Wort überdeutlich, als würde sie mit einem

Dummkopf sprechen. »Und falls du es noch nicht bemerkt hast: Man sieht die Hand vor Augen nicht. Wir tun hier unser Bestes, ja?«

»Dann reicht euer Bestes nicht«, fauchte Kendrick. »Euer Leben mag im Gegensatz zu meinem bedeutungslos sein. Ich muss mein Schicksal erfüllen, sonst sind wir alle verdammt. Hast du das nicht verstanden? Wenn ich mein Ziel nicht erreiche, dann steht der Weltuntergang bevor.«

Orla richtete sich mit geballten Fäusten auf. »Pass auf, du ...«

»Willst du mir drohen?«, fragte Kendrick empört.

»Du hast eindeutig angefangen«, merkte Dan an.

Alea blieb stehen.

»Ich habe die Wahrheit gesagt«, knurrte Kendrick. »Und wenn sie zu dumm ...«

Weiter kam er nicht. Denn Orla schnipste und seine Augenbrauen fackelten ab. Er stieß einen erschrockenen Schrei aus und wischte sich hastig über das Gesicht.

»Du kannst meckern, so viel du willst«, Orla sprach langsam und deutlich, »aber wenn du anfängst, meine Intelligenz zu beleidigen, werden wir Probleme miteinander bekommen, verstanden?«

»Bist du wahnsinnig?«, fauchte Kendrick. »Das hätte mich entstellen oder schwer verletzen können.«

Orla neigte den Kopf. »Hätte es nicht, keine Sorge. Ich habe meine Zauber bestens unter Kontrolle. Aber schön, dass du deine Prioritäten klarmachst.«

»Ssht«, zischte Alea plötzlich.

Die Elfin hatte sich angespannt und ihren Bogen gezückt. Reflexartig griff auch Dan zum Rapier an seiner Seite. Er lauschte mit ihr in die erdrückende Stille des finsteren Waldes.

Etwas sprang aus dem Dickicht in den schwachen Lichtkegel, der sie umgab – ein schuppiges, potthässliches Etwas. Dutzende glühende Augenpaare öffneten sich in der Schwärze um sie herum.

»Das sind keine Kobolde«, murmelte Orla und sammelte magische Energie in ihren Händen. »Kobolde haben keine leuchtend blauen Augen.«

»Zu den Waffen«, rief Kendrick und lenkte damit alle Aufmerksamkeit auf sich.

Das Wesen stürzte sich mit grellem Fauchen auf ihn.

Alea reagierte schneller, als er es konnte, und schoss dem Vieh einen Pfeil in die Seite. Es wurde aus der Sprungbahn gerissen, kreischte schmerzerfüllt auf und landete auf dem unebenen Waldboden.

»Das Ding gehört mir«, verkündete die Elfin kampflustig.

Dan sah noch, wie sie ihren Bogen fallen ließ und die beiden Kurzschwerter zog. Dann sauste ein Stein knapp an seinem Kopf vorbei und er richtete seinen Fokus auf die Wesen in der Dunkelheit.

Er setzte sich die Kapuze über und duckte sich in die Schatten. Schnell und lautlos näherte er sich der unförmigen Silhouette einer Kreatur und hatte ihr das Rapier in die Kehle gestoßen, bevor sie seine Anwesenheit bemerken konnte.

Ein Feuerfunken schoss an ihm vorbei und traf einen weiteren Gegner im Gesicht. Kurzzeitig wurde die Umgebung erhellt und Dan konnte sich orientieren, um seinen nächsten Gegner auszusuchen.

»Dan«, rief Orla, »auf den Boden!«

Er warf sich sofort flach auf die Erde. Der kleine Funke war nur ein Vorgeschmack gewesen. Sekunden später spürte er, wie eine Hitzewelle über seinen Rücken fuhr. Die Kreaturen stießen gutturale Schreie aus.

»Bist du wahnsinnig?«, fuhr Kendrick die Gnomin aus der Ferne an. »Willst du den ganzen Wald abfackeln?«

»Eigentlich nur unsere Gegner«, antwortete Orla unbekümmert.

Dan hatte sowohl den Auserwählten als auch Alea aus den Augen verloren.

Sie waren irgendwo in der Dunkelheit, wo Orlas Feuer sie nicht beleuchtete. Er konnte daher nur vermuten, dass sie weiterhin mit dem großen Ungetüm kämpften.

Er war unbesorgt, Alea würde mit dem Biest fertigwerden, sie hatte sich schon wesentlich gefährlicheren Kreaturen gestellt.

Dan rollte sich zur Seite, sprang auf die Füße zurück und attackierte die brennenden Wesen. Sie waren ein Stück größer als er und sahen wie die hässlichen, haarigen Cousins von Kobolden aus. Dan durchbohrte Herzen und schlitzte Kehlen auf. Dunkeles Blut sprenkelte Bäume und Büsche.

Eine der Kreaturen klammerte sich an seinen Rücken fest. Dan wirbelte herum und versuchte, sie abzuschütteln. Er spürte, wie sich spitze Klauen in seine Schultern bohrten und fauliger Atem stieg ihm in die Nase. Eine weitere Kreatur sprang ihm in den Weg. Es gelang ihm, den Arm des Wesens hinter sich zu packen und es über seine Schulter auf das zweite zu werfen.

Dann wurde der Wald von Dutzenden kleinen Flammen erhellt. Dan sah eine Salve Pfeile, die mitten in der Luft verbrannten und als Asche zur Erde rieselten. Offenbar wären die für ihn bestimmt gewesen und hätten ihn mit Sicherheit getötet.

»Danke, Sonnenschein«, rief er.

Orla zeigte kurz den Daumen hoch, ehe sie einen Eisspeer auf eine Kreatur warf.

Denu gab einen dröhnenden Kampfschrei von sich und ein Baum in der Nähe wurde hörbar geschüttelt. Anschließend fiel etwas, von dem Dan vermutete, dass es der Kopf einer Kreatur war, dumpf auf den Boden.

Abrupt ließen die anderen Wesen ihre Waffen fallen und flüchteten zurück ins Dickicht.

»Ha«, stieß Kendrick triumphal aus. »Das hast du davon, dich mit mir anzulegen.«

Sie versammelten sich um das Vieh und betrachteten es eingehend. Alea tätschelte Denu lobend, während sie beiläufig das Blut von ihrem Schwert wischte. Der Blick, mit dem sie Kendrick taxierte, verriet, dass nicht *er* es gewesen war, der den fatalen Schlag ausgeführt hatte.

»Was'n des?«, fragte Dan naserümpfend.

Orla verengte die Lider. »Ich würde sagen ... das war mal ein Bär. Und die anderen Dinger, die uns angegriffen haben, sahen Kobolden sehr ähnlich.«

Er rieb sich nachdenklich das Kinn. »Der Wald war vorher nicht da. Und wir wissen, dass der Nebel unerwartet irgendwo auftaucht und verrückte Sachen macht.«

»Also denkt ihr, der Nebel hat einen Wald aus dem Nichts erschaffen und alles, was darin lebt, mutieren lassen?«, fragte Kendrick zweifelnd.

Dan zuckte mit den Schultern. »Mir fällt nichts Besseres ein.«

»Ich denke, ich habe meine Orientierung wiedergefunden«, ließ Alea verlauten. »Wir sollten weitergehen.«

Kendrick steckte sein überraschend sauberes Schwert zurück in die Scheide. »Wollte ich auch gerade vorschlagen. Wir wissen nicht, ob diese Viecher eventuell Verstärkung holen.«

Er tastete über das, was von seinen Brauen geblieben war und verzog missbilligend das Gesicht.

»Die wachsen wieder nach«, beschwichtigte Dan. »Wenn du dir die Überreste unserer Gegner, ansiehst, hätte es auch schlimmer kommen können.«

Der Auserwählte schwieg und stapfte hinter Alea her. Über die Schulter hinweg zwinkerte Dan Orla zu, die ein zufriedenes Grinsen auf den Lippen trug.

5

Über Stiefel und womit man sie befüllen kann

Orla

Orla glaubte, dass sie mindestens sechs Stunden durch den Nadelwald gelaufen sein mussten. Doch als sie endlich das andere Ende erreichten, war die Sonne kein Stück weitergewandert. Als wäre die Zeit innerhalb des Waldes stehengeblieben.

Obwohl sie sich eigentlich in jedem Gehölz heimisch fühlte, war sie froh, als sie die Baumlinie hinter sich ließen.

›Imir will nie wieder da durch.‹ Ihr kleiner Pseudodrache streckte seine Flügel und reckte sich wohlig dem Sonnenlicht entgegen. ›Der Wald war falsch.‹

Orla nickte. ›Falsch‹ fasste ziemlich gute zusammen, was sie dort erlebt hatten.

Langsam kehrte die Wärme in ihre Glieder zurück und damit auch ihre gute Laune. Orla beschloss, Kendrick einen imaginären Olivenzweig zu reichen. Keiner konnte sagen, wie lange sie miteinander unterwegs sein würden. Obwohl sie ihn nicht mochte und er ihr streng genommen keinen Grund dazu gab, war sie gewillt, sich mit ihm zu vertragen.

»Sag mal, Kendrick«, hob sie an, »haben die Shiro Ahali dir eigentlich beigebracht, Magie zu wirken?«

Kendrick, der noch immer seine Augenbrauen betrauerte, schüttelte fast empört den Kopf. »Das ist was für *Zauberer*. Ein *Held* benötigt so was nicht. Schwert, Schild und mein scharfer Verstand sind ausreichend. Außerdem halte ich ohnehin nicht viel von Magie. Sie gehört denjenigen, die zu schwach sind, um eine anständige Waffe zu halten, und nicht ehrenhaft genug, einen richtigen Kampf auszutragen.«

Je weiter er sprach, desto mehr glaubte Orla, dass er sie persönlich beleidigen wollte.

Alea sah über die Schulter zu ihnen und Dan hatte aufgeholt, sodass er auf gleicher Höhe mit Kendrick lief. Sie waren beide bereit, dem tollen Auserwählten mit mehr und vor allem weniger freundlichen Worten klarzumachen, dass sie es nicht schätzten, wie er sprach.

Doch Orla atmete leise durch, gab ihnen mit knappem Kopfschütteln zu verstehen, dass das nicht nötig war, und schenkte Kendrick ein zuckersüßes Lächeln. »Ich behalte deine Meinung für den nächsten Kampf im Hinterkopf.«

Kendrick zuckte mit den Schultern, nahm Tempo auf und führte ihren Zug wieder an.

Alea und Dan ließen sich zu Orla zurückfallen.

»Darf ich ihn heute Nacht mit seinem Kissen ersticken?«, fragte die Elfin leise.

»Denk an den Weltuntergang, Alea«, grummelte Orla.

Sie wollte das nicht auf sich sitzen lassen. Sie wollte Kendrick gehörig die Meinung geigen und hätte ihm am liebsten seine restlichen Haare vom Kopf gebrannt. Doch Orla zwang sich, vernünftig zu sein. Für die Zeit dieses Abenteuers waren sie eine Gruppe und mussten irgendwie zusammen funktionieren. Wenn das bedeutete, dass sie manchmal zurückstecken und sich auf die Zunge beißen musste, dann war das eben so. Zumindest redete sie sich das ein.

»Ich könnte seine Hose sabotieren«, schlug Dan vor. »Zwei Schnitte links und rechts und sie hängt förmlich am seidenen Faden. Dann steht unser Held irgendwann ohne Hose da.«

›Imir kackt ihm in den linken Stiefel‹, sagte der Pseudodrache. ›Murphy in den rechten. Denu kann seine Unterwäsche fressen.‹

Orla gluckste. »Klingt alles gut und bringt uns der Apokalypse nicht näher.«

»Wenn das mal keine Zustimmung war.« Dan klopfte auf seine Schulter und Murphy sprang leichtfüßig zu ihm. Sein Familiar hatte ihn also gleichzeitig über den Plan unterrichtet. »Sein rechter Stiefel gehört dir, Stinker. Und friss ihm bei der Gelegenheit auch ein paar Löcher in die Socken, ja?«

Das Frettchen gab einen scharrenden Laut von sich, der ähnlich klang wie ein verhaltenes Kichern. Murphy freute sich über seine Aufgabe.

›Seine Freunde und Imir kümmern sich um Kendrick‹, versprach der Pseudodrache.

Denu nickte und Alea tätschelte ihrem Elch sanft die weiche Schnauze. »Verdirb dir bitte nicht den Magen, ja?«

»In einer halben Stunde sollten wir Arrowfall erreichen«, verkündete Kendrick von vorne. »Dort werden wir erst mal Rast machen.«

»Wenn wir wollen, dass das auf Dauer mit uns funktioniert, sollten wir dringend ein ernstes Wörtchen mit unserem Helden sprechen«, murmelte Orla. »Ich weiß nicht, wie lange ich mir seine Art noch gefallen lassen möchte.«

Sie kamen an weiten Feldern vorbei, die von Arbeitern bestellt wurden. Ein Esel zog gemächlich einen Pflug hinter sich her, während zwei Zwerge die Saat für die kommende Saison streuten.

Es war Mitte Mai, der letzte Frost vorüber. Die ideale Zeitpunkt, um Gemüse auszusähen.

Orla knurrte der Magen. Sie fand in ihrem Proviantbeutel Dörrfleisch, Trockenfrüchte und Zwieback sowie Reis und Gewürze. Ihr war jetzt mehr nach einem warmen Eintopf oder einer schön sämigen Suppe. »Ich hoffe sehr, dass es in Arrowfall ein gutes Gasthaus gibt.«

»Lang lebe Kendrick«, rief plötzlich einer der Bauern.

Die anderen Feldarbeiter hielten inne und stimmten in seinen Jubel mit ein.

Kendrick hob die Hand und winkte ihnen lächelnd zu. »Ich verspreche Euch allen, ich werde Euch vor der Bedrohung des Nebels schützen.«

»Seid Ihr wirklich unversehrt durch den verfluchten Wald gekommen?«, fragte eine junge Zwergin, die auf dem Pflug saß.

»Selbstverständlich bin ich das, schöne Frau«, erwiderte Kendrick. »Die Monster dort waren keine Gegner für mich. Ihr hättet sehen sollen, wie sie am Ende vor mir geflohen sind. Nachdem ich das größte Monster von ihnen mit Leichtigkeit enthauptet habe, sind die restlichen Kreaturen wie Hühner in alle Richtungen davongelaufen.«

Alea schnaubte verächtlich.

Orla warf sich eine Handvoll Trockenfrüchte und Nüsse in den Mund. Das Kauen lenkte sie ein wenig von der unsäglichen Angeberei ab.

Hätte mehr Lust ihm in die Nase zu beißen. Oder wenigstens ins Bein.

»Wie gut hat er sich wirklich geschlagen?«, fragte Dan leise.

»Er ist kein schlechter Schwertkämpfer«, antwortete Alea. »Aber ihm fehlt die Übung. Allein wäre er von den Kreaturen im Wald zerfetzt worden. Und dass er gegen einen erfahrenen Krieger ankommt, bezweifle ich ebenfalls.«

»Du solltest ihn herausfordern«, schlug Orla vor. »Eine Niederlage könnte ihm etwas Demut beibringen.«

»Hätte nichts dagegen«, erwiderte Alea. »Denke aber nicht, dass ihn das verändern wird.«

Dan brummte zustimmend. »Kann mir lebhaft vorstellen, wie er sich und uns hinterher einzureden versucht, dass er dich gewinnen lassen hat. Weil ein Edelmann natürlich nicht *richtig* gegen eine Dame kämpft.«

Missbilligend schüttelte die Hochelfin den Kopf.

»Kommt später nach Arrowfall und ich werde Euch mehr von meinen Abenteuern erzählen«, rief Kendrick. »Von meiner Kindheit bei den geheimnisvollen Shiro Ahali bis zu den epischen Kämpfen, die ich im verfluchten Wald bestritten habe.«

Dan räusperte sich vernehmlich. »Ken, jetzt mal unter uns ...«

»Kendrick«, verbesserte der Mann.

»Wäre Kenny in Ordnung?«, fragte Dan.

»Nein.«

»Schade.«

Kendrick verdrehte die Augen und ging weiter. »Worum geht es?«

»Darum, dass du nicht ständig rausposaunen solltest, wohin wir gehen und was wir vorhaben«, antwortete der Halbling. »Gibt 'ne Menge gefährlicher Leute hier draußen, weißt du.«

Kendrick hob eine Braue. »Bekannte von dir?«

Orla legte ärgerlich die Stirn in Falten. Wie kam dieser Kerl denn jetzt auf diesen Blödsinn? Suchte Kendrick gezielt nach solchen Punkten, um sie herabzusetzen, oder war das seinem fehlenden Feingefühl zu verdanken?

Könnte versuchen, ihm die Wimpern wegzubrennen, dachte sie.

Aber da war die Gefahr tatsächlich gegeben, dass sie seine Augen verletzte und das wollte sie natürlich nicht.

»Nee. Also, manchmal. Nicht immer. Und meist nur so semi-gefährlich«, erwiderte Dan gelassen.

»Was er dir sagen will, großer Held: Es könnten Assassinen auf dich angesetzt sein«, mischte sich Orla ungeduldig ein. »Nicht jeder will, dass die Welt gerettet wird.«

»Manche wollen sie lieber brennen sehen«, stimmte Dan zu.

Kendrick öffnete den Mund und zeigte auf Orla.

»Nee, sie nicht«, unterbrach Dan sofort. »Sie will nur unsere Gegner brennen sehen.«

»Und gelegentlich auch Augenbrauen.« Orla grinste schief. »Ich bin einfach hoffnungslos pyromantisch.«

Für das gelungene Wortspiel schlug sie bei Alea und Dan ein.

»Wir sollten einfach ein bisschen vorsichtiger sein, verstehst du?«, sagte der Halbling.

»Lasst das mal meine Sorge sein.« Kendrick wandte den Blick ab. »Ich weiß, was ich tue.«

Diese Sätze kamen für gewöhnlich vor ›Was soll schon schiefgehen?‹ und ›Das gefällt mir nicht‹, die wiederum viel zu häufig in einem ›Oh, Scheiße‹ endeten.

Arrowfall schien eine gemütliche Kleinstadt zu sein. Direkt an der Stadtgrenze wurde der unebene Trampelpfad zu buntem Kopfsteinpflaster. Die Vier gingen unter dem hölzernen Torbogen durch, der in großen Lettern verkündete: ›Arrowfall – Das Glück ist nur einen Pfeilschuss entfernt!‹

»Willkommen in Arrowfall, Reisende«, rief ihnen ein Mann direkt am Eingang zu. »Habt einen angenehmen Aufenthalt.«

Kendrick zeigte wieder sein breites, strahlend weißes Lächeln. »Habt Dank, guter Mann.«

Orla betrachtete die hübschen Fachwerkhäuser und das immer noch rege Treiben um sich herum. Ein wenig kam es ihr so vor, als würden die Einwohner hier ohne Ziel von A nach B laufen – energisch, aber sinnlos. Vielleicht bildete sie sich das aber auch nur ein.

Eine Gruppe Kinder rannte mit gezogenen Holzschwertern an ihnen vorbei.

Worum es in ihrem Spiel ging, konnte sie in diesem kurzen Moment natürlich nicht ausmachen. Aber sie schnappte etwas von irgendwelchen ›Grauen Wächtern‹ und einer Verderbnis auf, die gestoppt werden müsse. Es klang spannend und ein Teil von ihr hätte sich der Bande gern angeschlossen, um mitzuspielen. Dan wäre bestimmt auch mitgekommen. Alea hätte sich zwar nicht angeschlossen, aber mit sicherem Abstand zugesehen, um sich hinterher über sie lustig zu machen.

»Siehst du?«, flüsterte eine Menschenfrau. »Das ist die Gruppe.«

Orla drehte ihnen den Kopf zu und winkte lächelnd, damit sie wussten, dass sie gehört wurden.

»Und Kendrick, der Held.« Eine Hochelfin winkte ihr zurück, musterte dabei jedoch nur den Auserwählten. »Ich weiß nicht … nach all den Beschreibungen habe ich ihn mir stattlicher vorgestellt. Und größer.«

Und ein bisschen klüger wäre auch nicht schlecht, dachte Orla amüsiert.

»Für einen Menschen hat er eine anständige Höhe«, erwiderte ein Waldelf. »Habt ihr den letzten Artikel in ›Blutbefleckt – Invasiv – Lausig – Destruktiv‹ gelesen? Angeblich …«

Dann waren sie zu weit weg, um länger zuzuhören. Die Gruppe stoppte kurz, um einen Esel mit Karren passieren zu lassen, der mit Fässern beladen war. Auf dem Kutschbock saß ein Dunkelelf, der eine geschwungene Pfeife zwischen den Lippen hielt und dankend seinen Hut lupfte.

»Wie ihr wisst, bin ich bei den Shiro Ahali aufgewachsen. Ich habe von anderen Elfen bisher nur gelesen. Ich finde es faszinierend, wie vielfältig sie sind.« Kendrick sah auffällig unauffällig zu Alea. »Hochelfen, Waldelfen, Dunkelelfen … Verstehen sie sich alle? Was unterscheidet sie?«

Alea hatte entweder nicht mitbekommen, dass er mit ihr sprach oder ignorierte es. Sie streichelte Denus Schnauze und raunte ihm etwas ins Ohr.

Orla räusperte sich. »Nun, da sind einerseits die Äußerlichkeiten. Dunkelelfen haben graue Haut, rote Augen und weißes Haar. Sie haben früher mit Tiefgnomen unter Tage gelebt, sind aber seit vielen, viiielen Generationen mit allen anderen an der Oberfläche. So hat sich auch ihre Sonnenlichtsensibilität quasi verwachsen. Waldelfen haben meist nussfarbene Haut, schwarze oder braune Haare. Sie sind die kleinsten Elfen und Hochelfen …«

»Danke«, unterbrach Kendrick sie laut. »Ich wollte keinen Lexikoneintrag vorgetragen bekommen. Meine Güte …«

»Dann frag halt nicht«, grummelte Orla beleidigt.

Imir stupste ihr sanft gegen die Wange. ›Imir kackt ihm bald in den Stiefel.‹

»Hochelfen finden großes Vergnügen darin, unhöfliche und arrogante Menschen zu jagen, zu töten und bei großen Festen zu verspeisen.« Alea hatte einen ihrer Dolche in der Hand und strich mit der Daumenkuppe sacht über die Klinge. Ihr brennender Blick aus waldgrünen Augen ruhte auf Kendrick. »Dir fällt nicht zufällig jemand ein, der in dieses Beuteschema passt?«

Der Auserwählte lachte nervös auf. »Sie … macht Witze, oder?«

Orla zeigte grinsend ihre spitzen Zähne.

»Oder?«

»Oh, seht da!«, rief Dan aus. »Ein Orientierungspunkt.«

Er deutete mit dem Kinn auf einen Wegweiser. Sie ließen Kendricks Frage weiterhin unbeantwortet und stellten sich davor.

Norden: Marktplatz, Schmiede, Gemischtwarenladen

Westen: Gasthaus, Friedhof, Kapelle

Zentrum: Brunnen

Osten: Kriegergilde, Magiergilde, Diebesgilde

Süden: Bürgermeister

Orla deutete nach oben. »Gehen wir erst ins Gasthaus und essen was? Denke, unsere Vorräte müssen wir noch nicht aufstocken … Aber ich möchte bei der Magiergilde vorbeischauen.«

Dan drehte eine teuer aussehende Schreibfeder, die unerwartet in seinen Händen aufgetaucht war, zwischen den Fingern. »Was ist das bitte für eine Diebesgilde, die ihren Unterschlupf offen in einer Kleinstadt baut und jedem sagt, was sie ist?«

»Keine sonderlich gute«, antwortete Alea ihm.

»Wie soll sich dieses Pack sonst nennen?« Kendrick hatte seine Fassung und seinen abfälligen Tonfall wiedergefunden.

»Management für unfreiwillige Eigentumsübertragung«, antwortete Dan.

Kendrick verzog das Gesicht. »Es sind Diebe. Sie bestehlen die Leute hier und heuern offenbar auch an. Wie kann der Bürgermeister zulassen, dass solch ein Gesindel hier lebt?«

»Offenbar sind sie keine große Bedrohung«, erwiderte Dan. »Bin ich doch auch nicht, oder?«

Alea schmunzelte. »Groß bist du in keiner Beziehung, nein.«

»Soll das heißen, du gehörst zu diesem Pack?«, knurrte Kendrick.

»Zu denen speziell? Nee. Ob ich im Management für unfreiwillige Eigentumsübertragung arbeite? Jupp«, antwortete der Halbling und ließ die Feder in der Innentasche seines Mantels verschwinden. »Dachte, das wäre dir klargewesen? Ich meine … Was sollte sonst die Spitze von vorhin, ob Assassinen und sonstige finstere Gesellen zu meinem Bekanntenkreis gehören?«

»Ich kann nicht fassen, dass Thalion zulässt, dass ich von solchen Leuten begleitet werde«, murmelte Kendrick. »Alea ist die einzig ehrenhafte Person hier neben mir. Wie oft hast du schon geklaut, seitdem wir unterwegs sind? Hast du …«

»Können wir bitte ins Gasthaus gehen?«, fragte Orla laut. »Ich bin wirklich hungrig und hab keine Lust, hier weiter rumzustehen und sinnlos zu diskutieren.«

Kendrick atmete leise durch. »Ich bin gewillt, das Thema fürs Erste ruhen zu lassen. Ihr geht los und bucht uns Zimmer! Ich sehe mich derweil in der Stadt um und frage die Leute, ob sie meine Hilfe brauchen.«

Ohne auf Einwände zu warten, zog er los. Orla rang die Hände und stieß einen frustrierten Laut aus. Der Kerl trieb sie in den Wahnsinn.

»Ich geh kaputt«, murmelte Dan kopfschüttelnd.

Orla massierte sich den Nasenrücken. »Ich geh mit.«

»Bin schon da«, brummte Alea.

Dan rückte seinen Umhang zurecht. »Nun … ich behalte ihn im Auge und passe auf, dass ihn niemand umbringt.« Murphy sprang von Denus Rücken und huschte an die Seite des Halblings. »Ich hoffe, wir kommen bald wieder zu euch.«

»Na gut.« Scherzhaft fügte Orla hinzu: »Verirr dich aber bloß nicht in fremder Leute Taschen! Gelegenheit macht bekanntlich Diebe, und Kendrick kann es sicher nicht ertragen, wenn in seiner Gegenwart gestohlen wird.«

Dan grinste. Er hob die Hand zum Abschied, an der drei Ringe funkelten, die eben definitiv noch nicht da gewesen waren. »Ach, meins – deins … das sind doch bürgerliche Kategorien.«

Während Kendrick und Dan sich nach Osten aufmachten, gingen Orla und Alea in Richtung Westen.

Das örtliche Gasthaus war schnell gefunden. Alea drehte sich Denu zu und tätschelte ihm sanft die Schnauze. »Warte hier draußen auf uns. Wir finden einen Stall oder Ähnliches, in dem du unterkommen kannst.«

Der Elch nickte.

Imir lugte zwischen dem Geweih hervor und musterte Orla fragend.

»Du bleibst auch erst mal draußen. Sobald wir sehen, wie es drinnen aussieht und ob alles in Ordnung ist, hol ich dich nach.«

Der Pseudodrache gab einen zustimmenden Laut von sich.

Alea hielt die Tür auf. Orla vollführte einen höflichen Knicks, dankte, und trat ein.

Das Gasthaus sah sauber aus. Es roch nach Hopfen und verschiedenem Essen, aber trotz der recht dichten Mischung und dicken Luft nicht schlecht. Die Einrichtung war klassisch rustikal, aus hellem und dunklem Holz mit vielen runden Tischen und einer langen Theke am Ende des großen Raumes. Eine Treppe führte ins Obergeschoss, wo sich vermutlich die Gästezimmer befanden.

Hinter der Theke stand eine schwarzhaarige Elfin, die Glasflaschen auf einem Regal neu anordnete. Als sie ihre Gäste bemerkte, drehte sie sich um und strahlte sie freundlich an. »Willkommen in unserer guten Stube«, grüßte sie. »Seid Ihr Reisende?«

Orla kletterte auf einen der Barhocker. Andernfalls müsste die Bardame sich über die Theke lehnen, um sie weiter ansehen zu können. »Genau. Wie viel kosten die Zimmer für eine Nacht?«

»Drei Silberstücke«, antwortete die Elfin. »Momentan sind wir unbesetzt, ihr habt also die freie Wahl.«

»Dann nehmen wir vier Zimmer.« Orla schob ihr die Münzen zu. »Zwei unserer Gefährten kommen noch nach. Was steht heute auf dem Tagesmenü?«

»Und gibt es irgendwo einen Stall, in dem ich mein Reittier unterbringen kann?«, fragte Alea.

Die Bardame reichte Orla die Karte. »Wenn Ihr weiter nach Westen geht, findet Ihr etwas außerhalb der Stadt einen Bauernhof. Sprecht mit Lyas, dem Eigentümer. Er hat eigentlich immer ein Plätzchen für die Tiere der Reisenden.«

Alea nickte. »Danke.«

Erst nach Sonnenuntergang stießen Kendrick und Dan wieder zu ihnen. Der Halbling sah ungewohnt genervt und gestresst aus. Kendrick hingegen wirkte vollkommen mit sich und der Welt zufrieden.

Der Auserwählte zog sich ohne ein Wort, oder auch nur einen Blick in ihre Richtung, in sein Zimmer zurück.

Eine Gruppe von Barden spielte die beliebten Lieder ihrer Zeit und nahmen Wünsche entgegen. An der Theke hockte eine Reihe älterer Herren unterschiedlicher Rassen und unterhielten sich mal mehr mal weniger lautstark. Zwei Schankmaiden hatten alle Hände voll zu tun, die vielen Gäste zu bedienen. In den dunklen Ecken des Raumes hielten sich die obligatorisch zwielichten Figuren mit gesenkten Köpfen und Kapuzen in den Gesichtern auf.

Dan gesellte sich mit einem Humpen Bier und einer Schüssel Suppe zu ihnen.

»Erzähl«, forderte Alea.

Orla saß hinter einem der dicken Bücher, die sie von den Shiro Ahali bekommen hatte. Vermutlich waren nur die Enden ihrer spitzen Ohren und ein paar Haare zu sehen. Sie schnipste und die Karten, mit denen sie und Alea nebenher gespielt hatten, formten sich von selbst zu einem Stapel.

»Unser Held ist durch die ganze Stadt marschiert und hat sich bejubeln lassen«, sagte er, nachdem er seinen ersten Bissen heruntergeschluckt hatte. »Und er hat sich so ziemlich jede kleine Scheißaufgabe aufschwatzen lassen, die man an ihn herangetragen hat.«

Mit zwei magischen, aus buntem Licht erzeugten Händen mischte Orla die Karten und begann ein Haus daraus in der Luft zu bauen. Sie schielte über den Rand ihres Buches hinweg. »Er hat freiwillig den Botenjungen gespielt?«

»Quasi.« Dan fischte ein Stück Fleisch aus der Suppe und ließ es unauffällig unter den Tisch fallen, wo es vermutlich von Murphy gefangen worden war. »Er hat ein Dutzend Kräuter für eine junge Frau gesammelt, deren Vater krank war. Hat eine Eisenbarrenlieferung für den Schmied übernommen, dem Gerber zehn Bärenfelle gebracht ... und ein Kätzchen von einem Baum gerettet.«

»Das Letzte ist ziemlich heldenhaft.« Orla blätterte um. »Für alles andere hätte ich mich bezahlen lassen.«

»Entsprechend müde ist Kendrick jetzt und wird morgen wohl Muskelkater haben«, erwiderte Dan. »Gerade die Eisenbarren sahen wirklich schwer aus.«

Dabei sind alle Gäste doch nur hier, um von seinen Abenteuern zu hören, dachte Orla sarkastisch. *Jetzt werden alle furchtbar enttäuscht sein von unser aller Held.*

Alea beobachtete, wie das Kartenhäuschen immer größer wurde. »Du hast ihm nicht geholfen?«

»Hab's ihm angeboten, er wollte nicht.« Dan trank einen Schluck Bier. »Wollte auch nicht, dass ich bei ihm bin, aber irgendwann ist er wohl doch warm mit meiner Gesellschaft geworden und wir haben uns unterhalten.«

Die Elfin sah zu ihm. »Hast du etwas Interessantes über ihn herausgefunden?«

»Nicht viel Neues. Er kennt seine Eltern nicht und ist im Waisenhaus aufgewachsen. Als kleines Kind hat er es dann geschafft, sich auf ein Handelsschiff zu schleichen und ist so bei den Shiro Ahali gelandet«, antwortete Dan. »Janori und Eldrian haben ihn genauso erwartet und in Empfang genommen wie uns. Er wurde adoptiert und hat von kleinauf Kampftraining bekommen.«

»Dafür lässt sein Können zu wünschen übrig«, murmelte Alea.

»Ich bin Prophezeiungen gegenüber meist skeptisch«, sagte Orla. »Vor allem, wenn sie so seltsam formuliert sind wie in Kendricks Fall.«

Alea warf einen prüfenden Blick in ihren Humpen. »Ich halte generell nichts von Schicksal, Bestimmung und Vorhersehungen. Ich lasse mir meinen Weg nicht von irgendwelchen höheren Mächten vorschreiben.«

»Denke schon, dass das Schicksal oft seine Finger im Spiel hat.« Dan wischte die letzten Suppenreste mit Brot auf. »Prophezeiungen hingegen … sind mir zu schwammig.«

Orla nickte eifrig. »Genau das meine ich. Anstatt zu schreiben ›Am fünften April, exakt zur Mitternachtsstunde wird der Mond auf die Erde fallen‹, muss das bis zur Unkenntlichkeit chiffriert werden.« Sie schlug einen dramatischen Tonfall an. »In einer Nacht, die zwischen Winter, Frühling und Sommer liegt, wird sich ein großes Unglück über unsere Welt legen und Dunkelheit uns verschlingen.«

Der Halbling lachte laut auf. Alea verdrehte die Augen, grinste jedoch leicht. Er schob die leere Schüssel zur Seite und deutete auf das Kartenschlösschen, das Orlas magische Hände gebaut hatten. »Spielen wir, solange die Welt noch nicht untergegangen ist?«

6

Warum Schurken selten Markus Schmitt heißen

Alea

Es dauerte nicht lange, bis Kendrick die Taverne doch noch mit seiner Anwesenheit beehrte. Etwa eine halbe Stunde später hatte sich eine Traube gespannter Zuhörer um ihn versammelt. Durch eine kleine Lücke zwischen ihnen hatte Alea dennoch einen guten Blick auf ihren sogenannten Helden.

Er saß zwischen zwei hübschen Frauen – einer Hochelfin und einem Menschen –, die er links und rechts im Arm hielt. Die Schnüre seines Hemdes waren gelockert, sodass man seine schmale Brust bewundern konnte.

Das gönnerhafte Grinsen auf seinem überheblichen Gesicht weckte in Alea den unbändigen Drang, ihm mit ihren Schwertern die Schnittmenge zu erklären.

»… und da stand ich nun, umzingelt von Monstern, die jeder Beschreibung spotten«, erzählte Kendrick mit dramatischem Tonfall. »Kreaturen, die aus den tiefsten Abgründen der finstersten Ecken der

Unterwelt gekrochen sind. Gezählt habe ich vierzig, aber es waren vermutlich weit mehr.«

Alea schnaubte verächtlich.

»Es waren Hunderte, sage ich euch«, murmelte Dan.

»Tausende«, verbesserte Orla.

»Über Drölfzigmillionen.«

»Mindestens.«

»Mein Gefolge hat sich wacker geschlagen, doch ich wusste, dass nur ich – der Auserwählte der Shiro Ahali – den Monstern endgültig den Garaus machen kann«, fuhr Kendrick fort und trank einen Schluck Wein. »Also schlug ich die Kreaturen nieder, eine nach der anderen.«

Alea gefiel es gar nicht, dass er ihre Fähigkeiten herunterredete. Die Leute in der Taverne wussten, dass sie Kendricks Begleiter waren. Es kratzte gewaltig an ihrem Stolz und eigentlich hätte sie jeden Grund, aufzustehen und ihm vor versammelter Menge eine Lektion zu erteilen.

»Ich kenne den Blick«, bemerkte Orla. »Tu es nicht, Alea. Er wird es zu seinem Gunsten drehen.«

Alea schob ihren Unterkiefer ein Stück vor. »Ich möchte ihn nur zum Armdrücken herausfordern.«

Die Gnomin warf einen Blick über die Schulter. »Er wird verlieren und dann allen sagen, dass er dich natürlich hat gewinnen lassen. Weil er so ein gönnerhafter Edelmann ist.«

»Und wenn ich ihn dann verprügle?«

Dan stützte sein Kinn auf eine Hand. »Fällt das leider auch nur negativ auf dich zurück. Lass ihn ein bisschen den Pfau spielen und seine Schweiffedern ausbreiten. Denk daran, was Imir und Murphy gerade mit seinen Stiefeln veranstalten.«

Aleas Mundwinkel zuckten. Der Auserwählte war mit leichten Schuhen nach unten gekommen. Gut für einen Abend in der Taverne. Ungeeignet für die weitere Reise.

Die Menschenfrau schmiegte sich enger an den Auserwählten. Sie hing förmlich an seinen Lippen. »Wie mutig du bist, Kendrick.«

Dan streckte angeekelt die Zunge heraus. »Ich brech gleich ins Essen.«

»Wie habt Ihr es geschafft, diese Monster zu schlagen?«, fragte ein Zwerg. »Ich kann mir kaum vorstellen, dass Ihr allein gegen vierzig oder mehr Kreaturen angekommen seid.«

Kendrick lachte. »Nun, mir wurde ein besonderes Schwert mitgegeben. Diese Waffe ist unglaublich mächtig. Allein ihr Anblick hat die Monster erzittern lassen. Wie ein Schatten bin ich durch die Reihen der Bestien gestürmt, jeder meiner Streiche absolut tödlich.«

Orla verdrehte die Augen. »Jedes deiner Worte absolut unnötig.«

»Wenn er nicht bald die Klappe hält, gehe ich raus und schlage einen Passanten nieder«, knurrte Alea.

Dan sortierte seine Karten um. »Bitte nicht zu fest«, erwiderte er nüchtern. »Sonst müssen wir wieder eine Leiche verschwinden lassen.«

»Und du weißt, was das für eine Sauerei war das letzte Mal«, fügte Orla ebenso trocken hinzu.

Kendrick vollführte große Gesten. »Und dann kam dieses drei Meter große Ungetüm auf mich zu. In seinem Leib steckten Dutzende Pfeile meiner elfischen Begleiterin. Ich sage Euch, diese Frau ist genauso schön, wie sie eine gefährliche Kriegerin ist. Und unter gewöhnlichen Umständen wäre das Biest ihr mit Sicherheit unterlegen gewesen.«

Alea warf eine Karte auf den Stapel in der Mitte.

»Nett, dass er dir das zubilligt«, kommentierte Orla und nahm ihrerseits eine Karte vom Nachziehstapel auf.

»Ich finde, das Monster sollte in seiner Erzählung in Flammen stehen«, sagte Dan. »Denn was ist schlimmer, als eine drei Meter große Bestie, die auf dich zustürmt?«

Orla grinste. »Eine *brennende* drei Meter große Bestie, die auf dich zustürmt.«

Der Auserwählte tat so, als würde er sein Schwert schwingen. »Und dann – zack! – habe ich ihr den Kopf abgeschlagen. Mit einem einzigen Hieb.«

Alea hatte genug. Sie legte ihre Karten ab und erhob sich. »Ich gehe Denu besuchen. Ehe ich mich doch dazu entschließe, Kendrick das vorlaute Maul zu stopfen.«

»Grüß ihn von uns«, verabschiedete sich Orla.

»Und lass die Passanten draußen heile«, fügte Dan hinzu.

Alea trat ins Freie und atmete einmal tief durch. Die kühle Nachtluft war eine angenehme Abwechslung zum stickigen, nach Alkohol riechenden Gasthaus.

Sie wandte sich westwärts und erstarrte. Eine gewaltige Nebellawine walzte sich durch die Straßen. Dort, wo sie den Boden und die Wände berührte, wucherten augenblicklich verschiedene Pflanzen. Alea konnte nicht erkennen, ob es sich um harmlose oder giftige Fauna handelte, dafür war der Nebel zu dicht. Anhand der Silhouetten konnte sie lediglich vermuten, dass es sich um Ranken, Gräser, Blumen und teilweise sogar um Bäume handelte.

Sie stieß die Tür zur Taverne wieder auf.

»Der Nebel ist hier«, brüllte sie. »Alle in den Keller, los! Kendrick, beweg deinen auserwählten Arsch nach draußen!«

»Ihr habt sie gehört«, meldete sich die Tavernenbesitzerin. »Keine Panik und folgt mir!«

Unruhiges Gemurmel wallte durch das Gasthaus. Die Hochelfin in Kendricks Arm krallte sich in sein Hemd. »Du wirst den Nebel aufhalten, nicht wahr?«

»Aber selbstverständlich«, erwiderte er selbstbewusst und stand auf.

Dan und Orla waren bereits zu Alea gekommen.

»Wie weit ist der Nebel weg?«, fragte der Halbling.

»Höchstens fünfzehn Meter«, antwortete Alea. »Mit jeder Minute weniger.«

»Ihr solltet auch hierbleiben.« Kendrick versuchte, sich an Alea vorbeizuschieben. »Ihr würdet euch nur in Gefahr begeben.«

»Wir kommen mit«, bestimmte Orla.

»Keine Zeit für Diskussionen«, zischte Alea und zog den Auserwählten ins Freie. »Der Nebel wird bald die ganze Stadt eingehüllt haben und wir wissen nicht, was er anrichtet.«

Kendrick rückte sein Hemd zurecht und zog Geisterklinge. Auch Alea holte ihren Bogen hervor. Sie würde damit nicht gegen den Dunst ankämpfen können, doch es war tröstlich für sie, einen Pfeil auf die Sehne zu legen.

»Es ist kein gutes Zeichen, dass bisher niemand sonst Alarm geschlagen hat«, murmelte die Gnomin.

Kendrick trat vor sie, Schwert und Schild kampfbereit, und rollte mit den Schultern. Seine Zähne klapperten. Fürchtete er sich oder war ihm kalt?

»Was auch immer sich uns in den Weg stellt, ich werde es stoppen.« Er streckte dem Nebel das Schwert entgegen. »Weiche zurück, ich befehle es dir!«

Der weiße Dunst bewegte sich unbeeindruckt auf sie zu.

»Scheint ihn nicht zu kümmern«, kommentierte Alea trocken.

»Weiche zurück«, schrie Kendrick abermals. »Du wirst nicht an mir vorbeikommen.«

Alea sah zu den Fenstern hinauf. Sie waren alle verschlossen, die Einwohner sollten sicher sein, solange sie in den Häusern blieben.

Plötzlich stoppte der Nebel tatsächlich.

»Ha«, stieß Kendrick heiser aus. Er war blass geworden und zitterte am ganzen Leib. »U-Und jetzt verschwinde aus d-dieser Stadt!«

»Geht es dir gut, Ken?«, fragte Dan. »Du siehst nämlich nicht so aus.«

Schwere Schritte hallten aus dem weißgrauen Dunst. Das Echo war dumpf, Zweige zerbrachen.

Orla sammelte arkane Energie in ihren Händen.

Ein trappelndes Geräusch mischte sich unter die Schritte. Als würde ein Tier nebenherlaufen.

Nicht eines, dachte Alea. *Mehrere.*

Dan zückte sein Rapier, wich ein paar Schritte zurück und verbarg sich halb hinter ihr. Seine Angriffe waren am effektivsten, wenn er aus dem Hinterhalt zuschlagen konnte.

»Wer ist da?«, rief Kendrick. »Zeig dich!«

»Orla, kannst du den Nebel vertreiben?«, fragte Alea.

Die Gnomin taxierte die Dunstwand vor sich. »Gib mir noch ein paar Sekunden. Dann kann ich einen regelrechten Sturm entfesseln.«

Kendrick ging näher an den Nebel heran. »Ich sagte: Zeig dich!«

Mittlerweile waren seine Lippen blau angelaufen.

»Mit Vergnügen«, antwortete ein Mann mit blecherner Stimme.

Alea spannte den Bogen und verengte die Lider. Eine dunkle Silhouette schälte sich aus den trüben Schwaden. Es war ein hochgewachsener Krieger in imposanter Rüstung. Gefertigt aus schwarzem Stahl, gespickt mit unzähligen Stacheln, dornenbesetzten Schulterplatten und einem gehörnten Helm, der das Gesicht vollends verdeckte. Auf seinem Rücken befanden sich Schwert und Schild, in der gepanzerten Hand hielt er einen Stab. Der fast so groß wie der Fremde selbst und schwarz wie seine Rüstung war, an der Spitze befand sich eine gläserne Kugel, in dem sich Rauch zu befinden schien. Hinter ihm sammelte sich der Nebel.

Aleas Mundwinkel zuckten erwartungsvoll. Eine Herausforderung ganz nach ihrem Geschmack.

»Kendrick Honorseeker«, rief der Fremde in nahezu drohender Manier.

»Wer seid Ihr?«, fragte der Auserwählte argwöhnisch. »Woher kennt Ihr meinen Namen?«

»Honorseeker?«, wiederholte Orla ungläubig.

Dan sah mit skeptisch gerunzelter Stirn an Alea vorbei. »Ist das wirklich dein Name oder hast du dir den ausgedacht?«

Alea musste die Bogensehne wieder lockern. Dennoch ließ sie den Fremden nicht aus den Augen. Eine falsche Bewegung und sie würde angreifen. Obwohl sie bezweifelte, dass ihre Pfeile seine Rüstung durchdringen konnten.

Der Krieger lachte grollend. »Wer hätte gedacht, dass wir uns je wiedersehen? Hast du mich etwa schon vergessen? Deinen alten Freund?«

Kendrick schüttelte den Kopf. »Ich war immer allein.«

Der Krieger seufzte. Langsam zog er seinen Helm ab und entblößte ein vom Kampf zerfurchtes und vernarbtes Gesicht. Langes schwarzes Haar fiel über seine Schultern. Er hatte dichte Brauen, einen spitzen Kinn- sowie Schnurrbart. Seine Augen waren eisblau, die Züge hart und kalt. »Wird es jetzt klarer?«

»Ist das ein Trick, um mich zu verwirren?«, knurrte Kendrick. »Spielt keine Spielchen mit mir! Ich verlange, dass Ihr sofort die Stadt verlasst!«

»Seid Ihr es, der den Nebel kontrolliert?«, wollte Orla wissen.

Alea schielte zu ihr. Die Gnomin betrachtete intensiv den Stab, den der Krieger bei sich führte. Ihre verschiedenfarbigen Augen wanderten immer wieder zur Nebelwand.

Der Fremde zeigte ein dreckiges Grinsen, bei dem sich ihr Magen vor Wut zusammenzog. »Ihr seid eine schlaue kleine Dame.« Er stampfte einmal mit dem Stab auf und der Nebel schien zu beben.

Alea konnte förmlich sehen, wie Neugier und Wissensdurst in der Gnomin aufblühten.

»Mit Hilfe des Stabes? Wie ist das möglich?«, plapperte Orla aufgeregt. »Könnt Ihr ihm nur befehlen, wo er hingeht, oder auch, was er tun soll? Wie seid Ihr da überhaupt rangekommen?«

Der Fremde verzog genervt das Gesicht. »Genug«, herrschte er sie an. »Kendrick hat meine Frage immer noch nicht beantwortet.«

»Weil ich keine Ahnung habe, wovon Ihr redet, Schuft«, fauchte Kendrick.

Vorwurfsvoll schüttelte der Krieger den Kopf. »Deine Zeit bei den Elfen hat dich verzogen«, murmelte er verächtlich. »Ein paar Jahre bei dem ach so edlen Volk der Shiro Ahali und du vergisst gänzlich, woher du gekommen bist? Deine Zeit im Waisenhaus? Wer war dein einziger Freund dort? Der angeblich wie ein Bruder für dich war?«

Allmählich schien Kendrick zu begreifen, wen er vor sich hatte. Seine nachdenkliche Miene wurde von Erkenntnis aufgehellt und entgleiste kurz darauf in Überraschung und Ungläubigkeit. »Mortas? M-Mortas Shade?«

Alea wechselte einen Blick mit Orla und Dan.

»Ist das überhaupt ein Name?«, fragte sie leise.

Dan zuckte mit den Schultern. »Vielleicht ein Pseudonym?«

»Oder ein Anagramm?«, schlug Orla vor. »Masaos Trehd? Morst Headas? Nein, wird nicht besser.«

»Du hast mich im Stich gelassen«, fauchte Mortas. »Bist eines Tages plötzlich verschwunden und ich war allein.«

»Als Schurke braucht man einen anständigen Schurkennamen«, fuhr Dan fort. »Mit Markus Schmitt kommt man da nicht weit.«

Orla runzelte die Stirn. »Aber dann sucht man sich doch etwas aus, das beeindruckend klingt. Und nicht …«, sie gestikulierte ratlos, »so was.«

»Fünfjährige fänden es beeindruckend«, warf Dan ein.

»Wenn sie etwas zurückgeblieben sind, dann ja«, murmelte Alea.

Kendrick war derweil näher an Mortas herangetreten. »Verstehst du?«, fragte er gerade. »Ich habe zu spät gemerkt, dass das Schiff abgelegt hat und hatte dann zu viel Angst, um mich zu zeigen. Es lag nie in meiner Absicht …«

Mortas stoppte ihn. »Du hast mich vergessen. Ich habe im Waisenhaus erklären müssen, dass wir uns verbotenerweise rausgeschlichen und Verstecken gespielt haben. Dass ich dich nicht finden konnte und Angst um dich habe. Aber das war egal. Ich wurde bestraft und jeder hat mich gehasst, weil ich dich verloren habe.«

»Ich habe erheblichen Zweifel daran«, vermeldete Orla.

Dan nickte. »Übertreibst du da nicht ein bisschen, Mortas? Ich meine wir wissen alle, dass Kendrick ein … Typ … ist …«

»Füge hier beliebig viele unschmeichelhafte Adjektive ein«, fuhr die Gnomin dazwischen.

»Aber du tust gerade so, als hätte sein Weggehen dein Leben ruiniert«, beendete Dan seinen vorhergehenden Satz.

»Das wusste ich alles nicht«, versicherte Kendrick. »Die Shiro Ahali haben …«

Mortas setzte sich seinen Helm wieder auf. »Sie haben aus dir einen ganz tollen Helden gemacht. Und ich habe mir geschworen, dass ich dich eines Tages finden und mich an dir rächen werde.«

Orla rümpfte ihre Stupsnase. »Die ignorieren uns, oder?«

»Eiskalt«, bestätigte Alea.

»Wie unhöflich«, murrte Dan.

Kendrick schloss seine Hand so fest um den Schwertgriff, dass seine Knöchel weiß hervortraten. »Hast du deshalb das Siegel in der Kaltwüste zerbrochen?«

Mortas lachte. »Natürlich nicht, du Idiot. Das habe ich für die Macht getan, die ich dadurch erhalten habe. Die Welt wird erst dann untergehen, wenn ich das will. Ich halte alle Fäden in der Hand.«

Die Gnomin streckte ihre Hände aus und ein kräftiger Wind schlug Mortas entgegen. Er war stark genug, um den Hünen ein paar Zentimeter nach hinten zu schieben, der Nebel jedoch blieb unversehrt.

Alea spannte abermals ihren Bogen und zielte auf den Sichtschlitz in seinem Helm. Der Pfeil schoss blitzschnell und schnurgerade durch die Luft und hätte sein Ziel treffen sollen. Er prallte jedoch unwirksam an der Rüstung ab.

Mortas schnaubte. »Narren.« Er streckte den Stab vor. »Greift sie an!«

Vier Kreaturen sprangen aus dem Nebel. Sie hatten sechs wolfsähnliche Beine, den Kopf eines Ebers und einen schuppigen, echsenartigen Leib mit spitzen Stacheln entlang der Wirbelsäule. Mit einem tiefen Grollen stürmten die Monster vor.

Alea machte einen leichtfüßigen Satz zurück, legte einen neuen Pfeil auf die Sehne und schoss ihn einer Wolfsschweinechse in die Flanke.

Das Biest quiekte schmerzerfüllt und fuhr zu ihr herum. Sie jagte ihr zwei weitere Pfeile in den Körper, doch das hielt sie nicht auf. Die Kreatur lief in unbändiger Raserei auf sie zu.

Alea wartete, bis sie fast vor ihr stand, sie den schnaufenden Atem beinahe spüren konnte. Dann sprang sie in die Luft und setzte sich mit einem Rückwärtssalto über die Wolfsschweinechse hinweg. Kaum dass ihre Fußspitze den Boden berührte, feuerte sie drei Pfeile schnell hintereinander auf das Wesen ab. Es war unfähig zu bremsen und verschwand sekundenlang im Nebel.

Anschließend ließ Alea den Bogen fallen, holte ihre Schwerter hervor und rannte in die Richtung, in die das Biest galoppiert war. Mit einem animalischen Zornesschrei tauchte die Wolfsschweinechse wieder aus dem Nebel.

Alea brüllte zurück. Kurz vor dem Zusammenprall wandte sie ihren Körper wie eine Schlange zur Seite, kreuzte ihre Klingen und trennte dem Monster den Kopf ab.

Eine weniger.

Rasch sah sie zu ihren Freunden. Orla hatte einen verkohlten Kadaver vor sich, der noch rauchte. Dan zog sein Rapier aus dem Auge der dritten Wolfsschweinechse.

Nur Kendrick hatte weiterhinmit der vierten Kreatur zu kämpfen. Er hielt sie gerade mit seinem Schild auf Abstand und schlug ein wenig ziellos nach ihr.

Alea rannte zu ihm und trat dem Biest mit Anlauf in die Flanke. Mit einem kläglichen Jaulen stürzte es zu Boden, überschlug sich einmal und landete auf der Seite.

Ehe es auch nur versuchen konnte, sich aufzurichten, sprang sie auf das Monster und versenkte ihre Klingen tief im verdorbenen Leib.

Kendrick reagierte glücklicherweise schnell und schnitt auch diesem Biest den Kopf ab.

Alea richtete sich auf und zog beiläufige ihre Schwerter aus der Leiche. »Alles in Ordnung?«, fragte sie in die Runde.

»Eines von den Viechern ist mir auf den Fuß getreten«, murrte Orla. »Das gibt einen blauen Fleck.«

»Wo ist Mortas?«, rief Kendrick und stürzte in Richtung Nebel. »Mortas, komm zurück! Stell dich mir!«

Alea bemerkte, dass sich der Nebel allmählich lichtete.

Er hatte tatsächlich aus Arrowfall einen Urwald gemacht. Gras wucherte hüfthoch – ihre Hüfte. Dan und Orla würden darin gänzlich verschwinden.

Die Häuser waren von Borke überzogen oder von Kletterranken eingehüllt.

Auf den Dächern thronte ein dichtes Blättergewächs, zwischen den vereinzelt farbenfrohe Blumen hervorschauten.

Alea hatte ihr halbes Leben in Wäldern verbracht und nie zuvor solche Blüten gesehen.

»Ist … Ist die Gefahr vorbei?« Die Tavernenbesitzern streckte ihren Kopf aus der Tür des Gasthauses.

»Keine Angst, meine Dame.« Kendrick verfiel wieder in die Rolle des Helden. »Wir konnten die grässlichen Monstrositäten niederstrecken. Und seht: Der Nebel zieht sich zurück.«

Die Elfin atmete erleichtert auf. »Vielen Dank, Kendrick. Ohne Euch wären wir verloren gewesen. Ich sage den anderen Bescheid, dass sie den Keller verlassen können. Bitte, kommt wieder herein! Sämtliche Getränke gehen aufs Haus. Lasst Euch feiern!«

Mit breitem Grinsen kam Kendrick der Forderung nach.

Kopfschüttelnd gesellte sich Alea zu Orla und Dan.

Die Gnomin stupste eine tote Kreatur mit dem Fuß an. »Auf der positiven Seite: Wir wissen, wer dafür verantwortlich ist.«

»Und er hat ›Wir‹ gesagt«, merkte Dan an.

»Ich habe jedenfalls genug von ihm«, brummte Alea. »Ich schlafe bei Denu. Kommt ihr mit?«

Dan grinste schelmisch. »Ich denke, wir sollten heute alle hier übernachten.«

Fragend hob sie eine Braue.

»Ganz meiner Meinung«, stimmte Orla zu und nahm Alea an die Hand. »Vertrau uns!«

Alea zog sich schnell zum Schlafen zurück und entging so weiteren Abenteuergeschichten Kendricks.

Als sie am nächsten Morgen aufstand und sich das Gesicht wusch, erklang ein ebenso empörter wie angewiderter Schrei aus dem Nebenzimmer.

»Irgendetwas hat in meine Stiefel geschissen!«

Ein schadenfrohes Lächeln breitete sich auf Aleas Lippen aus.

7

Vor den Toren der Stadt

Dan

»Warum Honorseeker?«, wiederholte Dan zum ungefähr hundertsten Mal.

»Wie oft willst du das noch fragen?«, erwiderte Kendrick genervt.

Dan zuckte mit den Schultern. »Bis ich eine zufriedenstellende Antwort bekommen habe.«

Er lief mit dem Auserwählten an der Spitze ihres Trupps. Alea bildete die Nachhut. Neben ihr trottete Denu her, der wiederum Orla auf dem Rücken trug.

Orla sah mit strenger Miene über ihr Buch hinweg. »Ihr seid wirklich unglaublich penetrant, mein Herr.«

»Ich bin davon überzeugt, dass man für seine Ziele nie hartnäckig genug sein kann.« Dan trat einen runden Stein vor sich her. Sowohl Murphy als auch Imir hatten großen Spaß daran, dem Kiesel nachzujagen. »Also, Ken? Ich waaarteee!«

Vor drei Tagen hatten sie Arrowfall verlassen und waren in Richtung Fairwick aufgebrochen. Die Magierstadt lag nur noch einen Katzensprung entfernt.

Sie schlenderten einen relativ geradlienigen Waldpfad entlang, und dieses Mal waren sie nicht allein. Seit geraumer Zeit lief eine Gruppe Gnome einige Meter hinter ihnen. Sie unterhielten sich in ihrer Sprache, die Dan nicht verstand. Orla hätte es ihm übersetzen können, wäre sie nicht so sehr ins Lesen vertieft. Immer wieder wurden sie von anderen Reisenden überholt oder kamen ihnen entgegen. Die Straßen nach Fairwick waren zu jederzeit gut besucht. Die Stadt war ein beliebter Knotenpunkt für allerlei Händler, neugierige Reisende und natürlich Magier. Dan war noch nie da gewesen, er kannte aber Erzählungen von Orla und einigen Verwandten, die ebenfalls an der dortigen Akademie studiert hatten.

Sonnenlicht fiel durch das dichte Blätterdach auf sie herab und malte Lichtpunkte auf den unebenen Boden. Der Wind rauschte leise in den Baumkronen, begleitet vom Zwitschern der zahlreichen Vögel.

Das war ein Wald, wie Dan ihn mochte. Ein Wald, wie er sein sollte. Trotzdem fühlte er sich nach den letzten Ereignissen unwohl hier. Angefangen bei dem monsterverseuchten Gehölz, das vermutlich über Nacht gewachsen war. Bishin zu den Auswirkungen des Nebels auf die Stadt Arrowfall. Die Einwohner waren vermutlich noch immer dabei, den Pflanzenbewuchs zu beseitigen.

Sie hatten auch herausgefunden, warum niemand Alarm geschlagen hatte: Die Wachen waren vom Nebel in Bäume verwandelt worden. Dan hoffte, dass sie ihre menschliche Gestalt zurückbekamen, sobald das Nebelproblem beseitigt war.

Er trat den Kiesel weit voran, direkt unter einen Brombeerstrauch. Murphy und Imir stürmten hinterher und sprangen furchtlos in den dornengespickten Busch.

»Imir, sei vorsichtig«, rief Orla dem Pseudodrachen hinterher, dieses Mal allerdings ohne von ihrer Lektüre abzulassen. »Ich zieh dir die Dornen hinterher nicht aus deinem schuppigen Hinterteil.«

Das Rascheln weckte Denu aus seiner Dösigkeit. Er hob den Kopf und blinzelte etwa träge in die Richtung.

»Schade, dass sie noch nicht reif sind.« Alea lehnte sich leicht an die Flanke ihres Elches. »Ich hätte jetzt gerne eine Handvoll.«

Zwei Waldelfinnen auf Pferden bogen aus seinem Seitenpfad auf die Hauptstraße ein. Ihre Gruppe ordnete sich hintereinander zu einer Linie, damit die Reiterinnen sie bequem passieren konnten.

›Murphy hat einen Schatz gefunden‹, verkündete das Frettchen stolz.

Sein Kopf tauchte aus dem Strauch auf. Es hatte zwar keinen Kiesel im Maul, dafür aber etwas Glänzendes.

»Herzlichen Glückwunsch, Stinker«, rief Dan zurück. »Und der Kiesel?«

Wie auf Kommando rollte das Steinchen zurück auf den Weg, gefolgt von Imir.

Murphy trottete auf sein Herrchen zu, kletterte geschickt an ihm hoch und ließ seine Beute fallen. Dan fing eine durchsichtigte Glasmurmel auf. »Hübsch. Danke schön!«

Das Frettchen quiekte mit ausgestreckter Brust, ehe es zurück zu Imir auf den Boden sprang.

»Zurück zum Thema.« Dan steckte die Murmel ein. »Warum Honorseeker?«

Kendrick seufzte resigniert. Hatte er wirklich geglaubt, er würde davonkommen, bloß weil er fünf Minuten Ruhe gehabt hatte? »Ich bin Waise, ja?«

Dan nickte. »Hast du erzählt.«

Ein Specht klopfte rhythmisch gegen einen nahe liegenden Baum.

»Demnach hatte ich nie einen Familiennamen. Beziehungsweise kannte ihn nicht. Also habe ich mir als Kind einfach selbst einen ausgedacht«, erklärte Kendrick. »Und was nimmt ein Kind, das davon träumt, ein Held zu werden? Das Offensichtliche.«

»Shrekex Mukmark«, schlug Orla vor.

»Sheldon ›Ugly Mug‹ Web«, bot Dan an.

»Zulrajas Rakash«, erwiderte Alea.

Kendrick starrte sie an.

»Shrekex war ein Kobold, der mit mir in Fairwick studiert hat«, erklärte Orla. »Er war wirklich gut in Verzauberungen und Illusionen.«

»Sheldon ist ein Pirat, der eine Weile mit meinem Onkel Ted gesegelt ist«, erzählte Dan. »Niemand weiß, woher er den Spitznamen ›Ugly Mug‹ hat. Nicht mal Sheldon selbst.«

Alea tätschelte ihren rechten Schwertknauf. »Zulrajas ist ein Troll, den ich bei einer Kneipenschlägerei kennengelernt habe. Ein fähiger Kämpfer, hat Fäuste wie Hammerköpfe.«

Denu schnaufte zustimmend.

Kendrick verdrehte die Augen. »Wie auch immer. Ich hab mich jedenfalls an Honorseeker gewöhnt und bin eben dabei geblieben.«

Dan schob die Hände in die Manteltaschen. »Verstehe.«

»Das ist alles, was du dazu zu sagen hast?«, fragte Kendrick ungläubig. »Nachdem du mich tagelang damit genervt hast?«

»War doch eine ganz einfache Erklärung«, erwiderte Dan. »Mehr wollte ich gar nicht.«

Er versetzte dem Kiesel einen weiteren festen Tritt. Imir fing ihn auf und rannte mit dem Steinchen im Maul davon, Murphy dicht auf den Fersen.

»Aber Kendrick ist schon dein echter Vorname, oder?«, wollte Orla wissen.

»Na ja … fast.« Kendrick rieb sich den Nacken. »Es ist ein Zusammenschluss aus meinen beiden Vornamen. Kendios Thodeorick.«

»Kendios Thodeorick Honorseeker.« Orla sprach langsam und ließ ihre Stimme nachdenklich verklingen. »Klingt schon ziemlich heldenhaft.«

Der sarkastische Unterton entging Dan nicht. Kendrick schien ihn geflissentlich zu ignorieren, denn seine Brust schwoll vor Stolz an.

Die Elfin musterte den Auserwählten forschend. »Ich habe noch keinen Menschen getroffen, der so hieß.«

»Kendios klingt nach einem Halblingnamen«, stimmte Dan zu. »Und Thodeorick könnte zwergischen Ursprungs sein.«

Kendrick schwieg einen Moment. Sein Blick glitt entlang der Bäume und blieb an einem Rotkelchen hängen, das sich gerade sein Gefieder putzte. »Das Wenige, das ich von meinen Eltern weiß, ist, dass sie von den anderen Völkern und fremden Kulturen fasziniert waren.« Das Moment der Sympathie, den Dan für ihren Auserwählten empfand, wurde leider im nächsten Augenblick zerschlagen. »Vermutlich ahnten sie, welches Schicksal mich erwartet. Sie wollten, dass ich einen besonderen, einen denkwürdigen Namen bekomme. Einen Namen, der einem Helden wie mir auch würdig ist.«

Orla rümpfte die Nase und schaute zurück in ihr Buch. »Oder den, eines angeberischen Großmauls.«

»In den Geschichtsbüchern wird nur der vollständige Name stehen«, fuhr Kendrick fort. »Ich bin gespannt, wie viele Eltern ihre künftigen Söhne nach mir benennen werden. Ich sehe es schon vor mir: wenn ich das Böse besiege und in Schulen gehe, um von meinen Heldentaten zu berichten. Dann werden dort mindestens zwei oder drei kleine Jungen sitzen, die Kendrick oder Kendios Thodeorick heißen. Vielleicht sogar Mädchen für die man ein weibliches Pendant erschaffen hat. Kendia Thodearieke oder so.«

Dan holte die Murmel wieder hervor und hielt sie gegen das Sonnenlicht. Er brauchte jetzt etwas, womit er seine Hände beschäftigen konnte. Sonst hätte es passieren können, dass es ihn dazu verleitet hätte Kendrick etwas aus den Taschen zu ziehen. Nicht um ihn wirklich zu bestehlen, sondern um ihm später dabei zuzusehen, wie er hektisch danach suchte. »Man kann nur hoffen, dass es nie so weit kommen wird.«

»Wie wirst du Mortas aufhalten?«, wollte Alea plötzlich wissen.

Kendrick sah über die Schulter zu ihr. »Ich … werde versuchen, ihn wieder auf den Pfad der Gerechten zu bringen.«

»Und wenn das nicht funktioniert?«, fragte Alea weiter. »Wenn du ihn bekämpfen musst?«

Kendrick schüttelte den Kopf. »Es wird funktionieren. Mortas ist tief in seinem Herzen ein guter Mann, das weiß ich. Ich muss ihn nur an unsere Freundschaft erinnern und daran, dass wir uns als Kinder geschworen haben, stets das Richtige zu tun.«

»Ihr wart fünf Jahre, als ihr euch das letzte Mal gesehen habt«, warf Orla über ihr Buch hinweg ein.

»Du hast keine Ahnung, was Mortas für ein Mann ist«, stimmte Alea zu. »Du hast nur die wenigen Erinnerungen aus eurer Kindheit. Du weißt nicht, wie er aufgewachsen ist, was er durchmachen musste.«

»Er ist bereit, die Welt zu zerstören, um an Macht zu kommen«, merkte Orla an.

»Überlasst das einfach mir, ja?«, bat Kendrick unwirsch. »Ich kann und werde Mortas bekehren.«

Dan schnipste die Murmel wiederholt in die Luft und fing sie auf.

Trotzdem solltest du dich darauf gefasst machen, deinen Sandkastenfreund bekämpfen und möglicherweise töten zu müssen, dachte er.

Je näher sie dem Ende des Waldes kamen, desto lauter wurde ein vielfältiges Stimmengewirr. Sie traten hinter die Baumgrenze und erreichten eine ziemlich volle Kreuzung. Davon, dass sie ›rege besucht‹ war, konnte kaum mehr die Rede sein. Denn das würde irgendeine Art von Bewegung implizieren. Stattdessen standen die Leute hier regelrecht Schlange.

»Immer weiter geradeaus«, ließ Orla verlauten, ohne aufzuschauen. »Ist von hier aus bloß ein Katzensprung.«

»Theoretisch ja.« Dan kratzte sich an der Schläfe. »Praktisch eher nicht.«

Alea verzog genervt das Gesicht und verschränkte die Arme vor der Brust. »Stehen die Leute immer an, um nach Fairwick zu kommen?«

»Hä?« Orla hob endlich den Blick. »Ganz schön voll hier. Vielleicht gibt es irgendwo etwas gratis?«

»Wir haben auf jedenfall keine Zeit für so einen Blödsinn«, grummelte Kendrick und räusperte sich vernehmlich. »Bürger Leopenias! Hier spricht Kendrick Honorseeker, der Auserwählte der Shiro Ahali!«

Einige Menschen, Elfen und Zwerge drehten sich zu ihm um. Die Gnomentruppe, die sie inzwischen eingeholt hatte, tuschelte aufgeregt miteinander.

»Wie Ihr sicher wisst, bin ich auf einer äußerst wichtigen Mission und kann mir daher keine Verzögerung leisten«, fuhr Kendrick fort. »Bitte lasst mich durch und in die Stadt! Im Namen der ehrwürdigen Shiro Ahali.«

Nach einigen Sekunden Stille und Schulterzucken, machten die Leute nach und nach Platz.

Der Scheiß funktioniert.

Orla und Alea sahen ebenso ungläubig aus, wie Dan es bei sich vermutete. Aber beschweren würde sich keiner von ihnen. Selbst wenn Kendrick seine Nase so hoch trug, dass es bei einem Wetterumschwung reinregnen würde.

»Sorgt bitte dafür, dass die Wachen das Tor für alle öffnen«, murrte ein Zwerg, an dem sie vorbeigehen.

Kendrick nickte gewissenhaft.

»Keine Ahnung, was da vorne los ist, aber wenn ich mir die Beine noch länger in den Bauch stehe, bin ich heute Abend mehr Halbling als Zwerg.« Der Zwerg schielte zu Dan und räusperte sich. »Nichts für ungut, Meister.«

Dan winkte gelassen ab.

»Lasst den Auserwählten durch«, rief eine Waldelfin. »Lasst ihn vorbei, er wird unser Problem lösen!«

Ihre Forderung trug sich weiter, bis es ihrer Gruppe endlich gelang, zu den Toren von Fairwick vorzudringen. Bloß zwei menschliche Wächter standen vor den massiven Flügeltüren und versperrten ihnen und allen anderen den Zugang. Das dicke Holz war mit Eisen beschlagen und in die Mauer aus hellen Steinen eingelassen, die Fairwick schützend umgab. Dan legte den Kopf in den Nacken und schätzte die gesamthöhe von Tor und Mauer auf mindestens fünfzehn Meter.

»Halt!« Die linke Wache, ein schlaksiger blonder Mann, hielt eine Hand vor. »Keinen Schritt weiter!«

Er würdigte Denu, Imir und Murphy keines weiteren Blickes. Tierische Begleiter waren ebenso vielfältig wie gewöhnlich. Nicht einmal ein großer weißer Elch sorgte für Verwunderung.

»Mein Name ist Kendrick Honorseeker, ich bin der Auserwählte der Shiro Ahali«, leierte Kendrick seinen Text abermals herunter. »Ich verlange Zugang zur Stadt! Der Rat der Magier erwartet mich.«

»Um in die Stadt zu gelangen, müsst Ihr zuerst ein Rätsel lösen«, verkündete der Blonde.

»Oh«, entfuhr es Orla überrascht. »Das ist neu. Wie toll!«

Kendrick setzte einen Schritt vor. »Ich bin bereit.«

Hinter ihm stöhnte eine Dunkelelfin genervt. »Ist das Euer Ernst?«

»Uns habt Ihr gesagt, dass es gerade ein Problem mit Maiskörnern gibt, die versehentlich in unzählige weiße Mause verwandelt wurden, und wir deshalb warten müssen«, mischte sich ein rothaariger Halbling ein.

Die rechte Wache, ein junger Mann mit braunem Haar und Vollbart, zog verwirrt die buschigen Brauen zusammen. »Ja, aber … ist das nicht etwa der Grund?«

»Du weißt genau, warum wir hier stehen«, fauchte der Blonde. »Im Grunde genommen ist das allein deine Schuld, dass die Leute hier warten müssen. Ich dachte, du kommst von allein drauf und schämst dich längst. Aber offenbar hab ich dir zu viel zugetraut.«

Alea verschränkte ungeduldig die Arme vor der Brust. »Kommt zur Sache!«

Der Blonde reckte das Kinn. »Einer von uns sagt immer die Wahrheit, der andere erzählt Lügen.«

Die zweite Wache starrte ihren Kameraden fassungslos an. »Verdammt noch mal, Alfred. Ich hab doch gesagt, es tut mir leid.«

Alfred ignorierte ihn. »Ihr dürft nur eine Frage stellen, um die richtige Antwort zu finden.«

Sein Kamerad warf genervt die Hände in die Luft und schüttelte den Kopf.

Kendrick kratzte sich an der Schläfe. Hinter ihm war die Menge in fassungsloses Schweigen verfallen.

»Ich schwöre Euch, ich bringe sie um«, knurrte die Dunkelelfin zähneknirschend.

»Ich helfe«, meldete sich der rothaarige Halbling.

Weitere Stimmen erhoben sich, die sich dem frisch gebackenen Mordkomplott motiviert anschlossen. Kendrick wandte sich rasch dem Volk zu.

»Liebe Leute, bleibt ruhig! Ich werde das klären und dann können wir alle eintreten, in Ordnung?«

»So funktioniert das Rätsel nicht«, warf Orla stirnrunzelnd ein. »Ihr müsstet zwei Tore bewachen, damit die Lösung aufgeht.«

Alfred blickte zu ihr nach unten. »Mir doch egal. Gregor ist ein elender Lügner, so sieht es doch aus.«

»Na, aber da können wir doch nichts für«, merkte Dan an. »Eure Beziehungsprobleme gehen uns nichts an, wir wollen einfach in die Stadt.«

Alfred schnaubte verächtlich. »Erst wenn er zugibt, dass er ein Lügner ist.«

Gregor drehte sich seinem Kameraden zu. »Ich habe jetzt mehrfach um Entschuldigung gebeten, Alfred. Du kannst nicht jeden Reisenden in unseren albernen Streit reinziehen.«

»Eine einfache Entschuldigung reicht hier eben nicht aus«, erklärte Alfred und verschränkte beleidigt die Arme vor der Brust.

Alea verdrehte die Augen. Ihr Geduldsfaden wurde merklich dünner. Und damit war sie nicht die Einzige.

»Kenny, der Pöbel will Blut sehen«, warnte Dan. »Könnte hässlich werden, wenn du nicht schnell dein Versprechen einlöst.«

Der Auserwählte wirkte ein wenig überfordert mit der Situation.

»Was hat er denn überhaupt getan?«, wollte Orla wissen.

»Er hat beim Kniffeln geschummelt«, antwortete Alfred anklagend.

»Das war nur ein Mal«, rief Gregor aus.

»Und trotzdem hast du es Tom in die Schuhe geschoben«, fauchte Alfred.

»Ich war betrunken«, verteidigte sich Gregor.

Alfred schnaubte. »Das ist keine Entschuldigung.«

»Ihr seid gleich beide tot«, bellte ein Hochelf zu ihnen nach vorne.

Während des ganzen Hin und Hers hatten sich Dan und Orla an den beiden Wächtern vorbeigeschlichen. Sie waren beide klein genug, um bequem unter dem Aufmerksamkeitsradius der Wachen zu bleiben.

Dan klopfte an das geschlossene Tor. Eine kleine Tür, freundlicherweise auf seiner Höhe, öffnete sich.

Das Gesicht einer Halblingsdame erschien vor ihm. »Ja, bitte?«

»Hi«, grüßte Dan. »Eure beiden Kollegen hier sind in einer tiefen Ehekrise und wollen uns nicht vorbeilassen. Würdest du uns das Tor öffnen, bevor sich der Pöbel entscheidet, die beiden am nächsten Baum aufzuknüpfen?«

Die Halblingsfrau verdrehte die Augen und murmelte etwas davon, dass dies schon zum vierten Mal diesen Monat passiere. »Natürlich. Wer seid Ihr und was wollt Ihr in Fairwick?«

Orla trat an seine Seite. »Wir bringen den Auserwählten Kendrick her. Der Rat der Magier will ihn sehen.«

Kendrick eilte zu ihnen und ging in die Hocke, um der Frau in die Augen sehen zu können. »Kendrick Honorseeker, höchstpersönlich.«

Die Wangen der Halblingsfrau röteten sich. »Welch Ehre, Euch zu begegnen«, flüsterte sie ehrfürchtig. »Selbstverständlich lasse ich Euch und Eure Gefährten ein. Nur einen Augenblick!«

Die Tür schloss sich und Sekunden später schwang das Stadttor auf. Gregor und Alfred waren weiterhin in ihren Streit verwickelt, als ihre Gruppe die Stadt betrat. Sie prügelten sich noch nicht, doch ihre Wortgefechte wurden hitziger. Dan schaute zurück. Gregor gestikulierte heftig, mit roten Flecken auf den Wangen, während Alfred mit verschränkten Armen und einer pochenden Ader an der Stirn vor ihm stand.

Nicht unser Problem, dachte Dan abschließend. *Aber bei der Schlägerei ginge mein Gold auf Gregor. Hab ein gutes Gefühl bei ihm.*

8

Ankunft in Fairwick

Dan

Die Architektur der Stadt war – in Ermangelung eines besseren Wortes – abenteuerlich. Dan hatte nicht die leiseste Ahnung, wie man in diesen Gebäuden wohnen konnte, doch es war davon auszugehen, dass die Magier so ihre Tricks hatten.

»Mir nach!« Orla schlängelte sich an Kendrick vorbei. »Ich kenne den schnellsten Weg zum Rat.«

Dan konnte sich gar nicht sattsehen an seiner Umgebung. Kein Haus schien ›normal‹ zu sein. Einige waren diamantenförmig andere kugelrund mit mehreren Stockwerken, die nach oben hin immer kleiner wurden. Türme schraubten sich wie Spiralen gen Himmel, ragten kerzengerade nach oben oder hatten mehrere ausladende Seitenarme.

Die meisten Leute, an denen sie vorbeikamen, trugen elegante Roben.

»Viele Magier zeigen mit der Farbe ihrer Robe, welcher arkanen Schule sie sich zugehörig fühlen«, erklärte Orla. »Violetttöne sind häufig Illusionisten, beige und braun Runenkundige, Heiler sind in Hellblau oder Weiß unterwegs ... und Elementarmagier tragen die Farbe ihres liebsten Elements.«

»Und was ist deines?«, fragte Kendrick.

»Feuer natürlich.« Orla sah über die Schulter zu ihm und zog die Brauen hoch. »Das ist doch offensichtlich.«

»Aber du trägst keine rote Robe«, warf Kendrick ein.

Orla blickte wieder nach vorn. »Ich bin Waldgnomin und fühle mich in Grüntönen einfach wohler.«

Sie kamen an einem Laden für Tränke und Tinkturen vorbei, dessen Baute wie eine bauchige Flasche geformt war. Davor hatte ein Waldelf einen kleinen Verkaufstisch aufgebaut und war gerade dabei, eine gelbliche Flüssigkeit in ein Gefäß abzufüllen. Der Geruch von herben Kräutern stieg Dan in die Nase.

Auch Denu hob interessiert die Schnauze in die Luft.

»Du hast gerade etwas gefressen«, raunte Alea ihm zu.

Der Elch brummte.

»Ja, sie riechen gut. Aber bisher haben dir pure Kräuter nie geschmeckt«, gab sie zu bedenken.

Denu schnaubte unzufrieden.

»Vorsichtig da oben«, rief ein Zwerg gen Himmel.

Obwohl es noch nicht einmal Abend war, flogen Eulen und Fledermäuse geschäftig durch die Luft. Zwischen ihnen blitzte immer wieder das schwarze Gefieder von Raben hervor. Zwei Schleiereulen, die jeweils einen Brief im Schnabel trugen, wären fast zusammengestoßen. Sie strauchelten etwas, fingen sich jedoch und konnten ihren jeweiligen Flug ungehindert fortsetzen.

In Teichen, die geheimnisvoll glitzerten und schimmerten, hockten Frösche und Kröten. Dutzende Katzen lagen auf Mauern und ließen sich die Sonne auf den Pelz scheinen. Es war chaotisch und gleichzeitig hatte alles irgendwie seine Ordnung.

Gerade als Dan dachte, wie sehr er Fairwick schon jetzt liebte, meldete sich ihr lieber Auserwählter zu Wort. »Magier sind ein seltsames Volk.«

»Hey«, rief Orla aus.

»Nicht viel seltsamer als Menschen wie du«, brummte Alea.

»Oder Leute wie wir«, raunte Dan ihr zu.

Die Hochelfin schmunzelte amüsiert und nickte.

Kendrick umfasste die bunt gepflasterte Straße, durch sie sie liefen, mit einer Armbewegung. Nahm mit seiner Bewegung jeden Magier, jeden magischen Boten und jede noch so große und kleine Verzauberung mit ein. »Willst du mir sagen, dass das hier nicht komisch für dich ist? Da, wo ich herkomme, sieht es nicht so … so verrückt aus.«

»Wir waren auch da, wo du herkommst«, erinnerte Orla ihn. »Da ist's zwar ganz hübsch, aber verglichen zu Fairwick ziemlich langweilig.«

Dan hatte keine Lust, dass sie diese Diskussion vertieften. Es wurde Zeit für einen seiner eleganten Themenwechsel. »Wie geht das Rätsel richtig, dass die beiden uns stellen wollten?«

Die Gnomin kraulte Imir unterm Kinn, der es sich wieder auf ihren Schultern bequem gemacht hatte. »Alea kommt zu einer Weggabelung, an der Wächter stehen. Während der eine die Wahrheit spricht, wird der andere lügen. Sie muss herausfinden, welcher Weg sie in die nächste Stadt und welcher in den Tod führen würde. Dafür braucht es nur eine Frage.«

Aleas Mundwinkel zuckten. »Ich würde ja sagen, dass ich die richtige Antwort aus den Wächtern herausprügle.« Sie ließ ihr Genick knacken. »Aber ich schätze, das ist nicht die Lösung.«

Kendrick lachte trocken. »Ist doch einfach. Sie müsste nur fragen, wer von den beiden der Lügner ist.«

Sie überquerten eine Steinbrücke, die im Halbbogen über einen kleinen Bach führte.

Orla schüttelte den Kopf. »Sie würden sich dann gegenseitig beschuldigen.«

»Dann würde ich sie auffordern, die Wahrheit zu sagen.«

»Auch das wird nicht klappen.«

Dan grübelte eine Weile. Er beobachtete zwei Halblinge, die mit magisch erzeugten Händen Schere, Stein, Papier spielten. Bei ihnen saß ein Gnom, der komplizierte Formeln mit einer Feder wortwörtlich in die Luft schrieb.

Von irgendwoher kam der Duft von frischgebackenem Kuchen. Wahrscheinlich Apfel, wenn sein Näschen ihn nicht täuschte. Oder Birne? Definitiv nicht Kirsche.

Während seine Gedanken zu den ausgezeichneten Kuchen seiner lieben Mutter abschweiften, fiel ihm des Rätsels Lösung wie Schuppen von den Augen.

»Was würde der andere Wächter mir sagen, wenn ich fragte, welcher Weg in die Stadt führt? Dann würden beide antworten müssen. Sowohl der Lügner als auch der Ehrliche würden beide den Todespfad nennen und so weiß man, dass man in die andere Richtung muss.«

Orla schenkte ihm ein strahlendes Lächeln. »Korrekt. Im Grunde ganz einfach, wenn man den Trick dahinter kennt.«

Sie blieb stehen und zeigte geradeaus auf ein eindrucksvolles Gebäude. »Wir haben unser Ziel erreicht.«

Die weiße Fassade war mit leuchtenden Adern durchzogen, die vor Magie zu pulsieren schienen. Viele der Fenster waren mit Buntglas geschmückt. Sowohl der Weg am Boden zum Gebäude, als auch der Luftverkehr war rege. Eulen, Raben und sogar bunte Papagaie kehrten auf dem Dach ein und aus. Leute in Roben oder Reisekleidung drängten sich auf die Tür des Gebäudes zu oder traten heraus.

Murphy war von Dans Schulter gesprungen und schnupperte neugierig an einer besonders großen Ratte. Sie hatte einen langen Bart, trug eine winzige Brille mit runden Gläsern und einen roten Spitzhut. Die Ratte quiekte und lief davon. Murphy neigte den Kopf und sah fragend zu Dan hoch. Er zuckte lediglich mit den Schultern.

»Also«, hob Alea an. »Wer geht zum Rat der Magier?«

»Orla?«, fragte Dan sofort.

Die Gnomin schüttelte bestimmt den Kopf. »Auf gar keinen Fall. Nachdem ich das letzte Mal acht Stunden dort verbracht habe, von Büro zu Büro gerannt bin und lauter unnütze Formulare ausgefüllt habe, nur um am Ende zu erfahren, dass der Rat für mein Anliegen nicht zuständig ist«, sie holte Luft, »habe ich mir geschworen, das Gebäude nie wieder zu betreten.«

Alea verzog den Mund. »Das klingt nicht, als hätte ich die Geduld dazu.«

»Dann soll Kendrick das machen«, schlug Dan vor. »Er ist schließlich der große Held.«

Kendrick wischte sich imaginären Dreck von seiner Schulter. »Tut mir leid, aber das Volk braucht mich. Ich habe Besseres zu tun, als mich mit der Bürokratie herumzuschlagen.«

»Das Volk kann seinen Alltag ganz sicher auch ohne dich erledigen«, erwiderte Orla nüchtern. »Du bist der Auserwählte. Willst du dem Rat nicht in all deiner Herrlichkeit entgegentreten? Kann ja sonst jeder daherkommen und behaupten, du zu sein.«

Neben ihr hüpfte ein Frosch, der Schluckauf zu haben schien. Bei jedem zweiten Hüpfer verwandelte er sich für wenige Sekunden in etwas anderes. Eine weiße Maus, einen Marienkäfer, einen Stirnlappenbasilisk …

Kendrick verdrehte abfällig die Augen. »Die Shiro Ahali werden schon dafür gesorgt haben, dass der Rat Kunde von mir bekommt, denkst du nicht auch?«

Orla presste die Lippen aufeinander. »Ich kann dir gerne sagen, was ich gerade denke …«

»Dan, ich befehle dir, dass du das erledigst«, unterbrach Kendrick sie. »Dann lasse ich mich vielleicht dazu herab, über deine diebische Natur hinwegzusehen.«

Das Gesicht der Hochelfin verfinsterte sich. Auch Orla schien bereit, ihm abermals ein paar Haare abzufackeln.

Kendrick bekam jedoch die bösen Blicke der beiden entweder nicht mit oder er ignorierte sie.

Dan kniff sich in den Nasenrücken.

Wir töten niemanden, nur weil er ein Idiot ist. Glückliche Gedanken, Dan. Glückliche Gedanken.

»Na, wenn das mal kein Angebot ist, was ich unbedingt annehmen muss«, rief er übertrieben glücklich. »Ich mache mich sofort auf den Weg zum Rat. Besten Dank für Eure Gnade, o großer Held.«

Kendrick musterte ihn kritisch. »Machst du dich über mich lustig?«

»Niemals.« Dan verneigte sich, zwinkerte Alea und Orla zu, ehe er auf dem Absatz kehrtmachte. »Wartet nicht auf mich! Das könnte länger dauern.«

Er würde schon etwas finden, womit er sich beschäftigen konnte.

»Warte, Dan!« Orla hatte Papier und eine Feder aus ihrem Rucksack geholt und schrieb eilig etwas. »Manchmal stellen die Torwächter sich an, wenn jemand, der kein Magier ist, die Hallen des Rates betreten will. Das hier sollte ausreichen, damit sie dich reinlassen.«

Der Halbling überflog die Notiz, die sie geschrieben hatte. Es war eine Beglaubigung, dass er mit einer anerkannten Magierin Fairwicks im Bunde stand und deshalb gleiches Recht wie alle Einwohner der Stadt genoss. Er dankte ihr, steckte das Papier ein und machte sich auf den Weg zum Rat.

9
Das Regenbogeneinhorn

Orla

Orla ließ es sich nicht nehmen, Alea und Kendrick durch die Stadt zu führen und ihnen alles über die Geschichte Fairwicks zu erzählen. Sie zeigte ihnen ihre Lieblingsecken: Wo sich am besten lesen, lernen und speisen ließ. Wo nachts das Leben pulsierte und wo es die besten Tränke und Zauberutensilien gab.

Imir lag derweil wie ein großer schuppiger Schal um ihre Schultern und döste.

Nach nicht einmal der Hälfte der Tour bemerkte sie, dass Alea geistig abgeschaltet hatte.

Nun, vermutlich hatte die Elfin das bereits nach den ersten zehn Minuten getan. Sie streichelte ab und an Denu, der gemütlich neben ihnen herlief.

Kendrick hingegen schien zu versuchen, sie zu ignorieren, war aber offenbar nicht so gut im selektiven Hören.

Orla störte das nicht. Das hier war für sie eine großartige Gelegenheit, um ihr eigenes Wissen zu prüfen und gleichzeitig in Erinnerungen zu schwelgen.

»Das ist alles furchtbar interessant und so«, sagte Kendrick plötzlich. »Gibt es hier ein gutes Gasthaus? Ich würde mich gern ausruhen.«

Die Gnomin unterbrach ihren Vortrag über die sehr spannende Historie der Universität Fairwicks. Wann und unter welchen Umständen sie erbaut worden war, die Namen und Volkszugehörigkeit der Gründer, berühmte Studierende und Errungenschaften. »Einige sogar. Ich kann euch zum Besten von allen bringen.«

»Nur zu«, munterte Alea sie auf.

Orla seufzte innerlich. Es war eine Schande, dass die zwei nichts für die Sehenswürdigkeiten übrighatten. Sie selbst war zu aufgeregt, um sich jetzt hinzusetzen und darauf zu warten, dass Dan wieder zu ihnen stieß.

Die beiden konnten sich gern eine Weile ausruhen. Orla würde schauen, ob sie sich mit alten Kollegen und Kommilitonen treffen konnte. Sie wollte wissen, wie sehr sich ihr Koboldfreund Shrekex in seiner Illusionskunst verbessert hatte. Und vielleicht konnte er ihr ein oder zwei verzauberte Gegenstände verkaufen, die ihnen auf der Reise behilflich sein könnten.

Orla ließ ihren Worten Taten folgen und führte ihre Gefährten in eine dubiose Seitengasse zur besten Taverne der Stadt: ›Das Regenbogeneinhorn‹.

Von außen sah es ein wenig heruntergekommen aus: Die Fassade hatte schon bessere Tage gesehen, war verblasst, bröckelte hier und da und durch die Fenster konnte man vor lauter Dreck nicht hindurchschauen.

»Innen ist es ganz wunderbar gemütlich und Tiere sind auch erlaubt«, erklärte die Gnomin fröhlich und stieß die quietschende Tür auf.

Ein wohlbekanntes Frettchen huschte in genau diesem Moment zwischen ihren Fußknöcheln hindurch ins Freie. Murphy hatte einen Beutel im Maul und verschwand rasch in einem Gebüsch.

»Ich bin ehrlich erschüttert, dass Ihr mich des Betrugs bezichtigt.«

Orla war erstaunt, Dans Stimme zu hören. Verwundert sah sie ins Innere und fand den Halbling an einem der runden Tische sitzen. Er hielt mit Unschuldsmiene seine Hände hoch und wurde von fünf finster dreinblickenden Männern angestarrt.

»Bitte: Durchsucht mich! Ihr werdet feststellen, dass ich keine zusätzlichen und erst recht keine gezinkten Karten bei mir trage.«

Das hatte Murphy also nach draußen gebracht.

»Dan«, rief Kendrick erbost. »Was tust du hier?«

Angesprochener drehte den Kopf zu ihnen und winkte. »Karten spielen. Mit schlechten Verlierern, wie es aussieht.«

Alea führte Denu schweigend ins Gasthaus und platzierte sich hinter den Männern.

»Sieh mal nach Murphy«, bat Orla den Pseudodrachen.

Imir gähnte herzhaft und schlängelte sich von der Schulter ihren Körper hinab.

Sie folgte Kendrick und trat gemächlich an den Tisch heran. Im Hintergrund rieb sich Alea erwartungsvoll die Fingerknöchel.

»Du solltest beim Rat der Magier sein«, knurrte Kendrick.

Dan hielt weiter seine Hände hoch, während einer der finsteren Gesellen ihn abklopfte. »Ist alles schon erledigt. Huch!«

Ein Mann hob ihn an den Fußknöcheln hoch und schüttelte ihn. Es fiel nichts aus seinen Taschen – Orla wusste, dass der Halbling sehr gewissenhaft dafür sorgte, dass seine Taschen sicher waren.

»Er scheint die Wahrheit zu sagen«, brummte der Mann und setzte ihn ab. »War trotzdem unser letztes Spiel. Ich trau dem Knirps nicht.«

Dan zog das Gold vom Tisch und ließ es in seinen Geldbeutel gleiten. »Es war mir dennoch eine Freude, mit Euch Zeit zu verbringen, die Herren.«

Unter unzufriedenem Knurren und Murren löste sich die Gesellschaft auf. Jeder der Männer kehrte in eine Ecke ein, um dort zu schmollen. Der Fünfte stapfte die Treppen hoch ins Obergeschoss.

»Schade.« Alea kam zu ihnen und rückte einen der umgeworfenen Stühle zurecht. »Hätte mich über eine kleine Prügelei gefreut.«

»Was sagt der Rat?«, fragte Orla und setzte sich.

Kendrick schüttelte den Kopf. »Ich glaube dir keinen Moment, dass du schon da warst. Orla hat erzählt, dass es Stunden dauert zum Rat durchzukommen.«

»Es braucht einen Gauner, um einen anderen zu erkennen und zu umgehen«, erklärte Dan. Er griff in seinen Mantel und förderte einen grünen Schein hervor. »Für solche Fälle habe ich den Passierschein A38. Der bringt dich ganz schnell überall hin.«

Orla betrachtete den Schein eingehend.

»Ist der legitim?« Skeptisch schob der Auserwählte die Augenbrauen zusammen.

»Selbstverständlich nicht«, entgegnete Dan geflissentlich. »Jedenfalls will der Rat dich sehen, Kendrick. Wie wir schon sagten: Du bist der Auserwählte, es ist deine Aufgabe, mit denen zu sprechen.«

Kendrick stöhnte unwillig und massierte sich die Stirn.

Eine äußerst übellaunige Zwergin trat an sie heran. Sie trug ein pastellfarbenes Kleid, ihr langer Bart schimmerte in allen Farben des Regenbogens und auf ihrem Kopf thronte ein Haarreif mit Horn samt Pferdeöhrchen.

Allerdings starrte sie die Gruppe an, als hätte einer von ihnen gerade einen Hundewelpen getreten.

»Getränke?«, knurrte sie. »Essen?«

»Später«, antwortete Orla unbekümmert.

Die Zwergin musterte sie noch einen Augenblick genervt. Dann wandte sie sich ab und kehrte hinter die Theke zurück.

Alea sah ihr nach. »Du hast recht«, sagte sie an die Gnomin gewandt. »Das ist das beste Gasthaus der Stadt.«

Orla grinste schelmisch. »In keinem anderen lässt sich so ungestört lesen und gleichzeitig gut essen.«

Wenn sie einmal Abwechslung zur Bibliothek in der Akademie haben wollte, was recht selten vorgekommen war, hatte sie sich hier eingenistet, um zu lernen. Zum Feiern und Trinken eigentlich nie. Nicht dass sie nie von ihren Studienkollegen eingeladen worden wäre. Doch Orlas Prioritäten hatten klar bei ihrer Ausbildung gelegen. Für sich selbst und um ihren Vater stolz zu machen, der alles getan hatte, um ihr dieses Studium zu ermöglichen. Leider hatte er ihren Abschluss nicht mehr erlebt.

»Willst du den Schein haben?«, fragte Dan.

Kendrick schüttelte den Kopf. »Ich bin ein Mann von Ehre. Als ob ich mich dazu herablassen würde, gefälschte Papiere mit mir zu tragen.« Er legte sein Gepäck ab. »Hätte mir denken können, dass das Treffen mit dem Rat zu wichtig ist, um es meinem Gefolge zu überlassen. Ich werde selbst gehen.«

Alea verdrehte die Augen.

»Das ist es, was von dir verlangt wurde«, bemerkte Orla trocken.

»Wartet nicht auf mich. Ich habe mit wichtigen Leuten zu sprechen.«

Erhobenen Hauptes schritt Kendrick von dannen.

»Du warst nicht wirklich dort, oder?«, fragte Alea leise.

Dan grinste breit. »Ich habe zumindest eine Nummer gezogen.«

»Waren schon Buchstaben dabei?«, wollte Orla wissen, während sie ein Buch aus ihrem Rucksack holte.

Der Halbling holte den kleinen Zettel hervor. »K89. Zuletzt wurde Nummer B16 aufgerufen.«

Alea streckte sich. »Sieht aus, als hätten wir den Rest des Tages frei. Vorschläge?«

Eine Stunde später waren sie schon wieder draußen. Ihre tierischen Begleiter hatten sie zurückgelassen. In einer Stadt voll mit anderen magischen Tieren, Hausgeistern und animalischen Boten gab es auch für sie viel zu entdecken.

Ihr Ziel war ein Laden für Tränke und Tinkturen, den Orla zuvor wärmstens empfohlen hatte. Für eine Reise wie ihre konnte man nie genug Heiltränke haben.

»Vielleicht finden wir auch halbwegs bezahlbare Waffenöle, die uns gegen Dämonen helfen«, sagte Orla gerade. »Das Vieh, dem wir im Wald begegnet sind, war sicherlich nicht das letzte, das wir bekämpfen müssen.«

Sie gingen an einer Frau vorbei, die in einem ominösen Lichtkegel stand und ein Schild in die Höhe hielt, auf das ein Ausrufezeichen gemalt war. Davon gab es in den Städten einige, und Orla fand sie alle seltsam. Wenn man mit ihnen sprach, dann sagten sie einen wie auswendig gelernten Text auf und wollten einem eine stumpfsinnige Aufgabe übertragen. Man konnte kein richtiges Gespräch mit ihnen führen, weil sie immer wieder darauf zurückkamen.

»Wie viele von den Leuten hat Kendrick in Arrowfall angesprochen?«, fragte Alea.

Dan, der plötzlich einen Pfirsich in seinen Besitz gebracht hatte, biss in das Obst. »Bestimmt ein Dutzend«, nuschelte er.

»Ich hoffe, er lässt sich auf dem Weg zum Rat nicht von ihnen ablenken«, murmelte Orla.

Dann stieg ein wunderbarer Geruch nach etwas süßem, frisch Gebackenem, Kekse oder Kuchen, in ihre Nase. Sie hatte eine Vorliebe für Süßigkeiten und der Duft ließ ihr das Wasser im Mund zusammenlaufen.

»Hier entlang!«, rief sie ihren Freunden zu.

Dan warf den Pfirsichkern in ein Gebüsch. »Wollten wir nicht zum Tränke-Laden?«

»Später. Das hier riecht deutlich besser«, antwortete Orla.

Sie folgte dem Geruch, der sich wie ein roter Faden durch die Luft zog, bis zu einem kleinen Gebäude, das wie ein Pfefferkuchenhaus aussah. Die Gestaltung der Fassade war liebevoll und detailliert, sogar der Zaun davor rot-weiß gestrichen, sodass die Pfähle an Zuckerstangen erinnerten.

›Knusperei Ragnar & Elfie‹ stand auf einem Lebkuchenherz-Holzschild, das leicht im Wind hin und her schaukelte.

»Aww, wie niedlich«, kommentierte Dan heiter.

»Ja, oder?«, stimmte Orla ihm zu.

»Ist mir schlecht«, murmelte Alea.

Dan hielt das Gatter des Zauns auf. »Dabei riecht es hier doch so gut.«

Orla schlenderte den gepflasterten Weg entlang. »Es klingt so, als hätte sich ein alteingesessener Krieger mit seiner Frau hier niedergelassen, um ihren Lebensabend mit Keksebacken zu verbringen.«

In ihrem Kopf hatte sich bereits ein Bild der Eigentümer gebildet. Ein Mann, groß und breit wie ein Wandschrank, mit wilden Haaren, einem Vollbart und riesigen Händen. Neben ihm eine untersetzte Frau mit rosigen Wangen und einem freundlichen runden Gesicht.

»Ungewöhnlich, aber nicht abwegig«, erwiderte die Hochelfin. »Ich würde eher eine Brauerei mit anschließender Bar eröffnen.«

Sie betraten die Bäckerei. Die Innenwände waren in einem zuckrigen rosa gestrichen und selbst die Holzdielen am Boden sahen aus wie längliche Süßigkeiten.

Mit leuchtenden Augen blickte sich Orla um und näherte sich dem Verkaufstresen. Kekse in allen Formen, Farben und Geschmacksrichtungen lagen vor ihr ausgebreitet.

»Na, welcher darf's denn sein?«, fragte Dan neben ihr.

Orla grinste breit. »Ja.«

Sie würde den ganzen Laden leerkaufen.

Alea betrachtete interessiert die Kekse, die mit Whisky oder Rum versetzt worden waren.

»Hallooohooo?«, rief der Halbling. »Kundschaft ist hier.«

»Und sie ist hungrig«, fügte Orla hinzu.

Aus dem Hinterzimmer kam ein schmächtiger Mann mit roten Haaren. War das Ragnar? Oder ein Bäckergehilfe?

»Es tut mir leid, ich musste noch ein paar Makronen in den Ofen schieben.« Seine Stimme war leise und sanft. »Herzlich willkommen. Was kann ich für Euch tun?«

»Wir sind vom Duft angelockt worden«, erklärte Orla. »Es riecht einfach köstlich und sieht großartig aus.«

Der Mann lächelte schüchtern und seine Wangen röteten sich. »Oh, danke. Möchtet Ihr eine Kostprobe haben?«

Er verteilte runde Kekse mit herzförmigen Schokoladenstückchen unter ihnen. Es war das beste Gebäck, das Orla jemals gegessen hatte. Und selbst Aleas mürrisches Gesicht löste sich in Wohlgefallen auf, während sie kaute.

Orla war bereit, eine gigantische Bestellung aufzugeben, als hinter ihnen die Tür grob aufgeworfen wurde.

Alea wirbelte herum, hatte sofort kampfbereit ihre Schwerter gezogen. Dan knabberte weiterhin an seinem Keks und Orla wollte sich eigentlich nicht vom Tresen wegdrehen. So konnte sie auch sehen, wie sich der Bäcker ängstlich kleinmachte.

»Ragnar!« Eine dröhnende Stimme erfüllte den Raum. »Wo hast du denn den hässlichen Brückentroll einer Frau gelassen?«

»B-Bitte, Ulric. N-Nicht vor meiner K-Kundschaft«, flüsterte der Bäcker.

Verärgert wandte sich Orla nun doch dem Störenfried zu. Der sah fast so aus, wie sie sich den Besitzer vorgestellt hatte. Nur war er glatzköpfig und nicht so breit, dass er den Türrahmen ausfüllen könnte.

Alea funkelte Ulric verächtlich an. Sie senkte ihre Klingen gen Boden, verstaute sie aber nicht.

»Deine Kunden sind mir egal.« Ulric schritt auf den Bäcker zu. »Du kennst unsere Abmachung, Ragnar. Los, her damit!«

Ragnar zitterte wie Espenlaub. Er kramte unter dem Tresen und zerrte schließlich einen recht großen Sack hervor.

Mit einem gierigen Blitzen in den Augen schnappte sich Ulric den Beutel und wog ihn in der Hand. Münzen klimperten darin. »Na also, geht doch. Den Rest deiner Tageseinnahmen solltest du darauf verwenden, deiner Frau Seife zu kaufen. Sag ihr ruhig, dass es sich lohnt, mehr als einmal im Jahr zu baden.«

Dann verließ er die Bäckerei. Orla, Dan und Alea blieben mit dem unglücklichen Bäcker zurück.

»Freundlicher Kerl«, murmelte der Halbling kopfschüttelnd.

Alea schnaubte.

»E-Es tut mir leid.« Ragnar kämpfte sichtlich mit den Tränen. »Bitte e-entschuldigt, dass Ihr d-das mit ansehen musstet. W-Wie kann ich Euch nun h-helfen? H-Habt Ihr trotzdem e-etwas gefunden, was Euch schmecken k-könnte?«

Vor Mitleid war Orla der Appetit vergangen. »Wer ist das gewesen und warum hat er Euch so viel Geld abgeknöpft?«

»Und was hat er für ein Problem mit Eurer Frau?«, fügte Dan hinzu. »So spricht man nun wirklich nicht über eine Dame. Oder überhaupt jemanden.«

Alea schob die Schwerter zurück in die Lederscheiden und verschränkte die Arme vor der Brust.

»Oh, i-ich …« Ragnar schluckte hörbar. »Ich will Euch nicht mit meinen P-Problemen belasten. E-Ein richtiger Mann muss die selber lösen, nicht wahr?« Er straffte sich, streckte die schmale Brust heraus, im Versuch, selbstsicher auszusehen.

»Blödsinn.« Orla stemmte die Hände in die Hüfte. »Es ist keine Schande, Hilfe anzunehmen. Außerdem kennen wir uns gut mit Problemen aus.«

Sowohl welche zu bereiten als auch sie auf kreative Art zu lösen, aber so ausführlich musste sie ihm das ja nicht sagen.

»Wie wäre es, wenn wir uns hinten hinsetzen und Ihr erzählt uns, was Ulric von Euch will?«

Ragnars Schultern und der Kopf sanken wieder. Er nickte resigniert und führte sie in eine kleine gemütliche Stube. Nachdem er die frischen Makronen aus dem Ofen geholt und zum Abkühlen ans Fenster gestellt hatte, setzte er sich zu ihnen an einen rechteckigen Tisch. Orla hätte zu gerne eine davon gekostet, solange sie heiß waren.

»Darf ich Euch Tee anbieten?«

Ragnar stellte ein hübsches Service auf den Tisch und schenkte ihnen ein.

Orla griff herzhaft in die bereitgestellte Keksdose. »Schüttet uns Euer Herz aus, Ragnar!«

»Meine liebe Elfie und ich sind erst seit knapp einem Jahr in Fairwick«, begann der Bäcker leise. »Es war immer mein Traum, eine Kekserei zu eröffnen, wisst Ihr? Alle haben mich dafür ausgelacht und mich Memme statt Mann genannt. Sogar meine eigenen Eltern. Ich bin eine Enttäuschung für meinen Vater, Olaf den Bärentöter.«

Alea nippte an ihrem Tee. »Nun …«, hob sie an, entschied sich dann aber zu schweigen.

Orla ahnte, was der Hochelfin durch den Kopf ging. Sie war schon von klein auf zur Waldläuferin und Kriegerin erzogen worden und hatte ein Schwert gehalten, kaum dass sie laufen konnte. Vermutlich konnte sie die Enttäuschung des Vaters nachvollziehen. Oder haderte selbst mit ihrem Respekt vor dem schmalen Bäcker.

Ragnar seufzte. »Elfie hat immer an mich geglaubt. Sie tröstet mich, wenn ich traurig bin, und hilft mir bei neuen Rezepten. Allerdings ist sie … na ja … keine gewöhnliche Frau.«

»Inwiefern?« Dan schaufelte inzwischen den vierten Löffel Zucker in seinen Tee.

»Sie ist etwas … grobschlächtig, mögen einige sagen«, antwortete Ragnar unsicher. »Trotzdem wunderschön und stark.«

Orla verspeiste genüsslich einen Butterkeks. »Deshalb hat dieser Ulric sie hässlich genannt? Weil sie ihm nicht weiblich genug ist?«

»Elfie und ich sind schon immer ausgelacht worden«, flüsterte der Bäcker betrübt. »Sie meint, ich solle mir das nicht zu Herzen nehmen. Aber es tut weh, versteht ihr? Ulric erpresst mich, seit ich die Kekserei eröffnet habe. Sagte, wenn ich ihn bezahle, dann würde er dafür sorgen, dass die Leute von Fairwick Elfie und mich nicht belästigen. Wir würden keine Kunden bekommen, wenn uns die Leute hier richtig ansehen würden.«

»Habt Ihr mit Eurer Frau darüber gesprochen?«, wollte Orla wissen.

Ragnar schüttelte den Kopf. »Ich … Ich will sie nicht damit belasten, ich …«

Die Tür zur Bäckerei wurde geöffnet. »Ragnar, ich bin zu Hause!«

Die Stimme der Frau war rau und grollend, aber nicht unangenehm.

»Hallo, Liebling. Ich bin hinten. Wir haben Besuch«, rief der Bäcker. »Bitte, erwähnt ihr gegenüber nichts von Ulric!«

Neugierig drehte sich Orla auf ihrem Stuhl um. Sie war gespannt, wie Elfie denn nun aussah.

Nach Ragnars Beschreibung hatte sie mit vielem gerechnet. Doch die zwei Meter große Halb-Orkin, die nun in die Stube trat, war eine Überraschung. Elfie war gewaltig. Sie hatte ein breites Kreuz und starke Arme. Ihre Haut war olivfarben, das lange schwarze Haar zu einem einfachen Zopf gebunden. Orks oder Halb-Orks in der Stadt zu sehen, war noch immer äußerst selten. Es freute Orla enorm, dass sie endlich einmal einer orkischen Stadtbewohnerin begegnete.

Elfie beugte sich zu Ragnar herunter und gab ihm einen liebevollen Kuss auf den Scheitel. »Guten Tag«, wandte sie sich anschließend an ihre Gruppe. »Mein Name ist Ewnkef Todeszerstörerin. Aber ich nehme an, er hat mich Euch als Elfie vorgestellt?«

Sie hielt Orla ihre riesige Hand hin. Die Gnomin nahm den Zeigefinger davon und schüttelte ihn. »Ich bin Orla Nyx Lilceli Folkor Nim Quigani. Orla genügt.«

Elfie nickte.

»Hi, Dan mein Name«, begrüßte sie der Halbling. »Und das ist unsere Freundin Alea.«

Die Hochelfin schwieg beharrlich. Schlimmer als bei Menschen war ihr Misstrauen gegenüber Orks.

»Der Duft frischer Makronen hat sie angelockt und wir sind ins Plaudern gekommen«, erklärte Ragnar.

Elfie lachte dröhnend. »Ragnars Kekse sind die Besten, oder? Ich kann verstehen, dass Ihr nicht genug von ihnen bekommen könnt.«

Der Bäcker errötete bis zum Haaransatz.

»Wir nehmen auf jeden Fall noch einen ganzen Sack mit«, sagte Orla eifrig. »Leider müssen wir nämlich schon wieder aufbrechen.«

Ragnar führte sie zurück in den Verkaufsraum. »Macht Euch bitte keine weiteren Gedanken wegen Ulric«, flüsterte er. »Ich komme schon zurecht.«

»Kommt gar nicht infrage«, erwiderte Dan leise. »Wir kümmern uns um Euer Problem. Wisst Ihr, Leute wie Ulric sind wie Herbstlaub.«

Ragnar blinzelte verwirrt.

»Irgendwie überall …«, begann Dan.

»Riechen komisch …«, fügte Orla hinzu.

»Und sind die Mühe nicht wert, die es bereiten würde, sie zu beseitigen«, schloss Alea.

»Aber«, betonte der Halbling, »man kann ihnen Einhalt gebieten. Und genau das werden wir tun, damit er Euch und Elfie in Ruhe lässt.«

»Wir nehmen auch Kekse als Bezahlung«, erklärte Orla.

»Ich will keine Umstände machen«, murmelte Ragnar nervös.

Dan winkte ab. »Überlasst das uns.«

»Und nun zurück zum Gebäck. Ich will davon welche.« Orla deutete mit dem Finger auf die Auslage. »Und davon, davon und von denen fünf. Die da, welche davon …«

10
Beunruhigende Träumerei

Kendrick

Es war spät, als er endlich ins Gasthaus und zu seinem Gefolge zurückkehren konnte. Eine absolute Schande, wie mit einem Helden wie ihm umgegangen wurde. Das Schicksal der Welt stand auf dem Spiel und man hatte ihn stundenlang in dieser stickigen Halle warten lassen.

Letztlich hatte er den Rat nicht einmal gesehen, sondern nur einen Termin für morgen früh bekommen.

Kendrick war müde und genervt. Er hatte keine Lust, sich auch noch mit den Unsinnigkeiten und dummen Spielereien seines Gefolges auseinanderzusetzen. Nach dem Abendessen zog er sich sofort auf sein Zimmer zurück, während Alea, Dan und Orla irgendetwas planten. Solange es nichts direkt mit ihm zu tun hatte, ging es ihn weder etwas an noch interessierte es ihn sonderlich.

Er entkleidete sich bis auf die Unterwäsche und ließ sich in das unbequeme Bett fallen. Die Unterlage war zu hart, das Kissen zu flach und die Laken zu rau. Kein Vergleich zu den Schlafstätten der Shiro Ahali.

Wie sehr er seine Heimat vermisste. Er schob einen Dolch unters Kopfkissen und sein Schwert halb unters Bett, wo es sich in Greifnähe befand. Dann legte er sich nieder und schloss die schweren Lider.

Kendrick war sofort klar, dass er träumte. Es war ein seltsames Gefühl, denn alles schien real zu sein. Er lag noch immer im Bett, spürte die Decke auf seinem Körper und den Dolch unter dem Kissen.

Sonnenstrahlen fielen durch die schmutzigen Fenster direkt auf sein Gesicht. Er fühlte die Wärme und dennoch wusste er instinktiv, dass das alles nur eine Illusion war.

Kendrick setzte sich auf. Es war das erste Mal, dass er derart bewusst träumte. Manche Shiro Ahali besaßen die Gabe, ihre Träume zu manipulieren.

Janori hatte ihm beispielsweise erklärt, dass ihr Schlaf für sie mehr eine Reise durch ihr Unterbewusstsein sei und sie ihre Träume seit Kindheitstagen lenken könne. Ihm war das nie gelungen. Bis heute, offenbar.

Eigentlich sollte er aufgeregt sein. So viele neue Möglichkeiten standen ihm offen. Doch ein dumpfes Gefühl der Bedrohung pochte in seiner Brust.

Irgendetwas war falsch.

Er warf die Decke zurück und stand auf. Wenn sich die Welt alsbald in einen Albtraum verwandeln sollte, würde er ihr trotzdem unerschrocken entgegentreten. Allerdings sollte er sich zuvor etwas anziehen, wie er mit einem Blick an sich herab feststellte.

Auf dem Flur rief er die Namen seines Gefolges. Wenig überraschend, dennoch enttäuschend, bekam er keine Antwort. Kendrick hätte zu gern gewusst, ob sie hier noch immer dieselben waren oder er aus ihren Erscheinungen ein Idealbild formen könnte.

Was gäbe er dafür, wenn die hübsche Hochelfin ihn nur einmal anlächeln würde …

Während er die anderen Räume durchschritt und schließlich nach unten in die Schankstube trat, stellte er fest, dass das ganze Gasthaus leer war. Auch von draußen kamen keinerlei Geräusche, nicht einmal Vogelgesang. Als wäre die Welt gestorben, während er geschlafen hatte, und er war als letztes Lebewesen zurückgeblieben.

Kendrick wischte sich die verschwitzten Hände an seiner Hose ab. Es war so still, dass er seinen Herzschlag hörte. Das Blut rauschte in seinen Ohren und Schmerz pochte in seinen Schläfen.

Über ihm ertönte das Getrappel von kleinen Füßen und helles Kinderlachen. Eilig lief er zurück zum Treppenansatz. »Wer ist da? Hey, ihr, kommt runter zu mir!«

Ein schwarzhaariger Junge kam um die Ecke gerannt und lief die Stufen hinab, dicht hinter ihm ein blonder Junge. Beide schätzte er auf etwa fünf bis sechs Jahre.

Kendrick drehte sich hastig zur Seite, damit sie ihn nicht anrempelten, und sah ihnen verwundert nach.

Das bin ich, stellte er fest. *Dann ist das andere Kind Mortas.*

»Ich bin der Held«, verkündete sein jüngeres Ich und hielt einen Stock in die Höhe. »Und du der böse Raubritter, der die Stadt angreift.«

Der junge Mortas verzog unzufrieden das Gesicht. »Immer musst du den Retter spielen. Lass mich dieses Mal der Gute sein!«

»Aber du kannst viel besser den Schurken spielen als ich«, protestierte Klein-Kendrick.

»Findest du?«

»Ja!« Klein-Kendrick zeigte ein Grinsen mit einer Zahnlücke im Unterkiefer. »Wir können dieses Mal spielen, dass du die Seite wechselst. Und dann kämpfen wir zusammen, um die Stadt zu retten.«

Mortas' Gesicht hellte sich auf. »Das machen wir. Und wir sind wieder Brüder, ja?«

»Wie immer«, bestätigte Klein-Kendrick fröhlich.

Kendrick hatte die ganze Zeit nichts anderes tun können, als die beiden schweigend zu beobachten. Seine Erinnerungen blieben vage, doch wenn er sich nicht täuschte, hatte er Mortas hier zum letzten Mal gesehen.

Die Kinder rannten kichernd nach draußen und er folgte ihnen hastig in den dichten Nebel hinein.

»Wartet«, rief er ihnen nach. »Es ist gefährlich hier draußen!«

Er musste die Jungen retten und dann zum richtigen Schiff bringen. Gemeinsam. Wenn Mortas auch bei den Shiro Ahali aufwuchs, dann würde er niemals das Siegel im Dörrtal zerstören.

Ich träume, sagte er sich. *Nichts hier spiegelt die Gegenwart wider.*

Kendrick blieb stehen und die Kinder verschwanden im Nebel. Vorsichtig drehte er sich um die eigene Achse.

Anders als beim letzten Mal fehlte die entsetzliche Kälte, die sich in seine Glieder gefressen hatte. Kendrick erinnerte sich noch gut daran, wie er plötzlich vom Gefühl übermannt worden war, von innen heraus zu erfrieren.

Obwohl er keine Ahnung hatte, wo er war, ging er weiter und hoffte, dass er sich wenigstens grob zum Gebäude des Magierrates bewegte.

›*Oh, großer Held.*‹

Er zuckte zusammen und geriet ins Stolpern. Hastig blickte er sich nach der Quelle der Stimme um.

Doch egal, wohin er sich wandte: Überall sah er nichts als grauen Dunst.

›*Seht ihn an! Er ist der Einzige, der Auserwählte, und soll uns alle retten. Oh, großer Held, was wirst du tun, wenn du scheiterst? Wie wirst du der Welt erklären, dass du versagt hast?*‹

»Mortas, bist du das?« Die Stimme klang überhaupt nicht nach seinem Freund aus Kindertagen. Er konnte nicht einmal sagen, ob ein Mann oder eine Frau zu ihm sprach. »Zeig dich, ich befehle es dir!«

Dicht vor ihm schälte sich eine Silhouette aus dem Nebel. Kendrick griff an seine Seite, wo sich sein Schwert befinden sollte, und stellte fest, dass er es im Gasthaus liegen gelassen hatte.

Der Schatten lachte hämisch. ›*Großer Held, oh, großer Held! Denkst du wirklich, du bist dieser Aufgabe gewachsen?*‹

»Selbstverständlich«, antwortete Kendrick prompt. »Ich bin der Auserwählte, und es ist schlichtweg mein Schicksal, dass ich die Welt retten werde. Nichts wird mich davon abhalten, auch du nicht.«

Der Schatten schüttelte missbilligend den Kopf. ›*Hast du dich je gefragt, warum du das tust? Warum nimmst du diese Mühen auf dich?*‹

»Weil wir alle ohne mich verloren sind.«

›*Sind wir das? Woher nimmst du das Wissen?*‹

Kendrick wich zurück. »W-Weil …«

›*Weil sie dir das gesagt haben?*‹

»Sie hätten mich nicht diese aufwendige Ausbildung durchlaufen lassen, wenn nichts an der Prophezeiung dran wäre. Die Elfen haben mir alles beigebracht, was ich wissen muss, damit ich erfüllen kann, wozu ich erwählt wurde.«

›*Du plapperst die ganze Zeit nur das nach, was sie dir immer vorgebetet haben. Hast du keine eigene Meinung über deine angebliche Bestimmung?*‹

»N-Natürlich habe ich das«, erwiderte er unschlüssig. »Die … Die stimmt nun einmal mit dem überein, was die Elfen mir sagten. Ich vertraue ihnen.«

›*Die Elfen haben dich glauben lassen, dass du die letzte Rettung bist. Was ist, wenn sie gelogen haben?*‹

»Warum sollten sie?« Egal, wohin Kendrick sah, der Schatten war überall und immer direkt in seinem Blickfeld. Es war ihm unmöglich, einen Fluchtweg zu finden, um sich vorerst zurückzuziehen. »Dann hätten sie mein Gefolge auch belügen müssen.«

›*Wer weiß, vielleicht haben sie das ja? Die Shiro Ahali brauchen einen Dummen, der die Drecksarbeit für sie erledigt.*‹ Der Schatten grinste diabolisch, sein Mund ein schmaler weißer Strich. Wie eine Mondsichel, die durch eine Wolkendecke brach. ›Glaubst du nicht, die Shiro Ahali wären mächtig genug, um selbst mit der Bedrohung fertigzuwerden? Sie verstecken sich hinter Schicksal, Bestimmung und Regeln ... und sind doch nichts weiter als elende Feiglinge.‹

Die Luft um ihn wurde kälter und allmählich begann Kendrick doch zu frieren. Sein Atem, der in feinen Dampfwolken austrat, vermischte sich mit dem Nebel.

›Sie benutzen dich für ihre Zwecke. Wenn du getan hast, was sie dir aufgetragen haben, wirst du unnütz. Du bist nichts als ein Bauernopfer, Kendios.‹

Kendrick war inzwischen nahezu gelähmt vor Kälte. Alles, was sein Körper noch zustande brachte, war, zu zittern.

›Du bist eine Marionette, geführt von den Elfen, die sich die Hände nicht schmutzig machen wollen. Sie haben dich belogen, sie benutzen dich und sie werden dich opfern. Denk an meine Worte!‹

»Woher ... Woher willst du das wissen?«, brachte Kendrick heiser hervor.

Der Schatten lachte. ›Weil die Geschichte Märtyrer mehr liebt als Helden.‹

11

Ein abendliches Besäufnis

Alea

Sie wusch sich das Blut von den aufgerissenen Fingerknöcheln. Während Orla und Dan einen Plan entwickelten, Ulric zu überlisten, hatte sich Alea mit zwielichten Typen angelegt. Nach ein paar Runden Armdrücken, die sie allesamt gewonnen hatte, waren die aufdringlich geworden. Hatten sich in ihrer Ehre verletzt gefühlt, weil sie so bitter und eindeutig geschlagen worden waren.

Alea war keine Frau, die sich eine ordentliche Prügelei entgehen ließ. Die Sache war geklärt, sie hatte mit ihnen eine Runde getrunken und alle waren zufrieden auseinander gegangen. So mochte sie ihre Tavernenbesuche.

›Alea wird noch helfen, etwas gegen Ulric zu tun?‹, meldete sich Denu über ihre telepathische Verbindung.

Der Elch verbrachte seine Zeit mit einigen Reittieren, daunter Pferde und Hirsche, in nahe liegenden Stallungen. Er fühlte sich merklich wohl und obwohl er nicht direkt bei ihr war, ging seine Zufriedenheit ebenso auf sie über.

›Ja, das werde ich‹, antwortete Alea ihm.

Ulric war nicht nur ein verfluchter Störenfried, sondern auch jemand, der auf Schwächeren herumhackte. Sie verwettete ihren Bogen darauf, dass sich Ulric nur Leuten wie Ragnar gegenüber traute, so vorlaut zu sein. Der Bäcker war alles andere als stark oder eindrucksvoll, und die Kriegerin in Alea haderte mit ihrem Respekt vor Ragnar. Dennoch war es gerade die Kriegerin, zu deren Pflichten es gehörte, schwächere Zivilisten zu beschützen.

›Wann werden wir Fairwick verlassen?‹, wollte Denu wissen. ›Denu möchte noch ein bisschen bei seinen Freunden bleiben.‹

Alea trocknete sich die Hände ab. ›Es kommt darauf an, wann der Magierrat endlich mit Kendrick spricht. Wir haben ihn heute Abend bloß kurz gesehen, er ist direkt schlafen gegangen. Spätestens morgen Nachmittag sollten wir weiterziehen. Ich hoffe sehr, dass uns der Rat bis dahin die richtige Richtung gewiesen hat.‹

Sie hasste es, diesen Nebel nicht einschätzen zu können. Verschwendeten sie in Fairwick ihre Zeit oder war es in Ordnung, wenn sie bis morgen hierblieben? Offenbar war es nicht allzu dringend, wenn der Rat Kendrick ohne Antworten fortgeschickt hatte. Zuminest lag es nahe, dass er das getan hatte. Wenn es Neuigkeiten gab, hätte Kendrick sie ihnen längst großspurig verkündet.

Seufzend stieß sie sich vom Becken ab, in dem sie ihre Hände gesäubert hatte, und kehrte zu ihren Freunden zurück.

Orla war wieder hinter einem dicken Buch verschwunden. Nur der obere Teil ihres Kopfes und die Ohrenspitzen waren zu sehen und manchmal tauchte ihre Hand auf, um sich einen Keks vom Tisch zu greifen.

»Wie gehen wir nun gegen Ulric vor?«, fragte Alea, als sie sich zwischen Orla und Dan setzte.

»Schritt eins: Wir füllen ihn ab«, begann Dan.

Orla hielt zwei Finger über dem Buch in die Höhe. »Schritt zwei: Wir warten, bis er so besoffen ist, dass er nicht mehr geradeaus schauen kann.«

»Schritt drei: Profit«, schloss der Halbling.

Alea nahm sich ein Mandelplätzchen. Klang insgesamt durchaus solide. »Man sollte meinen, wir haben bei der Nebel-Katastrophe da draußen Besseres zu tun …«

»Bis morgen früh erst mal nicht«, erwiderte Dan schulterzuckend.

»Denkst du, das Problem lässt sich bis dahin völlig aus der Welt schaffen?« Alea musterte ihn zweifelnd. »Wie sorgen wir dafür, dass er den Bäcker und seine Frau dauerhaft in Ruhe lässt?«

»Indem wir Elfie erzählen, dass dieser Kerl ihren Mann bedroht«, erwiderte Orla und blätterte um. »Ich denke, sie wird da schon eine Lösung haben.«

Alea seufzte. »Ich kann nicht glauben, dass ich euch dabei helfen will.«

Orks waren ein rotes Tuch für sie, mehr noch als Menschen. Selbst wenn es sich bei Elfie nur um eine Halb-Orkin handelte. Ihr Anblick allein hatte dafür gesorgt, dass in Alea eine Menge alter Wunden schmerzten. Elfie war keine der Orks, die Alea Leid zugefügt hatten. Sie schien sogar aufrichtig freundlich zu sein. Dennoch hatte Alea bei ihrer ersten Begegnung mit Wut und Abneigung kämpfen müssen.

»Denk dran, es ist für den guten Zweck«, munterte Dan sie auf.

»Und für Kekse«, fügte Orla mit halbvollem Mund hinzu. »Imir hat Ulric ausfindig machen können. Er kehrt gern in eine Kneipe namens ›Glückliche Eule‹ ein.«

»Ehrlich gesagt, frage ich mich, was Ulric hier will. Wie ein Magier sieht er jedenfalls nicht aus«, murrte Alea. »Eher wie ein Halsab-schneider, der am Wegesrand lauert.«

»Nun, man muss nicht zwingend ein Zauberer sein, um hier zu wohnen. Ragnar und Elfie sind zum Beispiel keine. Und die Zwerge, die das Gasthaus führen, auch nicht«, entgegnete Orla.

»Gibt doch überall Störenfriede«, gab Dan schulterzuckend zurück. »Ob es nun in einer Stadt voller Magier oder einem Fischerdorf ist.«

Und in den allermeisten Fällen konnte Alea sie nicht ausstehen. Sie hatte nichts dagegen, ein wenig Chaos anzurichten, schließlich raufte sie sich auch gerne und dabei gingen schon mal Gläser, Stühle und Tische zu Bruch. Aber das, was Ulric tat, war schlichtweg niederträchtig.

Orla klappte das Buch zu. »Wohl wahr. Imir hat sich gerade über unsere telepathische Verbindung gemeldet. Ulric ist in die Taverne gegangen.«

»Lass ihn ruhig ein bisschen vorglühen«, sagte Alea. »Dann ist er schon angeheitert, wenn wir dazukommen.«

Eine Stunde später betraten sie die Taverne ›Glückliche Eule‹. Die Einrichtung war aus hellem Holz gefertigt, in die Tischplatten und Stuhlbeine waren Federornamente geschnitzt worden. Ein Schild direkt am Eingang bittete darum, für Kneipenschlägereien den abgegrenzten Bereich zu nutzen. Magische Leuchtkugeln schwebten dicht unter der Decke und tauchten den ganzen Raum in ein weiches weißes Licht.

Gar nicht so übel hier, dachte sie.

Alea ließ den Blick über die Gäste schweifen. Es war ein bunt gemischter Haufen aus allen Völkern. Die gnomische Schankmaid trug ein Tablett mit Humpen so groß wie sie selbst auf magischen Händen vor sich her. Vier Halblinge und drei Zwerge spielten an einem niedrigen Tisch Karten. Am Tresen saßen Elfen und Menschen beisammen und diskutierten angeregt miteinander. Der namensgebende Uhu der Bar hing ausgestopft über ihren Köpfen.

»Sonderlich glücklich sieht die Eule hier nicht aus«, bemerkte Dan.

Orla verzog den Mund. »Ich hasse es, wenn Leute tote Tiere als Dekoration benutzen.«

Alea knurrte zustimmend. Sie entdeckte Ulric an einem runden Tisch nahe des Kamins. Schweigend deutete sie mit dem Kinn in diese Richtung.

»Dann wollen wir mal«, murmelte Orla und lief zielstrebig auf ihn zu. »Hey, hallo! Ulric war Euer Name, oder?«

Der Mann sah verwundert auf. Erst als die Gnomin auf den Stuhl ihm gegenüber geklettert war, lichtete sich seine sichtbare Verwirrung. »Ja …?«

»Erinnert Ihr Euch an uns?«, fragte Dan, der sich neben Orla gesetzt hatte. »Wir haben uns in der Bäckerei von Ragnar und Elfie getroffen.«

Alea behielt sie im Ohr und Auge, während sie am Tresen die erste Runde Bier orderte.

Ulric zupfte sich nachdenklich am Vollbart. »Und was wollt Ihr jetzt von mir?«

»Euch dazu beglückwünschen, dass Ihr diesem Weichei und seiner scheußlichen Braut Einhalt gebietet«, antwortete Orla mit angebrachter Ernsthaftigkeit.

Alea wusste, wie sehr es der Gnomin widerstrebte, so etwas von sich zu geben. Sie zahlte für das Bier und stellte die Humpen auf den Tisch. »Orks sind ein widerwärtiges Volk«, sagte sie und schob Ulric einen davon hin. »Ich habe schon viele von ihnen bekämpft und getötet.«

Zögerlich nahm der Mann den Humpen an sich. »So? Was weiß eine Hochelfin wie Ihr über Orks, hm?«

Alea schwieg einen Moment. Überlegte, wie viel sie diesem Kerl offenbaren wollte. »Ich weiß, dass sie grausam, dumm und blutrünstig sind. Früher habe ich im Heer meines Vaters gekämpft. Und ich habe den Sadismus dieses Volkes in vielen Schlachten am eigenen Leib zu spüren bekommen.«

Ulric nickte langsam. »Ihr seht mir definitiv nach einer fähigen Kriegerin aus. Ich bin der Meinung, dass Orks in erster Linie Tiere sind. Und eine Halb-Orkin ist quasi so, als hätte ein Mann mit einer Sau eine Missgeburt gezeugt.«

Orla trank einen Schluck aus ihrem Humpen und verbarg damit ihr Gesicht. Alea hörte sie mehrmals tief durchatmen.

So will ich niemals enden, dachte sie. *Wie viel Leid ich auch immer durch Menschen und Orks erfahren habe. So wie Ulric will und werde ich nicht enden.*

»Ganz davon abgesehen, dass sich niemand außerhalb ihres eigenen Volkes, der noch einen gesunden Verstand besitzt, freiwillig auf einen Ork einlassen würde«, fügte Ulric hinzu.

Dan räusperte sich. Auf seinen Wangen hatten sich rote Flecken gebildet und Alea wusste, dass die nicht dem Alkohol verschuldet waren. »Warum jagt Ihr Ragnar und diese Elfie nicht einfach aus der Stadt?«

Ulric lachte schallend. »Na, weil diese Memme gut zahlt. Solange er weiter artig Geld an mich abdrückt, sehe ich keinen Grund dazu.« Er hatte seinen Humpen bereits geleert und knallte ihn unnötig laut auf die Tischplatte. »Sind wir mal ehrlich miteinander: Fairwick ist toleranter, als es gut für die Stadt ist. Aber ich kenne viele Leute. Wenn ich etwas sage, dann dauert es keine Stunde, bis ein wütender Mob mit Fackeln und Mistgabeln vor der Bäckerei steht.«

Orla sah ihn mit falscher Bewunderung an. »Wow, Ihr müsst ein sehr einflussreicher Mann sein.«

»Und clever noch dazu«, ergänzte Dan. »Eure List ist beeindruckend.«

Ulric lachte dröhnend. »Kinderspiel, wenn Eure Gegner eine rückgratlose Memme und eine strunzdumme Orkin sind. Aber sagt, wie sind Eure Namen?«

»Lora«, antwortete Orla.

»Nad«, behauptete Dan.

»Ich heiße ... Sue«, murmelte Alea.

»Nun, Lora, Nad und Sue, wenn es Euch nichts ausmacht, zahle ich die nächste Runde«, bot Ulric an.

Schnell wechselten sie von Bier zu Schnaps. Alea war sehr trinkfest und irgendwann schien es Ulric zu seiner persönlichen Herausforderung zu machen, sie unter den Tisch saufen zu wollen.

Orla und Dan sorgten mit Zauberei und Geschicklichkeit dafür, dass sie vorwiegend Wasser tranken. Währenddessen lenkte Alea Ulric damit ab, ihm Geschichten aus ihrer Zeit als aktive Kriegerin zu erzählen. Sie berichtete von den Schlachten, in denen sie gekämpft hatte. Doch in ihrem Kopf drängten sich die Erinnerungen an einen Kampf in den Vordergrund, den sie am liebsten vergessen würde.

Damals, als die Menschen uns in der entscheidenden Schlacht gegen die Orks im Stich gelassen haben. Und die Orks durch unser Heer geschnitten haben wie durch Papier. So viele Tote ... wären die Menschen nicht so feige gewesen, hätten wir ...

Alea schüttelte kaum merklich den Kopf und damit auch den Gedanken ab. Sie hob ihr Schnapsglas, in dem sich in dieser Runde tatsächlich wieder Hochprozentiges befand, und stürzte es hinunter.

»Ich würde gerne mal Seite an Seite mit dir kämpfen, Sue«, lallte Ulric. Er war schon merklich betrunken und schwankte selbst im sitzen. »Weißt du ... von mir aus können wir gleich da rausgehen und dieser Elfie den Garaus machen.«

Orla hob ihre kleine Faust. »Genau!«

Dan lag mit dem Kopf auf dem Tisch und kicherte die meiste Zeit nur.

Die zwei spielten ihre Rolle als Betrunkene wirklich überzeugend.

»Habt Ihr je darüber nachgedacht, Elfie herauszufordern? Zu einem offenen Kampf?«, fragte Alea.

»Hä?« Ulric füllte sein Schnapsglas neu, wobei er einen großen Schwung quer über den Tisch verteilte. »Ich ... äh ... nein.«

»Warum nicht?«, nuschelte Dan. Er schob scheinbar schwerfällig den Kopf, um sich einen Schluck Wasser zu genehmigen. »Sag bloß, du traust dich nicht.«

Orla stieß ihn an. »Hey, Ulric ist kein Feigling.«

Der Halbling nahm das zum Anlass, um sich vom Stuhl unter den Tisch fallen zu lassen. »Huuiii …«

»Ups«, murmelte Orla betroffen. »Geht's dir gut da unten?«

»Geht gut«, antwortete Dan. »Gib mir einen Moment …«

»Keine Ahnung, warum ich sie nie herausgefordert habe«, murmelte Ulric nachdenklich.

Ich hätte eine, dachte Alea. Nennt sich ›Feigheit‹. Ragnar kannst du unterdrücken, weil er Konfrontationen scheut und dir körperlich unterlegen ist. Bei ihm kannst du dir sicher sein, dass es nicht viel braucht, um ihn zu Boden zu bringen. Elfie hingegen ist größer als du, durchtrainiert, und ich wette, dass sie mit bloßen Händen Eisenstangen verbiegen kann.

»Ragnar zahlt. Wie … wie gesagt, es gab da bisher keinen Anlass zu«, fuhr der Mann fort.

Eine billige Ausrede.

Er wich ihrem Blick aus, starrte beinahe betont in sein Glas.

Wenn er Elfie so betont verabscheute, hätte er längst etwas gegen sie getan.

In Alea wuchs das Bedürfnis, Ulric eigenhändig in die Mangel zu nehmen. Und wenn es nur auf einen Kampf im Prügelbereich der Taverne war. Hauptsache, es war nicht nur der Kater, der ihn morgen früh quälte.

Aber sie befürchtete, dass das keine Früchte tragen würde. Kopfschmerzen und Übelkeit vergingen, blaue Flecke verblassten. Eine verdorbene Persönlichkeit blieb, wenn nichts Gravierenderes geschah.

Dan gab von unter dem Tisch röhrende Schnarchlaute von sich.

Ulric gluckste. »Hey, ich glaube, euer Freund ist eingepennt.«

Alea drehte das leere Schnapsglas hin und her. »Wir könnten Seite an Seite gegen die Orkin kämpfen.«

Orla stützte das Kinn auf ihre Hände. »Das würde ich zu gern sehen. Ihr zwei würdet mit Leichtigkeit gewinnen, oder?«

»Kein Ork hat eine Chance gegen mich«, verkündete Ulric. »Morgen ... morgen früh gehe ich los und fordere sie heraus, jawoll!« Er schlug die Faust auf den Tisch, sodass die Gläser klirrten.

»Darauf trinke ich«, verkündete Alea und nahm einen Schluck Wasser.

Es dauerte noch ein Trinkspiel, bis Ulric resignierte und sich schwankend auf den Heimweg begab.

»Na endlich.« Dan tauchte plötzlich wieder neben Orla auf. »Dachte, der geht nie. Hab die ganze Zeit neben so einer klebrigen Bierpfütze gelegen. Bah.«

»Ich hätte ihm so gern seinen verdammten Bart abgebrannt«, murrte die Gnomin. »So ein rassistischer, selbstherrlicher, arroganter, dummer Dreckskerl. Und dann ist er auch noch stolz darauf.«

Alea sah schweigend in ihr Glas.

Früher, als die Wunden des Verrats der Menschen und der erlebten Verluste durch die Orks noch frisch gewesen waren, hatte sie vermutlich so ähnlich geklungen wie Ulric.

Nie werde ich so enden wie er, sagte sie sich erneut. *Egal, wie lange es dauert. Ich werde lernen, Menschen wieder zu vertrauen und nicht in jedem Ork eine mordende Bestie zu vermuten.*

»Jedenfalls habe ich das Geld«, verkündete Dan. »Ist wahrscheinlich nicht alles, aber der Beutel ist gut gefüllt. Zur Not steuern wir etwas aus eigener Tasche bei, um den Restbetrag zusammenzutragen.«

»Denkt ihr, Ulric erinnert sich morgen noch daran, dass er Elfie herausfordern möchte?«, fragte Orla in die Runde.

Alea schüttelte den Kopf. »So betrunken wie der ist, wundert es mich, dass er überhaupt noch geradeaus laufen kann. Der hat morgen früh alles vergessen und geht vermutlich davon aus, dass er sein gesamtes Geld versoffen hat.«

Kendrick war am nächsten Morgen verschwunden, bevor Alea, Dan und Orla überhaupt zum Frühstück gegangen waren. Orla bat ihren kleinen Pseudodrachen darum, den Auserwählten für sie im Auge zu behalten und sofort Bescheid zu geben, sollte etwas passieren.

Alea hoffte sehr, dass der Rat ihm heute endlich beantwortete, wo ihr nächstes Ziel lag. Es könnte wenige Stunden oder einige Tagesreisen von hier entfernt sein. Auf lange Sicht mussten sie natürlich zur Kaltwüste. Aber bisher hatten sie keine Ahnung, wie sie das Siegel im Dörrtal erneuern konnten. Und ehe sie das nicht wussten, lohnte sich der Weg zur Tundra nicht.

Vermutlich würde es uns zum jetzigen Zeitpunkt sogar umbringen, dorthin zu gehen.

Währenddessen würde Dans Frettchen Ulric beobachten. Für den Fall, dass der seinen Rausch schneller ausschlief, als es ihnen allen lieb war. Alea hätte Denu auch gerne eine Aufgabe gegeben. Doch ein großer weißer Elch war schlichtweg um ein Vielfaches auffälliger als die anderen beiden Tiere, selbst in Fairwick. Darum ließ sie ihren Freund weiterhin frei herumstreifen und Familiars kennenlernen.

Nach dem Essen verließen sie das Gasthaus und begaben sich zu Ragnar und Elfies Bäckerei. Jetzt, da Alea wusste, dass eine Halb-Orkin dort lebte, kostete es sie Überwindung, die Schwelle zu übertreten.

Elfie ist nicht dein Feind, sagte sie sich, als sie hinter dem Halbling eintrat. *Keiner von uns ist in Gefahr.*

»Hallo«, flötete Orla. »Hier sind wir wieder.«

Ragnar kam aus der Backstube nach vorn an den Tresen gelaufen. »Guten Morgen, Ihr Lieben. Sagt bloß, Ihr habt Euren Vorrat aufgebraucht?«

»Er ist schon erheblich geschrumpft«, gab die Gnomin zu. »Wir haben etwas viel Besseres.«

Dan streckte sich und legte den Geldbeutel auf den Tresen. »Wie versprochen: Eure Einnahmen.«

Ragnar blinzelte nervös. »A-Aber wie? Ihr … Ihr habt Ulric doch nicht etwa b-bestohlen, oder?«

Der Halbling winkte ab. »Ach, meins, deins. Das sind doch bürgerliche Kategorien.«

»Wir haben lediglich zurückgeholt, was Euch gehört«, stellte Orla klar.

Alea nickte schweigend. Unwillkürlich trommelte sie mit den Fingern der rechten Hand auf ihren Schwertgriff. War Elfie hier? Verbarg sie sich irgendwo? Vielleicht im hinteren Teil?

Reiß dich zusammen!

Sie zwang sich, ihre Finger still zu halten.

Der Bäcker rang die zitternden Hände. »Ich weiß, dass Ihr es gut meint, aber wenn Ulric das herausfindet …«

Elfie trat ein. »Macht Ulric schon wieder Ärger?«

Alea zuckte innerlich zusammen. Jeder Muskel in ihrem Leib spannte sich kampfbereit an.

Elfie hatte eine Holzfälleraxt dabei und eine Menge Feuerholz unter dem Arm. Als sie die Axt ablegte und sie alle mit einem freundlichen Lächeln bedachte, ging es Alea besser. Sie lockerte ihre Muskulatur und atmete auf.

Hastig schüttelte Ragnar den Kopf. »Nein, nein. Es ist alles in Ordnung, mein Liebling.«

Alea seufzte leise. So wurde das nichts.

»Ragnar, Ihr müsst wirklich mit Eurer Frau sprechen«, ermutigte Orla ihn.

Elfie lud das Feuerholz ab und drehte sich um. »Worüber? Was ist hier los, Ragnar?«

»Ulric erpresst Euren Mann«, erläuterte Dan geradeheraus.

Das Gesicht der Halb-Orkin verfinsterte sich. »*Was* tut er?«

Aleas Herzschlag beschleunigte sich und sie biss die Zähne zusammen.

Der Bäcker senkte beschämt und mit hochrotem Gesicht den Kopf. »E-Es tut mir leid, Elfie. Ich… I-Ich dachte, ich könnte … Ich hatte einfach Angst, dass er …«

»Ulric hat etwas gegen Euch, Elfie«, erklärte Orla. »Er hat Ragnar gezwungen, ihn zu bezahlen, damit er keinen wütenden Mob auf Euch hetzt.«

»Dieser elende Bastard«, grollte Elfie.

Wie im Schutzreflex, wollte Alea nach ihren Schwertern greifen und sich bereit machen, sich bis zum letzten Atemzug zu verteidigen.

Das ist nicht nötig. Wir sind nicht in Gefahr und Elfie ist nicht mein Feind. Ihre Wut richtet sich gegen Ulric und das zu Recht.

Elfie trat an die Seite ihres Mannes und umarmte ihn sanft. »Es tut mir leid, dass du das durchmachen musstest. Warum hast du nicht mit mir gesprochen?«

Alea nickte leicht. Das, was sie vor sich sah, war das Bild, das sie von Elfie behalten musste. Eine offenbar liebenswürdige und fürsorgliche Frau.

Nicht alle Orks sind Monster. Nicht alle Menschen feige Verräter.

Dan räusperte sich. »Wir lassen Euch mal allein. Sollte Ulric doch noch mal Ärger machen, dann zögert nicht, uns zu rufen.«

Elfie nickte, während sie weiter beruhigend auf den aufgewühlten Ragnar einredete.

Die Drei verließen die Bäckerei und Alea hatte das Gefühl, dass sie nicht das letzte Mal dort gewesen waren. Und das nicht nur, weil Orla ihren Keksvorrat bald wieder auffüllen müsste.

12
Heldentum für Anfänger

Dan

Sie hatten sich in der Stadt noch ein wenig die Zeit vertrieben und warteten nun auf den Stufen des eindrucksvollen Ratsgebäudes auf Kendricks Rückkehr. Es war Mittagszeit und entsprechend groß der Andrang dort, wo es etwas Essbares zu kaufen gab.

Dan saß weit genug oben, damit auch ein laufender Meter wie er bequem die Straße hinabschauen konnte. An den Seiten hatten einige Verkäufer Stände errichtet, an denen sich hauptsächlich Nahrung kaufen ließ. Backwaren, Wurst, Käse oder Fisch, ein paar Süßigkeiten – die Auswahl war groß.

Die Einwohner Fairwicks strömten aus Gebäuden und ließen ihre Arbeit für ein paar Minuten liegen.

Egal, wie viel du zu tun hast, pflegte sein Vater zu sagen, *die Mittagspause ist essenziell. Stell dir vor, du willst gerade in die Tasche von jemandem greifen und dann verrät dich dein Magenknurren. Peinlich.*

»Ich sehe was, was du nicht siehst«, begann Orla abermals, »und daaas … ist grün.«

Sie und Dan spielten dieses Spiel schon eine ganze Weile, während Alea schweigend in Gedanken versunken war.

Der Halbling ließ den Blick schweifen. »Ist es ein Drache?«

Orla schüttelte den Kopf. »Leider nein. Zwei Versuche.«

»Dann der Hut von dem Typen da drüben.«

Orla las einen flachen Kiesel auf. »Wieder falsch.« Sie drehte das Steinchen zwischen den Fingern. »Schade, dass hier kein Fluss ist. Der ließe sich toll flitschen.«

Dan brummte nachdenklich. Es gab so viele grüne Dinge. Die Roben von Magiern, Blätter an den Bäumen und Gras am Boden. Die Körper von Fröschen und Eidechsen …

Seine Aufmerksamkeit blieb an einigen funkelnden Edelsteinen hängen. Die waren zwar blau, violett und rot, weckten aber das, was Dan gern als seine ›innere Elster‹ bezeichnete. Alles, was glänzte und glitzerte, fand dann meist auf nahezu magische Weise den Weg in seine Taschen.

»Gib mir einen Tipp«, bat Dan.

Er neigte sich etwas zur Seite, als zwei Elfen eilig die Stufen hinabstiegen und zielsicher auf den Stand des Bäckers zuliefen.

Orla warf einen kleinen Kiesel von sich. »Der erste Buchstabe ist ein B.«

Sein Blick fiel auf einen Teestand. Vielleicht die getrockneten Kräuter dort? Brennnesseln, Baldrian, Brombeerblätter …

Dan hielt inne, als er eine kleine Holzschale mit grün eingepackten Bonbons entdeckte. »Ha, ich hab's.« Er deutete mit dem Zeigefinger darauf. »Die Süßigkeiten da.«

Orla applaudierte höflich. »Richtig! Ich hätte jetzt gerne welche davon.« Wehmütig hob sie den Beutel neben sich an aus dem ein paar letzte Krümel fielen. »Und meine Kekse sind auch schon alle.«

Alea streckte ihre Beine aus und lehnte sich auf den Stufen zurück.

»Ich sehe was, was du nicht siehst«, hob Dan an, »und daaas … ist blau.«

Orla stützte das Kinn auf die Hand. »Ist es ein Drache?«

»Leider nein.«

»Darf ich euch etwas fragen?«, wollte Alea plötzlich wissen.

Dan nickte. »Immer doch.«

»Ist es wegen Ulric?« Orla drehte sich der Elfin zu und wechselte in den Schneidersitz.

Alea musterte die Gnomin aus dem Augenwinkel. Nur minimal verzog sich ihre Miene, doch Dan kannte die Hochelfin gut genug, um die Veränderung deuten zu können: Sie fühlte sich ertappt.

»Seine Ansichten und das, was er gestern gesagt hat, haben mich nachdenklich gemacht«, erläuterte sie bedächtig.

»Du bist mit dem überhaupt nicht zu vergleichen, Löwin«, beschwichtigte Dan.

»Bist du dir sicher?«, entgegnete Alea. Mit dem Finger zeichnete sie das eingeprägte Muster auf ihrer Schwertscheide nach. »Sein Hass auf Orks ist meinem sehr ähnlich. Was ist, wenn er auch Verluste durch sie erlitten hat?«

Es hatte lang gedauert, bis die Hochelfin ihnen erklärt hatte, woher ihre Abneigung gegenüber Menschen und Orks kam. Bis sie ihnen von der Schlacht erzählt hatte, die viele ihrer Freunden und ihrem Vater das Leben gekostet hatte. Alles nur, weil die Menschen sich plötzlich zurückgezogen und die Elfen im Stich gelassen hatten.

»Aber sein Hass richtet sich nicht nur auf Orks, sondern auch auf eine Halb-Orkin«, gab Orla zu bedenken und gestikulierte aufgebracht. »Und es ist nicht einmal sie, die er erpresst hat. Ulric hat seine Aufmerksamkeit vollends auf Ragnar gerichtet. Wahrscheinlich weil er zu feige ist, um sich gegen Elfie zu wenden.«

»Du bist nicht wie er.« Dan stützte sich mit den Unterarmen auf seine Oberschenkel. »In der ganzen Zeit, in der wir dich jetzt schon kennen, hast du an dir gearbeitet. Mit Menschen verstehst du dich schon viel besser. Mit Orks klarzukommen, fällt den meisten Völkern schwer.«

»Das ist wie mit den Vorurteilen gegen Dunkelelfen oder den Tiefgnomen«, ergänzte Orla. »Sie haben alle einen schlechten Ruf. Bei den Dunkelelfen ist es häufig das Äußere, die dunkle Haut und roten Augen, das andere verunsichert. Tiefgnome leben unter Tage und sind nur selten an der Oberfläche anzutreffen. Das schafft Raum für Gerüchte und wilde Märchen.«

»Und die Orks, die noch als Nomaden durch die Lande ziehen, sind in den meisten Fällen wirklich äußerst brutal. Womit sie wiederum den friedlichen Vertretern ihrer Art schaden«, fügte Dan hinzu.

Alea nickte immer wieder still.

»Was du Ulric definitiv voraushast, ist, dass du Ehre im Leib trägst.« Orla legte ihr eine Hand auf die Schulter. »Der weiß garantiert nicht einmal, wie man das schreibt.«

Dan grinste. »Vorne mit Ä, oder?«

Orla gluckste. »Ja, und hinten mit einem H.«

Der kleine Scherz verfehlte seine Wirkung nicht, denn auch Alea schmunzelte. Dan schätzte sich glücklich, dass Orla und er zu den Personen gehörten, bei denen die Hochelfin es wagte, ihre inneren Mauern abzubauen.

Alea drehte ihren Kopf und sah die Treppe hinauf. »Unser aller Held ist zurück.«

Dan wandte sich ebenfalls um. Kendrick stand am oberen Ende der Stufen, den Blick nachdenklich nach unten gerichtet.

»Huhu, Ken«, rief Dan winkend.

Der Auserwählte blinzelte, als wäre er aus den Gedanken gerissen worden. »Kendrick«, verbesserte er halbherzig und kam die Stufen hinunter. »Was ... Was macht ihr hier?«

»Wir warten auf dich. Was hat der Rat gesagt?«, fragte die Gnomin neugierig.

Kendrick schüttelte leicht den Kopf. »Das besprechen wir woanders. Am ... Am besten bei einem ordentlichen Mittagessen.« Wieder schlug er den arroganten Befehlshaberton an. »Los, bringt mich zu einem hochwertigen Gasthaus! Nicht wieder in diese schreckliche Absteige, in der wir nächtigen müssen.«

Das klang in Dans Ohren sehr gespielt. Kendrick musste irgendetwas beim Rat erfahren haben, was ihm nicht gefiel.

Aleas Miene verfinsterte sich.

Orla seufzte. »Wie heißt das Zauberwort?«

»Bitte. Zufrieden?«, brummte Kendrick.

»Du beabsichtigst schon, deine nachgewachsenen Brauen eine Weile zu behalten, oder?«, erwiderte Orla und stemmte die Hände in die Häufte.

›Dan‹, meldete sich Murphy über ihre telepathische Verbindung. ›Ulric ist wach. Und wütend.‹

›Das ist nicht gut‹, erwiderte der Halbling. ›Wo ist er?‹

›Hat das Haus verlassen.‹

Er blendete den Streit zwischen Orla und Kendrick gänzlich aus und schloss die Lider.

Vor seinem inneren Auge erschienen vage Bilder. Leider würde es ihm nie gänzlich gelingen, die Welt durch die Sinne seines Frettchens wahrzunehmen. Egal, wie tief ihre Beziehung auch war. Dennoch erahnte er anhand der Silhouetten, dass Ulric einige seiner Freunde eingesammelt hatte und mit ihnen durch Fairwicks Straßen marschierte.

Dan öffnete die Augen wieder. »Wir müssen zu Elfie und Ragnar.«

»Gibt es Ärger?«, fragte Alea, mit einer Hand schon am Schwertgriff.

»Der ist laut Murphy gerade im Anmarsch«, antwortete er.

»Wer oder was sind Elfie und Ragnar?«, erkundigte sich Kendrick.

»Freunde«, erklärte Orla knapp. »Kommt, ich kenne eine Abkürzung!«

Obwohl sie sofort aufbrachen, war der Aufstand vor der Bäckerei schon im vollen Gange. Von seiner Position aus konnte Dan nicht viel erkennen. Außer den üblichen Wald aus Beinpaaren.

»Ragnar!« Ulrics Stimme donnerte über den Mob hinweg. »Komm raus, du elender Dieb!«

»Ah, verdammt«, murmelte Dan.

Ulric hatte den Verlust seines Goldes nicht auf das abendliche Besäufnis geschoben. Der Unmut der umstehenden Leute erklang dröhnend wie ein Schwarm wütender Hornissen.

Dan sah zurück auf die Straße. Vielleicht dauerte es nur noch Minuten, bis die Stadtwache kam. Doch darauf wollte er nicht warten.

Ihre Gruppe drängte sich nach vorne durch. Ehe sie Ulric erreichen konnten, öffnete sich die Tür der Bäckerei und Elfie trat gemeinsam mit Ragnar nach draußen. Der Bäcker war sichtlich nervös und versteckte sich halb hinter seiner Frau.

Der Mob wich zurück, was ihnen die Gelegenheit gab, sich zu Elfie und Ragnar zu gesellen. Zumindest Alea, Orla und Dan taten das. Kendrick blieb wie angewurzelt neben Ulric stehen, als er die Halb-Orkin erblickte.

»Was soll der Radau?«, grollte Elfie. »Wie kannst du es wagen, meinen Mann als Dieb zu bezeichnen?«

»Er hat mich bestohlen«, fauchte Ulric.

»Er hat das zurückbekommen, was ihm gehört«, warf Orla ein.

»Bitte, muss das sein?« Ragnar sprach zu leise, als dass Ulric ihn hätte hören können. »Ich will nicht …«

Ulric zog sein Schwert. »Ein Ork hat nichts in unserer Stadt verloren. Wir alle wissen, dass du Teil eines barbarischen, blutrünstigen Volkes bist. Und es nur eine Frage der Zeit ist, bis du anfängst, unschuldige Bürger abzuschlachten und zu fressen.«

Der Mob grollte wie ein Erdrutsch.

»Was für ein Blödsinn«, zischte Alea.

Das gerade aus ihrem Mund zu hören, vor allem, nachdem sie sich eben noch selbst hinterfragt hatte, erfüllte Dan mit Stolz.

Ragnar trat vor. »Es ist mir egal, wenn du über mich herziehst«, fauchte er. »Aber so sprichst du nicht über meine Frau.«

Ulric packte den schmächtigen Mann am Kragen. Elfie reagierte sofort und stieß ihn grob zurück. »Lass ihn los!«

»Habt ihr gesehen? Sie hat mich angegriffen!«, schrie Ulric.

Nun zückten auch seine Freunde die Waffen und der Mob rückte näher.

»Kendrick«, rief Dan. »Du stehst auf der falschen Seite.«

Der Auserwählte sah sich verwirrt und offenbar überfordert um. »Was? Sie … Sie *ist* ein Ork.«

»Sie ist eine Halb-Orkin«, verbesserte Alea.

Die Hochelfin hatte ihre Schwerter gezückt und schien bereit, sich mit der Menge anzulegen.

Orla sammelte magische Energie in ihren Händen. »Verdammt noch mal, Kendrick! Du willst doch ein Held sein, oder? Dann benimm dich endlich wie einer!«

Dan zog sein Rapier. »Wenn ihr zu den beiden wollt, dann müsst ihr erst an uns vorbei.«

Plötzlich schallten laute Alarmglocken durch die Gassen. »Der Nebel«, brüllte ein Mann.

»Der Nebel kommt«, stimmte eine Frau mit ein.

»Begebt Euch in Eure Häuser«, befahl der Mann. »Schließt Fenster und Türen!«

»Schnell, in die Bäckerei!« Ragnar öffnete die Tür und winkte hastig in den Raum. »Los, kommt rein! Ihr *alle*.«

Ulric zögerte. Doch seine Freunde drängten sich bereits an ihm vorbei. Er schüttelte den Kopf und wich zurück. »Lieber schlage ich mich bis zu meinem Haus durch.«

»Ich stelle mich dem Nebel«, verkündete Kendrick. »Ich bin der Einzige, der ihn aufhalten kann.«

»Wir fangen ihn hier ab«, sagte Alea.

»Nein. Je weniger er von der Stadt einhüllen kann, desto besser.« Kendrick drehte sich um und rannte los.

Dan fluchte. Zwar verstand er, warum der Auserwählte das tat, doch wenn wieder Kreaturen aus dem Nebel kamen, war Kendrick allein chancenlos.

»Bitte, kommt rein«, drängte Ragnar erneut.

»Wir müssen verhindern, dass sich Kendrick umbringt«, widersprach Orla. »Sonst hat die Welt ein richtiges Problem.«

»Sorgt dafür, dass Ihr in Sicherheit seid«, fügte Alea hinzu.

»Kekse sind gute Nervennahrung«, erklärte Dan. »Esst ein paar und trinkt Tee. Wir kümmern uns um den Nebel. Hoffe ich.«

Sie setzten Kendrick nach. Fairwick war in Aufruhr. Die Einwohner, die noch auf der Straße waren, suchten hastig nach einem Unterschlupf. Ladenbesitzer schlossen eilig ihre Geschäfte. Tiere rannten panisch zwischen den Zweibeinern umher. Unwillkürlich kam Dan eines der bunten Wimmelbilder in den Sinn, die er als Kind gern gelöst hatte.

Hier ist das Chaos, alle rennen durcheinander. Kannst du trotzdem den auserwählten Helden finden, bevor er in den Tod rennt?

»Ich erreiche Denu nicht«, zischte Alea besorgt.

Dan konnte sie über das wirre Geräuschknäul aus Stimmen, Lauten, Trampeln und Krachen kaum verstehen.

›*Murphy?*‹ Er testete die telepathische Verbindung zu seinem Frettchen. ›*Murphy, hörst du mich?*‹

Doch auch sein pelziger Freund antwortete ihm nicht. Er fluchte abermals durch zusammengebissene Zähne. Er fühlte sich plötzlich so viel kleiner, so *hilflos*, und er hasste es. Die Umgebung wuchs ihm wortwörtlich über den Kopf und für einen Moment verlor Dan in einem Anflug besorgter Panik die Orientierung.

Bis Orla neben ihm von einer flüchtenden Frau umgerissen wurde und der Schreck seine Sinne schärfte. Alea reagierte schneller als er. Sie hob die Gnomin auf und setzte sie auf ihre Schultern.

»Oh, Scheiße«, war das Erste, was Orla entfuhr.

»Du siehst was, was wir nicht sehen, und das ist …?«, fragte Dan beunruhigt.

»Eine Nebelwand«, antwortete die Gnomin knapp. »Und Kendrick davor. Imir antwortet mir nicht. Was ist, wenn er im Nebel ist?«

Dan befürchtete, dass Murphy und Denu ein ähnliches Schicksal ereilt hatte. Es war unabsehbar, was das für ihre tierischen Kameraden bedeutete.

Die Menschenmenge lichtete sich, je näher sie den Stadttoren kamen. Nebelschwaden krochen zwischen ihren Füßen hindurch. Es war noch nicht genug, um seine negativen Effekte zu spüren. Aber Dan befürchtete, dass sie nur Minuten davon entfernt waren, gänzlich eingehüllt zu werden.

»Kendrick«, rief Alea.

Der Auserwählte zitterte wie Espenlaub. Dennoch hielt er Geisterklinge entschlossen vor sich. »Bleibt zurück!«

Dan verengte die Augen und spähte durch den Nebel. Er glaubte, kleine Silhouetten auf dem Boden liegen zu sehen.

Kendrick bewegte sich auf den gräulichen Dunst zu und zu ihrer aller Überraschung wich der vor ihm zurück wie vor einem kräftigen Windstoß.

»Kaum zu glauben, es funktioniert«, murmelte Alea.

Jetzt erkannte Dan, dass es Puppen und Stofftiere waren, die sich auf der Straße verteilt hatten. Der Nebel hatte Fairwicks Einwohner zu Spielzeug verwandelt.

Sein Herz wurde schwer und schien als Stein in seinen Magen zu sacken.

Oh, nein.

Hektisch suchte er mit dem Blick die Spielsachen ab.

Bitte, bitte lass sie entkommen sein. Bitte lass ihnen nichts geschehen sein.

Er spürte, wie sich eine Hand auf seine Schulter legte und sah hoch.

Aleas Miene war wie eingefroren, ihr Blick hart und gleichzeitig voller Sorge. »Konzentrier dich«, raunte sie mit belegter Stimme. »Jetzt zählt es, die unmittelbare Gefahr zu bekämpfen. Danach suchen wir nach ihnen.«

Dan nickte kaum merklich. Sie hatte recht. Dennoch konnte er sich nicht von der Vorstellung losreißen, Murphy könnte sich in ein Stofftier verwandelt haben.

Was ist, wenn er tot ist?, schoss es ihm durch den Kopf. *Spielzeug ist leblos. Was ist, wenn …*

Kendrick taumelte. Sein Zittern war inzwischen so heftig, dass er kaum einen Schritt vor den anderen setzen konnte. »Zurück«, rief er heiser. »Verschwinde von hier, ich befehle es!«

Er holte aus und schnitt mit Geisterklinge durch den Nebel. Eine klaffende Wunde riss den Dunst auseinander und er löste sich an dieser Stelle auf. Ganz so, als hätte er eine Schneise in Schnee geschlagen.

Fasziniert beobachtete Dan, wie Kendrick den Nebel Stück für Stück auseinandernahm. Bis er ihm genug Schaden zugefügt hatte, dass er endgültig verschwand.

Eine Welle der Erleichterung überkam Dan, doch ehe er auch nur aufatmen konnte, brach der Auserwählte zusammen und blieb reglos liegen.

13
Bittere Folgen

Orla

Sie brachten Kendrick in die Klinik am Stadtrand. Seine Haut war leichenblass, die Lippen und Fingerspitzen hellblau. Er atmete flach und sein Puls schlug nur schwach. Alea musste den Auserwählten tragen.

Wie zu erwarten, war die Klinik völlig überlaufen. Überall standen verzweifelte und ratlose Einwohner, die ihre zu Spielzeug gewordenen Liebsten bei sich trugen. Einige von ihnen schienen auch inmitten der panischen Hektik verletzt worden zu sein.

Orla hatte hier in ihrer Studienzeit ein vierwöchiges Praktikum absolviert und ultimativ entschieden, dass Heilung nicht ihr Fachgebiet werden würde.

Etwas, was sie am heutigen Tag bereute. Sie kannte viele der Heiler, würde einige von ihnen sogar als gute Freunde bezeichnen. Wenn sie sich das Chaos besah, wünschte sie sich, sie wäre in der Lage, zu helfen. *Irgendetwas* zu tun.

Fairwick war ihre Heimatstadt. Zu sehen, welche Schrecken der Nebel über sie gebracht hatte, schmerzte.

Ich kann vielleicht hier nichts ausrichten. Aber irgendwo da draußen sind Imir, Murphy und Denu.

Orla biss sich auf die Unterlippe. Eine Gnomin humpelte mit schmerzerfüllter Miene an ihr vorbei. Sie blutete an der Schläfe und presste eine Puppe an ihre Brust, die vielleicht ihr Ehemann war. Oder ein Sohn, Cousin, Vater…

›Imir? Bitte, antworte mir!‹, rief Orla innerlich.

Noch immer blieb der Pseudodrache still. Niemals würde er so lange schweigen. Er hätte längst geantwortet, wenn er könnte.

Der Nebel hat ihn erwischt.

Alles in ihr wehrte und weigerte sich, diese Erkenntnis zu akzeptieren.

Imir ist eine Puppe geworden.

Der Knoten, der in ihrem Hals saß, zog sich fester. Orla atmete zittrig durch. Der scharfe Geruch von Alkohol und Heilkräutern brannte in ihrer Nase. »Kann einer von euch bei ihm bleiben? Ich kenne mich hier am besten aus und werde nach unseren Freunden suchen.«

»Ich halte Wache«, entschied Alea. Sie verlagerte Kendricks Gewicht auf ihren Schultern.

Dan nickte. »Ich auch.« Er fuhr sich mit der Hand durchs schwarze Haar und brachte es noch mehr durcheinander. »Verdammt, ich will mich ungern vordrängeln, aber ich fürchte, wir müssen hier ein bisschen Radau machen.«

Die Hochelfin fühlte Kendricks Puls. Ein Schatten wanderte über ihr ernstes Gesicht. »Wir kümmern uns um ihn. Such nach Denu, Murphy und Imir!«

»Und halt die Ohren offen, falls der Rat sich meldet«, fügte Dan hinzu.

»In Ordnung. Ich würde sagen, wir treffen uns in …« Orla wägte ab. Unwillkürlich starrte sie auf einen Dunkelelfen mit blutender Nase, der eine Menschenfrau stützte. Auch sie hielt eine Puppe im

Arm. Klein und mit blonden Zöpfen. Orla schluckte schwer. »Drei Stunden bei Ragnar und Elfie. Ich denke, wir können später alle ein paar Kekse vertragen.«

Ihre Gruppe teilte sich auf. Orlas erster Weg führte sie in Richtung des Ratsgebäudes. Imir war zuletzt bei Kendrick gewesen, als der mit dem Rat gesprochen hatte. Danach hatte er verkündet, dass er mit zwei anderen Pseudodrachen spielen wolle.

Hätte ich dich bloß zu mir zurückgerufen. Wenn du bei mir gewesen wärst, hätte ich dich vor dem Nebel beschützen können.

Um sie herum knieten die Einwohner Fairwicks vor den Spielzeugen, die einst ihre Freunde und Liebsten gewesen waren. Eine Waldelfin drückte die Puppe eines dunkelhaarigen Mädchens an ihre Brust. Der kleine Junge neben ihr schluchzte hemmungslos.

Lebten diese Leute noch? Würde es einen Weg geben, sie zurückzuverwandeln?

Orla blieb einen Moment stehen, schloss die Augen und massierte ihre Schläfen.

Ich muss zur Universität, in die Bibliothek. In irgendeinem der Bücher wird etwas zu Flüchen dieser Art stehen. Vielleicht ein nur einen Hinweis, eine Theorie. Ich kann Fairwicks Bürger nicht im Stich lassen. Ich kann Imir nicht verlieren. Ich …

Sie stoppte die Gedankenflut, ehe der mentale Damm einriss und sie in die Verzweiflung trieb. Niemandem war geholfen, wenn sie jetzt ihren Fokus verlor. Sie musste Imir, Denu und Murphy finden, egal in welchem Zustand. Sie musste zum Rat der Magier und nach Lösungen suchen. Solange sie noch in Fairwick war, würde sie alles tun, was in ihrer Macht stand, um den Einwohnern der Stadt zu helfen.

Der Rat wird das schon richten, ermutigte sie sich und setzte ihren Weg fort. *Der Nebel ist auch nur eine Form der Magie. Wenn jemand diesen Fluch, oder was auch immer das hier ist, brechen kann, dann die weisesten und mächtigsten Zauberer des Landes.*

Es war nicht ihr Feld der Magie. Mit Flüchen kannte sie sich überhaupt nicht aus. Sie konnte sie nicht brechen und verdammt noch mal nicht heilen. Ihre ganzen schönen Feuerzauber nutzten ihr überhaupt nichts. Hätte sie wenigstens ein paar Kurse in der Akademie darüber belegt. Oder einige Nachmittage mit anderen Büchern verbracht als mit Elementarmagie und Beschwörungen.

Es pochte schmerzhaft hinter ihrer Stirn.

Das hier geht weit über gewöhnliche Flüche hinaus. Niemand konnte hier drauf vorbereitet sein.

An einem Tümpel fand sie mehrere bunte Holzfrösche. Nachdenklich nahm sie einen davon in die Hand und musterte ihn intensiv.

War er vorher auch so bunt gewesen? Er musste in allen Farben des Regenbogens schimmern, wenn er …

Orla brach den Gedanken ab, ehe sie ›wieder lebendig war‹ formulieren konnte. Sie verstaute den Frosch umsichtig in ihrer Tasche.

Auf ihrem Weg zum Ratsgebäude sammelte sie ein paar Käfer ein, die zu glänzenden Murmeln geworden waren, und ein hölzernes Mobile, das mal ein Schmetterlingsschwarm gewesen sein musste. Vielleicht gab es für sie eine Möglichkeit, diese Dinge zu untersuchen.

Sie schlängelte sich durch einen dichten Wald aus Beinpaaren derer hindurch, die den gleichen Pfad eingeschlagen hatten wie sie.

Vor dem Ratsgebäude hatte sich eine große Traube von Stadtbewohnern gebildet. Orla schaffte es, sich ganz nach vorne zu drängen und stellte sich zu einer Gruppe aus Gnomen, Halblingen und Zwergen.

Vor den Stufen war eine improvisierte Bühne aufgebaut worden. Eine Hochelfin stand dort oben. Sie trug ihr langes weißes Haar offen, das edle Gesicht schien versteinert – eine Maske, die dem aufgebrachten Volk zeigen sollte, dass alles unter Kontrolle war. Gewandet in eine elegante dunkle Robe mit goldenen und silbernen

Stickereien, bildete ihre Garderobe einen exzellenten Kontrast zu ihrer hellen Haut. Sie war in ein Gespräch mit einem besorgt dreinblickenden Dunkelelfen vertieft.

Orla kannte beide. Die Hochelfin war die derzeitige Erzmagierin und bekleidete damit das höchste Amt der Stadt. Der Name des Dunkelelfen war Mithanar, er hatte mit ihr die Akademie besucht und war ein ebenso passionierter Feuermagier wie sie. Dass er es bis in den Rat geschafft hatte, war großartig. Gerne hätte sie sich gefreut, ihn wiederzusehen, aber die Umstände ließen das kaum zu.

Der Dunkelelf fuhr sich mit einer Hand durch das Gesicht und verließ die Bühne. Die Hochelfin wandte sich an die wartende Menge. Nachdem sich das allgemeine Raunen, Murmeln und gelegentliches Rufen gelegt hatte, hob sie die Stimme.

»Bürger Fairwicks. Der Nebel, der unser Königreich seit kurzem plagt, hat nun auch unsere Stadt erreicht. Der Rat hat versagt, Euch vor seinen verheerenden Folgen zu schützen, und dafür bitte ich Euch demütig um Vergebung.«

Orla sah sich um. Eine Halblingsfrau neben ihr drückte still einen kleinen Stoffhund an sich und streichelte ihm den Kopf.

»Was passiert jetzt?«, fragte eine Waldelfin laut. »Wie sollen wir verhindern, dass das noch mal geschieht?«

»Und was ist mit denjenigen, die verwandelt wurden?«, wollte ein Zwerg wissen. »Sind sie …«

»Seid still!«, fauchte ein Menschenmann. »Sprecht es nicht aus!«

Der Zwerg drehte sich um. »Was würde das schon ändern? Ihr könnt es gerne verdrängen. Aber ich will wissen, ob ich meinen Sohn beerdigen muss oder noch hoffen darf.«

Orla zog sich der Magen zusammen. *Imir beerdigen …* Ihre Schultern fühlten sich so leer an ohne ihn. *Und wenn er nie wieder dort sitzen wird?*

»Bitte, hört mir zu!« Die Erzmagierin hatte ihre Stimme magisch verstärkt.

Der beginnende Streit verstummte.

»Wir haben die Betroffenen untersucht«, erklärte die Hochelfin und ließ ihre erhobenen Hände wieder sinken. »Und wir sind uns absolut sicher, dass sie noch leben. Sie zeigen keine Vitalzeichen und benötigen vermutlich auch keine Nahrung. Aber ihre Seele befindet sich nach wie vor in ihrem Körper. Wir gehen davon aus, dass sie sich in einer Art Schlaf befinden.«

Orlas Herz machte einen erleichterten Satz.

Ein Gnom neigte skeptisch den Kopf. »Und das ist wirklich gesichert?«

Die Erzmagierin nickte. »Wir werden weitere Untersuchungen vornehmen. In der Hoffnung, dass wir die Betroffenen bald aus ihrem Zustand befreien können.«

Dann weiß ich, was ich zu tun habe.

Orla ballte fest die Fäuste.

Mir egal, ob die mich da haben wollen oder nicht. Ich werde mit ihnen forschen. Wir können den Fluch sicher auch brechen, ohne ins Dörrtal vorzudringen. Es gibt immer mehr als einen Weg.

Die Hochelfin blickte direkt zu ihr. »Es war unser Glück, dass Kendrick Honorseeker zur rechten Zeit hier war und den Nebel verdrängen konnte.«

Ja, und es hat ihn fast umgebracht.

Orla runzelte die Stirn.

Er konnte uns noch gar nicht verraten, was er mit dem Rat besprochen hat.

»Wo ist der Auserwählte?«, erkundigte sich ein Menschenmann, der ein kleines Kind an der Hand hielt.

»Ich habe ihn zusammenbrechen sehen«, fügte eine Zwergin hinzu.

»Wir haben ihn ins Krankenhaus gebracht«, antwortete Orla laut, ohne sich von der Bühne abzuwenden. »Er kommt sicherlich bald wieder auf die Beine.«

Die Hochelfin nickte und wies dann mit einer ausschweifenden Armbewegung hinter sich. »Für alle, die jemanden vermissen: Wir haben eine Fundstelle eingerichtet. Bitte, verhaltet Euch geordnet! Ich will nicht, dass jemand – insbesondere die kleineren Bewohner unserer Stadt – niedergetrampelt wird.«

Die Stadtwache ordnete die Menge zu einer Schlange und sorgte dafür, dass sich keiner vordrängelte oder grob wurde. Orla überlegte gerade, wie sie es wohl anstellen konnte, sich heimlich weiter nach vorn zu stellen, als Mithanar neben ihr auftauchte.

»Hey, Orla«, grüßte er leise. »Schön, dich wiederzusehen.«

Orla zwang sich zu einem Lächeln. »Der Anlass hätte besser sein können. Herzlichen Glückwunsch zu deinem Platz im Rat.«

Mithanar zupfte verlegen an seiner leuchtend roten Robe. Er trug sein schneeweißes Haar kürzer als früher. »In schöneren Zeiten erzähle ich dir gern, wie es dazu gekommen ist.«

»Natürlich.« Orla sah kurz zu den anderen Wartenden. »Ich suche nach Freunden von mir. Ein Pseudodrache, ein Frettchen und ein weißer Elch. Sie heißen Imir, Murphy und Denu. Weißt du etwas darüber?«

Der Dunkelelf winkte sie aus der Schlange und führte sie an den Wartenden vorbei. »Deshalb bin ich hier. Die Erzmagierin will dich sehen.«

»Hey, warum wird für den Erdnuckel eine Ausnahme gemacht?«, fragte ein Mann erbost.

Orla wirbelte herum und ging einen drohenden Schritt auf ihn zu. »Wie hast du mich gerade genannt?«

»Anweisung der Erzmagierin«, erklärte Mithanar knapp und schob sie sanft, aber bestimmt weiter.

Orla ließ es zu. Es gab Wichtigeres, als sich mit Idioten anzulegen. Sie folgte ihm die breiten Stufen hinauf ins Ratsgebäude und spürte die Blicke der Wartenden wie einen wütenden Hornissenschwarm im Nacken.

Mithanar führte sie in ein kleines Zimmer, das versteckt hinter einer breiten Säule lag.

Es war denkbar schlicht eingerichtet: einige gut gefüllte Bücherregale, ein paar Pflanzen und ein Schreibtisch, der das Zentrum des Raumes bildete. »Ich sage der Erzmagierin Bescheid, dass du hier bist.«

Als sie die drei Stofftiere erblickte, die dort aufgebahrt lagen, hatte sie das Gefühl, ihr würde der Boden unter den Füßen weggerissen. Sie sahen wirklich genau so aus wie ihre tierischen Freunde. Denu war deutlich geschrumpft und jetzt mit den anderen beiden auf gleicher Höhe. Sanft nahm sie Imir an sich und strich ihm über den Kopf. Statt der glatten, warmen Schuppen fühlte sie Samt. Aus seinen aufgeweckten, cleveren Augen waren schwarze Knöpfe geworden.

Tränen stiegen in ihr auf, die sie hartnäckig herunterschluckte. »Hallo, Imir. Ich bin sicher, du hörst mich.« Sie lächelte den Stoffdrachen an. »Keine Sorge, ich finde einen Weg, dich zurückzuverwandeln.«

Und dennoch schmerzte es. Imir begleitete sie schon so lange. Ihr Vater hatte ihn ihr geschenkt, als er noch ein Ei gewesen war. Eine Woche, nachdem sie ihr Studium an der Akademie in Fairwick begonnen hatte, war der Pseudodrache geschlüpft. Das erste Ritual, das Orla danach gelernt hatte, war jenes, mit dem Magier ihre Familiars an sich banden. Seitdem waren sie wortwörtlich unzertrennlich gewesen.

Imir hatte ihr in den langen Nächten des Lesens und Lernens in der Bibliothek Gesellschaft geleistet. Hatte sie getröstet, als ihr geliebter Vater verstorben war. Er war wie der kleine Bruder, den sie nie gehabt hatte.

Orla wischte sich schnell die Tränen weg, die sich nun doch in ihre Augenwinkel gedrängt hatten, und legte sich Imir über ihre Schultern. »Ich kriege das hin. Du wirst bald wieder mit Denu und Murphy spielen, versprochen.«

»Entschuldigt, Frau Orla?« Unbemerkt von ihr war die Erzmagierin in den Raum getreten. »Ich möchte nur ungern stören.«

Orla drehte sich zu ihr um und vollführte einen höflichen Knicks. »Ihr stört nicht. Es ist mir eine Ehre, Euch persönlich treffen zu können.«

Die Hochelfin war fast dreimal so groß wie Orla. In ihren tiefblauen Augen lag die Weisheit eines jahrhundertelangen Leben.

»Ich muss etwas mit Euch besprechen.« Die Erzmagierin schloss die Tür hinter sich. »Es betrifft Kendrick und Eure gemeinsame Mission.«

Orla kraulte den Stoffdrachen unterm Kinn. »Ich bin ganz Ohr.«

»Ihr habt bemerkt, welche fatalen Folgen der Nebel nicht nur für uns, sondern auch für den Auserwählten hat«, fuhr die Hochelfin fort und durchquerte den Raum. »Er entzieht Kendrick die Lebenskraft. Deshalb beginnt er zu frieren, wenn der Nebel aufzieht.«

Nachdenklich legte Orla die Stirn in Falten. Sie sagte zunächst nichts, sondern ließ die Informationen auf sich zukommen, ordnete sie und versuchte schnellstmöglich, die Tragweite zu begreifen.

Wussten die Shiro Ahali davon? Wenn ja, warum hatte Thalion dann nichts davon erwähnt?

Die Hochelfin setzte sich hinter den Schreibtisch. Sie gebot Orla, gegenüber Platz zu nehmen. Nachdem sie auf einen der Stühle geklettert war, brachte die Erzmagierin ihn mit einer kurzen Geste zum Schweben. So befanden sie sich auf Augenhöhe.

»Geisterklinge ist eine nützliche Waffe, aber sie drängt den Nebel bloß temporär zurück. Sie kann Kendrick nicht davor bewahren, darin umzukommen.« Die Hochelfin senkte den Blick zum Schreibtisch.

Orla folgte ihm und starrte mit ihr auf die Stofftierversionen von Murphy und Denu. Abwesend streichelte sie Imir weiter über den Kopf.

Der Gedanke, Alea und Dan statt ihrer Familiars zwei Spielzeuge zu überreichen, drückte schwer auf ihre Brust.

Es klickte leise in ihrer Kehle, als sie schluckte. »Ich … nehme an, den Shiro Ahali war nicht klar, welche Kraft der Nebel hat?«

Die Erzmagerin schüttelte den Kopf. »Keinem von uns. Ich habe Thalion Graumantel bereits kontaktiert und ihm die neusten Erkenntnisse mitgeteilt.« Sie verschränkte die Finger ineinander. »Die Shiro Ahali haben ihr Möglichstes getan, um ihn vorzubereiten. Kendrick ist davon überzeugt, dass ihm nichts geschehen kann. Er sei der Held, der alle retten würde. Und die Shiro Ahali würden ihn niemals auf eine Todesmission schicken.«

Orla erinnerte sich daran, mit welchem Gesichtsausdruck Kendrick das Ratsgebäude verlassen hatte. »Als ich ihn das letzte Mal gesehen habe, sah er nicht so selbstbewusst und zuverlässig aus, wie diese Aussage klingt«, murmelte sie. »Ich schätze, er braucht … Zeit, um die Erkenntnis zu verarbeiten.«

»Viel davon hat er nicht«, merkte die Hochelfin an.

Orla summte zustimmend und ließ die Beine baumeln. »Hat er Euch von Mortas Shade erzählt? Er trägt einen Stab bei sich, mit dem er den Nebel kontrollieren kann. Und er ist offenbar auch für den Riss im Siegel verantwortlich.«

Die Erzmagierin flüsterte eine Formel und mitten im Raum erschien eine leuchtende magisch erzeugte Karte. »Ja, er berichtete davon. Deshalb solltet Ihr die Route zum Tamra Gebirge einschlagen.« Kleine Striche erschienen aus dem Nichts und zeichneten den Pfad ein. »Es zu überqueren würde Euch zu viel Zeit kosten. Nehmt den Weg durch die alten Tunnelsysteme der Zwerge und Tiefgnome. Macht Euch darauf gefasst, unliebsamen Kreaturen zu begegnen!«

Obwohl diese Nachricht sie beunruhigen sollte und trotz der furchtbaren Umstände, fühlte Orla einen Funken Aufregung. Sie hatte schon immer Höhlenspinnen mit eigenen Augen sehen wollen.

Angeblich wurden manche Exemplare groß wie ein ausgewachsenes Pferd.

Ob sie sich eine kleinere als Reittier mitnehmen konnte? Oder wenigstens ein paar Eier, um sie zu studieren?

»Auf der anderen Seite des Gebirges werdet Ihr ein kleines Dorf namens Clearwick finden. Die Älteste dort, eine Dunkelelfin namens Maglana, war einst die Wächterin des Stabes, ehe er an einen Krieger weitergegeben wurde«, erklärte die Erzmagierin. »Ich gebe Euch das Zeichen des Rates mit, dann wird sie frei mit Euch darüber sprechen.«

Zwanzig Minuten später verließ Orla das Gebäude und kehrte bald darauf in der Kekserei ein. Anders als beim letzten Mal war der süße Duft nicht apetittanregend. Im Gegenteil, ihr wurde beinahe schlecht davon.

Sie hatte der Erzmagerin ihre Hilfe versprochen, solange sich Kendrick noch im Heiltrakt erholte. Je mehr kluge Köpfe an einer Lösung forschten, desto schneller fand sich eine.

Neben Dan und Alea befanden sich auch noch diejenigen hier, die vorher zu Ulrics Mob gehört hatten.

»Ja, mein Mann ist nicht stark«, sagte Elfie gerade, als Orla reinkam. »Aber er kann tolle Zimtsterne backen. Und ich liebe ihn, so wie er ist.«

Ragnar errötete wieder bis zum Haaransatz. »Du machst mich furchtbar verlegen, Elfie …«

Orlas Mundwinkel zuckten. Die zwei waren ein seltsames, aber liebenswertes Paar.

Dan bemerkte sie zuerst und sprang sofort auf. Alea folgte ihm, als er auf die Gnomin zuging. Er brauchte nicht zu fragen, ob sie die Tiere gefunden hatte. Der Stoffdrache, der eindeutig aussah wie Imir, war Antwort genug. Still händigte sie ihm das flauschige Plüschfrettchen aus und gab Denu an Alea weiter.

Das Gesicht der Hochelfin verfinsterte sich in einer Mischung aus Zorn und Schmerz.

»Sie sind nicht tot«, erklärte Orla rasch. »Nur … verändert.«

Alea atmete zittrig durch und ohne ein Wort zu verlieren, stapfte sie aus der Bäckerei.

Orla sah ihr besorgt nach. »Sollten wir …?«

Dan schüttelte den Kopf. »Lass sie lieber allein.«

Alea war niemand, die weinte. Ihre strenge Erziehung verbot es ihr, angebliche Schwächen oder zu viele Gefühle zu zeigen. Entweder würde sie irgendetwas zerstören oder eine Schlägerei anzetteln. Bestenfalls schnappte sie sich ihre Schwerter und prügelte auf wehrlose Übungspuppen ein.

Der Halbling musterte das Spielzeug in seinen Händen. »Du hast noch nie so gut gerochen, Stinker.« Der Scherz und das schiefe Grinsen waren deutlich erzwungen. »Keine Bange, wir kriegen dich wieder hin. Ich kauf dir eine Extraportion Kekse, die du dann ganz allein fressen kannst.«

Orla seufzte und rieb sich ein Auge. »Ich kenne unser nächstes Ziel. Sobald Kendrick wieder fit ist, sollten wir aufbrechen.«

14
Die Route zum Tamra Gebirge

Alea

Zwei Tage später waren sie bereit, Fairwick zu verlassen. Die Stimmung in der Stadt war merklich gedrückt. Zwar gingen die Einwohner wie gewohnt ihrem Tagewerk nach, doch über allem lag ein dunkler Schatten. Die Straßen fühlten sich leer an, obwohl sie noch immer benutzt wurden. Sogar das geordnete Flugchaos am Himmel war ausgedünnt.

Der Rat hatte bisher keine Zahlen veröffentlicht, wie viele Einwohner vom Fluch des Nebels betroffen waren. Und Alea wollte es auch gar nicht hören. Es waren *zu* viele.

Sie hatte den weißen Plüschelch, der einst ihr bester Freund gewesen war, umsichtig in ihrem Rucksack verstaut. Sie ertrug schlichtweg den Anblick nicht.

Bevor sie aufbrachen, schauten sie ein letztes Mal bei der Kekserei vorbei. Orla und Dan hatten darauf bestanden, dass sie sich von Ragnar und Elfie verabschiedeten.

Alea war nicht nach Gesprächen oder Gesellschaft zumute. Auch Kendrick war erfreulich still, seit ihn der Nebel fast umgebracht hatte. Vielleicht hatte er endlich begriffen, was auf dem Spiel stand. Dass die Welt einen richtigen Helden brauchte und keinen elenden Angeber.

»Danke jedenfalls. Für alles«, sagte Ragnar gerade.

»Wir haben zu danken«, antwortete Orla. »Dafür, dass wir Eure Kekse kosten durften.«

»Eure Bekanntschaft gemacht zu haben«, verbesserte Dan scherzhaft.

Die beiden steckten die Tatsache, dass ihre Familiars zu Stofftieren geworden waren, wesentlich besser weg als Alea.

Oder taten wenigstens so.

Die Gnomin hatte Imir noch immer um ihre Schultern gelegt.

Bei Dan schaute der Kopf des Stofffrettchens aus dem Rucksack heraus.

»Ja, das auch. Denkt Ihr, Ulric lässt Euch künftig in Ruhe?« Orla rieb sich den Nacken. »Ihr wisst schon … wenn er wieder der Alte ist.«

Ulric gehörte ebenfalls zu den Opfern des Nebels. Alea hatte gehört, dass man seine Puppe nur wenige Meter von seiner Haustür entfernt gefunden hatte.

Elfie verschränkte die starken Arme vor der Brust. »Wir werden sehen. Es ist mir egal, was er tun wollte und gesagt hat: Niemand hat so ein Schicksal verdient.«

Da war Alea anderer Meinung. Wäre Ulric über seinen Schatten gesprungen und mit in die Bäckerei gegangen, wäre es ihm erspart geblieben, in ein Spielzeug verwandelt zu werden.

Sie schob den Unterkiefer leicht vor und starrte auf ihre Stiefel.

Wäre ich anders gewesen? Hätte ich meinen Stolz und meine Vorurteile überwinden können?

Sie wünschte sich, Denus sanfte Stimme in ihrem Kopf zu hören. Dass er sie vorsichtig anstieß und ihr Antworten auf die unausgesprochenen Fragen gab.

»Ich hoffe, ihm war das alles eine Lehre. Wir haben den Stadtwachen von dem Vorfall erzählt und seinen Freunden geraten, sich nicht mehr von ihm zu solchen Dummheiten hinreißen zu lassen.« Elfie stupste Ragnar sacht mit dem Ellenbogen an. »Ragnars Kekse und unsere Gastfreundschaft haben dabei geholfen, sie auf unsere Seite zu ziehen.«

Ragnar faltete verlegen die Hände. »Ich denke, fortan werden wir gute Mundpropaganda und einen neuen Kundenstamm bekommen.«

Alea ließ ihre Schultern kreisen. Sie hatte Muskelkater. Die letzten beiden Tage hatte sie unsagbar viel Holz gehackt, um ihre negativen Gefühle produktiv zu kompensieren.

Sie war wütend auf den Nebel. Auf Mortas, der dafür verantwortlich war. Sogar auf die Shiro Ahali, dass sie Alea für diese Mission auserwählt hatten.

Ohne sie wäre Denu noch immer bei ihr.

»Wir sollten allmählich gehen«, rief sie nach vorn.

»Nehmt das als kleine Wegzehrung.« Ragnar überreichte Orla einen Beutel, der vermutlich bis oben hin mit Keksen gefüllt war. »Viel Erfolg auf Eurer weiteren Reise.«

Elfie lächelte breit. »Kommt gesund zurück und haltet diesen verfluchten Nebel auf, ehe er noch mehr Leben ruiniert.«

Orla drückte den Beutel an sich. »Wir geben unser Bestes. Nicht wahr, Kendrick?«

Der Auserwählte schreckte aus seinen Gedanken. »Hm? Oh ... Ja, selbstverständlich. Ich verspreche Euch, bei meiner Ehre, wir werden den Nebel vernichten. *Ich* werde es tun, meine ich.«

»Lebt wohl!« Zum Abschied hob Dan die Hand. »Sobald die Gefahr gebannt ist, kommen wir zum Tee vorbei.«

Alea nickte ihnen schweigend zu und wandte sich dann ab.

Die Gruppe ließ Fairwick hinter sich und kehrte zur Kreuzung zurück. Sie folgten der Straße nach Westen.

Kendrick lief wieder vorneweg, obwohl er abermals tief in Grübeleien versunken schien und kaum auf den Weg achtete.

Orla verlangsamte ihre Schritte, bis sie mit Alea auf gleicher Höhe war. »Was denkst du? Fängt er an, sein Heldentum als schwierige Aufgabe anzusehen und nicht länger als reines Prestige?«

»Ich habe Hoffnung«, murmelte Alea.

Orla kraulte den Stoffdrachen unter dem Kinn. Ein Teil von Alea wünschte sich, sie würde das lassen. Ein Teil von ihr wollte die Gnomin anfahren, sie solle aufhören, dieses Spielzeug wie ein Lebewesen zu behandeln. Doch das wäre unfair, sie hatte es nicht verdient, ihre Frustration abzubekommen.

»Wenn wir das nächste Mal rasten, lese ich mich weiter durch das Buch, das der Rat mir gegeben hat«, verkündete Orla. »Vermutlich werde ich keinen Weg finden, Imir, Denu und Murphy zurückzuverwandeln, bevor wir den Nebel vernichtet und das Siegel ersetzt haben. Aber vielleicht kann ich mit einem von ihnen kommunizieren.«

Eine Kutsche, die von zwei schwarzen Pferden gezogen wurde, rumpelte an ihnen vorbei.

»Wenn du willst, trage ich dich auf den Schultern«, bot Alea an. »Es ist sicher nicht so bequem wie auf Denu … Doch wenn es eine Möglichkeit gibt, uns zu versichern, dass es ihnen gut geht, will ich sie schnell erfahren.«

Sie hob die Gnomin hoch und setzte sie auf ihren Schultern. Mit ihren neunundachtzig Zentimetern und gerade einmal fünfzehn Kilogramm war sie kaum eine Last für Alea.

Orla beschwor zwei magische Hände, mit denen sie das große Buch des Rates trug und hielt sich mit den eigenen an Alea fest.

Ihr Weg verlief zum großen Teil still. Vereinzelnd passierten sie Bauernhöfe, auf deren Weiden Schafe oder Rinder grasten. Sie trafen auf andere Reisende und fahrende Händler. Jeder Gesprächsfetzen, den Alea aufschnappte, drehte sich um das Nebelchaos in Fairwick. Die Nachricht darüber hatte sich wie ein Lauffeuer in Leopenia verbreitet.

»Ich denke, dadurch dass Fairwick die Stadt der Magie ist, waren viele Leute der Überzeugung, dass der Nebel sie verschonen würde«, mutmaßte Orla. »Wenn ich ehrlich bin, dachte ich das auch.«

In der Ferne erhob sich das Tamra Gebirge. An diesem Nachmittag war es klar genug, um die weißen Gipfel, die wie Fangzähne in den blauen Himmel ragten, erahnen zu können. Alea war nicht erpicht darauf, durch alte Minenschächte zu wandern. Allerdings hatten sie weder die Zeit noch die Ausrüstung für eine Bergsteigung.

Dan versuchte ein paarmal, Kendrick in ein Gespräch zu verwickeln. Doch der Auserwählte war offenbar nicht in der Stimmung dazu.

Als die Dämmerung kam, suchten sie sich einen Lagerplatz abseits des Weges. Während Alea und Kendrick die Zelte aufbauten, kümmerte sich Orla um ein Feuer und Dan sammelte Zutaten für ihr Abendessen aus dem Proviantbeutel.

»Wenn wir bei Morgengrauen aufbrechen, sollten wir das Gebirge mittags erreichen«, sagte Orla.

»Gibt es eine Karte von den Tunnelsystemen, die wir durchqueren müssen?«, wollte Dan wissen.

Alea befestigte die letzten Seile und richtete sich auf. Gemächlich ging sie zu der Eiche, unter der sie ihr Gepäck abgeladen hatten, und setzte sich. Sie breitete ihre Schwerter vor sich aus und holte das Waffenpflegeset aus dem Rucksack.

»Nicht direkt. Aber ich denke, wir können uns darauf verlassen, dass die Zwerge und Tiefgnome ihre Wege gut ausgeschildert haben.« Orla schichtete sorgfältig das Feuerholz aufeinander. »Das Ziel zu finden wird kein Problem sein. Die Kreaturen da unten schon eher.«

»Kreaturen?«, wiederholte Kendrick und hielt in der Tätigkeit inne, Holzheringe in den Boden zu schlagen. »Was könnte da unten denn auf uns lauern?«

Alea schärfte das erste Schwert.

»Höhlenspinnen«, antwortete Orla, vielleicht ein bisschen zu begeistert.

Aus dem Augenwinkel sah Alea, wie der Auserwählte leichenblass wurde.

In Minenschächten zu kämpfen kann kompliziert werden. Enge Gänge, Sackgassen, die Möglichkeit, von mehreren Seiten auf einmal angegriffen zu werden. Inklusive unangenehmen Überraschungen von oben. Wenn Kendrick sich fürchtet, wird das ein Problem sein.

»Spinnen?«, krächzte er.

In der Ferne blökte ein Schaf. Ein zweites antwortete ihm.

»Hauptsächlich, ja.« Orla schnipste und sofort prasselte ein prächtiges Feuer vor ihr. »Es ist nicht auszuschließen, dass es auch Zwerge und Tiefgnome gibt, die uns als Eindringlinge wahrnehmen und bekämpfen wollen. Mit denen ließe sich aber noch reden. Wären die Spinnen kleiner, könnte ich auch mit ihnen kommunizieren.«

Kendrick schluckte. »Wie … Wie groß werden die denn?«

»Das kommt drauf an, welche Funktion sie im Volk haben«, erklärte Orla heiter. »Die Jäger sind zum Beispiel recht klein und flink. Sie werden vielleicht ein bisschen größer als ich. Arbeiterinnen sind kräftiger und dürften schon die Höhe von ausgewachsenen Pferden erreichen. Und die Königinnen werden gigantisch.«

Alea gluckste leise. Wie begeisterungsfähig die Gnomin doch war. Und sie übersah dabei vollkommen, dass jedes ihrer Worte dem Auserwählten stark zusetzte.

Höhlenspinnen sind in den meisten Fällen ungiftig, dachte sie und polierte ihr Schwert. *Ihre Größe macht sie gefährlich. So sehr ich auch bereit bin, ihnen ihre acht Beine abzuhacken: Das Nest der Königin sollten wir meiden.*

Kendrick sah wieder so aus wie vor zwei Tagen, als der Nebel fast alles Leben aus ihm gesaugt hatte.

»Du wirkst etwas arachnophobisch«, merkte Dan an.

Der Halbling hängte einen Kessel über die Feuerstelle, den Orla mit einer wellenförmigen Handbewegung mit Wasser füllte.

Kendrick schlug heftig auf den letzten Zelthering ein und richtete sich auf. »Da musst du dich irren. Ich fürchte mich vor nichts und niemandem.«

Alea schnaubte leise und zog das zweite Schwert an sich.

»Es ist keine Schande, Angst zu haben.« Dan hackte schnell und gekonnt Karotten in gleichmäßige Scheiben. »Wenn die Spinnen ein Problem für dich werden, finden wir bestimmt eine Lösung, um dir die Tunnel zu erleichtern.«

»Oh, ja, es gibt beispielsweise einen Illusionszauber, den ich über deine Augen legen kann.« Orla schälte eine Kartoffel, die größer als ihre Hände war. »Dann sehen die Spinnen für dich aus wie Bären und ihre Eier werden zu Honigtöpfen. Der ist wirklich lustig. Ich kann die Bären auch bunt machen, wenn du willst.«

Wenn Kendrick unter einer Spinnenphobie leidet, könnte das zu einer Gefahr werden. Nicht nur für ihn, sondern auch für uns. Wenn er beim Anblick einer Spinne erstarrt und wir umzingelt werden, müssen wir ihn retten und unsere Feinde zurückdrängen, dachte Alea. *Aber irgendwo … kann ich ihn verstehen.*

Sie brauchte ebenfalls lange, ehe sie sich Ängste eingestehen konnte, weil sie diese als Schwächen begriff. Deshalb hatte sie gelernt, ihre Furcht in etwas anderes umzuwandeln. Meistens in Wut.

Kendrick räusperte sich. »Danke, aber das brauche ich nicht. Ist das Essen bald fertig? Wer übernimmt die erste Wache?«

15

Lagerfeuergespräche

Alea

Als das Lager aufgebaut war und sie endlich etwas gegessen hatten, war die Dunkelheit bereits hereingebrochen. Orla, Dan und Kendrick saßen um das Feuer herum, während Alea Patrouille lief.

Der Duft ihrer Mahlzeit lag noch angenehm in der milden Luft und mischte sich mit dem von verbranntem Holz. Funken tanzten mit dem Rauch dem schwarzblauen Himmel entgegen.

»Also, Kendrick«, hob Dan an. »Möchtest du jetzt endlich mit uns darüber sprechen, was vorgestern passiert ist? Und über das, was der Rat dir mitgeteilt hat?«

Orla, die sich im Buch des Rates vertieft hatte, schielte über den Einband hinweg zum Auserwählten. Alea beobachtete alles still aus dem Augenwinkel, während sie aufmerksam in die Nacht lauschte. Bis auf das leise Zirpen der Zikaden war alles ruhig.

»Orla hat sich mit der Erzmagierin unterhalten. Ich weiß nicht, was es da noch zu besprechen gibt«, erwiderte Kendrick.

»Zum Beispiel, dass der Nebel dich umbringen kann?« Orla blätterte um, ehe sie wieder zu ihm sah. »Wie du schon am eigenen Leib bemerkt haben dürftest?«

Kendrick seufzte tief. »Ich habe überlebt, oder? Das ist allein …«

»Der Tatsache zu verdanken, dass wir dich sofort zu Heilern geschafft haben«, unterbrach Dan ihn trocken.

»Nein. Auch ohne das wäre ich nicht gestorben.« Kendrick klang selbst nicht überzeugt davon.

Alea drehte den Kopf in seine Richtung. *Das redest du dir ein, um dich besser zu fühlen.*

»Ich bin nicht wie ihr, versteht ihr das nicht? Im Gegensatz zu euch bin ich auserwählt. Der Tod wird immer Halt vor mir machen«, erklärte er.

Orla stöhnte genervt und senkte das Buch. »Denkst du ernsthaft, nur für dich würden Ausnahmen gemacht werden? Dass sich die Zeit nach deinem vermeintlichen Sterben einfach um ein paar Minuten zurückdreht und du noch mal neu starten kannst?«

»Ich bin im Nebel weder gestorben noch ein Spielzeug geworden.« Kendrick verschränkte trotzig die Arme vor der Brust. »Also ja, ich bin davon überzeugt, in gewisser Weise unsterblich zu sein.«

Alea verdrehte die Augen, ging auf ihn zu und kniete sich hinter ihn. Es wurde Zeit, ihn auf den Boden der Tatsachen zu holen. »Tut das weh?« Sie drückte ihre Daumen in die Kuhlen unter seinen Ohrläppchen neben den Kieferknochen.

Kendrick jaulte halb erschrocken, halb schmerzerfüllt auf und beugte sich nach vorne, um ihrem Griff zu entgehen.

Alea hielt ihn noch ein paar Sekunden fest, ehe sie von ihm abließ und sich aufrichtete. »Du bist weder unsterblich noch unantastbar. Wenn ich dich schneide, wirst du bluten. Deine Knochen brechen bei zu viel Belastung und rammt man dir eine Klinge ins Herz, bist du tot. Alles, was du hast, ist ein hübscher Titel und ein gewaltiges Ego.«

»Du bist ein Mensch, Kendrick«, fuhr Dan fort. »Auserwählt hin oder her. Nur in deinem Fall würde dein Tod den Untergang für uns alle bedeuten.«

Schweigend richtete sich Kendrick auf und rieb sich die schmerzenden Körperstellen.

»Deshalb werden wir auch genau die Route nehmen, die der Rat in Fairwick vorgeschlagen hat.« Orla versteckte sich bereits wieder hinter ihrem Buch. »Wir müssen eine Möglichkeit finden, dich vor den Folgen des Nebels zu schützen, damit du lange genug am Leben bleibst, um das Siegel zu erneuern und anschließend nach Hause zurückzukehren.«

Kendrick schüttelte den Kopf. »Wir nehmen den Pfad über die Berge. Die Minen sind alt und einsturzgefährdet, deshalb werden wir oberhalb bleiben. Außerdem habe ich gehört, dass die Zwerge sehr territorial sind und uns sofort angreifen werden, wenn wir ihre Tunnel betreten.«

»Ach, Kenny.« Dan lächelte süßlich und tätschelte ihm die Schulter. »Wir beschützen dich vor den ekligen Krabblern, versprochen.«

Kendrick öffnete protestierend den Mund. Dans Griff um seine Schulter verfestigte sich, seine Finger gruben sich in den Leinenstoff von Kendricks Hemd. »Außerdem scheinst du vergessen zu haben, dass wir gemeinsam Entscheidungen treffen. Drei Leute sagen, dass wir durch die Minen gehen. Wenn du dich weigerst, stehst du allein da.«

»Und das können wir nicht zulassen«, fügte Orla hinzu. »Also wirst du notfalls mitgezerrt. Wir sind *nicht* dein Gefolge, Kendrick, sondern deine Gefährten. Wir sind eine *Gruppe*, verstanden?«

Alea schnaubte leise. Würden sie ihn nicht brauchen, hätte sie längst dafür gestimmt, ihn zurückzulassen und sich allein um diese Sache zu kümmern.

»Ich bin der Anführer«, zischte Kendrick. Verzweiflung sickerte in seine Stimme. »Mein Wort steht über allen anderen. Ich setze keinen Fuß in die Minen.«

»Bist du nicht und tut es nicht«, widersprach Alea kühl. »Wenn du nicht freiwillig gehst, tragen wir dich.«

Dan warf einen Zweig ins Feuer. »Zur Not gefesselt und geknebelt.«

»Wir müssen Zeit sparen, wo wir können. Der Pfad über die Berge kostet uns mindestens zwei Tage mehr als der durch die Tunnel«, erklärte Orla. Sie notierte sich etwas auf einem Zettel, der neben ihr lag. »Außerdem ist die Wahrscheinlichkeit, dort unten auf den Nebel zu treffen, deutlich geringer.«

Kendrick knirschte mit den Zähnen. Er schien nach Argumenten zu suchen, die wirklich welche waren und nicht beinhalteten, dass er angeblich über ihnen stand. Doch er fand anscheinend nichts und schwieg. Er sackte in sich zusammen. Wie das Kartenhaus seiner Fassade, das er vor ihnen aufgebaut hatte.

»Du willst ein Held sein, Kendrick«, sagte Alea und wiederholte das, was ihm schon vor der Kekserei gesagt wurde. »Verhalte dich wie einer.«

Er musterte sie forschend und kurz flackerte etwas in seinen Augen auf, was sie nicht gänzlich deuten konnte.

Bewunderung? Nein, das konnte es nicht sein.

»Manchmal bedeutet Heldentum eben auch, dass man sich seinen Ängsten stellen muss«, stimmte Dan zu.

Er sammelte einen schmalen Stock auf und stocherte damit in der Glut herum.

Wenn er es durch die Tunnel schafft, hat er mal etwas, worauf er wirklich stolz sein kann, dachte Alea.

Kendrick rieb sich die Augen. »Ich bin damit nicht einverstanden«, murmelte er. »Dennoch … gebe ich euch recht. In … In Ordnung. Wir gehen durch die Tunnel.«

Alea nickte ihm knapp zu. War da ein leichter Rotschimmer auf seinen Wangen? Nein, das musste der Feuerschein sein. Sie schlenderte weiter um die Feuerstelle, hörte dem Knistern des Feuers und den Zikaden zu.

Stockbrot wäre schön … und Denu.

Wie gerne würde sie sich jetzt an die Seite ihres Elches lehnen. Seinen vertrauten Geruch einatmen, seine Wärme und das weiche Fell spüren …

»Ha, ich habe etwas gefunden«, rief Orla aus und entriss sie ihren trüben Gedanken.

Die Gnomin legte das Buch nieder, zog den Stoff-Imir von ihren Schultern und platzierte ihn auf ihrem Schoß. »Ich denke, mit Hilfe dieser Formel kann ich Kontakt aufnehmen. Wenigstens zu Imir. Ich fürchte, Murphy und Denu werde ich nicht erreichen.«

Aleas Schultern sanken etwas. Dennoch kam sie näher und setzte sich neben ihre Freundin.

»Das ist schon in Ordnung«, sagte Dan und warf den Stock ins Feuer. »Wenn es Imir gut geht, dann wird das bei Murphy und Denu auch so sein.«

Orla schloss konzentriert die Augen. »Ich brauche ein paar Minuten mentaler Vorbereitung.«

Für einige Sekunden war es still zwischen ihnen. Nur das Zirpen der Zikaden und das Knistern des Feuers füllten die Stille.

»Was genau … ist das eigentlich mit euren Tieren?« Kendrick brach vorsichtig das Schweigen. »Warum könnt ihr mit ihnen sprechen?« Er biss sich auf die Unterlippe und sah beinahe beschämt zur Seite. »Und was ich … die ganze Zeit schon sagen wollte: Es … es tut mir leid, was mit ihnen geschehen ist. I-Ich weiß, ich habe mich anfangs schlecht zu ihnen geäußert. Auch das tut mir leid.«

Alea zog überrascht eine Braue hoch. Das hatte sie nicht erwartet.

Orla flüsterte eine Formel vor sich hin, deren Wortlaut Alea nicht hörte. Schwaches violettes Licht umhüllte sie.

Dan schenkte dem Auserwählten ein dankbares Lächeln. »Ist schon in Ordnung, denke ich. Bin mir sicher, dass sie alle sehr bald wieder die Alten sind. Dann kannst du dich gern wieder darüber aufregen, wie viel Dreck sie machen. Und dass sie stinken.«

Denu stinkt nicht, dachte Alea prompt. *Er duftet nach Heu und Wald.*

Als hätte der Halbling ihre Gedanken gelesen, zwinkerte er ihr zu. Sie räusperte sich, fühlte sich ein wenig ertappt.

Kendrick gluckste. Er zeichnete mit dem Zeigefinger Muster in den Dreck. »Nun, in Murphys Fall kannst du nicht leugnen, dass es so ist.«

In einem nahe liegenden Gebüsch raschelte es. Alea lauschte aufmerksam. Es musste irgendetwas Kleines sein. Vielleicht ein Igel oder eine Katze von den umliegenden Bauernhöfen.

»Stimmt schon. Nun, im Falle von Imir und Muphy ist es so, dass sie sogenannte Familiars sind«, erklärte Dan letztlich. »Auch Vertraute oder Seelentiere genannt. Tierische Begleiter, die magisch an uns gebunden sind. Deshalb können wir mit ihnen kommunizieren.«

»Denu ist mein Gefährte«, ergänzte Alea. »Eine Art … Totem, wenn du so willst. Unsere Seelen sind seit dem Tag unserer Geburt miteinander verbunden.«

»Faszinierend«, raunte Kendrick und lehnte sich vor. »Heißt das, ihr zwei beherrscht ebenfalls Magie?«

Die Hochelfin schüttelte den Kopf.

Dan tippte sich schelmisch grinsend gegen die Nasenspitze. »Vielleicht? Wer weiß, was ich so alles im Ärmel versteckt habe.«

Alea griff spontan nach seinem Handgelenk und langte in seinen Mantelärmel. Ihre Fingerspitzen berührten etwas Metallisches und sie zog es hervor. Es war ein silberner Brieföffner, der auch für ihr ungeübtes Auge hochwertig aussah.

Kendrick und sie musterten den Halbling mal mehr mal weniger vorwurfsvoll.

»Abrakadabra«, rief Dan und hielt die Hände hoch. »Seht ihr? Magie.«

Alea gluckste und gab ihm seine Beute zurück. Dann richtete sie die Aufmerksamkeit wieder auf die Gnomin.

Orla atmete noch einmal tief ein und entließ die Luft langsam. »Imir, kannst du mich hören?«

Der Schein des Lagerfeuers spiegelte sich in den stumpfen Knopfaugen des Stofftiers.

Falten bildeten sich auf Orlas Stirn. Je länger sich die Stille streckte, desto stärker wurde das ölige Gefühl von Unbehagen in Aleas Magen. Sie verschränkte die Arme vor der Brust, um nicht nervös mit einem Dolch herumzuspielen.

Dan kaute auf seinem Daumennagel und sah zwischen der Gnomin und dem Stoffdrachen hin und her. Er rutschte näher ans Feuer und beobachtete angespannte jede Regung in Orlas Gesicht.

Kendrick wirkte, als wollte er irgendetwas sagen. Er öffnete ein paarmal den Mund, doch entschied sich schließlich, mit allen gemeinsam zu schweigen.

Orlas Miene hellte sich auf und sie stieß einen freudigen Schrei aus, der Dan leicht zusammenzucken ließ. »Ich bin ja so froh, deine Stimme zu hören.« Sie hob den Stoffdrachen hoch und drückte ihn. »Kannst du das spüren? Nein?« Sie kraulte ihn. »Das hier vielleicht? Hmm … in Ordnung. Wie fühlst du dich? Kannst du dich an etwas erinnern?«

Sie hörte zu, nickte hin und wieder, zog die Augenbrauen zusammen.

Alea trommelte mit den Fingern auf ihrem Oberarm. Trotz der guten Nachricht, dass Imir noch lebte und dass sie selbgies für Denu hoffen konnte, verspürte sie keinerlei Erleichterung. Ihre Schultern waren angespannt, sie presste die Zähne fest aufeinander und hielt es kaum aus, stillzustehen.

Ich werde nicht wie ein gefangenes Tier auf und ab laufen. Warum braucht Imir so lange, um zu antworten? Orla, sprich endlich weiter!

Sie musste wissen, ob der Nebel Imir wehgetan hatte. Ob er in diesem Augenblick Schmerzen litt. Fürchtete er sich? War er sich seiner Situation bewusst? Egal, was Imir antwortete, ähnliches würde auch auf Denu zutreffen.

»Und?«, fragte Dan ungeduldig.

»Imir sagt, dass ihm plötzlich angenehm warm wurde, als der Nebel aufgetaucht ist«, erzählte Orla nachdenklich. »Er meint, dass er sich fühlte, wie auf einem weichen Kopfkissen unter einer Decke. Deshalb wurde er müde und hat geschlafen. Er spürt meine Berührungen nicht und hat keinen Hunger oder Durst.« Sie schwieg einen Moment und tätschelte dem Stoffdrachen den Kopf. »Ist schon gut, Kleiner. Schlaf ruhig weiter. Ich wecke dich dann später, ja?«

Das violette Licht versiegte. Sie ließ ihren Kopf kreisen und schüttelte die Arme aus. »Na, das sind doch gute Neuigkeiten.« Die Gnomin stand auf, streckte und reckte sich ausgiebig. »Der Rat sagte, wir finden Hilfe im Dorf Clearwick hinter den Minen. Vielleicht können wir da schon unsere Freunde zurückverwandeln.«

Alea lockerte ihre angespannten Muskeln und nickte. Erleichterung erfüllte sie wie ein warmer Schauer. Sie erlaubte sich den Optimismus, davon auszugehen, dass es Denu genau so erging wie Imir.

Schweigend richtete die Hochelfin ihren Blick in die Ferne. Denu hätte es in den Minen gehasst. Ganz zu schweigen davon, dass sie nicht wusste, ob der Elch überhaupt durch die engen Schächte gepasst hätte. Alea musste versuchen, sich an die kaum vorhandenen positiven Seiten zu halten.

»Zurück zu dir, Kendrick«, wandte Orla sich an den Auserwählten. »Du hast dich damit abgefunden, dass wir durch die Tunnel gehen?«

Kendrick verzog säuerlich das Gesicht. »Es nutzt ja nichts.«

»Noch mal mein Angebot: Ich kann dir eine Illusion über die Augen legen. Dann wirst du nicht mit den Spinnen konfrontiert.«

»Ich verspreche, wir verurteilen dich nicht für deine Phobie«, fügte Dan hinzu.

Alea zog eine Braue hoch.

Der Halbling grinste. »Auch Alea nicht. Sie verurteilt dich für ganz andere Sachen.«

Schmunzelnd patrouillierte Alea wieder um ihr Lager.

BLUTBESCHMIERT. INVASIV. LAUSIG. DESTRUKTIV
NEBELCHAOS IN FAIRWICK!

* *Rat der Magier hilflos! Hätten sie die Katastrophe kommen sehen müssen?*
* *Alle Einwohner Spielzeug! Schicksal der Betroffenen unklar!*
* *Auserwählter lag stundenlang im Sterben!*

Der ominöse Nebel hat in der Magierstadt Fairwick eine Spur der Verwüstung hinterlassen. Mehr als die Hälfte der Einwohner besteht nun aus diversen Spielsachen.

Glücklicherweise waren Kendrick und seine Gefährten ›Die glorreichen Sieben‹ (nur drei waren vor Ort) zur Stelle, um die Gefahr zu bannen.

›Blutbeschmiert – Invasiv – Lausig – Destruktiv‹ war exklusiv vor Ort und hat ein Interview mit der Puppe des Kriegers Ulric geführt, der den Nebel hautnah miterlebte.

S. 9

+ + + M E L D U N G E N + + +

In Fairwick wurden mehrere Diebstähle gemeldet. Vermisst werden unter anderem: ein Tonschädel, Dutzende Beutel Katzenminze, Silberbesteck sowie einiges an wertvollem Schmuck. Hinweise, die zur Ergreifung des Diebes führen können, werden mit fünf Goldstücken belohnt!

Das Feuerholz in Fairwick ist für die nächsten vier Winter gesichert!

Dank einer großzügigen wie fleißigen Spenderin muss sich in Fairwick erst einmal niemand mehr Sorgen darum machen, ausreichend Feuerholz zu haben.

Das ›Regenbogeneinhorn‹ wurde erneut zur beliebtesten Taverne in Fairwick gewählt!

16
Pfui, Spinne!

Dan

Schon der Eingang zu den Minen sah vielversprechend aus: dicke Geflechte aus grauen Spinnweben klebten in den Ecken. Entweder fühlte sich niemand verpflichtet, die Schächte ordentlich zu halten, oder die Spinnen waren derart fleißig, dass die Putzkolonne nicht hinterherkam.

Kendrick fuhr sich mit der Hand durch sein blondes Haar und murmelte etwas Unverständliches.

»Hmm«, summte Orla nachdenklich.

Sie formte mit ihren Fingern ein liegendes L, kniff zielend ein Auge zu und schoss zwei Feuerbolzen aus den Fingerspitzen auf die Spinnweben ab. Mit einem leisen ›Puff‹ waren sie in Sekundenschnelle verbrannt.

Alea neigte lauschend den Kopf. »Ich kann keine Geräusche von irgendetwas Fliehendem hören.«

Kendrick schauderte.

»Wir können ohnehin davon ausgehen, dass die Spinnenvölker tiefer in den Eingeweiden der Erde sind. Und sich vermutlich nur nachts so weit raustrauen, dass sie den Eingang zuspinnen könnten«, fuhr die Hochelfin fort.

»Ich denke, sie sind lichtempfindlich«, fügte Orla hinzu und blies sacht den Rauch von ihrer Fingerspitze. »Vielleicht lassen sie sich allein damit auf Abstand halten.«

Dan betrachtete einen hölzernen Aufsteller. Darauf waren zwei übereinander gestapelte Zwerge abgebildet. Der oberste hielt ein Schild mit der Aufschrift: Du darfst nicht größer sein als das, um durch die Minen zu gehen!

Er zückte einen Kohlestift. »Zur Not ist Feuer immer eine Option.«

Kendrick gab ein nervöses Lachen von sich. »Feuer ist wahrlich ein wirksames Mittel gegen diese Viecher.«

Dan setzte den Stift an und schrieb ›Nieder mit der Schwerkraft – es lebe der Leichtsinn!‹ aufs Holz. Orla trat an seine Seite und er gab die Kohle wortlos an sie weiter, damit sie sich mit einem ›Wer das liest ist doof!‹ verewigen konnte. Anschließend reichte sie Alea den Stift, die alles mit ›Mortas ist dumm und stinkt!‹ vervollständigte. Dan und Orla garnierten das Ganze noch mit hochprofessionellen Zeichnungen von einem Phallus und einem Kackhaufen über Mortas' Namen.

Kichernd wie ein paar unreife Halbstarke stand das Trio davor. Dan drehte sich schließlich Kendrick zu. »Magst du auch?«

Der Auserwählte wendete das bleiche Gesicht vom Mineneingang ab. Er betrachtete ihr Werk und tatsächlich zuckten seine Mundwinkel kurz. Er fing sich jedoch schnell und verdrehte betont abfällig die Augen. »Danke, nein. Ich habe Anstand.« Er stemmte die Hände in die Hüfte. »In Ordnung. Es führt kein Weg daran vorbei. Gehen … gehen wir rein?«

Orla seufzte. »Es kostet mich wirklich keine Anstrengung, dich zu verzaubern, Kendrick. Wenn es dir bei der Entscheidung hilft, dann erzählen wir auch niemandem von deiner Phobie.«

»Ich …«, setzte der Auserwählte an.

»Du könntest nicht nur dich selbst, sondern auch uns in Gefahr bringen, wenn du vor Angst erstarrst«, gab Alea zu bedenken. »Ich habe schon die mutigsten Krieger auf dem Schlachtfeld erlebt, die plötzlich gelähmt waren und so ihren Tod gefunden haben.«

Kendrick massierte sich die Lider. »Schon gut, schon gut. Ja, ihr … ihr habt recht.«

Dan hob jubelnd die Arme in die Luft. »Wir haben schon wieder recht. Juhu!«

»Bitte, wirk deinen Zauber, Orla«, brummte Kendrick. »Und dann lasst uns weitergehen.«

Orla winkte ihn zu sich herunter. Der Auserwählte ging in die Hocke und sie hielt ihre Hände dicht vor seine Augen. Von weitem sah es aus, als würde sie ihm pinken Glitzer hineinstreuen.

Kendrick blinzelte mehrfach und blickte sich um. »Es hat sich nichts verändert.«

»Sind ja auch noch keine Spinnen da«, gab die Gnomin zurück. »Warte ab, bis wir in ihr Nest geraten!«

Der Auserwählte schluckte hörbar. »Ich hoffe sehr, dass das funktioniert.«

»Ich gehe voran«, verkündete Dan. »Und halte nach Fallen Ausschau.«

»Dann bilde ich die Nachhut«, bot Alea an.

Sie reihten sich ein. Dan als erster. Orla direkt hinter ihm, dann Kendrick und Alea zum Schluss.

Glücklicherweise erfüllte reichlich Licht die Tunnel. Sämtliche Fackeln brannten, sodass Dan geneigt war, zu glauben, dass sie keinen Spinnen begegnen würden. Vielleicht aber hatte eine Zwergenkarawane, die ihnen zuvorgekommen war, netterweise das Licht angelassen.

Die Luft roch nach kaltem Stein und ein wenig modrig.

Ein Schatten huschte durch sein peripheres Sichtfeld. Er hörte das leise Kratzen an den Wänden und ein Geräusch, das entfernt an Schnattern erinnerte.

»Ich schätze, wir werden bereits beobachtet.« Orla klang eher aufgeregt als besorgt. »Ich bin ja so gespannt auf die Spinnen. Wusstet ihr, dass Spinnentiere zu den Gliederfüßlern gehören und es über fünfunddreißigtausend bekannte Arten gibt?«

Kendrick schnaubte nervös und strich sich übers Gesicht. »Toll …«

»Oh, ja«, erwiderte Orla begeistert. »Spinnen haben außerdem nur Muskeln, um ihre Beine nach innen zu ziehen. Die entgegengesetzten Streckmuskeln besitzen sie nicht. Deshalb können sie ihre Beine nur nach außen strecken, indem sie Blut hineinpumpen. Das im Übrigen blau ist.«

»Bitte, hör auf«, flehte Kendrick. »Du machst es mir schwer, zu verdrängen, dass diese Biester hier sind.«

»Aber Spinnen sind so spannende Tiere«, protestierte Orla.

»Sie sind haarig, hässlich, haben zu viele Augen …« Kendrick schüttelte sich. »Und die Beine erst.«

»Ich sollte dich mal ein paar Spinnenfreunden vorstellen«, sinnierte die Gnomin. Sie legte nachdenklich Daumen und Zeigefinger an ihr Kinn. »Ganz kleinen Exemplaren. Und wenn du dich an die gewöhnt hast, holen wir größere. Du wirst sehen, wir kurieren deine Spinnenphobie.«

Dan bemerkte eine verdächtige Bodenplatte. Er hob eine Hand und stoppte die Gruppe. Vorsichtig näherte er sich und ging vor der mutmaßlichen Falle in die Hocke. Er übte leichten Druck auf die Platte aus und Dreck rieselte links und rechts von den Wänden. Dan richtete sich wieder auf, wich zwei wohlgemessene Schritte zurück und warf einen Stein. Das Gewicht genügte, um die Falle zu aktivieren. Zwei große Felsbrocken, die an Ketten befestigt waren, fielen von der Decke und krachten in der Mitte zusammen.

»Ich frage mich ja immer, wer solche Fallen aufstellt«, sagte Orla. »Vor allem in Tunneln, die offenbar noch regelmäßig genutzt werden.«

Dan schlenderte um die Felsen herum und auf ein altes Holzfass zu. Er nahm den Deckel ab und fischte einen frischen Apfel, unverdorbenes Brot und eine Flasche Wein heraus. »Ebenso könntest du dich fragen, warum hier überall Fässer mit Lebensmitteln und anderem Zeug verstreut sind. Gehört wohl einfach dazu.«

Alea streckte die Hand aus und er warf ihr den Apfel zu. Die hochgezogene Braue verriet, dass sie es eigentlich auf den Wein abgesehen hatte.

»Später«, versprach Dan und verstaute alles in seinem Rucksack. »Damit stoßen wir an, wenn wir wieder draußen sind.«

»Klingt gut«, stimmte Alea zu und biss in den Apfel. »Hmpf ... zu mehlig für meinen Geschmack.«

Je weiter sie voranschritten, desto mehr verdichteten sich die Spuren der Höhlenbewohner. Dicke Geflechte von Spinnweben und seidene Kokons unglücklicher Beute, die den Krabblern ins Netz gegangen waren. Auch der Geruch wurde zunehmend unangenehm. Dan wusste nicht, wie er ihn beschreiben konnte. Irgendwie schmutzig und schleimig.

Waren das die Spinnen und der Dreck, den sie hinterließen?

Orla deutete auf einige Zeichnungen an den Wänden. »Das sind Wegmarkierungen der Tiefgnome«, erklärte sie. »Und ein paar der üblichen Warnungen. Erdrutschte, Todesfallen, der Letzte macht das Licht aus ...«

»Da hat sich jemand wohl nicht dran gehalten«, kommentierte Alea trocken.

Dan zuckte mit den Schultern. »Gut für uns.«

»Was ist das da oben?«, fragte Kendrick und zeigte auf eine Strichliste.

»Fünfunddreißig – nein, warte, das ist durchgestrichen. Es sind null Tage vergangen, seitdem das letzte Mal jemand von einer Spinne gefressen wurde«, las Orla vor. »Tut uns leid, Klohana.«

Kendrick fasste sich stöhnend an den Kopf. »Ich frage einfach nicht mehr.«

Sie kamen in einen großen runden Raum. Die Spinnenweben bedeckten nahezu jeden Quadratzentimeter – den Boden, die Wände und vermutlich auch die Decke. Aus dem unangenehmen Geruch war ein schwer erträglicher Gestank geworden. Unzählige Eier lagen in Nestern aus klebrigen Seidenfäden eingebettet.

Dan hielt sich die Nase zu. »Wusste gar nicht, dass Spinnen so müffeln.«

Alea verzog das Gesicht. »Erinnert mich an einen feuchten Dachsbau.«

Kendrick blinzelte ungläubig und rieb sich die Augen. »Es … es funktioniert tatsächlich. Hier stehen überall Honigtöpfe.« Das erleichterte Lächeln auf seinen Lippen war zum ersten Mal bar jeder Arroganz. Es sah aufrichtig und warm aus. »Orla, du bist meine Rettung und ein Genie.«

Stolz reckte die Gnomin das Kinn und verbeugte sich elegant. »Vielen Dank und gern geschehen.«

Dan ließ den Blick über einzelne Fäden schweifen, die sich über ihren Köpfen und zu ihren Füßen spannten. Weitere Fallen. Nur würden sie keine Felsbrocken, sondern die achtbeinigen Ammen dieser Kinderstube alarmieren.

»Ob ich mir ein oder zwei Eier mitnehmen kann?«, fragte Orla.

»Ich würde eher vorschlagen, dass wir einen anderen Weg nehmen«, erwiderte Dan. »Wir kommen hier niemals durch, ohne Viehzeug auf uns aufmerksam zu machen.«

Alea betrachtete ebenfalls die Fäden und schaute konzentriert an die Decke. Sie legte eine Hand auf ihren Schwertgriff. »Wir werden beobachtet.«

Aus der Dunkelheit über ihnen leuchteten Dutzende kleine Augen. Obwohl Dan an sich nichts gegen Spinnen hatte, jagte die Vorstellung, wie sich all diese Spinnen zu ihnen nach unten abseilten, eine Gänsehaut über den Rücken.

»Also? Kehren wir um und suchen einen anderen Weg?«, fragte Dan. »Oder prügeln wir uns durch?«

Orla betrachtete die Eier wehmütig. »Solange sie uns nichts tun, sollten wir sie auch in Ruhe lassen. Im Gegensatz zu uns wohnen die Spinnen hier.«

Alea nickte zustimmend.

»Ich denke auch, dass wir Kämpfe vermeiden sollten, solange es geht«, sagte Kendrick.

Zum zweiten Mal in kurzer Zeit überraschte der Auserwählte Dan. Mit der Beführwortung, nicht gegen die ekeligen Krabbler zu kämpfen, hatte er gerechnet. Aber nicht damit, dass es ohne Angeberei ging. ›Eigentlich schätze ich ja ehrenhafte Duelle‹, ›Normalerweise würde ich niemals den Weg der Feigheit wählen‹ – etwas in diese Richtung.

Seine Nahtoderfahrung scheint etwas in ihm ausgelöst zu haben.

Dan machte kehrt. »Gut, dann sind wir uns einig. Voran!«

Ein bösartiges Zischen drang an seine Ohren. Er war sich sicher, dass keiner von ihnen die Fäden auch nur berührt hatte. Dann traf etwas seinen Rücken und er wurde mit einem heftigen Ruck von den Füßen und in die Luft gerissen.

Ehe er auch nur versuchen konnte, nach seinem Dolch zu greifen, fand er sich zwischen haarigen Spinnenbeinen wieder. Während er schnell um die eigene Achse gedreht und in einen klebrigen Kokon gewickelt wurde, konnte er beobachten, wie sich die Arachnide von der Decke auf seine Freunde stürzten. Auch die Spinne, die ihn eingesponnen hatte, ließ ihn im Netz zurück und begab sich in den Kampf.

Dan war schwindelig und er konnte sich nicht bewegen.

Spinnen riechen ein bisschen so wie der letzte als Mahlzeit titulierte Küchenunfall von Großtante Kuni, stellte er fest. *Erdig-süßlich mit einem Hauch Aas und nassem Hund.*

Seine Arme wurden fest an seinen Oberkörper gepresst, selbst wenn er seinen Dolch hätte greifen können, wäre er nicht in der Lage gewesen, damit zu schneiden.

Er fluchte.

Wenn alles schiefgeht, kann ich nichts weiter tun, als dabei zuzusehen, wie meine Freunde von Spinnen getötet werden.

Pessimismus war gerade das Letzte, was er gebrauchen konnte. Neben einer weiteren Spinne, die ihn eventuell wegschleppte und der Königin zum Fraß vorwarf.

»Hackt ihnen die Beine ab«, rief er, der moralischen Unterstützung wegen.

»Wir holen dich bald da runter«, schrie Orla zurück. »Halt durch und lass dich nicht fressen!«

»Ich geb mir Mühe.«

Frustriert ließ Dan die Beine baumeln. Die Tatsache, dass seine unteren Extremitäten nicht gefesselt waren, brachte ihn leider nicht weiter. Ohne Hilfe würde er sich nicht befreien können.

Er legte den Kopf zurück und suchte die Decke nach weiteren Spinnen ab. Sein Kokon hing an einem stabilen Faden, der wiederum am Geflecht über ihm angebracht war.

Auf der positiven Seite: Sämtliche Spinnen der Kinderstube schienen damit beschäftigt zu sein, seine Freunde in Schach zu halten.

Negativ: Sämtliche Spinnen der Kinderstube schienen damit beschäftigt zu sein, seine Freunde in Schach zu halten und er konnte von hier oben nichts tun.

Dan gab seine sinnlose Gegenwehr auf und beobachtete stattdessen das Kampfgeschehen.

Wie eine Tänzerin glitt Alea durch ihre Gegner. Ihre Füße schienen den Boden kaum zu berühren, die Schwerter waren zu natürlichen Verlängerungen ihrer Arme geworden. Jeder Schlag war schnell, präzise und absolut tödlich. Selbst von seiner Position aus konnte Dan das Feuer sehen, das in ihren waldgrünen Augen brannte.

Alea ließ sich von ihrem Adrenalin und der Hitze des Gefechts über das Schlachtfeld treiben.

Das blaue Blut einer Jägerspinne sprenkelte ihr versteinertes Gesicht, als sie dem Biest ihre Klingen in den Leib stieß.

»Warum sind die Bären pink?«, fragte Kendrick laut.

»Weil's lustig ist«, gab Orla zurück.

Dan brauchte einen Moment, um zu verstehen, was er meinte.

Ach, Orlas Illusion.

Trotz seiner prekären Situation gluckste er.

Natürlich sehen die Bären verrückt aus. Alles andere hätte mich auch sehr gewundert.

Eine halbtote Arbeiterin lag auf dem Rücken vor dem Auserwählten und strampelte mit ihren acht Beinen. Er konnte sich glücklich schätzen, dass er nicht sah, was sich wirklich vor ihm befand. Ein bisschen beneidete Dan ihn darum.

Ob es zu spät war, die Gnomin zu fragen, die Illusion auch auf ihn zu wirken? Pinke Bären mussten ein spannender Anblick sein.

Orla hob die Arme. Von ihren Händen eruptierte eine mächtige Donnerwelle, die zwei Spinnen zurückschleuderte und zuckend zu Boden warf. Das Echo dieser Attacke hallte ohrenbetäubend an den Wänden wider.

Eine besonders große, ekelerregende Arbeiterspinne bäumte sich vor Orla auf und wetzte drohend ihre Kieferklauen.

Alea nahm Anlauf, warf sich vor dem Getier auf die Erde und rutschte unter ihm hindurch. Sie tauchte am Hinterleib der Spinne auf, blutverschmiert genug, um anzunehmen, dass sie das Biest aufgeschlitzt hatte. Die Hochelfin kam auf die Füße und sprang mit einem athletischen Seitwärtssalto auf deren Körper. Mit einem knackenden, schmatzenden Geräusch senkte sie ihre Schwerter in die Arbeiterin.

Kendrick war für einen Moment erstarrt und musterte Alea verliebt. Wer konnte es ihm beim Anblick der Hochelfin verübeln, die mit Spinnenblut besudelt war und mit wildem Blick zwischen frischen Kadavern stand?

Dan hoffte allerdings, dass Kendrick sich nicht wirklich in Alea verguckt hatte. Er hatte absolut keine Chance bei ihr und es würde nur mit einem gebrochenen Herzen enden.

Orla verzichtete derweil auf ihre bevorzugten Feuerzauber und attackierte ihre Gegner mit Eis, das in Regenbogenfarben schimmerte und violetten, grünen und orangefarbenen Blitzen. Ihre Magie umging dabei zuverlässig ihre Gefährten und traf lediglich die sich rasch dezimierenden Spinnen.

Als nur noch zwei Arbeiterinnen übrig waren, zogen sich die Kreaturen hastig zurück.

Alea wischte sich über die Stirn. »Sie werden das restliche Volk benachrichtigen.«

»Gibt es Soldatenspinnen?«, wollte Kendrick wissen.

Alea betrachtete naserümpfend das Arachnidenblut. »Mutmaßlich.«

»Ich würde die ungern kennenlernen«, rief Dan ihnen zu. »Könnt ihr mich jetzt runterholen?«

Die Hochelfin schob die Schwerter zurück in die Lederscheiden und zückte ihren Langbogen. »Halt still!«

»Ach, sag bloß«, gab Dan zurück. »Hatte gerade überlegt, hier oben Polka zu tanzen.«

Ein gezielter Pfeil durchtrennte den Faden, an dem sein Kokon hing. Orla bremste seinen Fall mit einem Schwebezauber und setzte ihn sanft ab. Anschließend half sie ihm, die klebrigen Fäden loszuwerden.

»Pfui Spinne«, murmelte Dan und schaute sich um. »Allerdings muss ich sagen, dass der Kampf von da oben wirklich beeindruckend aussah.«

Alea grinste schief. »Ein gänzlich neues Gefühl, Dinge von oben zu betrachten, was?«

»Was ich dir noch sagen wollte: Du bist eine verfluchte Angeberin«, setzte Dan hinzu.

Glucksend wandte sie sich ab und schlenderte aus der Kammer.

»Danke noch mal, Orla«, wandte sich Kendrick an die Gnomin. »Ohne deinen Zauber wäre ich in diesem Kampf ein unnützes Wrack gewesen.«

»Jederzeit wieder«, entgegnete Orla.

Sie betrachtete noch einmal eingehend die Spinneneier. Dan sah ihr an, dass sie abwog, wie viel Ärger es bereiten würde, eines mitzunehmen.

Er kam nicht umhin, sich vorzustellen, wie das Ei in ihrem Rucksack schlüpfte und sie ein oder zwei Dutzend Babyspinnen mit sich herumschleppte.

»Sollten wir hier nicht besser alles abfackeln?«, fragte Kendrick.

Die Gnomin blickte zum Auserwählten. »Nein. Wie gesagt, das ist der Lebensraum dieser Tiere. Wir haben genug von ihnen getötet.«

»Kommt endlich«, rief Alea über die Schulter.

17

Irgendetwas stimmt mit Hasi nicht

Orla

»Ich sehe was, was du nicht siehst und daaas ist … grau«, begann Orla.

»Steine«, antwortete Dan.

»Richtig!«

»Ich sehe was, was du nicht siehst und daaas ist … grau«, sagte Dan.

»Steine«, antwortete Orla.

»Richtig!«

Kendrick vergrub stöhnend das Gesicht in den Händen. »Wann hört ihr endlich auf damit? Ihr macht mich wahnsinnig.«

»Sobald wir hier raus sind oder etwas Spannendes passiert«, antwortete Orla.

Sie kamen gut voran. Die Markierungen an den Wänden stellten eine großartige Orientierungshilfe dar und Orla war entsprechend zuversichtlich, dass sie bald draußen waren.

Seit etwa zwei Stunden hatte keine Spinne mehr ihren Weg gekreuzt. Dennoch spürte Orla weiterhin den lauernden Blick aus vielen Augen im Nacken. Entweder würden die Achtbeiner ihnen irgendwo eine Falle stellen oder das Volk gab sich damit zufrieden, sie lediglich zu beobachten.

Wie klug waren diese Tiere? Hatten sie verstanden, dass ein Kampf sinnlos war und nur Verluste für sie bedeutete?

Orla nahm sich vor, in der nächsten Bibliothek nach Büchern zu suchen, die sich mit diesen Höhlenspinnen beschäftigten. Sie musste unbedingt mehr über sie erfahren.

Sie holte abermals Luft. »Ich sehe was, was du nicht siehst ...«

Kendrick schnaufte laut. »Alea«, unterbrach er die Gnomin. »Was ich dir die ganze Zeit schon sagen wollte: Du bist eine beeindruckende Kriegerin. Als ich deinen Kampfstil beobachtet habe, war ich ... n-nun ...« Seine Wangen röteten sich leicht. »Tja, ich war hin und weg. Sozusagen. Ich war völlig fasziniert.«

Alea nickte. »Danke.«

Orla neigte den Kopf zur Seite.

War das ein Annäherungsversuch? Dass Kendrick Gefallen an der Hochelfin gefunden hatte, war offensichtlich. Zumindest für sie, und Dan schien das auch begriffen zu haben.

Alea bekam selten mit, wenn jemand mit ihr flirtete. Und wenn, ignorierte sie das in den meisten Fällen.

»Wie hast du gelernt so zu kämpfen?«, wollte Kendrick wissen.

»Ich wurde von meinem Vater ausgebildet«, antwortete Alea und legte die Hand an eines ihrer Schwerter. »Er war der Anführer des elfischen Heers meiner Heimat. Ich bin mit Schwert und Bogen in den Händen aufgewachsen.«

Kendrick nickte eifrig. »Nun, die Shiro Ahali haben mich vom Tag meiner Adoption an trainiert. Trotzdem fehlt mir diese ... diese natürliche Eleganz der Elfen, schätze ich. Egal, wie gut ich bin, meine Bewegungen werden nie so fein abgestimmt aussehen wie deine.«

»Das ist gut möglich«, erwiderte Alea, feinfühlig wie immer.

»Mach dir nichts draus, Ken«, rief Dan dazwischen. »Im Handgemenge wird es niemanden kümmern, wie elegant du beim Töten aussiehst. Solange du mit dem Schwert nur deine Feinde und nicht die Gefährten niederstreckst, versteht sich.«

Kendrick verzog den Mund. »Ich habe dir schon einmal gesagt, dass du mich nicht Ken nennen sollst.«

»'tschuldigung, Kenny«, neckte Dan weiter.

Als sie um die nächste Ecke bogen, kam der Ausgang in Sicht.

Tageslicht fiel am Ende des breiten Schachtes in die Höhle. Wie ein einladendes Feuer, an das man sich nach einem langen, kalten Marsch durch winterliche Dunkelheit nach Hause setzte. Und wo Decken, ein köstlicher Eintopf und heiße Schokolade auf einen warteten.

Endlich.

Orla konnte es kaum erwarten, ins Freie zu treten. Für eine Weile waren Minen ganz interessant, doch sie bevorzugte es, einen Himmel über sich zu haben. Und frische Luft in der Nase.

»Habt ihr gewusst, dass manche Zwerge und Tiefgnome, die ihr ganzes Leben unter Tage verbracht haben, sich davor fürchten, in den Himmel zu fallen?«

Dan trat einen Kiesel weg, der über den unebenen Boden holperte und zwischen zwei anderen Steinchen liegen blieb. Offenbar hatte der Halbling keine Lust, ihn von seinen neugefundenen Steinfreunden wegzuzerren, denn er ging daran vorbei, ohne den Kiesel weiterzustupsen. »Kurios. Was machen sie dagegen? Sich permanent irgendwo festhalten?«

»Manche tragen extra schwere Stiefel«, erwiderte Orla. »Viele weigern sich, nach oben zu gucken.«

»Es ist nachvollziehbar«, sagte Alea. »Wenn sie immer eine geschlossene Höhlendecke über sich hatten, wirkt ein freier Himmel sicher beängstigend.«

Direkt neben dem Ausgang stand ein kleiner Steinaltar. In verschiedenen Holzschalen waren Gaben gelegt worden. Ein zerbrochenes Spinnenei, eine Käseecke, ein Korken …

›Wir hoffen, Euer Minenaufenthalt war zu Eurer vollen Zufriedenheit. Wir würden uns über eine Bewertung in Form eines bescheidenen Geschenks freuen‹, stand in den Stein gemeißelt.

Die Gruppe wechselte Blicke.

Kendrick zählte an den Fingern ab. »Potenziell tödliche Fallen, gefräßige Riesenspinnen.«

»Dunkle und ungemütliche Gänge, kein Tageslicht«, fuhr Orla fort.

»Das Essensangebot in den Fässern war furchtbar und wenig abwechslungsreich«, setzte Dan hinzu.

»Aber die Spinnen haben immerhin einen ordentlichen Kampf geliefert«, schloss Alea.

Der Halbling setzte seine Tasche ab und wühlte darin. »Ich würde saaageeen …« Er förderte einen Totenschädel zutage. »Schädel von fünf Sternen. Bitte nicht so schnell wieder.«

Kendrick blinzelte verstört. »Woher hast du den? Ist der echt?«

Dan grinste schelmisch. »Wer weiß?«

»Dan«, knurrte Kendrick warnend. »Sag mir nicht, dass du eine Leiche gefleddert hast!«

Der Halbling zuckte mit den Schultern. »Gut, dann sag ich es nicht.«

Alea schmunzelte amüsiert.

Orla nahm den Schädel entgegen. Er war zwar recht schwer, doch sie konnte fühlen, dass er aus Ton bestand und lediglich sehr realistisch bemalt worden war. »Keine Sorge, Ken. Das ist ein Replikat.«

»Kendrick«, verbesserte der Auserwählte mürrisch. »Und warum schleppst du so was mit dir rum?«

»Warum nicht?«, entgegnete Dan unbekümmert. »Man weiß nie, wann so was mal nützlich wird. War das Erste, was mir beim Wühlen in die Hände gefallen ist.«

Orla legte den Tonschädel auf den Altar.

»Sei froh, dass ich nicht auf meinen Vorrat zurückgreifen musste«, bemerkte Alea mit ernstem Gesicht. »Dir würde nicht gefallen, was du siehst.«

Kendrick wurde blasser um die Nase. »Du ... du scherzt.«

»Ich liebe es, guten Wein aus den Schädeln gefallener Feinde zu trinken«, raunte Alea.

Kendrick sah zwischen Dan und Orla hin und her. »Sie macht Witze, oder? *Oder?*«

»Manches weiß man besser nicht«, antwortete Dan und zwinkerte Alea zu.

Orla lachte in sich hinein und ging nach draußen.

Kendrick fing sich und folgte ihr dichtauf. Er streckte sich und reckte seine Nase in die frische Luft.

»Es kommt mir vor, als wären wir Wochen da unten gewesen.« Er atmete tief durch. »Tut das gut.«

Orla musterte den Auserwählten nachdenklich. Irgendetwas hatte sich bei ihm verändert. Seit sie die Minen betreten hatten und insbesondere nachdem sie die Spinnen bekämpft hatten, war er weniger großkotzig. Sie hoffte, das würde so bleiben. Dann wurde er ihr vielleicht endlich sympathischer.

»Orla, kannst du mir mit dem Spinnenblut helfen?«, bat Alea.

»Kein Problem.«

Orla murmelte eine Formel. Hellblaues Licht hüllte die Hochelfin ein und Sekunden später glänzte ihr stählerner Brustharnisch wieder. Dankbar nickte Alea ihr zu.

»Machen wir eine kleine Essenspause?«, fragte Dan.

Alea schüttelte den Kopf. »Wir können uns ausruhen, wenn wir im Dorf sind.«

Die Gruppe folgte dem Pfad durch eine friedliche grüne Landschaft. Die Luft war ebenso klar wie der blaue Himmel. Was jedoch auffällig war: außer ihnen war niemand unterwegs.

»Kendrick, spürst du etwas?«, fragte Orla. »Irgendwelche Anzeichen vom Nebel?«

Kendrick schwieg einen Moment und schien sich zu konzentrieren. Schulterzuckend verneinte er schließlich. »Wie kommst du darauf?«

»Es ist verdächtig still«, murmelte Alea. »Genau wie im Wald damals.«

Orla bekam ein flaues Gefühl in der Magengegend.

War der Nebel vielleicht vor ihnen in Clearwick angekommen?

Wenn dem so ist, dann kann das kein Zufall sein, dachte sie. *Wir sollten uns darauf vorbereiten, dass Mortas uns ausspioniert. Vielleicht sogar durch den Nebel? Er war nach uns in Fairwick. Möglicherweise hat er irgendwie das Gespräch mit der Erzmagierin mitangehört und ist uns vorausgeeilt.*

Der Wind raschelte in den Kronen der umstehenden Bäume. Kleine Kiesel knirschten unter ihren Stiefeln. Doch sie vermisste das Vogelgezwitscher. Das gelegentliche Summen und Surren von vorbeifliegenden Insekten.

Die Straße führte bergab und in der Ferne ließ sich bereits Clearwick erahnen. Ein hoher Zaun umgab das Dorf, sodass Orla lediglich die Häuserdächer erspähen konnte.

Alea verengte die Lider. »Von hier aus lässt es sich schwer sagen. Aber es sieht für mich leer aus.«

»Warten wir erst mal ab und gehen hin, bevor wir die Hühner scheu machen«, erwiderte Dan.

»Ich wäre ehrlich gesagt froh, wenn hier Hühner zum Aufscheuchen wären«, murmelte Orla und zog unwohl die Schultern hoch.

Auch als sie den Dorfeingang erreichten, war kein Einwohner zu sehen. Orla zählte zwanzig Holzhütten. Wenn man davon ausging, dass durchschnittlich drei Leute in einer davon lebten, musste Clearwick um die sechzig Einwohner haben.

»Mir stellen sich die Nackenhaare auf.« Kendrick stolperte über einen Futtereimer, der auf dem ungepflasterten Boden lag, als hätte ihn jemand hastig fallen gelassen. Er strauchelte und trat auf verstreute Körner.

Es hätten sich längst Hühner und diverse andere Vögel darauf stürzen sollen, dachte Orla. Sie rieb sich über den Nacken, bis die Gänsehaut verschwand.

Alea ging zu einem ungestürzten Hocker, der neben einem großen Topf lag und hob eine halb geschälte Kartoffel auf. Stirnrunzelnd wischte sie den Schmutz ab. »Lange kann es nicht her sein. Die sieht relativ frisch aus.«

Orla warf einen Blick in den Topf. Die anderen Kartoffeln waren noch nicht angerührt worden.

»Die Wäsche ist auch noch feucht«, bemerkte Dan.

Er stand zwischen gewaschenen Hemden, die sich im Dreck verteilten. Eines davon hielt er mit Fingerspitzen hoch.

»Alles sieht danach aus, als wären die Dorfbewohner vor etwas geflohen.« Orla betrachtete zurückgelassenes Spielzeug. Eine Holzente mit kleinen Rädchen, damit man sie an einem Faden hinter sich herziehen konnte. Einen Plüschhund, Murmeln und einen geschnitzten Drache. »Wahrscheinlich vor dem Nebel …«

Kendrick drehte sich einmal um die eigene Achse. »Hallo? Ist da jemand? Ihr könnt rauskommen! Wir sind hier, um zu helfen!«

Aus einer Hütte kam ein weißes Zwergkaninchen mit flauschigem Fellkragen gesprungen. Es trug eine kleine Latzhose und ein Hemd darunter. Ihm folgten weitere Kaninchen: mit Schlappohren, größere und Jungtiere. Mit braunem, grauem oder schwarzem Fell, mit weißen Pfötchen oder dunklen Ohrspitzen und rosa Näschen. Manche von ihnen trugen Haarreife und Schühchen, kleine Hauben oder Hüte.

Der Anblick war genauso bizarr wie herzzerreißend niedlich, und Orla kostete es alle Willenskraft, keinen verzückten Laut von sich zu geben.

»Seid … seid Ihr die Bewohner dieses Dorfes?«, fragte Kendrick vorsichtig.

Eine schwarz-weiße Zibbe im hellen Leinenkleid klopfte einmal mit dem kräftigen Hinterlauf.

Orla setzte sich vor sie. »Ihr versteht uns, oder?«

Die Zibbe antwortete ihr nicht mit Worten, sondern mit einem weiteren Klopfen, das Orla als Ja wertete.

»Was sagt sie?«, fragte Dan.

Orla schüttelte den Kopf. »Leider nichts.« Sie hatte gehofft, dass sie mit den Tieren kommunizieren konnte. »Einmal Klopfen für Ja und zweimal für Nein?«

Kendrick leckte sich über die rissigen Lippen. »War der Nebel hier?«

Ja.

»Ist das lange her?«

Nein.

»Heute erst?«

Ja.

»Hat er sich durch irgendetwas angekündigt?«

Nein.

»Seid Ihr Maglana, die Älteste, die wir treffen sollen?«, wollte Orla wissen.

Ja.

Kendrick fröstelte plötzlich. Sein ganzer Körper spannte sich an und er zog Geisterklinge aus der Scheide. »Er kehrt zurück. Ich kann ihn spüren.«

»Los, schnell alle zurück ins Haus«, befahl Alea und wies harsch in die Richtung.

Maglana trieb die anderen Kaninchen zusammen und führte sie ruhig in Sicherheit. Orla schloss die Tür hinter den Dorfbewohnern und bereitete sich darauf vor, hässlichen Nebelkreaturen Feuerbälle um die Ohren zu schmeißen.

Nebelschwaden zogen auf. Wie dicke weiße Schlangen krochen sie zwischen den Hütten hindurch und kreisten sie ein. Ihre Umgebung verschwand hinter einer dichten Dunstwand. Sie rückten näher zusammen.

Kendrick leckte sich abermals über die Lippen. Er zitterte, aber bei weitem nicht so heftig wie das letzte Mal in Fairwick.

Schwere Schritte hallten aus dem Nebel. »Ich wusste, dass ihr herkommen werdet«, rief Mortas mit blecherner Stimme.

Orla biss die Zähne zusammen und ließ Flammen in ihren Händen aufleuchten.

»Komm her, du retardierte Gesichtsruine«, bellte Dan. »Dein beschissener Nebel nervt tierisch, weißt du das?«

Alea feuerte ohne viel Federlesen einen Pfeil auf die Silhouette ab. Dann noch einen und noch einen und …

»Stopp! Hör auf, Alea«, fauchte Kendrick.

Die Hochelfin starrte zornig geradeaus.

»Alea!«

»Dieser Bastard hat aus meinem besten Freund ein Stofftier gemacht«, keifte sie. »Dafür wird er büßen.«

Mortas lachte schallend und trat endlich aus dem Nebel. »Ihr wisst nicht, mit wem Ihr unwürdiges Gewürm Euch anlegt.«

Alea trat auf ihn zu. »Wie hast du mich gerade genannt?«

Mortas' Arm schoss vor, er packte sie an der Kehle und hob sie hoch. Er *hob sie hoch*, als wäre sie nichts weiter als eine Puppe. Wie stark war dieser Mann?

Orla konnte es nicht riskieren, einen Feuerball auf ihn zu werfen. Sie würde ihre Freundin damit verletzen.

Trotzdem mussten sie Alea so schnell wie möglich aus dem Griff ihres Gegners befreien. Wenn Mortas sie problemlos in die Luft heben konnte, dann würde er ihr auch mit Leichtigkeit die Knochen brechen können.

Aus dem Augenwinkel sah sie, wie sich Dan hinter Kendrick stahl und konnte nur vermuten, dass er versuchen würde, Mortas heimlich anzugreifen.

»Mortas, lass sie los«, rief Kendrick. »Ich bitte dich, lass uns reden!«

Alea hielt sich am gepanzerten Arm ihres Gegners fest und stach mit einem Schwert nach ihm. Ihre Klinge prallte wirkungslos an seiner Rüstung ab. Sie wand sich und schien sich mit ganzer Kraft gegen ihn zu wehren. Ihre Tritte und Schläge waren jedoch kaum mehr als das hilflose Aufbäumen eines Fisches, der im Schnabel eines Reihers steckte.

Durch den Helm war es nicht ersichtlich, wohin Mortas blickte. Orla glaubte allerdings, dass er den Auserwählten fixierte. »Du willst reden? Gerne. Rede, Kendrick!«

»Lass zuerst meine Gefährtin los«, erwiderte der Auserwählte.

»Nein, ich denke …« Mortas' Finger schlossen sich fester um Aleas Kehle. »Ich behalte sie noch hier.«

Die Hochelfin keuchte leise. Sie stemmte einen Fuß gegen seine Brust, rammte ihm die Faust gegen den Helm. »Nimm deine dreckigen Finger von mir!«

Dan näherte sich ihrem Gegner. Ehe er zuschlagen konnte, wirbelte Mortas herum und schleuderte Alea auf den Halbling. Beide flogen in den Nebel.

Kaltes Entsetzen fuhr ihr durch Mark und Bein. Sie rief die Namen ihrer Freunde und wollte ihnen bereits nachlaufen. Kendrick hielt sie fest. »Nein! Du weißt nicht, was dir dort zustoßen wird.«

»*Ihnen* stößt da drin gerade etwas zu«, erwiderte Orla heftig.

Mortas bohrte den geheimnisvollen Stab auf den Boden. »Hast du inzwischen das Geheimnis aufgedeckt, Kendrick? Wie nahe bist du dem Tod in Fairwick gekommen?«

Kendrick biss sich nervös auf die Unterlippe. »Komm schon, du willst die Welt nicht zerstören. Erinnerst du dich noch an früher?

Waren wir in unseren Spielen nicht immer die Helden? Wir haben schon als Kinder versucht, jeden Tag eine gute Tat zu vollbringen.«

Mortas schnaubte verächtlich. »Nein, Kendrick. *Du* warst der Held. Mich hast du schon damals zum Schurken gemacht.«

Orla konnte nicht glauben, dass diese beiden erwachsenen Männer hier ihre Sandkastenstreitigkeiten fortsetzten. Wenigstens gab es ihr Zeit, mehr Zauberkraft in den Feuerball zu stecken, den sie heimlich vorbereitete.

Sie spürte die Hitze in ihren Adern, die ihr Blut zum Kochen brachte. Mit ihr stieg die Wut in ihr auf, die sie bisher zurückgehalten hatte. Je unbändiger die Macht der Flammen in ihrer Brust loderte, desto stärker wurde auch ihr Zorn. Erst hatte Mortas ihr Imir weggenommen. Und nun waren Alea und Dan irgendwo im Nebel, und Orla wusste nicht, ob und wie sie ihre Freunde wiedersehen würde.

Sie hob die Arme über den Kopf und gab dem Feuerball endlich die gebührende Gestalt. Er war so riesig wie die Arbeiterspinnen aus der Mine.

Kendrick wich zurück.

Rauch drang beim Ausatmen aus ihrer Nase und quoll zwischen ihren Lippen hindurch. »Ich hab die Schnauze voll von dir und deinen Dummheiten!«

»Orla, nicht!«, rief Kendrick.

Sie schleuderte den Feuerball auf Mortas. Der Krieger riss den Stab hoch und streckte ihr die Glaskugel auf der Spitze entgegen. Ihr Feuer prallte dagegen und Mortas wurde von der Wucht nach hinten geschoben.

Die Hitze ließ die Luft um ihn herum flimmern, Flammen züngelten wütend nach ihm.

Doch zu ihrem Entsetzen bemerkte Orla, dass sein Stab ihren Zauber absorbierte.

Sie biss die Zähne zusammen, warf ihre Hände nach vorn, gab dem Feuer mehr Futter. »Kendrick, greif ihn an!«

»Wie soll ich das tun, ohne selbst in Flammen aufzugehen?«, rief der Auserwählte zurück.

Mortas setzte schwerfällig einen Schritt vor. Der Sog, der ihrem Zauber die Kraft entzog, wurde stärker. Er streckte den freien Arm aus und aus dem Nebel hinter ihm formte sich ein perfektes, größeres Ebenbild davon. Er griff nach vorn, der Dunst umschloss den Feuerball, und ballte eine Faust, der die Flammen mit lautem Zischen löschte.

Für einige endlose Sekunden war es vollkommen still.

»Was für Narren Ihr doch seid«, spottete Mortas außer Atem. »Ich bin unzerstörbar. Ich bin ein Gott.«

»Du bist ein stinkender Haufen Scheiße«, ertönte Dans Stimme.

Das bedeutete, dass es ihm gut ging.

Ein Pfeil schoss aus der grauweißen Masse und prallte mit einem leisen ›Ping‹ von Mortas' Helm ab.

Alea war also auch in Ordnung. Das erleichterte Orla sehr.

Sie krempelte ihre Ärmel hoch. »Wir sind noch nicht fertig miteinander.«

Hastig trat Kendrick neben sie. »Du wirst ihn noch umbringen!«

»Das ist das Ziel, du Trottel«, fauchte sie.

Abermals formte Mortas eine Hand aus dem Nebel. Blitzschnell packte diese Orla und riss sie mit ins dunstige Weiß.

Einen Augenschlag später fand sie sich neben Dan und Alea wieder. Glücklicherweise in der Gestalt, in der Orla sie kannte.

Sofort umarmte sie den Halbling und die Beine der Elfin.

»Bin ich froh, dass ihr unversehrt seid. Geht es euch gut?«

»Halbwegs«, knurrte Alea. »Es würde mir besser gehen, wenn ich diesem Bastard den Schädel einschlagen könnte.«

»Verstehe ich.« Orla sah sich um. »Gibt es einen Weg hier raus?«

Die Umgebung war undeutlich, aber ihre Freunde konnte sie klar erkennen. Seltsamerweise auch den Kampfplatz um Mortas und Kendrick.

»Sieht schlecht aus«, antwortete Dan. »Wir sitzen hier wie in einem Käfig. Aber die Pfeile kommen durch. Können nur abwarten und hoffen, dass Kendrick überlebt.«

»Warum habt ihr nicht früher etwas gesagt?«, wollte Orla wissen.

Dan rieb sich den Nacken. »Haben wir versucht. Bis eben sind unsere Worte nicht durchgedrungen. Keine Ahnung, was sich verändert hat.«

Orla drehte sich um die eigene Achse, ging einmal um ihre Freunde herum. Sie bemerkte, dass sich die Geräusche und Stimmen von Mortas und Kendrick veränderten. Je nachdem, wo sie stand und wie sie ihren Körper drehte, waren sie lauter und klarer oder leiser und dumpfer.

»Ich denke, es kommt darauf an, wo und wie man steht«, sprach sie nachdenklich.

»Die Shiro Ahali haben dich auf eine Todesmission geschickt.« Mortas' Aussage lenkte ihre Aufmerksamkeit zurück auf das Geschehen. »Und ich werde dir immer einen Schritt voraus sein. Weil meine Augen und Ohren überall sind. Weil der Nebel mir die Kraft gibt, die er dir entzieht.«

»Warum tust du das alles, Mortas?«, fragte Kendrick verzweifelt. »Ich will dich nicht töten müssen … Wir waren doch mal beste Freunde.«

»Das wart ihr mit *fünf Jahren*!« Orla rang frustriert die Hände. »Kendrick, das ist nicht mehr der Junge von damals, verdammt. Der Kerl wird dich, ohne mit der Wimper zu zucken, umbringen.«

»Da hat die kleine Dame recht«, sagte Mortas hämisch. »Und es wird mein oberstes Ziel und größtes Vergnügen sein, dich auszulöschen, Kendrick.«

»Meine Güte, der Kerl hört sich wirklich gerne reden«, murrte Dan. Alea schoss zwei weitere Pfeile auf ihn.

›Ping‹, ›Pong‹

Mortas schob den Stab in eine Halterung an seinem Rücken und zog ein von Zacken besetztes Schwert. »Kämpf gegen mich!«

18
Kampf um Clearwick

Kendrick

Er war allein. In seinem Kopf spielte sich der Traum ab, den er im Gasthaus ›Regenbogeneinhorn‹ in Fairwick gehabt hatte. Seine Begleiter fort, verschlungen vom Nebel. Vor ihm sein ehemals bester Freund. Doch es war nicht der kleine Mortas, der mit einem Stock als Schwert mit ihm darum stritt, wer der Held sein durfte. Es war der erwachsene Mann mit einer sehr realen, sehr scharfen und sehr tödlichen Waffe, und die Rollen waren eindeutig verteilt.

Mortas kam mit höhnischem Lachen auf ihn zu. »Ist der ehrenwerte Auserwählte etwa vor Angst erstarrt?«

»Soll das deine Schurkenlache sein?«, fragte Dan spöttisch. »Da lacht meine Großtante Kuni schauriger, wenn sie in der Küche steht und ihre Lebensmittelvergiftungen zusammenpanscht.«

Mortas knurrte etwas Unverständliches und drehte den Kopf in die Richtung, aus der die Stimme des Halblings gekommen war.

»Willst du dich wehrlos niedermetzeln lassen?«, rief Alea. »Bist du ein Krieger oder nicht, Kendrick?«

Sein Herz schlug höher.

Das war seine Gelegenheit, sie zu beeindrucken.

Wenn es ihm gelang, Mortas in einem fairen Zweikampf zu bezwingen und sie vor dem Nebel zu retten, musste sie sich ihm vor Dankbarkeit einfach an den Hals werfen.

Beflügelt zog er Geisterklinge und stellte sich seinem Feind. Krachend trafen ihre Klingen aufeinander. Überrascht von der Kraft seines Kontrahenten, wurde er zurückgeworfen und taumelte. Mortas setzte ihm nach und schlug abermals nach ihm. Kendrick machte einen Hechtsprung zur Seite, rollte sich ab und kam zurück auf die Füße. Er wirbelte um seinen Gegner herum, drehte gar Pirouetten. Dennoch konnte er dessen Verteidigung einfach nicht durchbrechen.

Kendrick duckte sich erst unter einem hohen Schwertstreich hinweg und büßte einige blonde Haarsträhnen ein. Der zweite Schlag war tief genug, damit er über die Klinge hinwegspringen konnte. Er hob den Schild und blockt den dritten Hieb ab.

Mortas lachte dröhnend, ohne auch nur im Geringsten außer Atem zu sein. Er lehnte sich stärker gegen den Schild und zwang Kendrick allmählich in die Knie.

»Ist das alles, was die Shiro Ahali dir beigebracht haben?«

Ein Pfeil schoss aus dem Nebel und prallte von seiner Rüstung ab.

›Ping‹

»Ein bisschen Rumgehampel und eine nur halbwegs zuverlässige Abwehr?«

Ein Eisspeer wurde vom Stab auf seinem Rücken absorbiert.

»Wirklich enttäuschend.«

»Das hat deine Mutter nach deiner Geburt auch gesagt«, rief Dan.

Kendrick schnaubte. »Ich hab mich bisher nur aufgewärmt«, behauptete er. »Außerdem will ich dich nach wie vor nicht verletzen, alter Freund.«

Mortas stieß ihn zurück. »Zu schade, dass das nicht für mich gilt.« Er riss den Stab von seinem Rücken und richtete ihn auf Kendrick.

Ein unbeschreiblicher Schmerz raste durch seinen gesamten Körper.

Ein Schmerz, der dumpf, scharf, brennend heiß und eiskalt auf einmal war. Und gleichzeitig nichts davon.

Kendrick brach zusammen, ließ seine Waffe fallen und krümmte sich keuchend.

Alea, Dan und Orla riefen Mortas nun Drohungen zu, forderten, dass er ihm vom Leibe bleiben solle.

Kendrick sah ein Paar gepanzerter Stiefel vor sich und spürte eine Klinge an seinem Hals.

»Ich könnte dir jetzt vor den Augen deiner Gefährten den Kopf abschlagen.«

Kendrick bis die Zähne zusammen. »M-Mortas …«

»Ich kann machen, was ich will.« Mortas hob den Stab und Kendrick schrie erneut auf. »Nichts und niemand kann mich aufhalten, verstehst du?«

»Warte Mortas«, bat Orla.

»Warum sollte ich?«, erwiderte er.

Kendrick schluckt schwer. Er konnte sich nicht rühren, jeder Knochen in seinem Leib tat weh.

Schon zum zweiten Mal sehe ich dem Tod ins Auge, dachte er. *Wenn ich sterbe, sind wir alle verloren. Dann verschlingt der Nebel die Welt.*

»Ich … nehme an, nachdem du Kendrick getötet hast, sind wir an der Reihe?«, fragte die Gnomin vorsichtig.

Mortas schnaubte verächtlich. »Warum stellt eine so kluge Person so dumme Fragen? Natürlich kann ich nicht zulassen, dass ihr meinen Plänen in die Quere kommt.«

»E-Es tut mir leid«, stammelte Orla. »Bevor du uns tötest, sag uns bitte, warum du das alles tust!«

Kendrick wurde misstrauisch. Das klang so gar nicht nach der Gnomin. Spielte sie ihm etwas vor?

Mortas überlegte einen Moment stillschweigend. Dann zog er seinen Helm ab und präsentierte sein vernarbtes Gesicht. »Warum eigentlich nicht?«

»Was ... passiert ... gegangen bin?« Kendrick brachte nur Bruchstücke hervor. Seine Zunge war schwer, seine Kehle wie zugeschnürt.

Mortas rümpfte die Nase. »Wie ich bereits sagte: Ich habe Ärger bekommen, wurde geschlagen, wochenlang im Keller eingesperrt und jeder hat mich gehasst. Ich habe oft nichts zu essen bekommen, musste mich mit Hunden um verdorbene Reste prügeln. Wenn ich überhaupt die Kraft dazu hatte. Ich musste auf dem Boden schlafen, ohne Decke oder Kissen.«

»Welch grässliches Schicksal«, bemerkte Dan mitleidig. »Ich verstehe, warum Ihr so verbittert seid. Es tut mir leid, dass ich Euch verhöhnt habe.«

Kendricks Gedanken rasten. Auch das war absolut untypisch. Die Drei planten etwas und er musste mitspielen. Dass Mortas ein klein wenig mit seiner schweren Kindheit übertrieb und vermutlich die Wahrheit etwas verbog, hatte er sich schon beim letzten Mal gedacht. Im Waisenhaus waren sie immer froh, wenn ein Kind adoptiert wurde. Ein Maul weniger zu stopfen. Vielleicht hatte man sich um ihn gesorgt, aber letztlich war Kendrick nur ein Junge von vielen gewesen.

Dazu kommt, dass das Waisenhaus gar keinen Keller hatte, dachte er. *Und geschlagen wurden wir auch nie. Egal, wie groß der Mist war, den wir angestellt haben.*

»Jahrelang haben sie mich wie Dreck behandelt«, lamentierte Mortas weiter und ging vor ihm auf und ab. »Mortas, der Kendrick verloren hat. Der Versager. Der Schurke. Das *Monster.* Als ich gerade einmal zehn Jahre alt war, haben sie mich fortgejagt.«

»Mit Fackeln und Mistgabeln?«

Aleas Stimme klang seltsam tonlos. Als müsste sie den Spott mit aller Macht daraus verdrängen.

Mortas' Blick verfinsterte sich. »Selbstverständlich.«

»Mit Steinen haben sie auch geworfen?«, fragte Alea weiter.

»Und mich mit Stöcken getrieben wie einen Köter.«

Hätte Kendrick vorher noch Zweifel gehabt, wäre er spätestens jetzt überzeugt gewesen, dass Mortas log.

Redete er sich das selbst ein, um eine Entschuldigung für sein Dasein als missverstandener Bösewicht zu haben?

Vorsichtig umfasste Kendrick den Griff seines Schwertes fester. Die lähmenden Schmerzen klangen allmählich ab und er gewann die Kontrolle über seinen Körper zurück.

Mortas sah in die Ferne, eine unerwartete Windböe ließ sein pechschwarzes Haar dramatisch wehen. »Ich schwor mir, Rache zu nehmen. Kehrte bei einem alten Krieger ein und lernte von ihm. Doch nur ein guter Schwertkämpfer zu werden, genügte mir nicht. Ich wollte mehr. Wollte echte Macht.«

»Wie seid Ihr an den Stab gekommen?«, wollte Orla wissen. Nun brach doch ihre typische Neugier durch.

»Mein Lehrmeister war der Hüter des Stabes, nachdem die Dorfälteste ihren Posten abgetreten hat. Für mich ging immer eine gewisse Verlockung davon aus. Mein Lehrmeister warnte mich eindringlich davor, mich fernzuhalten und den Stab auf keinen Fall zu berühren. Vor wenigen Wochen beendete ich meine Ausbildung bei ihm und konnte mich endgültig nicht mehr beherrschen. Ich nahm den Stab an mich.« Mortas betrachtete andächtig den grauen Dunst, der in der Glaskugel auf der Stabspitze wirbelte. »Und ging einen Handel mit der Entität ein, die darin gefangen ist. Ich bekomme die Macht, die mir zusteht, und dafür öffne ich das Tor zur Unterwelt. Bringe Chaos und Verderben in die Welt, die mich so schändlich behandelt hat. Alle werden untergehen und ich, als neuer rechtmäßiger Besitzer des Stabes und Meister des Nebels, werde herrschen.«

Nachdem er seinen ellenlangen Monolog beendet hatte, war Kendrick wieder bei vollen Kräften. Er sprang abrupt auf und rammte Mortas den Schwertgriff ins ungeschützte Gesicht. Sein Gegner strauchelte, er schlug noch mal mit seinem Schild zu und es gelang ihm, Mortas den Stab aus der Hand zu schlagen.

»Jetzt«, brüllte Kendrick, ohne zu wissen, ob die anderen Drei wirklich etwas parat hatten.

Sie enttäuschten ihn nicht. Aus dem Nebel schoss eine Salve an gefrorenen Pfeilen. Sie trafen Mortas allesamt im Rücken, der gerade nach dem Stab griff. Statt ihn zu durchbohren, blieben sie jedoch an seiner Rüstung haften und überzogen ihn mit einer Eisschicht.

»Nimm den Stab«, schrie Dan.

»Und ignorier um jeden Preis, was du hörst«, fügte Orla eilig hinzu.

Kendrick wollte tun, wie geheißen. Doch ehe er den Stab auch nur mit den Fingerspitzen berühren konnte, bäumte sich Mortas auf.

Messerscharfe Eissplitter flogen durch die Luft, Kendrick konnte gerade noch seinen Schild zum Schutz hochreißen.

»Er gehört mir«, fauchte Mortas und nahm den Stab an sich. Schwer atmend wich er zurück. »Dieses Mal ... dieses Mal verschone ich dich noch, Kendios. Weil ich heute ... weil ich gute Laune habe. Aber das nächste Mal töte ich dich und deine Freunde.«

Hastig zog er sich in den weißen Dunst zurück und nur Sekunden später waren er und der Nebel verschwunden.

19

Portalreise nach Timbervale

Kendrick

Kendrick saß noch immer an der Stelle, an der Mortas ihn zurückgelassen hatte. Umringt von den Dorfbewohnern, die der Nebel in Hasen verwandelt hatte.

Oder Kaninchen? Was war der Unterschied?

Gedankenverloren beobachtete er die Kinder, die ausgelassen miteinander spielten. Für sie schien ihre neue Gestalt ein Abenteuer zu sein. Sie jagten sich gegenseitig oder veranstalteten Bockspringen. Wenn er es richtig interpretierte, dann testeten sie, wer von ihnen am höchsten springen und am schnellsten rennen konnte.

Anders als die Erwachsenen machten sie sich offenbar keine Gedanken um die Gefahren, die nun auf sie lauerten. Vor allem Raubtiere, die hier ein wahrliches Festmahl vor sich hatten. Die Ungewissheit, ob und wann sie zurückverwandelt werden würden. Ob sie überhaupt die Nacht überlebten. Die schwierige Nahrungssuche in dieser Gegend.

Kendrick fuhr sich mit den Händen über das Gesicht. So viel stand auf dem Spiel. Alle hatten sie recht gehabt, nur er nicht. Weil er blind vor Arroganz gewesen war. Mortas war längst nicht mehr sein Freund. Er war besessen von diesem verfluchten Stab und bereit, die Welt untergehen zu lassen.

Es hat zwei Beinahe-Tode gebraucht, damit ich das begreife. Er legte den Kopf zurück und starrte in den Himmel. *Was für ein Kind ich noch gewesen bin, als wir aufbrachen.*

Wären seine Gefährten nicht gewesen, hätte er vermutlich nicht einmal den seltsamen Wald überlebt. Spätestens die Minen hätten ihn vor eine unüberwindbare Hürde gestellt.

Den Wald habe ich überlebt, weil Alea die große Kreatur niedergestreckt hat. Die Minen nur dank Orlas Zauber. Und Mortas, weil sie ihn alle abgelenkt haben, bis ich wieder aufstehen konnte.

Seine Gefährten trafen Vorkehrungen für die Weiterreise. Sie hatten die Älteste wiedergefunden und Orla ließ sich gerade von ihr zu ihrer Hütte führen. Alea war aufgebrochen, um Nahrung für die Dorfbewohner zu sammeln, von der sie wenigstens ein paar Tage zehren konnten. Und Dan holte eimerweise Wasser aus dem Brunnen und füllte jedes Gefäß, das er finden konnte.

Kendrick senkte den Blick zu seinen Knien. Es tat ihm leid um die Tiere der drei. Es war offensichtlich, dass sie ihnen viel bedeuteten. Er hatte nie einen solch besonderen Freund gehabt und konnte sich vermutlich nicht vorstellen, wie schmerzhaft es war, dass aus den Tieren Spielzeuge geworden waren.

Was ist, wenn ich versage?, dachte er. *Wenn der Nebel mich das nächste Mal tötet, bevor Mortas es tun kann? Gibt es wirklich keinen Weg, ihn zu bekehren? Ich verstehe das alles nicht. Haben die Shiro Ahali mich nicht ausreichend vorbereitet?*

Möglicherweise hatten die Shiro Ahali die Gefahr selbst nicht einschätzen können und mehr hatte schlicht nicht in ihrer Macht gelegen.

Zwei graue Kaninchen sprinteten ein paarmal um ihn herum, ehe das größere einen Haken schlug und fortsprang.

»Wie geht es dir, Kendrick?« Dan trat zu ihm und reichte ihm einen Wasserschlauch.

Kendrick zuckte mit den Schultern. »Gut, gut. Danke der Nachfrage.« Er trank ein paar Schlucke.

Sollte er seinen Gefährten von dem Traum erzählen, den er im Gasthaus gehabt hatte?

Die Geschichte liebt Märtyrer mehr als Helden.

»Wir müssen einen Weg finden, damit dieser elende Nebel dir nichts mehr anhaben kann.« Der Halbling nahm den Schlauch zurück. »Wenn der Rat uns hierhergeführt hat, haben wir vielleicht Glück und finden etwas.«

Kendrick erhob sich. Er war noch ein wenig unsicher auf den Beinen; der Kampf hatte ihn mehr ausgezehrt als zunächst geglaubt. »Hoffen wir es.« Er wischte sich ein paar blonde Haarsträhnen aus dem Gesicht. »Denkst du … die Dorfbewohner …?«

Dan ließ den Blick über den Dorfplatz schweifen. »Wir haben alles getan, was wir konnten. Orla glaubt, dass sich Raubtiere von Clearwick fernhalten könnten, weil sie spüren, dass hier etwas nicht stimmt.«

Ein schwarz-weißes Kaninchen mit Schlappohren drehte den Kopf zu ihnen.

Der Halbling senkte seine Stimme. »Vielleicht haben wir Glück und sie meiden das Dorf, weil sie die Kaninchen immer noch als Menschen wahrnehmen.«

Und wenn nicht?

Kendrick sprach diese Frage nicht aus. Er räusperte sich laut. »Liebe Leute, hört mir bitte kurz zu!«

Nachdem die Kinder zur Ruhe gerufen worden waren – sofern das bei Kaninchen möglich war –, versammelten sich die Bewohner

Clearwicks um ihn. Ein Meer aus verschiedenfarbigen Pelzen und langen Ohren.

»Es … tut mir leid, dass ich nicht verhindern konnte, dass der Nebel Euch das antut«, begann Kendrick. Ein Teil von ihm kam sich lächerlich vor, eine Rede vor Hasen zu halten. Obwohl er genau wusste, dass es sich nicht um echte Tiere handelte. »Zuletzt war er in Fairwick und hat dort einige Unglückliche in Spielzeug verwandelt. Ihnen habe ich genau das geschworen, was ich nun auch Euch sage: Ich werde Mortas stoppen. Es wird einen Weg geben, Euch zurück in Eure menschliche Gestalt zu bringen, da bin ich mir sicher.« Er sah ernst in die Runde. Kleine Näschen regten sich, dunkle Perlenaugen waren aufmerksam auf ihn gerichtet. »Meine Gefährten und ich werden unser Bestes tun, um Euer Dorf zu schützen, ehe wir weiterziehen. Verliert nicht den Mut, Freunde! Ich verspreche: Es wird alles wieder gut. So wahr mein Name Kendrick Honorseeker ist.«

Mehrere Kaninchen klopften wie zum Applaus mit den Hinterläufen auf den Boden.

Alea kehrte zurück und leerte ihren Rucksack aus. Sie hatte einige Kräuter und Wurzeln sammeln können. Sie, Kendrick und Dan legten noch Dinge aus ihren persönlichen Vorräten dazu: Nüsse, Beeren und Mohrrüben. Es würde Clearwick eine Weile über die Runden bringen, ehe sie selbst auf Nahrungssuche gehen mussten.

»Wir sollten noch ein paar Barrikaden bauen«, schlug Kendrick vor. »Sicher ist sicher.«

Alea nickte und machte sich mit Dan daran, die Idee umzusetzen. Kendrick folgte ihnen nach einem Moment des Zögerns.

Ob die Hochelfin von ihm beeindruckt gewesen wäre, wenn er gegen Mortas gewonnen hätte? Er konnte es sich nicht vorstellen. Bislang schwärmte er lediglich für sie, darüber war er sich bewusst. So ging es ihm mit jeder schönen Frau, die ihm begegnete. Und die meisten davon würden ihn mit Freuden küssen oder sogar das Bett mit ihm teilen. Also, das redete er sich wenigstens ein. Bisher war er zwar noch mit keiner Dame zusammengewesen, aber Kendrick war nach wie vor von sich und seiner Attraktivität überzeugt. Die Frauen in der Bar von Arrowfall hatten schließlich auch an seinen Lippen gehangen und hätte der Nebel nicht allen den Abend ruiniert, wäre sicher mehr daraus geworden. Alea wirkte hingegen nicht so, als hätte sie Interesse an ihm.

Vielleicht, weil er ein Mensch war und sie nur auf Elfen stand?

Kendrick musterte sie. Möglicherweise kratzte es etwas an seinem Ego, dass Alea ihm die kalte Schulter zeigte. Wenn sie nur ein bisschen offener ihm gegenüber wäre, könnte er sie besser verstehen. Ihr so auch all seine guten Qualitäten zeigen. Und dann war er gar nicht mehr so weit davon entfernt, ihr Herz zu erobern.

Wenn ich erst einmal die Welt gerettet habe, wird sie sich mir sicherlich regelrecht an den Hals werfen, ermutigte er sich. *Wenn. Vielleicht versage ich auch und wir sterben alle.*

Orla streckte den Kopf aus einem der Häuser. »Hey, ihr! Wenn ihr fertig seid, kommt bitte her. Ich habe was gefunden.«

»Wenn du mit anfasst, geht es schneller«, erwiderte Kendrick.

»Ich bin für körperliche Arbeit nicht gemacht«, sagte die Gnomin.

»Du kannst zaubern«, erinnerte Alea sie trocken.

Dan winkte sie heran. »Komm, keine faulen Ausreden! Pack mit deinen magischen Händen an!«

Orla seufzte tief und kam schließlich zu ihnen gelaufen.

Zwei Stunden später hatten sie den Holzzaun, der das Dorf umgab, verstärkt und erhöht und das Eingangstor verschlossen. Für die Dorfbewohner gab es eine kleine Klappe, durch die sie als Kaninchen ein- und ausgehen konnten und die für die meisten Räuber zu klein war.

Sie nahmen Abschied von den Dorfbewohnern und Kendrick versprach abermals, dass er sie befreien würde.

Dann versammelten sie sich in dem Haus, das Orla ihnen gezeigt hatte. Es duftete herrlich nach Lavendel und frischen Zitronen. Die Einrichtung war schlicht und heimelig. Ein Schafsfell lag auf dem Boden vor dem Kamin, getrocknete Kräuter hingen über der Küchenzeile. Hinter einer Trennwand befand sich ein sorgfältig gemachtes Bett.

»Hier wohnt die Älteste«, erklärte die Gnomin und führte sie zum Schreibtisch. Auf dem lag ein Buch, das exakt in der Mitte aufgeschlagen war. »Ein paar Seiten früher hat Maglana angefangen, über das Nebelphänomen zu schreiben und schon die Befürchtung geäußert, dass der Stab gestohlen wurde. Die wichtigste Information steht allerdings hier: ›Die Silberschmiede des Zwergs Skoruck ist der einzige Ort, an dem ein neues Siegel erschaffen werden kann. Nur er allein ist in der Lage, Geisterklinge sein volles Potenzial zu entlocken. Ich muss Josie kontaktieren‹. Ich habe schon nachgeschaut, die Silberschmiede befindet sich im Nachbarkönigreich Ursapenia. Es wird von König Bruno regiert.«

»Wir sollten diesen Skoruck auch nach Josie fragen«, merkte Dan an. »Sie scheint wichtig zu sein.«

Alea runzelte die Stirn. »Von hier aus brauchen wir mindestens zwei Wochen, bis wir Ursapenia erreichen. Plus den Weg zur Schmiede. Ich denke nicht, dass wir so viel Zeit haben.«

Ob dieser Schmied auch etwas herstellen konnte, was ihn vor den verheerenden Folgen des Nebels schützte?

Orla klappte das Buch zu und steckte es ein. »Sie hat es erlaubt«, erklärte sie, als er sie vorwurfsvoll musterte. »Seid unbesorgt, es gibt eine Abkürzung!«

Sie ging zum Kleiderschrank an der Wand neben dem Fenster und öffnete ihn schwungvoll. »Ta-da!«

Kendrick hatte nicht erwartet, ein Portal darin vorzufinden. Er beobachtete den Farbwirbel, der in der magischen Materie waberte. »Und das führt sicher nach Ursapenia?«

»Jupp«, bestätigte Orla. »Direkt in die Stadt Timbervale. Dort können wir unsere Vorräte auffüllen.«

»Na, worauf warten wir dann?« Dan ging frohen Mutes voran. »Auf geht's!«

Nacheinander traten sie durch das Portal. Kendrick war als Letzter übrig. Er blickte noch einmal zurück und sah die Älteste im Türrahmen sitzen. »Ich schwöre, Ihr werdet bald wieder die Alten sein.«

Die Häsin nickte.

Er wandte sich dem Portal zu und schritt hindurch.

Sie landeten mitten auf dem Marktplatz von Timbervale. Das störte aber offenkundig niemanden. Die Einwohner hielten kaum in ihren Tätigkeiten inne. Manche warfen ihnen kurze Blicke zu, einige grüßten.

Sie traten gemeinsam einige Schritte zurück, um einen Esel mit Karren vorbeizulassen.

In der Mitte des Platzes befand sich ein kunstvoller Springbrunnen. Die Straßen waren mit Kopfsteinpflaster ausgelegt und die meisten Häuser, die Kendrick sah, bestanden aus roten Ziegelsteinen.

Er drehte sich einmal um die eigene Achse. An den zahlreichen Ständen boten Händler unterschiedlichste Waren an. Von Lebensmitteln bis zu Kleidungsstücken. Eine gute Gelegenheit, um ihre Vorräte aufzufüllen. Zunächst aber musste das Wesentliche geklärt werden.

»Und jetzt?«, fragte Kendrick. »Wissen wir überhaupt, wo es zur Silberschmiede geht?«

»Noch nicht.« Orla ging kurzerhand auf eine elfische Frau zu, die gerade ein paar Äpfel kaufte. »Entschuldigung, meine Dame?«

Die dunkelhaarige Elfin drehte sich zu ihr um und brauchte eine Sekunde, ehe sie nach unten blickte. »Oh? Was kann ich für dich tun, kleines Mädchen?«

»Ich bin eine Gnomin und kein Kind«, erklärte Orla.

»Oh, Verzeihung.«

»Das kommt schon mal vor.« Orla deutete hinter sich. »Meine Freunde und ich wüssten gerne, wie wir zur sogenannten Silberschmiede gelangen. Könnt Ihr uns den Weg zeigen?«

»Das ist nicht möglich«, erwiderte die Elfin. Sie verlagerte das Gewicht des Weidenkorbs, den sie bei sich trug, auf ihrem Unterarm. »Nur König Bruno kann die Erlaubnis erteilen, dorthin zu gehen. Ihr müsst eine Audienz bei ihm beantragen. Und die wird er nur gewähren, wenn es ihm wichtig genug erscheint.«

Kendrick trat eilig auf sie zu. »Ihr habt wohl noch nichts von dem katastrophalen Nebel gehört, der in Leopenia tobt? Er strömt direkt aus der Kaltwüste.«

Die Elfin seufzte betroffen. »Natürlich wissen wir davon. Gerade deshalb hat der König alle Hände voll zu tun. Ach, fragt mich doch nicht nach den Gründen. Ich bin lediglich eine Töpferin und kann nur mitteilen, was ich höre.«

»Das ist verständlich«, beschwichtigte Alea.

Kendrick setzte an, ihr zu sagen, dass er der Auserwählte war und allein dafür eine Audienz verdient hatte. Allerdings würde es nichts nutzen, wenn er das dieser Elfenfrau erzählte.

»Was müssen wir denn tun, damit der König uns für wichtig hält?«, wollte Dan wissen. »Würde es beispielsweise reichen, wenn wir … rein hypothetisch … so was wie einen Auserwählten dabei hätten? Der bestimmt ist, die Welt zu retten?«

»Wenn dieser sogenannte Auserwählte sich nicht ausweisen und irgendwie beweisen kann, dass er das ist, denke ich eher nicht. Entweder Ihr vollbringt eine wirklich gute Tat … oder werdet verhaftet«, antwortete die Elfin und rückte eine Salami in ihrem Korb zurecht. »Dann kommt Ihr garantiert zum König. Ich muss jetzt auch weiter. Auf Wiedersehen.«

Orla wandte sich ihnen wieder zu. »Ihr habt sie gehört.«

Irgendwie gefielen Kendrick die Ausdrücke auf den Gesichtern seiner Gefährten nicht. »Ich nehme an, ihr habt Ideen?«

»Die ein oder andere«, antwortete Alea leise.

»Überlass das uns, Kenny«, sagte Dan.

»Sind gleich wieder da«, verabschiedete sich Orla. »Kannst du in der Zwischenzeit Vorräte kaufen?«

Obwohl Kendrick kein gutes Gefühl bei der Sache hatte, ließ er sie ziehen.

Innerhalb der nächsten Stunden schlenderte er von Marktstand zu Markstand. Er besah sich die verschiedenen Angebote, plauderte mit den Händlern und kaufte benötigten Proviant. In einer Halle nicht weit entfernt fand eine Viehversteigerung statt, wie er hörte. Vielleicht lohnte es sich, dort vorbeizuschauen.

Zuletzt blieb er bei einem Tränkehändler stehen, der sich neben einem Schmuckstand befand. Kendrick betrachtete die Auslage des Juweliers nur aus dem Augenwinkel.

Vielleicht würde er Alea mit einer schönen Kette oder einem filigranen Armband bezirzen können.

»Grüßt Euch, guter Herr«, rief ihm eine Frau zu.

Kendrick richtete seinen Fokus auf die zwergische Alchimistin vor sich. Sie hatte dunkelbraune Haut, schwarzes Haar und einen gepflegten Damenbart, den sie kunstvoll geflochten und frisiert hatte. Er fand es nach wie vor seltsam, bärtige Frauen zu sehen, Zwergin hin oder her.

»Was kann ich für Euch tun?«, fragte sie.

Sie hatten in Fairwick einige Tränke gekauft, doch es schadete nicht, ihr Sortiment zu erweitern.

Kendrick räusperte sich. »Ich bin gerade auf einer ... sehr wichtigen Reise. Gibt es Tränke, die Ihr mir empfehlen könntet?«

Die Zwergin runzelte die Stirn. »Nun, da müsst Ihr schon spezifischer werden. Ich habe Heiltränke, Schmerzmittel, Gegengifte, Mittel gegen diverse Krankheiten …«

Kendrick überlegte. »Auch etwas gegen Kälte? Mein Weg wird mich weit gen Norden führen.«

»Ich würde Euch das ›Drachenfeuer‹ ans Herz legen. Ein Schluck und es würde selbst den Frost der Kaltwüste aus Euren Knochen vertreiben. Ein Goldstück pro Flasche.«

Kendrick kalkulierte stumm, wie viel Geld ihm zur Verfügung stand. »Ich nehme fünf davon. Zehn Schmerzmittel, drei Gegengifte und … hättet Ihr auch Schlafmittel?«

»Für Euch selbst oder für … andere Zwecke?«, hakte die Alchimistin nach.

»Selbstverständlich nur für mich«, antwortete er empört. »Ich bin schließlich ein Mann von Ehre.«

Die Zwergin hob beschwichtigend die Hände. »Ich wollte Euch damit nicht zu nahetreten, mein Herr. Einen Augenblick, ich sammle Eure Bestellung zusammen.«

Kendrick nickte.

Natürlich überlegte er, ob er Mortas dieses Schlafmittel irgendwie unterjubeln konnte, um ihn außer Gefecht zu setzen, ohne ihn töten zu müssen. Er wollte, dass Mortas eine gerechte Strafe für seine Vergehen erhielt und glaubte, dass es das Beste wäre, ihn lebend den Shiro Ahali auszuliefern.

Die Alchimistin holte einen Abakus unter dem Tresen hervor und rechnete aus, was er ihr schuldete. »Das Drachenfeuer …« Sie schob fünf rote Steine von rechts nach links. »Schmerzmittel …« Zehn grüne Steine wanderten von der einen auf die andere Seite. »Gegengift und das Schlafmittel. Das macht insgesamt acht Goldstücke und dreißig Silberlinge, bitte.«

Kendrick nickte und öffnete seinen Geldbeutel.

Schreie erklangen, gedämpft durch die Entfernung und die vier Wände, hinter denen sie sich befanden.

Doch sie kamen aus so vielen Kehlen, dass sie unmöglich zu überhören waren.

Er blickte in die Richtung, gerade rechtzeitig um zu sehen, wie ein großer Stier durch eine geschlossene Scheunentür brach.

»Was um aller Welt ...«, setzte die Alchimistin an.

Der Stier warf sich herum und steuerte mit donnernden Hufen auf den Markt zu.

»Stopp!« Ein Mann kam aus dem Gebäude gerannt, dessen Tür gerade demoliert worden war. »Haltet sie! Sie hat mich betrogen!«

Kendricks Augen weiteten sich, als er Orla erkannte, die auf dem Nacken des Stiers saß und sich an den Hörnern festhielt.

»Yaaay!«, rief die Gnomin begeistert. »Aus dem Weeeg!«

Die Marktbesucher stoben hastig auseinander, während Orla ihr zweifelhaftes Reittier gnadenlos geradeaus lenkte. Sie stürmte zwischen zwei Ständen hindurch, erstaunlicherweise ohne etwas zu beschädigen, und verschwand außer Sichtweite.

Kendrick stand der Mund offen.

Hatte sie den Verstand verloren? Sollte er sie verfolgen?

Der Markt war sekundenlang vollkommen still. Dann brach ein wahres Stimmenchaos aus. Diejenigen, die sich hinter ihren Ständen verkrochen hatten, kamen wieder hervor. Alle redeten durcheinander, schimpften und fluchten über das ungehobelte Verhalten.

Der betrogene Vorbesitzer gab die Verfolgung schnaufend und keuchend auf. »Diese ... diese Gnomin hat ... mir Falschgeld untergejubelt«, japste er.

»Ich wäre fast zertrampelt worden«, rief eine Frau. »Was ist das für ein rücksichtsloses Benehmen?«

»Haltet den Dieb!«, brüllte plötzlich ein anderer Mann über alle anderen Stimmen hinweg.

Kendrick wirbelte herum und rannte ein paar Schritte in die Richtung, die Hand am Schwertgriff und bereit, den Schurken zu stellen. Zu seiner unangenehmen Überraschung sah er Dan auf sich zurennen. Hinter dem Halbling lief nicht nur ein, sondern gleich fünf wütende Männer her.

»Haltet diesen kleinen Bastard fest«, brüllte ein Blonder.

Kendrick zögerte so lange, bis Dan zwischen seinen Beinen hindurchgerutscht war, einen Haken schlug und am Juwelierstand vorbeisprintete. »Entschuldigung.«

In einer fließenden, fast schon beiläufigen Handbewegung schnappte er sich eine kleine Holzablage, in der sich mehrere Ringe befanden und ließ sie irgendwie in seinem Mantel verschwinden.

»Was soll das?«, rief der Juwelier fassungslos. »Komm zurück!«

Dan streckte ihm über die Schulter die Zunge heraus. »Fang mich doch!«

Kendrick verstand die Welt nicht mehr.

Erst Orla, jetzt Dan.

Verdattert starrte er dem Halbling nach, der von nunmehr sechs Männern verfolgt wurde. Und da die alle längere Beine hatten als er, holten sie rasch auf.

Dann näherten sich erneut die Hufschläge. Orla bog mit ihrem Stier um die Ecke und stürmte abermals auf den Marktplatz zu. »Auf in die zweite Runde! Spring auf!«, rief sie dem Halbling zu und reichte ihm eine magische Hand.

Dan ließ sich davon in die Höhe ziehen und saß hinter der Gnomin auf. Zum zweiten Mal wurden die Marktbesucher aufgescheucht wie eine Hühnerschar.

»Es reicht!«, rief eine Frau, die sich wieder in den Dreck hatte werfen müssen. »Holen wir uns diese elenden Störenfriede!«

Diverse Händler holten Fackeln und Mistgabeln unter ihren Ständen hervor und nahmen die Verfolgung auf. Die Alchimistin war eine von ihnen. Sie war es auch, die sämtliche Fackeln mit einem Fingerschnipsen entzündete.

Kendrick blieb zurück und fragte sich, ob so was häufiger vorkam. Die Leute schienen allzeit bereit zu sein, einen wilden Mob zu bilden. Vielleicht träumte er wieder? Er blinzelte mehrfach und rieb sich die Augen. Nein, er war wach. Wären da nicht die eindeutigen Spuren, würde er allerdings erheblich an seiner Wahrnehmung zweifeln.

Sollte er ihnen nachgehen? Dan und Orla zur Rede stellen?

Andererseits hatten sie es nicht anders gewollt, als den Zorn der Stadtbewohner auf sich zu lenken. Er konnte es nicht fassen, dass sie ihn derart blamierten.

Ich muss Alea finden, dachte er. *Sie ist eine ehrenhafte Frau und würde sicherlich niemals so einen Blödsinn anstellen.*

Die örtliche Taverne war sein erster Tipp für eine Suche nach der Elfin. Als er hastig die Tür des Gebäudes öffnete, konnte er sich gerade rechtzeitig unter einem Zwerg wegducken, der in seine Richtung geflogen kam.

Kendrick fand Alea inmitten einer gewaltigen Kneipenschlägerei. Tische waren umgeworfen, Stühle zerschlagen oder quer im Raum verteilt. Bierkrüge und Scherben lagen auf dem Boden wie ein zerstreutes Puzzle, Spielkarten sogen sich mit verschiedenen alkoholischen Flüssigkeiten voll.

Die Hochelfin wehrte einen Mann ab, der sie mit einem abgebrochenen Stuhlbein attackierte. Sie entriss ihm die Waffe, packte seinen Arm und schleuderte ihn über die Schulter auf den Rücken. Rasch richtete sie sich auf, wich einem zweiten Angreifer aus und schlug ihm das Stuhlbein gegen das Kreuz, sodass er zu Boden ging. Anschließend warf sie es einer Zwergin zu, die damit auf einen jungen Mann losging.

»Alea!«, rief Krendrick entsetzt über das Chaos hinweg. »Was tust du da?«

»Wonach sieht es denn aus?«, erwiderte sie und versetzte einer anderen rauflustigen Elfin einen Kinnhaken.

Kendrick drängte sich zwischen den Prügelnden hindurch. Fast wäre er über einen Halbling gestolpert, der einen Gnom im Schwitzkasten hielt.

»Würdest du bitte aufhören, die Stadtbewohner zu verprügeln?« Eine Flasche sauste knapp an ihm vorbei. »Orla und Dan drehen gerade durch und ich brauche deine Hilfe, bevor ein wütender Mob sie einholt.«

Alea fing den großen Krug auf, der sie am Kopf getroffen hätte, und stülpte ihn dem armen Gnom über, der sich gerade vom Halbling hatte befreien können. Sie sah über die Schulter. »Gib mir fünf Minuten. Dann ist die reguläre Prügelzeit vorbei.«

Kendrick hatte nicht gewusst, dass es ein Regelwerk mit Zeitangaben für Kneipenschlägereien gab, aber er hatte gerade auch nicht die Nerven, um das zu hinterfragen.

Er zog sich aus der Taverne zurück, bevor er mit in diese Keilerei verwickelt werden konnte.

Der Markt war so gut wie leer, weil die meisten Einwohner Jagd auf zwei seiner Gefährten machte.

Die Dritte war damit beschäftigt, Kundschaft und Interior des Gasthauses zu zerstören.

»Sie sind alle verrückt geworden«, schloss Kendrick überfordert. »Zu viel Nebel eingeatmet oder dergleichen …«

»Hey, das hab ich gehört«, rief die Gnomin.

Sie kam im gemütlichen Schritttempo auf dem Stier angeritten.

»Ich versichere dir, wir wissen, was wir tun«, sagte Dan und sprang auf den Boden.

»Du hast vor meinen Augen und denen des ganzen Marktes den Juwelier bestohlen«, fauchte Kendrick. »Orla, woher kommt dieser Bulle?«

»Ist er nicht großartig?« Die Gnomin strahlte über das ganze Gesicht. »Sein Name ist Rambo. Ich habe ihn auf einer Versteigerung gewonnen. Für nur sechsundvierzig Goldstücke.«

»Du hast den Vorbesitzer um sein Geld betrogen«, warf Kendrick ein. »Du hast ihm Falschgeld gegeben.«

Orla winkte ab. »Blödsinn. Das war kein Falschgeld. Das waren Kronkorken, die ich mit einer Illusion belegt habe, sodass sie wie Goldstücke aussahen.«

Alea kam aus dem Gasthaus und ging zielsicher auf Rambo zu.

»Und das macht es inwiefern besser?«, rief Kendrick aus.

Orla grinste. »Es ist kein Falschgeld gewesen.«

Die Hochelfin tätschelte dem Stier sanft den Kopf. »Ein schönes und starkes Tier.«

»Er ist ein Zuchtbulle«, erklärte Orla stolz.

Kendrick fuhr sich mit beiden Händen über das Gesicht. »Was sollen wir damit? Gib diesen Bullen zurück! Und du, Dan …«

»Da sind sie!«, schrie eine Frau.

In Windeseile war ihre Gruppe nicht nur von aufgebrachten Städtern, sondern auch der alarmierten Stadtwache umstellt. Armbrüste und Lanzen wurden auf sie gerichtet.

»Im Namen von König Bruno Ursa, Herrscher Ursapenias, Ihr seid verhaftet«, verkündete eine Wache.

Während Kendrick noch versuchte, das zu erklären, ließen sich Alea, Dan und Orla bereits Handschellen anlegen.

Wenn Ihr zum König wollt, müsst Ihr entweder eine sehr gute Tat vollbringen … oder werdet verhaftet, schoss es ihm plötzlich durch den Kopf.

Er starrte seine Gefährten mit offenem Mund an. Sie sahen alle drei außerordentlich amüsiert aus.

20
König Bruno

Alea

Nach einer kurzen Kutschfahrt wurde ihre Gruppe von vier Wachen durch das Schloss von König Bruno geführt. Ein Mensch, zwei Dunkelelfen und ein Zwerg. Sie waren mit einem Seil aneinandergebunden und so gezwungen, in einer Reihe zu gehen.

Alea hatte kurzfristig befürchtet, dass man sie zunächst für ein paar Tage in den Kerker sperrte. Nun, es bestand immer noch die Gefahr, dass das passierte. Oder dass man Dan als Strafe für seinen Diebstahl die Hand abschlug. Oder dass Orla für ihren Betrug ausgepeitscht wurde. Aber laut Plan würde schon alles gut gehen, wenn sie Kendricks Mission erklärten und dass die Shiro Ahali sie schickten.

Alea hoffte sehr, dass sich das bewahrheitete, sonst könnte es unangenehm werden.

Sie ließ den Blick schweifen. Ihre Freunde schlenderten unbekümmert vor ihr her. Kendrick lief hinter ihr, schweigend und mit gesenktem Kopf.

Der Gang, dem sie seit gefühlt zehn Minuten folgten, war von Rüstungen gesäumt.

In regelmäßigen Abständen reihten sie sich an der Kante des roten Teppichs aneinander, der sich wie ein Fluss durch die Mitte des Korridors schlängelte. Jede dieser Rüstungen trug eine Lanze und einen Schild mit dem Wappen des Königs. Die Helme waren geformt wie Bärenköpfe, inklusive der kleinen runden Ohren. An den Wänden hingen neben Gemälde vorheriger Herrscher zahlreiche Bilder verschiedener Bären.

»König Bruno findet die wirklich gut, was?«, murmelte Dan.

»Kann ich verstehen«, sagte Orla. »Sieh dir allein ihre süßen Gesichter an!«

»Du weißt schon, dass Bären gefährliche Raubtiere sind, die dich mit ihren Kiefern problemlos zerteilen können, oder?«, fragte Alea trocken.

Orla nickte. »Damit hast du einerseits recht. Andererseits …« Sie deutete auf die Ohren eines Bären. »Erklär mir, wie ich sie mit diesen Öhrchen nicht niedlich finden soll.«

Alea gluckste. »Du würdest sie selbst dann noch streicheln, wenn dich einer im Maul hätte, oder?«

Sie kamen an zwei elfischen Dienerinnen vorbei, die damit beschäftigt waren, Fenster zu putzen.

»Gut möglich«, erwiderte Orla und lächelte den beiden Elfinnen zu.

»Hey, seid endlich still«, herrschte eine Wache sie an.

»Entschuldigung«, rief die Gnomin.

»Wer auf einem wilden Stier reiten kann, wird auch einen Braunbären zähmen können«, raunte Dan optimistisch. »Versuchen wir das, wenn wir das nächste Mal im Wald sind?«

Orla zeigte grinsend ihre spitzen Zähne. »Unbedingt.«

»Haltet die Klappe«, zischte Kendrick zähneknirschend.

Der Gedanke, einen Bären als Gefährten in ihre Gruppe zu adoptieren, gefiel Alea. Vielleicht fanden sie irgendwo ein Junges, das sie großziehen konnten.

Sie gab sich der Vorstellung hin: ein ausgewachsener Braunbär, der Seite an Seite mit ihnen kämpfte, ihr Beschützer und gleichzeitig treuer Freund war.

Wie Denu, dachte sie und ihr Herz wurde schwer. *Wenn er wieder der Alte ist, werde ich ihn verwöhnen. Er bekommt sein Lieblingsgemüse und wir werden einen langen Ausritt zusammen unternehmen.*

Zwei weitere Wachen zogen eine gewaltige Flügeltür auf und sie wurden in den opulenten Thronsaal geführt.

»Ui«, machte Orla. »Hallo, Echo!«

Ihre Stimme hallte an den Wänden wider und sie kicherte.

Dan betrachtete die vergoldeten Säulen, in die anscheinend sogar Edelsteine eingelassen worden waren.

Alea kannte diesen Blick und vermutlich ärgerte sich der Halbling gerade, dass er keine Hand frei hatte. Das war vielleicht ganz gut so. Überall standen Wachen und jeder schien seine Aufmerksamkeit exklusiv auf ihre Gruppe gerichtet zu haben. Zweifellos war Dan geschickt, aber hier einen einzigen Edelstein unbemerkt zu stehlen, war selbst für ihn eine Sache der Unmöglichkeit.

Es ist wahrscheinlich *unmöglich. Hm ... ob er sich zu einer Wette hinreißen lässt?*

Was für eine Frage. Natürlich würde er das. Sie musterte den kristallenen Kronleuchter über ihren Köpfen, den aufwendigen Gipsstuck und das gewaltige Gemälde an der Decke.

So viel Tand, dachte sie naserümpfend. Sie konnte Dekadenz nicht nachvollziehen. *Wie viel hiervon ist mehr Schein als Sein?*

Man gebot ihrer Gruppe vor König Bruno stehen zu bleiben, der bequem auf seinem Thron saß. Er war ein großer Mann mit beachtlicher Plauze. Sein braunes Haar war ebenso wild wie der lange Bart. Krauses Brusthaar ragte aus dem Kragen seines edlen Hemdes. Sogar auf seinem Handrücken wuchsen genug Haare, um als Fell durchzugehen.

»Er mag Bären *wirklich* gern«, flüsterte Dan.

Orla grinste breit. »Wer tut das nicht?«

Die Wachen verneigten sich vor dem König und Kendrick tat es ihnen hastig gleich.

»Mein König. Wir haben diese Leute auf dem Marktplatz von Timbervale aufgegriffen«, erklärte der zwergische Wächter. »Ihnen wird Diebstahl, Betrug und Körperverletzung vorgeworfen.«

König Bruno musterte ihre Gruppe eindringlich. Er stützte das Kinn auf seine große Hand. »Ist etwas an diesen Vorwürfen dran?«

Einer der Dunkelelfen trat vor und leerte einen Sack aus. »Das hat man bei dem Halbling gefunden.«

Ein Glasauge, ein einzelner Schuh, ein Holzgebiss und die Schmuckauslage voller Ringe landeten mal mehr, mal weniger laut auf dem Boden. Das Glasauge kullerte über die blank polierten Fliesen und stieß ungeniert gegen den königlichen Fuß.

Bruno hob eine buschige Braue. »Das ist … eine seltsame Ausbeute.«

»Ich dachte, es wäre gut, alles im Auge behalten zu können«, erklärte Dan.

»Er ist heute Morgen zudem mit dem falschen Fuß aufgestanden«, fügte Orla hinzu.

»Deshalb musste er auch einen Zahn zulegen«, sagte Alea.

»Und die Ringe?«, fragte Bruno lediglich.

»Als Geschenk für ein paar Damen«, antwortete Dan zwinkernd.

Unruhig trat Kendrick auf der Stelle und kaute auf seiner Unterlippe.

Er schien darum zu kämpfen, niemandem ins Wort zu fallen. Alea verstand nicht, warum. Bruno wirkte sehr entspannt. Bisher hatte er sie nicht angeschrien, auf die Knie gezwungen oder anderweitig Gewalt ausgeübt.

Der König sah zum Dunkelelfen, der den Sack ausgeleert hatte. »Wer hat den Betrug begangen?«

»Sie hat auf der Viehauktion einen Zuchtbullen erstanden und mit Kronkorken bezahlt«, erwiderte der Wächter. »Mit einem Illusionszauber hat sie die aber wie Goldmünzen aussehen lassen.«

»Ich wollte nicht die Katze im Sack kaufen«, erläuterte Orla mit betonter Unschuldmiene. »Ich musste erst einmal schauen, ob es sich lohnt, den Bullen zu behalten. Aber ich habe sofort erkannt, wie toll er ist, und wollte gerade zurückkehren, um ihn zu bezahlen. Dann sind wir allerdings festgenommen worden.«

»Die Prügelei war von allen Seiten einvernehmlich«, meldete sich Alea. »Von Körperverletzung kann also nicht die Rede sein. Das Gasthaus hat bloß ein wenig mehr gelitten, als notwendig gewesen wäre.«

Kendrick schien es nicht mehr auszuhalten. Er trat vor und verneigte sich abermals demütig. »Mein König, bitte hört mich an! Ich bin der Anführer dieser Truppe und möchte mich in ihrem und meinem Namen aufrichtig bei Euch entschuldigen. Es mag seltsam klingen, aber sie haben all das nur getan, um eine Audienz bei Euch zu bekommen. Wir sind nämlich auf einer außerordentlich wichtigen Mission.«

Bruno vollführte eine schwungvolle Handbewegung, die das Haar auf dem Rücken flattern ließ. »Erklärt Euch!«

Kendrick erzählte vom Grund ihrer Reise. Er berichtete vom Nebel, der sich in Leopenia ausbreitete und vermutlich auch bald Ursapenia heimsuchen würde, und dessen Folgen.

»Wir müssen zur Silberschmiede«, schloss er. »Und das so schnell wie möglich.«

Nachdenklich kratzte sich König Bruno seinen Bart. Für Alea klang es ein wenig wie ein Wildschwein, das sich an einem Baum rieb. »Hmm«, brummte er tief. »Ja, man berichtete mir von dem Nebel, der aus dem Dörrtal kommt. Es ist seltsam, dass er aus Ursapenia aufsteigt, aber bisher nur in Leopenia wütet, nicht wahr? Deshalb habe ich dem Phänomen nicht viel Aufmerksamkeit geschenkt.«

Das war sehr fahrlässig für einen Herrscher. Keiner der elfischen Anführer, die Alea kannte, würde sich so etwas erlauben.

Der König musste sich darüber bewusst sein, welches Siegel sich in der Kaltwüste befand, und eigentlich hätte ihn der Nebel in höchste Alarmbereitschaft versetzen müssen.

»Meine Priorität liegt derzeit bei meiner Tochter. Dennoch sehe ich die Dringlichkeit. König Leopold hat lange nichts mehr von sich hören lassen. Ich werde gleich einen Brief aufsetzen und ihm meine Hilfe anbieten.«

»Das heißt, Ihr werdet uns den Weg zur Silberschmiede zeigen?«, fragte Kendrick hoffnungsvoll.

Bruno zwirbelte bedächtig seinen Schnurrbart. »Unter einer Bedingung.«

Alea verzog den Mund. Es war zu gut gelaufen. Natürlich gab es da noch einen Haken.

»Welche wäre das?«, fragte Orla.

Bruno seufzte bekümmert. »Meine Tochter Bernadette wurde vor knapp einem Monat von einem Drachen entführt.«

Dan nickte. »Ich habe einen Artikel in der ›Blutbefleckt – Invasiv – Lausig – Destruktiv‹ gelesen.«

Bruno massierte sich den breiten Nasenrücken. »Bislang ist es keinem Prinzen gelungen, sie zu befreien und nach Hause zu bringen. Der Kampf mit den Reportern ist fast noch schlimmer als der gegen den Drachen. Kendrick: Wenn es Euch gelingt, meine Tochter zu retten, lasse ich Euch zur Silberschmiede geleiten.«

Orlas Augen leuchteten. »Wir werden einen Drachen sehen?«

»Und gegen ihn kämpfen?«, fragte Alea. Sie hatte sich schon lange gewünscht, einmal gegen solch eine majestätische Kreatur antreten zu können.

»Wenn er einen Schatz hat, dürfen wir ihn dann behalten?«, wollte Dan wissen.

»Muss ich die Prinzessin heiraten, wenn ich sie zurückbringe?«, erkundigte sich Kendrick.

Bruno hob die Hand. »Nein, das müsst Ihr nicht. Ihr habt keine königliche Abstammung, oder?«

Eilig schüttelte Kendrick den Kopf.

»Dann selbstverständlich nicht. Was Ihr mit dem Drachen oder einem Schatz macht, ist Eure Sache. Ich will nur Bernadette zurückhaben. Was sagt Ihr also?«

Der Auserwählte sah sich nervös zu allen Seiten um. Er schien nach den richtigen Worten zu suchen. »Majestät, so sehr ich Euer Angebot schätze und Eurer Tochter helfen möchte, uns fehlt die Zeit. Der Nebel gewinnt von Tag zu Tag an Kraft und wir dürfen uns keine Umwege leisten.«

Bruno musterte ihn eindringlich. Dieses Mal war sein Blick wesentlich intensiver.

Wie eine stille Drohung.

Aleas Finger zuckten, sie wollte instiktiv nach ihren Waffen greifen.

»Ihr scheint nicht ganz zu verstehen, werter Held. Entweder Ihr holt meine Tochter zurück. Oder ich werde Eure Gefährten hier in den Kerker werfen. Den Halbling für Diebstahl, die Gnomin für Viehraub und Betrug. Und die Elfin für mutwillige Zerstörung der Taverne in Timbervale.«

»Aber …«, setzte Kendrick nochmals an.

»Ihr helft mir, ich helfe Euch«, unterbrach der König ihn. Sein Tonfall ließ keinerlei Widerrede zu.

Die Schultern des Auserwählten sanken herab. »Einverstanden, wir holen Eure Tochter aus den Fängen des Drachen.«

König Bruno erhob sich. »Ausgezeichnet.« Er klatschte in die Hände und rief einen gnomischen Berater zu sich. »Bereitet eine Eskorte für diese Truppe vor! Ich will, dass sie bis zum Hort des Untiers gebracht werden. Meine Wachen werden dafür sorgen, dass Ihr erst zurückkehrt, wenn Ihr meine Tochter sicher bei Euch habt.«

Sie saßen auf bereitgestellten Pferden – Orla und Dan hatten aufgrund ihrer Größe Ponys bekommen – und wurden von königlichen Wachen durch die malerische Landschaft Ursapenias eskortiert. Sie ritten an einem klaren Fluss entlang. Das Gras war grün und saftig, zahlreiche Bäume spendeten angenehmen Schatten. Alea genoss die Reise zur Drachenhöhle und freute sich darauf, gegen einen echten Drachen kämpfen zu können.

Sie wünschte sich, sie könnte das Königreich mit Denu erkunden. Es war ein Punkt mehr für die ›Was wir tun werden, sobald die Apokalypse abgewandt ist‹-Liste.

Orla, Dan und sie redeten fast ununterbrochen über die bevorstehende Begegnung. Zuerst arbeiteten sie einen Schlachtplan aus und besprachen die taktischen Details. Dann ging es vor allem darum, wie der Drache wohl aussehen mochte und welche Schätze er in seiner Höhle versteckte.

Kendrick hatte nur solange Interesse an der Konversation, wie es um die Taktik ging. Danach trieb er sein Pferd voran, um neben dem Hauptmann herzureiten.

»Ich werde mir so viele Schuppen mitnehmen wie möglich«, verkündete Alea. »Daraus lasse ich mir eine Rüstung schmieden. Vielleicht komme ich auch an ein paar Zähne und lasse sie zu Dolchen verarbeiten.«

»Ich hoffe, der Drache hat Eier in seinem Nest«, erwiderte Orla aufgeregt. »Ich will unbedingt einen kleinen Drachen großziehen. Und Imir freut sich bestimmt über ein Geschwisterchen.«

»Oh ja, einen eigenen Drachen zu haben wäre großartig.« Dan biss in den Apfel, den er aus seinem Gepäck geholt hatte. »Ihr wisst ja, dass mein Onkel Ted ein Seefahrer ist. Er hat mir mal von einer

Unterwasserhöhle erzählt, in der ein Schlangendrache gelebt hat. Seine Crew und er haben dort Edelsteine gefunden, die größer waren als mein Kopf. Kistenweise Gold und Silber, wertvollen Schmuck …«

»Und sie sind als reiche Männer zurückgekehrt?«, fragte Alea.

Die Umgebung wurde allmählich felsiger. Grüne Vegetation wich schroffen Steinfelsen und grauer Erde. Statt Laubbäumen wuchsen hier vermehrt Kiefern und dichtes Gestrüpp. Auch der Fluss bog in eine andere Richtung als sie.

Dan bot den restlichen Apfel seinem Pony an. »Nein, sie haben alles liegengelassen und sind lieber verschwunden.«

Orla neigte fragend den Kopf. »Sie haben nicht mal eine Münze mitgenommen?«

»Nö. Für einige Seeleute, unter anderem auch für Onkel Ted, sind Tiefseedrachen die Schutzpatrone der Meere«, antwortete Dan. »Er wollte ihn auf keinen Fall beleidigen und damit seinen Zorn auf sich und seine Crew lenken.«

»Ich hoffe, Ihr denkt nicht darüber nach, diesen Drachen am Leben zu lassen?«, mischte sich eine der Wachen ein.

Alea musterte den Mann aus dem Augenwinkel. Er war ein Waldelf und trug sein dunkelbraunes Haar kurzgeschnitten.

»Ihr seid dazu angeheuert, die Bestie zu erschlagen und Prinzessin Bernadette zu retten«, fuhr er fort.

»Nein, sind wir nicht.« Orla streckte sich bäuchlings auf dem Rücken ihres Ponys aus. Wie Alea auch verzichtete sie auf einen Sattel. »König Bruno sagte wörtlich: ›Was Ihr mit dem Drachen oder einem Schatz macht, ist Eure Sache‹. Niemand hat uns befohlen, ihn zu töten.«

Alea nickte. Zwar brannte sie für einen Kampf, aber erpicht darauf, den Drachen zu töten, war sie nicht.

»Ja nachdem, wie intelligent dieses Exemplar ist, kann man bestimmt mit ihm reden, wenn wir ihn besiegt haben«, fuhr Orla fort.

Der Wächter schüttelte missbilligend den Kopf. »Denkt Ihr etwa, die Bestie wird das Königshaus dann in Ruhe lassen?«

»Ach, kommt schon«, rief Dan aus. »Ihr wisst doch genau so gut wie wir, dass diese Prinzessin-wird-entführt-Sache das Vorgeplänkel zur Hochzeit ist.«

Orla flechtete die Mähne ihres Ponys. »Seht es als Junggesellenabschied.«

»Hätte man jeden Drachen, der jemals eine Prinzessin verschleppt hat, getötet, gäbe es heute keine mehr«, fuhr Dan fort. Er trank einen Schluck Wasser aus dem Schlauch. »Wir gehen da rein, prügeln uns der Tradition entsprechend mit dem Schuppentier, gewinnen und nehmen die Prinzessin mit.«

»Je nachdem, wie einsichtig dieser Drache ist, lassen wir ihn dann am Leben«, setzte Alea hinzu. »Merken wir, dass er weiterhin eine Bedrohung darstellt, strecken wir ihn nieder.«

»Ob und wen Bernadette dann heiratet, ist König Brunos Problem«, schloss Orla.

Alea fragte sich, ob wirklich jeder Prinz, der geschickt worden war, an der Herausforderung gescheitert war. Vielleicht war Prinzessin Bernadette auch einfach anspruchsvoll und gab sich nicht mit dem Erstbesten zufrieden?

Der Hauptmann stoppte ihren kleinen Pferdezug.

Kendrick lenkte sein Tier zurück zu ihnen. »Von hier aus müssen wir allein und zu Fuß weiter. Der Hauptmann will die Pferde und seine Leute nicht riskieren.«

Wortlos stieg Alea ab. Zum Abschied klopfte sie ihrer Stute sanft den Hals und flüsterte ihr auf Elfisch einige Abschiedsworte zu. Das Pferd schnaufte leise und schmiegte den Kopf an sie.

»Wir warten genau drei Tage auf Euch«, erklärte der Hauptmann. »Wenn Ihr bis dahin nicht zurück seid, gehen wir davon aus, dass die Bestie Euch gefressen hat.«

21
Es wird Drachen geben

Dan

Bei Drachenhöhlen war es in den meisten Fällen wie mit Kaugummi: Hatte man eine gesehen, hatte man alle gesehen. Nur geschmacklich unterschieden sie sich. Obwohl Dan zugeben musste, dass er Drachenhöhlen nicht am Geschmack erkennen würde.

»Wartet hier!« Alea näherte sich vorsichtig dem Eingang und spähte hinein. Sie verzog angewidert das Gesicht und drehte den Kopf weg.

»Was ist los?«, wollte Dan wissen.

»Es stinkt schlimmer als ein Ork aus dem Maul«, antwortete die Hochelfin naserümpfend.

Kendrick runzelte die Stirn. »Das ist nicht überraschend.«

»Dennoch unangenehm.« Alea sammelte sich einen Moment, ehe sie wieder in die Höhle spähte. »Ich hoffe, ihr habt alle einen starken Magen.«

Kendrick lehnte sich abwechselnd nach links und rechts, als versuchte er, aus der Ferne an ihr vorbeizuschauen. »Was kannst du sehen?«

Alea drehte sich ihnen zu. »Sie führt weit in den Berg hinein. Macht euch auf … Essensreste gefasst.«

Kendrick zog sein Schwert und bereitete seinen Schild vor. »Ich gehe als Erster. Orla und Dan, ihr lauft hinter mir und Alea bildet die Nachhut.«

Schweigend zog die Hochelfin ihren Bogen und nahm einen Pfeil aus dem Köcher. Sie stellten sich in der ausgemachten Reihenfolge auf und betraten die Höhle.

Die Hochelfin hatte recht gehabt: Der Gestank war unerträglich. So sehr, dass Dan den Geruch in der Spinnenkinderstube vermisste. Eine Mischung aus Schwefel, Exkrementen und noch mehr Schwefel. Er unterdrückte ein Würgen und band sich rasch ein Tuch um Mund und Nase.

»Wenn uns der Drache nicht umbringt, dann die Luft hier drin«, stöhnte Orla und hielt sich die Nase zu.

Kendrick war ein wenig grün im Gesicht. »Davon dürfen wir uns nicht aufhalten … oder ablenken lassen.«

Die spitzen Stalaktiten über ihnen und Stalagmiten neben ihnen, wirkten wie lange, messerscharfe Zähne. Dan fühlte sich wie in einem gigantischen Maul aus grauem Stein. Sein Stiefel stieß gegen etwas.

Er senkte den Blick und sah, wie ein blanker Totenschädel davonrollte.

Eine neue Welle Übelkeit überkam ihn, als er die Reste vergangener Mahlzeiten betrachtete, die sich auf dem Boden verteilten. Dutzende skelettierte Leichen und abgenagte Knochen, an denen noch Fetzen von faulendem Fleisch hingen. Geronnenes Blut hatte sich mit der lehmigen Erde vermischt und klebte sprenkelförmig an den rauen Wänden.

»Weiß man, was aus den gescheiterten Prinzen geworden ist?«, fragte Alea.

»Wären sie gefressen worden, hätten wir längst davon erfahren«, näselte Orla. »Ich denke nicht, dass etwas … hiervon … zu ihnen gehört.«

Kendrick schluckte. »Es ist zu hoffen. Und auch, dass wir nicht als nächstes zwischen diesen Knochen landen.«

Ein schmaler Gang führte vom runden Eingang tiefer in den Berg hinein. Der Schwefelgeruch verdichtete sich.

Dan wurde erneut unangenehm an die Kochkünste seiner Großtante Kuni erinnert. Sie liebte es zwar, in der Küche zu experimentieren und neue Gerichte zu erschaffen, leider fehlte ihr dafür jegliches Talent.

In der Familie wurde gemunkelt, dass Tante Kuni mindestens geruchsblind sein musste.

Aus der Ferne ertönte ein tiefer, gleichmäßiger Atem. Ein Schnarchen, das gewaltig wie ein Erdrutsch und laut genug war, um den Boden vibrieren zu lassen.

Die zerstreuten Knochen klapperten und kleine Kiesel sprangen auf und ab. Dicke Rauchschwaden wanden sich wie graue Schlangen an der Decke entlang.

Als sie um die nächste Ecke bogen, sahen sie den Drachen und seinen Hort. Das riesige Tier lag zusammengerollt auf einem Haufen Knochenresten. Seine Schuppen glänzten bronzen, der dornengespickte Schweif war um seinen Leib gewickelt. Er hatte zwei Köpfe, einer davon golden der andere silbern. Seine Schwingen lagen dicht an seinem Körper an. Rauch stieg mit jedem Ausatmen aus den Nüstern des Drachens.

Dan konnte nicht anders, als dieses edle Tier zu bestaunen. Der Anblick war wunderschön, beinahe ergreifend. Und es schmerzte ihn schon jetzt, dem Drachen Schaden zufügen zu müssen. Allerdings erblickte er im ersten Moment weder die gesuchte Prinzessin noch den erhofften Schatz.

»Dan, das ist dein Spezialgebiet«, raunte Orla ihm zu. »Kannst du die Höhle einmal ablaufen? Vielleicht ist die Prinzessin in einem Käfig hinter dem Drachen.«

Dan hielt den Daumen hoch. Mit lautlosen, katzenhaften Schritten schlich er um die schlafende Kreatur herum. Der Bau hatte keine Winkel oder Nischen, in denen man eine Prinzessin hätte verstecken können.

De facto war es hier, bis auf den schnarchenden Bewohner und ihre Gruppe, enttäuschend leer. Er kehrte zu seinen Gefährten zurück und schüttelte den Kopf.

»Wahrscheinlich ist sie in einem Nebenraum«, mutmaßte Kendrick.

»Dann sollten wir die Wände nach versteckten Schaltern absuchen«, wisperte Dan.

»Wir müssen sichergehen, dass der Drache keine Gefahr für uns darstellt, ehe wir das tun. Kendrick, du bleibst an der Front«, flüsterte Alea und legte einen Pfeil auf die Bogensehne. »Ich halte dir den Rücken frei. Dan, such dir Schatten, damit du deinen Umhang nutzen kannst. Orla, du gehst in Deckung und versuchst, unentdeckt zu bleiben.«

Dan warf sich die Kapuze seines Umhangs über und tat, wie geheißen, während Orla hinter einem Stalagmit verschwand.

Kendrick schlich vorsichtig auf den Drachen zu. Alea hob ihren Bogen und spannte die Sehne. Kurz bevor der Auserwählte das Tier erreichte, hob dieses abrupt die beiden Köpfe. Es stieß ein ohrenbetäubendes Brüllen aus, das die Wände erschütterte. Aber der Drache sprach nicht.

War das ein gutes oder ein schlechtes Zeichen?

Dan duckte sich tiefer in die Schatten. Hastig ließ er den Blick über den gewaltigen Schuppenkörper schweifen, auf der Suche nach einem Schwachpunkt. Ihr Gegner war gut gepanzert. Er befürchtete, dass sein Rapier wirkungslos daran abprallen würde.

Dan schaute zum Bauch der Bestie. Vielleicht war die Unterseite weicher?

Kendricks Schwert krachte gegen das Vorderbein des Drachen. Es schepperte, als würde Stahl auf Stahl treffen. Die Wucht des Aufpralls warf seinen Arm zurück und ließ ihn nach hinten taumeln.

»Verdammt«, fluchte er durch zusammengebissene Zähne.

»Achtung!«, schrie Alea.

Kendrick sprang schnell zur Seite, um den Klauen des Biests zu entkommen.

Auch Alea machte einen leichtfüßigen Satz zurück und zielte mit dem nächsten Pfeil auf ein Auge ihres Kontrahenten.

Das Biest holte tief Luft und spie einen mächtigen Feuerstrahl auf sie, verbrannte das Geschoss und die Hochelfin fast mit.

Dan konnte die Hitze bis zu seiner Position spüren. Es war ein Glück, dass Orla rechtzeitig einen Schutzschild über Alea warf und sie vor einem verheerenden Treffer bewahrte.

Während Kendrick abermals in die Offensive ging und dem Drachen mit seiner Klinge zu Leibe rückte, schlich sich Dan näher an die Bestie heran.

Der silberne Kopf wendete sich ab und richtete seinen Fokus auf den Auserwählten. Grollend fuhr er zu ihm hinab und schnappte nach ihm.

Der goldene Kopf spuckte unermüdlich Feuer. Orla stand inzwischen neben Alea und hielt beide Hände ausgestreckt, um den Schild aufrechtzuerhalten.

Dan sah die Anstrengung auf ihrem Gesicht, den Schweiß auf ihrer Stirn. Ihre Füße rutschten über den Boden, die pure Kraft des Feuers schien sie nach hinten zu schieben.

»Halt durch!«, brüllte Alea.

Dan duckte sich vorsichtig unter dem peitschenden Schwanz hinweg und gelangte an die Unterseite des Drachen.

Plötzlich brüllte das Untier schmerzerfüllt und bäumte sich auf. Seine Vorderpranken hoben vom Boden ab. Es warf den silbernen Kopf herum, heißes Blut flog wie Magma durch die Höhle. Der goldene Kopf unterbrach seinen Angriff und musterte das zweite Haupt beunruhigt.

»Ha, nimm das«, rief Kendrick triumphal. »Zielt auf die Mäuler, Augen und die Kehle! Dort ist er am verwundbarsten.«

Leise zog Dan sein Rapier.

Orla wich zurück und schickte dem Drachen eine Kältewelle entgegen.

Erneut öffnete der sein Maul. Einer von Aleas Pfeilen zischte durch die Luft und bohrte sich in sein Zahnfleisch.

Dan stach zu; rammte seine Waffe so tief wie möglich in den Bauch des Drachen. Bevor er es jedoch wieder herausziehen konnte, schoss der silberne Kopf zwischen den Vorderbeinen hervor und packte ihn.

Er wurde in die Höhe gerissen und spürte, wie sich spitze Zähne gegen seine Lederrüstung drückten. Fluchend griff er nach seinem Dolch und stach auf die Schnauze des Schuppentiers ein.

»Lass mich los, du hässliche Echse«, fauchte er.

Aleas Pfeil sauste knapp an seinem Ohr vorbei und prallte an den harten Schuppen ab.

Der silberne Kopf schüttelte sich und schleuderte ihn gegen eine Höhlenwand. Dan prallte davon ab und landete auf dem Boden, wo er benommen liegenblieb. Es fühlte sich an, als hätte er sich in seine Einzelteile zerstreut. Wie ein Puzzle, das jemand vom Tisch gefegt hatte.

Dan wusste nicht, wo seine Arme und seine Beine waren, spürte lediglich, dass ihm Blut aus einer Stirnwunde ins Gesicht lief.

»Dan.« Orlas Stimme erklang vor ihm. »Hey, kannst du mich hören?«

Stöhnend drehte er sich auf den Rücken.

Die Gnomin warf einen raschen Blick über die Schulter, zum tobenden Drachen. Sie richtete sich auf, packte ihn am Kragen und schleifte ihn hastig mit sich hinter einen Stalagmiten.

»Die Unterseite ist nicht geschützt«, nuschelte er benommen. »Mein Rapier müsste ihm noch im Bauch stecken.«

Orla holte einen Heiltrank aus ihrem Rucksack. »Ich kann versuchen, die Erde unter ihm zu manipulieren, sodass ...«

Der Drache brüllte erneut. Er schlug laut mit den Flügeln, schien sich in die Luft zu erheben. Feuer prallte gegen den Stalagmiten. Orla spannte blitzschnell einen Schutzschild über sie und schirmte sie vor der glühenden Hitze ab.

»Kendrick, nach links«, rief Alea.

Die Erde bebte, Steinchen rieselten auf sie herab.

»Ich glaube jedenfalls nicht, dass wir mit dem Drachen verhandeln können. Könnte er reden, hätte er das längst getan.« Orla richtete sich auf, entkorkte den Trank und gab ihn Dan in die Hand. »Schnell, trink!«

Es brauchte alle Konzentration, damit er seine Finger fest um den Hals der Phiole schließen konnte. Dan leerte die Flasche hastig. Der herbe Kräutergeschmack füllte seinen Mund und glitt nur zäh seine Kehle hinunter. Doch die Wirkung setzte beinahe sofort ein. Der Schmerz und die Benommenheit ließen nach und seine Wunde blutete nicht mehr. Glücklicherweise hatte er sich nichts gebrochen.

Orla half ihm auf die Beine.

»Danke, Sonnenschein«, sagte er und drückte ihre Schulter. »Das heißt, wir töten ihn?«

»Gemessen an den tödlichen Feuerstrahlen, die er uns schon entgegengespuckt hat ...« Die Gnomin lehnte sich vorsichtig zur Seite und runzelte die Stirn. »Und der Tatsache, dass er uns den Rückweg versperrt, müssen wir das wohl.« Sie drehte sich wieder dem Drachen zu. »Die Unterseite, ja?«

Auch Dan schaute in Richtung des Ausgangs. Das erklärte die Erschütterung von eben. Kendrick hielt erstaunlicherweise gleich beide Köpfe im Zaum.

Alea war es trotz des Positionswechsel gelungen, über den Schwanz auf den Rücken des Drachen zu steigen.

Sie stand unmittelbar vor dem langen Nacken und legte gleich drei Pfeile auf die Sehne. Der Schuss kam aus nächster Nähe und tatsächlich bohrten sich die Pfeile ins goldene Genick.

Leider schien ihn das weniger zu verletzten und mehr wütend zu machen. Zornig warf sich der Drache herum und schüttelte die Elfin ab. Sie landete sicher auf ihren Füßen und feuerte bereits die nächste Salve in seine Richtung.

Kendrick wehrte die Klauen des Drachen mit seinem Schild ab. »Lange halten wir das nicht mehr durch.«

Dan warf Orla einen raschen Blick zu. Die Gnomin sammelte konzentriert arkane Energie zwischen ihren Händen. Er biss sich unsicher auf die Unterlippe. Sollte er noch mal versuchen, unter den Drachen zu kommen und seine Waffe wiederholen?

»Alea, Kendrick«, rief Orla. »Aus dem Weg!«

Die Gnomin ließ eine breite Eisfläche unter dem Drachen erscheinen. Sie riss die Arme in die Höhe und ein gewaltiger Eiszapfen schoss aus dem Boden hervor. Er war nicht scharf genug, um den Drachen zu erstechen, doch die Wucht genügte, um ihn von den Beinen und auf die Seite zu werfen.

»Auf den Bauch«, schrie Dan und rannte bereits auf den Drachen zu.

Alea sprang vor, riss das Rapier aus dem Leib des Untiers und warf ihn Dan zu. »Fang.«

Er bekam seine Waffe zu fassen.

Die Hochelfin ließ ihren Bogen fallen und wechselte auf ihre Schwerter.

Orla ließ derweil permanent Kälte auf den Drachen regnen und das schien ihn erheblich zu verlangsamen.

»Mach weiter so, Orla«, ermunterte Kendrick sie.

Gemeinsam attackierten sie die weiche Unterseite des Untiers. Wem letztlich der Todesstoß ins Herz gelang, konnte Dan nicht bestimmen. Es war ihm auch herzlich egal. Der Drache bäumte sich noch ein letztes Mal auf, ehe er erschlaffte und reglos vor ihnen liegen blieb.

Dan wischte sich schwer atmend den Schweiß von der Stirn. Er musterte seine Gefährten. Seltsamerweise sahen alle recht unverletzt aus. Bis auf ein paar oberflächliche Schrammen und Schnitte.

»Orla?«, sprach Alea unsicher.

Er drehte sich um. Orla taumelte auf sie zu. »Alles … alles gut«, nuschelte sie. »Habe nur ein bisschen viel gezaubert.«

Sie stolperte über ihre Füße und fiel bäuchlings zu Boden.

22
Zeit für Tee

Orla

Lange konnte sie nicht ohnmächtig gewesen sein. Ihr Kopf war in Aleas Armbeuge gebettet, während die Hochelfin ihr behutsam ein blaues Elixier einflößte.

Dan lächelte ihr zu, als er bemerkte, dass sie wach war. »Guten Morgen, Sonnenschein.«

Orla rümpfte die Nase, als sie sich des Geschmacks in ihrem Mund bewusst wurde. Manatränke waren praktisch und sie fühlte sich bereits gestärkt. Doch sie schmeckten ihrer Meinung nach wie vergammelter Kräutertee mit einer Käsenote.

Als die Phiole leer war, half Alea ihr, sich aufzusetzen. »Geht es dir besser?«

Orla schüttelte ihre Gliedmaßen aus. Das Schwindelgefühl war weg und ihre Muskeln kribbelten nicht länger unangenehm. Dennoch würde sie sich noch ein wenig schonen müssen. »Ja, alles bestens. Tut mir leid, falls ich euch erschreckt habe.«

Sie ließ den Blick durch die gänzlich veränderte Höhle schweifen. Da lag kein erschlagener Drache, von einer Prinzessin oder einem

Schatz ganz zu Schweigen. Ein Teil von ihr hatte gehofft, dass beides auftauchte, sobald sie gewonnen hatten. Als eine Art Belohnung für den Sieg. Selbst der allgegenwärtige Gestank war verschwunden. Und sogar der Boden schien sauber zu sein, als wäre er kürzlich erst … gefegt worden?

Kendrick tastete die Wände ab. Vermutlich suchte er wie gehabt nach einem Geheimgang.

Stirnrunzelnd sah sie zu ihren Freunden zurück. »War das alles hier nur eine Illusion?«

»Es scheint so«, antwortete Dan. »Kurz nachdem du bewusstlos geworden bist, hat sich alles einfach aufgelöst.«

Nachdenklich betrachtete Alea ihre Schulter. »Darum hat der Drache kaum Wunden bei uns hinterlassen. Bleibt nur die Frage, wo die Prinzessin ist.«

»Das zum einem. Und zum anderen: Was wäre passiert, wenn das Vieh einen von uns gefressen hätte?« Dan starrte an die Stelle, an der eigentlich ein toter Drache liegen sollte. »Oder jemanden tatsächlich getötet hätte?«

Orla vertiefte die Falten auf ihrer Stirn. »Als er dich gegen die Wand geschmettert hat, hätte das sehr leicht schiefgehen können.« Plötzlich fühlte sie, wie sich Aufregung und Neugier sich in ihr mischten. Wie bei zwei Tränken, die man aus einer Laune heraus zusammenmischte und dann bemerkte, dass man eine wunderbar explosive Mischung erschaffen hatte. Sie sprudelte förmlich vor Wissbegier. »Das ist eine unglaublich mächtige Illusion gewesen. Wer auch immer sie erschaffen hat, muss ein Meister seines Fachs sein. Wir müssen ihn oder sie finden! Und dann will ich wissen, wie das gemacht wird. Stellt euch mal vor, ich könnte auch so einen Drachen erschaffen. Wie großartig wäre das denn?«

»Ich habe etwas gefunden«, verkündete Kendrick.

Sie versammelten sich um ihn und er deutete auf einen schmalen Spalt im Stein. »Ich denke, dort verbirgt sich ein Schalter. Aber meine Hand ist zu groß, um durchzugreifen.«

Orla krempelte ihren Ärmel hoch. »Überlasst das mir! Dan, hilfst du mir kurz?«

Der Halbling ging in die Hocke, sodass sie auf seine Schultern steigen konnte und richtete sich mit ihr auf. Vorsichtig schob Orla ihre schmale Hand durch die Felsspalte. Sie ertastete einen kleinen, rundlichen Knopf und betätigte ihn.

Die Wand neben ihnen setzte sich knirschend in Bewegung und öffnete ein breites und hohes Tor.

Orla sprang von Dans Schultern. »Sind alle bereit?«

Kendrick nickte und zog sein Schwert. »Ich hoffe, wir kommen Prinzessin Bernadette endlich näher. Ich will mir gar nicht ausmalen, welche Schrecken die Ärmste durchleiden musste.«

Alea verzog säuerlich das Gesicht. »Es wird wirklich Zeit, dass die Menschen diese Tradition abschaffen.«

»Ganz meiner Meinung.« Orla folgte dem Auserwählten in den Gang. »Warum werden außerdem immer nur Prinzessinnen entführt und müssen gerettet werden? Das unterstützt doch nur dieses Klischee, dass Frauen angeblich schwächer sind und beschützt werden müssen.«

»Blanker Sexismus«, knurrte Alea in sich hinein.

»Ja, es gibt wesentlich schönere Wege, um sich von seinem Junggesellendasein zu verabschieden«, pflichtete Dan bei. »Ich sage: Saufgelage statt Entführungen!«

»Hört, hört«, riefen Alea und Orla gleichzeitig und reckten ihre Fäuste in die Luft.

»Bitte, kommt näher«, erklang eine weibliche Stimme vom anderen Ende des Ganges. »Ihr habt die Prüfung bestanden und es gibt keinen Grund für weitere Feindseligkeiten.«

»Oh, seid Ihr die Magierin, die für die Illusion verantwortlich ist?«, wollte Orla wissen. Sie lief eilig an Kendrick vorbei und blieb ein paar Meter vor ihm stehen. »Die war einfach toll! Könnt Ihr mir erzählen, wie Ihr das gemacht habt?«

Die Frau lachte. »Tretet erst einmal ein! Bitte denkt daran, Euch die Stiefel abzuputzen!«

Kendrick wechselte einen misstrauischen Blick mit allen. Auch Alea sah noch unschlüssig aus und behielt eine Hand am Heft ihres Schwertes.

Orla ließ sich davon nicht beunruhigen. Während die beiden Großen zögerten, ging sie frohgemut mit Dan voran. Je tiefer sie in den Tunnel eindrangen, desto mehr verdichtete sich der angenehme Duft nach süßem Früchtetee, Bratäpfeln und Kuchen. Das war ein willkommener Gegensatz zu dem Gestank, mit dem sie vorher begrüßt worden waren.

Als sie um eine Ecke bogen, erblickte Orla einen großen gemütlichen Bau. Er war mit Tüchern und blauen Lampions dekoriert, robuste Möbel in hellen Farben setzten hübsche Akzente zum Grau der Höhlenwände. Ein dunkelvioletter Vorhang südlich und ein dunkelblauer westlich, schienen den Hauptraum von Nebenkammern abzutrennen. In der Mitte des Raumes stand ein langer Tisch mit vier Stühlen auf der einen und einer Bank auf der anderen Seite.

Der violette Vorhang wurde zur Seite geschoben und kein Mensch, sondern eine pummelige Drachendame trat hervor. Orla schätzte sie auf etwa zwei Meter. Ihre Schuppen glänzten in Azurblau, Hellgrün und Lila. Die Augen waren rot wie zwei Rubine; leuchteten warm und freundlich. Sie bewegte sich auf den kräftigen Hinterläufen fort und hielt ein großes Tablett in den Klauen. Ihre Schwingen lagen wie eine Decke über ihren Schultern.

Immer noch keine Prinzessin in Sicht. Orla seufzte lautlos. *Vielleicht versteckt sie sich hinter einem der Vorhänge?*

»Willkommen, meine Lieben«, grüßte sie. »Mein Name ist Josephine, aber Ihr dürft mich Josie nennen. Und mit wem habe ich die Ehre?«

»Wir sind die glorreichen Sieben«, antwortete Dan und trat sich die Füße an der bereitgelegten Matte ab.

»Oh, wirklich?« Josie manövrierte gekonnt ihren Drachenschwanz an den Möbeln vorbei. »Und wo sind die restlichen drei von Euch?«

Orla deutete mit dem Daumen hinter sich. »Hat die Drachenillusion gefressen.«

Die Drachendame stellte das Tablett ab und drehte sich ihnen zu. »So was! Mir war nicht klar, dass sie dazu imstande ist. Nun, man lernt nie aus. Bitte, nehmt Platz!«

Orla war die Erste, die an den Tisch herantrat und sich setzte. Sie stellte ihre Gefährten und sich mit Namen vor.

Josie schenkte ihnen Tee ein und stellte jedem einen Teller mit Bratapfel und einem Stück Kuchen hin.

Orla nippte am Tee. »Oh, der ist gut.«

»Vorsicht, Orla«, rief Kendrick alarmiert. »Der Tee könnte vergiftet sein.«

Josie kicherte. »Herrje, Ihr seid ein sehr misstrauischer junger Mann, nicht wahr?«

»Warum sollte ein Drache Tee vergiften?«, fragte Orla.

»Ganz davon abgesehen, dass Gift furchtbar schmeckt und meine wundervolle Früchtemischung verderben würde.« Josie nahm selbst einen Schluck Tee aus einer Schüssel. Aus ihren Nüstern stieg feiner Dampf auf und der süße Duft intensivierte sich. »Aahh … wisst Ihr, dieses Mal habe ich mehr rote Früchte verwendet. Und einen Hauch Fenchel. Oh, entschuldigt. Wo war ich? Ach ja, die Prüfung. Ihr habt sie mit Bravour bestanden. Herzlichen Glückwunsch! Ihr seid eine bemerkenswerte Truppe.«

Alea und Dan setzten sich links und rechts von Orla, letztlich überwand sich auch Kendrick.

»Wo ist Prinzessin Bernadette?«, verlangte Kendrick zu wissen.

Die Drachendame seufzte. »Ah ... ich gebe zu, das ist mir ein wenig unangenehm. Aber Eure Prinzessin ist leider in einem anderen Schloss.«

»Was soll das heißen?«, fragte Kendrick frustriert.

Dan biss von seinem Kuchen ab.

»Sind wir etwa ganz umsonst hier?« Der Auserwählte sprang auf. »Wir sind fast von dieser Illusion getötet worden. Und nun wollt Ihr mir sagen, die Prinzessin ist nicht hier? Wo ist sie? König Bruno verlangt im Austausch für wichtige Informationen, dass wir Bernadette nach Hause bringen.«

»Lasst mich dafür ein bisschen weiter ausholen«, fuhr Josie fort. »Nebenbei: Möchtet Ihr Vanillesoße zu Euren Bratäpfeln?«

Alea schüttelte den Kopf.

Dan und Orla hielten der Drachendame ihre Teller entgegen und zogen sie erst zurück, als die Bratäpfel in der Soße schwammen. Den Kuchen hatten sie vorher zur Seite gelegt.

»Mein Spezialrezept. Das Geheimnis sind ein paar geraspelte Orangenschalen, die eine dezente, frische Note geben«, erzählte die Drachendame. »Schmeckt es Euch?«

»Ganz köstlich«, nuschelte Dan mit vollem Mund.

»Können wir das Rezept haben?«, fragte Orla, deren Wangen ebenfalls gut gefüllt waren.

Josie klatschte in die Pranken. »Selbstverständlich. Also, als erstes müsst Ihr ...«

Kendrick räusperte sich vernehmlich.

Die Drachendame kicherte verlegen. »Herrje, da wäre ich fast wieder abgeschweift. Diese Illusion ist nicht nur eine Prüfung, sondern auch Schutz für mich. Ihr seht sicher, dass ich keine Kämpferin bin. Ein gut gerüsteter Krieger würde mich mit Leichtigkeit erschlagen. Nun, da Ihr meine Illusion bezwungen habt, wird sie ein bisschen brauchen, um sich zu erholen«, erklärte Josie. »Aber dann ist sie zurück und wieder gefährlich. Bisher ist fast jeder an ihr gescheitert.«

»Wem ist es denn noch gelungen, sie zu bezwingen?«, fragte Alea.

»Zuletzt einem Prinzen aus dem Nachbarkönigreich vor knapp zwei Wochen«, antwortete Josie.

»Er konnte den Drachen ganz allein besiegen?«, hakte die Hochelfin nach.

Orla hatte ihren Kuchen verputzt und schob sich nun ein Stück Bratapfel in den Mund. Er war mit Rosinen, Marzipan und Honig gefüllt und schmeckte absolut köstlich.

»Ich kann das kaum glauben«, murmelte Kendrick. »Wir sind zu viert kaum dagegen angekommen. Wie soll da ein einziger Mann überhaupt eine Chance haben?«

»Der – wie sagt man? – Schwierigkeitsgrad passt sich dem Herausforderer an«, erklärte Josie. »Ihr wart zu viert. Deshalb habt ihr es mit einem größeren und stärkeren Drachen zu tun bekommen, als ein einzelner Krieger. Verständlich, oder?«

»Was ist mit den Knochen am Eingang?«, wollte die Hochelfin wissen. »Auch ein Teil der Illusion?«

Josie nickte. »Freilich. Das ist die erste Hürde, an denen viele Herausforderer scheitern. Viele haben schon an diesem Punkt kehrtgemacht.«

Alea grinste schief. »Kaum verwunderlich bei dem Gestank.«

»Wohl wahr«, stimmte Josie amüsiert zu. »Bis auf sehr wenige, ist der Rest dann am falschen Drachen gescheitert. Keine Angst, es ist niemand gestorben, dafür habe ich gesorgt.«

Alea schnitt sich ein Stück vom Bratapfel ab und tunkte ihn in die Vanillesoße auf Dans Teller.

»Finger weg«, protestierte der Halbling und zog seinen Teller weg.

»Du wolltest keine.«

»Und wie habt Ihr verhindert, dass jemand stirbt?«, wollte Orla wissen. »Dan hätte sich leicht das Genick brechen können. Wie wollt Ihr kontrollieren, wie stark der Drache seine Gegner durch die Luft schleudert?«

»Weil die Illusion nicht darauf ausgelegt ist, zu töten«, erwiderte Josie. »Zu verletzen, ja. Das kann passieren. Aber der Tod ist die Grenze, die nicht überschritten werden kann.«

»Außer jemand fällt unglücklich, wenn der Drache ihn gegen die Wand wirft«, gab Dan zurück.

Josie sah aus, als hätte sie das noch nie in Erwägung gezogen. »Herrje«, murmelte sie wiederholt und stand auf. »Ihr habt recht. Ich muss ganz schnell an der Illusion arbeiten.« Sie legte ihre riesige Pranke sanft auf Dans Schulter. »Geht es Euch gut, kleiner Mann? Ihr seid nicht schwer verletzt worden? Hier, nehmt noch Tee! Oder vielleicht ein paar Karamellbonbons?«

Der Halbling winkte ab. »Keine Sorge, es geht mir gut. Ist ja nichts passiert. Ich nehme gerne noch was vom Tee.«

»Und ich Karamellbonbons«, fuhr Orla dazwischen.

Kendrick starrte sie fassungslos an. »So einfach tut ihr das ab? ›Ist ja nichts passiert‹, und das war es?«

Dan hob die Schultern. »Ach, ich bin da nicht so nachtragend, wenn man mir zur Entschuldigung leckeres Essen gibt.«

»Wie habt Ihr die Illusion erschaffen?«, fragte Orla und biss in den nächsten Kuchen. »Drachenmagie?«

Josie setzte sich lachend. »Ja, so kann man es nennen.«

»Könnt Ihr mir etwas davon beibringen? Habt Ihr Bücher hier? Oder Schriftrollen?«

»Ich fürchte, diese Art von Magie wird Eure Fähigkeiten übersteigen, kleine Dame«, antwortete Josie sanft. »Sie ist antik, stammt von den Urdrachen und kann nur von wenigen der meinen gewirkt werden.«

Orla ließ Schultern und Ohren hängen. »Schade …«

Alea tätschelte ihr mit der freien Hand den Rücken, während sie mit der anderen die Tasse zum Mund führte. Sie trank einen kleinen Schluck, hielt inne und nickte dann leicht zu sich selbst. Eigentlich war die Hochelfin mehr der Typ für herben Kräutertee, aber Josies Früchtetee schien ihr zu schmecken.

Kendrick hatte das Gesicht in den Händen vergraben und trommelte mit den Fingern gegen die Schläfen. »Können wir bitte beim Thema bleiben? Was ist mit Prinzessin Bernadette?«

»Entschuldigt, ich komme so leicht ins Plaudern.« Josie räusperte sich. »Ich bin Heiratsvermittlerin. Herrscher heuern mich an, ihre Töchter in meine Obhut zu nehmen, bis ein anderer Herrscher seinen Sohn losschickt, um sie mehr oder weniger zu retten. Das mache ich schon seit Jahrhunderten und tue es sehr gerne. Ich genieße die Gesellschaft sehr. Es kann manchmal ein wenig einsam und langweilig hier werden, wisst Ihr? Wie bereits gesagt, gelang es vor einer Weile einem Prinzen, die Prüfung zu bestehen, und er betrat meine Höhle. Allerdings war Bernadette alles andere als begeistert von ihm. Ehrlich gesagt, ist sie generell nicht sehr angetan vom Heiraten.« Josie trank einen Schluck Tee. »Nachdem sie ihn erfolgreich vergrault hatte, sagte sie und ich zitiere: ›Scheiß auf den Prinzen, ich nehme das Pferd‹. Am nächsten Tag hat sie sich ausgerüstet, sich einen zurückgelassenen Rappen geschnappt und ist aufgebrochen, ein Abenteuer zu erleben.«

»Und Ihr habt sie nicht aufgehalten?«, fragte Orla.

»Verfolgungsjagden fallen nicht in meinen Zuständigkeitsbereich«, erwiderte Josie. Sie nickte zu einer Kristallkugel, die auf einem Steinsockel stand. »Bernadette und ich halten darüber Kontakt. Sollte sie in ernsthafte Schwierigkeiten geraten, kann ich ihr zur Hilfe eilen. Außerdem plaudern wir jeden Abend miteinander und sie erzählt mir von ihren Abenteuern.«

»Ich kann das alles nicht glauben«, rief Kendrick frustriert aus. »Der royale Hochzeitsmist interessiert mich dabei gar nicht. König Bruno hat mich und meine Gefährten beauftragt, seine Tochter zurückzubringen. Nur dann will er uns den Weg zur Silberschmiede zeigen.«

»Und was könnt Ihr dort wollen?«, fragte Josie neugierig.

Also erzählten sie der Drachendame, welche Gefahr aus der Kaltwüste kam und was der Nebel in Leopenia bereits angerichtet hatte.

»Wir müssen ein neues Siegel erschaffen«, sagte Kendrick schließlich. »Ich bin der Einzige, der es einsetzen und das Tor zur Unterwelt schließen kann.«

»Und wir hoffen, dass der dortige Schmied uns auch eine Waffe anfertigen kann, mit dem wir Mortas bezwingen können«, fügte Alea hinzu. »Kendrick ist im Besitz eines Schwerts namens Geisterklinge. Es kommt gegen den Nebel an, aber Mortas scheint bisher unverwundbar.«

Nachdenklich nippte Josie an ihrem Tee. Ihr langer Schweif bewegte sich unruhig hin und her wie bei einer aufgebrachten Katze. »Dieser Nebel klingt in der Tat besorgniserregend. Mortas spielt mit einer Macht, die kein Sterblicher haben sollte.«

»Mortas muss aufgehalten werden. Genau wie der Nebel«, sagte Dan. »Es wird sicherlich nicht mehr lange dauern, bis ganz Fallopia die Auswirkungen zu spüren bekommt.«

»Dazu kommt, dass der Nebel Kendrick die Lebensenergie entzieht«, fügte Orla hinzu. »Wir müssen also auch einen Weg finden, um ihn davor zu schützen. Vielleicht durch einen Zauber oder ein Artefakt … Kann dieser Schmied auch so was herstellen?«

»Ich kenne Skoruck, den Silberschmied, seit vielen Jahrzehnten und kann Euch den Weg zu ihm zeigen. Er ist ziemlich ruppig und kann auf den ersten Blick mürrisch und unfreundlich wirken. Aber er hat das Herz am rechten Fleck.« Die Drachendame stellte die Schüssel, aus der sie ihren Tee trank, ab. »Zwar ist er mit Abstand der beste Schmied Fallopias, doch Artefakte gehören nicht in sein Repertoire.«

»Hmmm«, summte Orla nachdenklich. »Ihr kennt doch sicher Maglana? Die Älteste von Clearwick.«

»Natürlich. Sie ist eine liebe Freundin von mir«, antwortete die Drachendame. »Wir treffen uns zweimal im Monat, um Tee zu trinken und Karten zu spielen.«

»Der Nebel hat sie und alle Einwohner Clearwicks in Hasen verwandelt.« Orla holte schnell das Tagebuch von Maglana aus ihrem Rucksack und blätterte zum letzten Eintrag vor. »Aber sie schrieb zuletzt in ihr Tagebuch, dass sie Euch kontaktieren möchte. Habt Ihr etwas, was uns bei der Bekämpfung des Nebels helfen kann?«

Kendrick zeigte das Zeichen des Magierrats von Fairwick vor. »Das hier wurde uns auch mitgegeben. Wir sollten es eigentlich Maglana zeigen als Vertrauensbeweis.«

Josie legte betroffen eine Pranke an die Wange. »Oh, meine arme Maglana«, murmelte sie. »Ja … ja, irgendwo … Ich denke … Herrje, wo habe ich es nur hingelegt?« Sie erhob sich. »Bitte entschuldigt mich einen Moment. Ich muss etwas suchen. Ruht Euch noch etwas aus, wenn Ihr mögt. Hinter dem blauen Vorhang befindet sich ein Gästezimmer mit Betten und einem Badezuber.«

»Wir haben keine Zeit, um uns auszuruhen«, warf Kendrick ein. »Können wir bei der Suche helfen?«

Josie schüttelte den Kopf. »Nein, allein komme ich besser voran. Gebt mir bitte eine Stunde Zeit, ja? Länger sollte es nicht dauern. Hoffe ich.«

23

Kurze Rast

Alea

Sie zogen sich in das angebotene Gästezimmer zurück. In der Mitte des Raumes befand sich ein opulentes Himmelbett, das mit hell- und dunkelblauen Tüchern verhangen war.

An der vermeintlichen Westwand stand ein kleiner Schreibtisch. Auf ihm befand sich ein sorgfältig angeordneter Papierstapel samt Tintenfass und Federkiel und eine halb heruntergebrannte Kerze.

Alea betrachtete den ebenfalls blauen Teppich zu ihren Füßen. Er fühlte sich weich an und war mit erstaunlich detaillierten Schneeflockenornamenten bestickt.

Es gab keine Fenster hier. Die ganze Höhle wurde nur von Kerzen und schwebenden magischen Lichtkugeln beleuchtet.

Zahlreiche schmale Schächte versorgten die Räumlichkeiten mit Frischluft.

Dan legte seinen Rucksack ab und holte das Stofffrettchen hervor. Er schlüpfte aus seinen Stiefeln, warf den Mantel dazu und ließ sich anschließend auf das Bett fallen.

»Puh … ich bin voll.« Er platzierte Murphy auf seinem Bauch und strich durch das künstliche Fell. »Ein Mittagsschläfchen wär jetzt nicht schlecht …«

Kendrick setzte sich auf die Bettkante und fuhr sich mit einer Hand übers Gesicht. Sein blondes Haar fiel ihm unordentlich in die Stirn und die Bartstoppeln um seine Kieferpartie wurden mit jedem Tag dichter. »Ganz meiner Meinung«, brummte er und rieb sich die Augen.

»Nur zu. Ihr könnt alle versuchen zu schlafen«, bot Alea an. »Ich werde Wache halten.«

Für den unwahrscheinlichen Fall, dass doch etwas nicht mit Josie in Ordnung sein sollte. Sie würde ohnehin keine Ruhe finden, wenn nicht mindestens einer von ihnen aufmerksam war und auf den Rest aufpasste.

Kurz dachte sie darüber nach, Denu ebenfalls aus ihrem Rucksack zu holen. Doch der Anblick war nach wie vor zu schmerzhaft für sie. Zu frustrierend, zu sehr wurde ihr bewusst, wie hilflos sie in dieser Situation war. Sie konnte nichts für den Elch tun, und sie hasste es.

Kendrick schüttelte seufzend den Kopf. »Wir wissen nicht, wann Josie zurückkommt. Für vielleicht eine Stunde Schlaf lohnt es sich nicht, die Augen zu schließen.«

Dan gähnte herzhaft. »Das ist deine Meinung«, nuschelte er und rollte sich um das Stofffrettchen zusammen.

Orla platzierte Imir auf dem Schreibtisch und kletterte selbst auf den Stuhl davor. Sie nahm sich einen Bogen Papier und schraubte vorsichtig das Tintenfass auf. »Während der Halbling pennt, sollten wir zusammenfassen, was uns Mortas über sich und den Stab erzählt hat.«

Alea stellte sich vor den Schreibtisch und lehnte sich seitlich gegen die Wand. »Wozu soll das gut sein?«

»Mortas hat uns mit seinen ellenlangen Monologen mehr Informationen über sich gegeben, als er wahrscheinlich beabsichtigt hat«, erwiderte die Gnomin. »Das können und werden wir gegen ihn verwenden.«

»Und was wäre das zum Beispiel?«, fragte Kendrick. »Dass er eine schreckliche Kindheit hatte?«

Orla tauchte den Federkiel in die Tinte. »Nein. Das heißt, sicherlich war es nicht leicht, im Waisenhaus aufzuwachsen. Ich meine eher, dass er ein sehr schlechter Lügner ist.« Sie schrieb etwas nieder. »Wir sind uns doch alle einig, dass Mortas' Geschichten über seine ach so schlimme Vergangenheit erstunken und erlogen sind, oder?«

Alea nickte. Sie war von Anfang an misstrauisch gewesen, als Mortas über seine Kindheit gesprochen hatte. Allein die Behauptung, er sei wegen Kendricks Verschwinden grausam bestraft worden, war kaum glaubwürdig. Aber nachvollziehbarer als die Tirade in Clearwick, die er von sich gegeben hatte.

»Mortas gefällt sich in der Opferrolle«, schloss Alea leise.

»Vermutlich hat er mal gehört, dass ein Schurke nicht nur einen anständigen Schurkennamen braucht, sondern auch eine tragische Vergangenheit, die all seine Taten rechtfertigt«, erwiderte Orla. »Nebenbei, Kendrick: Ist Mortas Shade sein richtiger Name?«

Kendrick runzelte nachdenklich die Stirn. »Gute Frage. Ich habe ihn nur damit angesprochen. Aber ich glaube … die anderen Kinder und Aufseher haben ihn anders genannt. Ich weiß aber bei aller Liebe nicht mehr wie.«

Orla winkte ab. »Ist nicht so wichtig.« Sie schrieb weiter. »Ich würde seine Geschichte so zusammenfassen: Nachdem er ohne dich ins Waisenhaus zurückkam, gab es ein bisschen Ärger. Ihr solltet aufeinander aufpassen. Vielleicht musste er dann ohne Abendessen ins Bett.«

Dan schnarchte leise.

»Was er umgemünzt hat in Prügel, Hass und dass man ihm kaum etwas zu essen gab«, murmelte Alea.

»Korrekt. Ich denke, ab und an haben Kinder nach Kendrick gefragt. Das wäre logisch, weil er ja nicht adoptiert wurde«, fuhr Orla fort.

»Woraus er gemacht hat, dass alle ihn dafür gehasst haben, dass ich weg bin.« Kendrick drehte abwesend eine Haarsträhne zwischen Daumen und Zeigefinger. »Das Waisenhaus hatte im Übrigen keinen Keller, in dem man ihn hätte einsperren können. Aber es gab zwei Wachhunde.«

Orla tauchte die Feder nochmals in die Tinte. »Ah-ha. Da haben wir den ›Ich musste mich mit Hunden um schimmelige Essensreste prügeln‹-Part. Ein Hund hat ihm mal das Essen geklaut.«

Kendrick seufzte tief. Er sank zunehmend in sich zusammen, sah resigniert aus. »Und der Teil, in dem man ihn mit Fackeln, Mistgabeln, Stöcken und Steine vertrieben hat?«

Alea hob leicht die Schultern. »Ich denke, er wurde von dem Krieger, der ihn ausgebildet hat, adoptiert.«

»Und weil das etwas Positives ist und Mortas vermutlich sehr glücklich darüber war, musste er eine dramatische Verfolgung und Verbannung erfinden«, setzte Orla hinzu.

Dan wälzte sich auf den Bauch und murmelte etwas ins Kissen. Alea spitzte die Ohren.

»Hey … hey, Vigo«, nuschelte der Halbling. »Schau dir Murphy an … mhm … ein Stofftier …«

Sie verzog das Gesicht und hörte wieder weg. Dan sprach nur sehr selten von seinem jüngeren Bruder. Er hatte dessen Tod bis heute nicht verarbeitet und es fiel ihm schwer, seinen Namen überhaupt in den Mund zu nehmen.

»Denkt ihr, der Stab hat Mortas korrumpiert?«, fragte Kendrick.

Orla leckte einen Finger an und rieb über den Tintenklecks an ihrem Handgelenk. »Das ist höchstwahrscheinlich.« Unzufrieden betrachtete sie den blassen, aber weiterhin gut sichtbaren Fleck auf ihrer Haut. »Es ist ein magisches Artefakt, mit denen sollte man ohnehin vorsichtig sein. Mortas meinte, der Stab habe zu ihm gesprochen. Und wenn wir uns anschauen, was der Stab und der Nebel verursachen …«, sie pausierte und musterte den Stoffdrachen einen Moment, »können wir uns sicher sein, dass eine chaotische und vermutlich genau so böswillige Entität darin eingesperrt ist. Vielleicht ein Geist oder ein Dämon aus der Unterwelt mit Heimweh, der unbedingt sein Zuhause in unsere Welt bringen möchte.«

Alea schnaubte amüsiert. Generell nachvollziehbar. Sie bevorzugte Wälder vor Städten und war der Meinung, dass urbanen Gebieten mehr Grün guttun würde. Allerdings ging sie nicht herum und pflanzte überall passiv-aggressiv Bäume.

Nun, im Gegensatz zum Nebel wären ein paar Eichen, Kastanien und Linden eine Bereicherung für alle.

»Was erzählen wir eigentlich König Bruno?«, fragte Kendrick plötzlich.

Alea sah auf. »Ich weiß nicht, wie du das siehst, aber ich plane nicht, zu ihm zurückzukehren.«

»Absolut nicht«, stimmte Orla zu.

Dan rollte sich auf den Rücken und schnarchte.

»Hmmm«, summte Kendrick nachdenklich. Er stützte den Kopf in seine Hände. »Glaube nicht, dass er einfach von uns ablassen wird. Wir haben seinen Auftrag nicht erfüllt. Und prinzipiell stehen noch Strafen aus für den Mist, den ihr in Timbervale veranstaltet hat.«

Orla legte den Federkiel zur Seite. »Wenn wir nicht zurückkehren, gehen die Wachen davon aus, dass wir tot sind und werden das so an Bruno weiterleiten.«

Kendrick wandte ihnen den Kopf zu. »Früher oder später wird der König erfahren, dass wir noch leben und nach uns suchen lassen.«

Alea zuckte mit den Schultern. »Ursapenia ist groß und wir sind nicht mehr lang hier. Ich kann dir garantieren: Wir wissen, wie man Spuren verwischt.«

Die Gnomin zeigte grinsend ihre spitzen Zähne. »Oh, ja.«

Orla kannte Zauber dafür, Dan die richtigen Leute und Alea die besten Methoden. Sie konnte verstehen, dass der König sich um seine Tochter sorgte. Aber wenn es wirklich so war, dass es eine Abmachung zwischen Bruno und Josie gab, verstand Alea den Aufstand nicht. Er musste doch wissen, dass sich Bernadette in Sicherheit befand. Kam der potenzielle Heiratskandidat ihm nicht schnell genug? Wusste er, wie stur seine Tochter war und rechnete damit, dass sie irgendwann aufbrach?

Warum machen es sich menschliche Herrscher so unnötig kompliziert?, grübelte sie. *Mir ist nicht bekannt, dass Hochzeitsrituale bei Elfen auch so seltsam sind.*

Dann wiederum hatte sie keinerlei Erfahrung mit so was. Ihr Vater hatte nie Anstalten gemacht, sie mit jemandem verkuppeln zu wollen. Er war viel zu stolz darauf gewesen, dass Alea in seine Fußstapfen getreten und Kriegerin geworden war.

Kendrick senkte den Blick zu seinen Knien. »In der ersten Nacht, die wir in Fairwick verbracht haben, hatte ich einen Traum. Ich lief durch eine verlassene Stadt und wurde von einem Schatten verfolgt. Er sagte mir, dass die Shiro Ahali mich belogen hätten. Dass ich nichts weiter als ein Opfer bin, das dem Nebel zum Fraß vorgeworfen wird«, erzählte er zusammenhangslos. »Die Geschichte hat Märtyrer lieber als Helden.«

Orla setzte sich auf den Schreibtisch und ließ die Beine von der Kante baumeln. »Das klingt nicht wie ein gewöhnlicher Traum. Könnte es sein, dass Mortas dir diesen Albtraum geschickt hat, um dich zu verunsichern?«

»Wäre eine weitere Gefahr, die vom Stab ausgeht«, sagte Alea. »Hast du in letzter Zeit noch mal so was geträumt?«

Kendrick verneinte stumm.

Orla gähnte leise. »Entschuldigung. Bin wohl müder, als gedacht. Wir finden eine Möglichkeit, um dich vor dem Nebel zu schützen, Kendrick. Ich weiß noch nicht wie, aber es wird einen Weg geben.«

»Vielen Dank euch.« Der Auserwählte erhob sich. »Hat einer von euch Zeitgefühl in dieser Höhle?«

Alea schüttelte den Kopf. Sie wagte es nicht einmal zu schätzen, wie lange sie schon hier waren. Eine halbe Stunde? Oder mehr? Vielleicht weniger? Es war schwer zu sagen.

»Ich spreche mit Josie«, fuhr Kendrick fort. »Weckt ihr Dan sicherheitshalber und bereitet die Abreise vor? Wenn sie gefunden hat, wonach sie sucht, sollten wir sofort weiterziehen.«

Orla streckte sich ausgiebig und sprang vom Schreibtisch. »Hey, Dan.« Sie rüttelte den Halbling an der Schulter. »Aufwachen!«

»Neiiin«, nuschelte er ins Kissen. »Noch fünf Minuten.«

»Komm, hoch mit dir!« Orla schüttelte ihn energischer. »Wir wollen aufbrechen.«

Dan zog murrend die Decke über den Kopf. »Gar nich wahr …«

Orla seufzte. »Alea?«

»Mit Vergnügen.« Kurzerhand trat sie an ihn heran, warf die Decke zurück und hob den Halbling an den Fußknöcheln hoch. »Werd wach oder ich werfe dich in den Badezuber!«

»So weit musst du gar nicht gehen.« Orla drehte sich dem Zuber zu. Mit ausschweifenden Armbewegungen holte sie sämtliches Wasser heraus und ließ es als soliden Block zu sich schweben. Sie schnipste einmal und überall im Wasser bildeten sich kleine Eiswürfel. »Dein Bad ist fertig, Dan.«

Der Halbling tauchte den Zeigefinger in die Flüssigkeit und fröstelte. »Ich verzichte.« Er hob den Kopf. »Lass mich runter!«

Alea grinste und ließ einen seiner Füße los.

»Nicht hier«, protestierte Dan. »Dahin, wo ich nicht nass werde, bitte! Ich bin doch jetzt wach, es gibt keinen Grund, warum ich Eis in meiner Unterhose haben müsste.«

Orla kicherte. »Na schön.«

Sie brachte das Wasser zurück in den Zuber und Alea setzte den Halbling ab.

»Wenigstens wurde dein Hirn jetzt mal ordentlich durchblutet«, fügte die Gnomin hinzu.

Dan ließ den Kopf kreisen und rieb sich den Nacken. »Merke ich. Fühlt sich unangenehm an.«

Alea warf ihm seinen Mantel zu. »Weniger denken, schneller handeln. Mache ich genau so.«

Dennoch verging ein weiterer, ungemessenen langer Zeitraum, ehe Kendrick zu ihnen zurückkehrte. »Josie ist endlich fündig geworden. Sie wird uns über einen Hinterausgang nach draußen bringen, damit wir nicht wieder mit der Illusion konfrontiert werden. Oder den Wachen begegnen.«

Orla rückte ihre grüne Robe zurecht und schulterte ihren Rucksack. »Ich frage mich, wie mächtig die Illusion wäre, wenn Josie dabei wäre. Sie sagte, der Schwierigkeitsgrad hängt davon ab, wer und wie viele in der Höhle auftauchen.«

»Ich werde den Drachen irgendwann allein herausfordern«, verkündete Alea. Wenn diese Illusion nicht in der Lage war, sie zu töten oder schwer zu verletzen, würde sie als ausgezeichnetes Training dienen. Für den Fall, dass sie tatsächlich eines Tages einen feindseligen Drachen bekämpfen mussten.

Dan schloss die Fibel seines Umhangs und gähnte noch einmal ausgiebig. »Ich hoffe, es gibt Erdnüsse und Tomatensaft auf dem Flug.«

»Oder mehr Kuchen und Bratäpfel«, sagte Orla.

»Ich bin schon froh, wenn es keine Turbulenzen gibt«, murmelte Kendrick und fasste sich an den Bauch. »Ich neige zu Seekrankheit.«

Unfreiwillig stellte sich Alea vor, wie sich der Auserwählte vom Rücken des Drachen ins tiefe Tal erbrach und irgendeinen unglücklichen Passanten am Boden traf.

Sie rümpfte die Nase und schüttelte die Vorstellung ab.

Josie wartete im Hauptraum auf sie. In ihren Vorderpranken hielt sie einen großen Weidenkorb »Ich habe Euch noch etwas zu essen eingepackt.« Sie holte vier kleine Pakete aus dem Krob. »Das ist Zwieback nach altem Zwergenrezept, Kuchen nach Art des Hauses und ein bisschen Trockenobst.«

Sie dankten und verstauten alles in ihren Rucksäcken.

»Und nehmt auch noch das hier.« Die Drachendame händigte ihnen Schals und Wollmützen aus. »Ich stricke sehr gerne, müsst Ihr wissen. Wenn Ihr die Kaltwüste durchquert, solltet Ihr unbedingt darauf achten, Euch nicht zu erkälten.«

»Awww, danke schön!« Orla wickelte sich den hellgrün-dunkelgrün gestreiften Schal um den Hals. »Weich und warm.«

Josie lächelte vergnügt. »Das freut mich, kleine Dame. So, zuletzt zu dir, junger Mann.«

Sie stellte den Korb auf den Tisch und nahm ein Amulett heraus. »Das hier ist das Drachenherz.«

Kendrick nahm das Amulett entgegen und betrachtete es eingehend. Alea sah ihm über die Schulter. Es bestand aus einem dunkelroten Edelstein, der in eine goldene Fassung eingelassen war. Edel, aber recht unspektakulär.

»Es fühlt sich warm an«, kommentierte der Auserwählte.

»Kann es Kendrick schützen?«, fragte Orla.

Josie nickte. »Davon gehe ich aus.«

Dan summte skeptisch. »Aber sicher seid Ihr nicht.«

»Kam so ein Phänomen wie der Nebel schon einmal vor oder warum besitzt Ihr überhaupt so was?«, erkundigte sich Orla weiter.

»Ich kann keine Garantie geben«, antwortete Josie. »In dem Amulett befindet sich die Essenz des Drachenfeuers. Es ist aus magischen Schuppen uralter Drachen angefertigt worden. Was ich versprechen kann, ist, dass es Euch vor Flüchen und schädlicher Magie aller Art schützen wird. So wie es klang, handelt es sich bei dem Nebel um nichts anderes als das.«

Kendrick legte sich das Amulett um. »Wir können den Wachen zwar aus dem Weg gehen, aber sobald wir fliegen, werden wir schwerlich zu übersehen sein.«

»Mit ein wenig Magie wird das kein Problem sein.« Josie zwinkerte ihm zu. »Ich bin nicht nur in der Lage, gefährliche Drachen erscheinen, sondern sie auch verschwinden zu lassen.«

Anschließend folgten sie Josie nach draußen.

Sollen sie uns ruhig erst einmal für tot halten. Sobald das Nebelphänomen beseitigt ist, erfahren sie die Wahrheit und bis dahin sind wir über alle Berge.

Alea stellte fest, dass es früher Abend war. Die Sonne stand flach über dem Horizont, doch es würde noch mindestens zwei Stunden dauern, bis sie untergegangen war. Entweder hatte der Kampf gegen die Illusion oder ihre Pause länger gedauert als angenommen.

Josie ging auf eine hölzerne Gondel zu und befestigte einige Gurte an ihrem Körper. »Dann steigt mal ein!«

Nacheinander taten die Gefährten wie geheißen. Ein angenehmes Kribbeln fuhr über Aleas Haut.

»Oh, ein Tarnzauber«, flüsterte Orla begeistert.

»Festhalten!«, rief Josie und stieß sich vom Boden ab. »Es geht los!«

Die Drachendame stieg in die Luft auf. Der Start war etwas holprig und Alea musste sich am Rand er Gondel festhalten, um nicht zu fallen.

Es schien ihr überhaupt keine Mühe zu bereiten, neben ihrem eigenen Gewicht auch noch das von vier Personen und deren Gepäck zu tragen. Im Gegenteil: Sie bewegte sich leicht wie eine Feder im Wind und pfeilschnell.

Ein frischer, milder Luftzug wehte Alea um die Nase und zerrte an ihren weißblonden Haaren. Sie ließ den Blick schweifen; über den weiten Himmel und einen schier endlosen Horizont. Die Welt unter ihr wurde kleiner und für einen winzigen Moment schien alles, was dort unten geblieben war, bedeutungslos. Die Last ihrer Mission, die

Bedrohung durch Mortas und den Nebel, den temporären Verlust ihrer Seelentiere.

Neben ihr jubelten Orla und Dan im Chor. Von Kendrick vernahm sie ebenfalls ein glucksendes Lachen. Alea fühlte, wie sich ein Lächeln auf ihren Lippen ausbreitete, und sie ließ sich hinreißen, in die Euphorie ihrer Freunde miteinzustimmen.

Sie erreichten ihr Ziel bei Anbruch der Dunkelheit. Josie setzte sie vor einem gewaltigen Steintor ab, das hoch in den sternenklaren Nachthimmel ragte.

»Vor morgen früh wird Skoruck Euch nicht öffnen«, informierte die Drachendame sie. »Aber es sollte hier sicher genug sein, um ein Lager aufzuschlagen und den Morgen abzuwarten. Ich werde mich zunächst zurückziehen, bleibe aber in der Nähe, solltet Ihr mich noch einmal brauchen.«

Alea sah sich prüfend um. Für ihren Geschmack gab es zu wenig Möglichkeiten, Deckung zu suchen. Eine weite, ebene Fläche breitete sich vor ihnen aus; schmutzig grau und nur spärlich mit ein paar Büchen bewachsen. Keine Bäume, auf die sie klettern konnten, sollte es nötig sein, an Höhe zu gewinnen.

Andererseits bedeutete es auch, dass es möglichen Feinden schwerer gemacht wurde, sie aus dem Hinterhalt anzugreifen.

Mortas und den Nebel ausgeschlossen, dachte sie grimmig.

Wie oft hatte er inzwischen in Leopenia gewütet? Was war dieses Mal die Folge des Nebels? Gab es schon Zwischenfälle in Ursapenia, von denen sie nichts wussten? Alea wünschte sich, es gäbe eine Möglichkeit, um immer auf dem aktuellen Stand zu sein.

Ob Mortas sie tatsächlich beobachtete, wie sie befürchteten?

Sie drehte sich dem Steintor zu, während sich der Rest von Josie verabschiedete. *Wenn Mortas uns beschattet, weiß er, dass wir hier sind. Dann muss er ahnen, dass wir hier das Siegel herstellen lassen wollen. Wenn er klug ist, wird er versuchen, uns aufzuhalten.*

Alea massierte sich die Stirn und stellte innerlich schon einen Plan für die Nachtwache auf.

Orla erschien an ihrer Seite und betrachtete das Tor eingehend. »Wie machen wir auf uns aufmerksam?«

»Möglicherweise öffnet es sich bei Sonnenaufgang?«, schlug Alea vor.

Nachdenklich tippte sich die Gnomin gegen das Kinn. Sie beschwor eine Handvoll Feuer und blies sanft dagegen. Helle Funken flogen wie Glühwürmchen durch die Luft, ihr Licht gab den Blick auf die feinen Einzelheiten des Tors frei.

»Sieh dir den Mechanismus dort an!« Orla wies mit dem Zeigefinger auf den rechten Rand des Tors. »Ich glaube, wenn wir die Kurbel da unten drehen, können wir den Türklopfer da oben aktivieren.«

»Beeindruckend«, murmelte Alea anerkennend.

Ob der Schmied das allein konstruiert und gebaut hatte?

»Sollen wir das schon mal testen?«, fragte Orla begierig.

Alea schüttelte den Kopf. »Wir helfen den anderen beiden erst mal dabei, das Lager aufzubauen. Morgen früh bleibt uns mehr als genug Zeit, um herauszufinden, wie wir in den Berg kommen.«

24
Freundliches Personal in der Silberschmiede

Dan

Als sich die Sonne halb über den Horizont gehoben hatte, waren die Zelte bereits abgebaut und ihre Gruppe versammelte sich vor dem großen Steintor. Es versprach ein trüber, grauer Tag zu werden. Nicht mehr lang und die Wolken hätten die letzten roten Strahlen der Morgensonne verschluckt.

Dan war immer wieder über die Handwerkskunst der Zwerge erstaunt. Klar waren auch die anderen Völker geschickt darin zu schmieden, Gegenstände herzustellen oder Gebäude zu errichten. Aber das, was die Zwerge erschufen, hatte etwas Besonderes. Nichts würde dieses Tor jemals erschüttern können. Selbst wenn alles drumherum einbrach, der Berg, in das es führte, einstürzte – Dan war überzeugt, dass dieses Tor noch stehen würde.

»Ich will den Türklopfer testen«, verkündete Orla.

Ohne Für- oder Widerworte abzuwarten, lief sie vor und drehte an der Kurbel.

Dan legte den Kopf in den Nacken und blickte zur riesigen Steinfaust hinauf. Sekunden vergingen, in denen es nur unangenehm quietschte und ächzte.

Dann hob sich die Faust langsam und fiel schwer gegen das Tor. Einmal, zweimal und schließlich ein drittes Mal.

Das Klopfen warf ein gewaltiges Echo über die Ebene und ließ den Boden erzittern.

Dan entfernte zögerlich die Hände von seinen Ohren.

»Ich glaube, ich bin taub«, murmelte Alea.

»Was?«, fragte Dan unnötig laut. »Du frisst Staub?«

»Was für ein Raub?«, schrie Alea zurück.

»Nein, hier ist nirgendwo Laub«, erwiderte Dan.

Kendrick gluckste trocken. »Sehr witzig.« Er verschränkte die Arme vor der Brust. »Passiert jetzt was?«

»Da kommt keiner«, rief Orla. »Darf ich noch mal?«

»Nein«, entgegneten Alea und Dan unisono.

Sekunden später öffnete sich eine kleine Tür am unteren Ende des Tores und ein Zwerg trat ins Freie. Das war recht enttäuschend. Dan hätte zu gern gesehen, wie sich das ganze Tor bewegte. Doch offenbar war das Konstrukt in erster Linie Dekoration.

Der Zwerg hatte graues krauses Haar und einen Bart, der mehrfach verflochten und verknotet worden war und dennoch mit der Spitze auf dem Boden schleifte.

Seine Haut hatte die ungesunde Farbe von jemandem, der Tageslicht penibel mied.

Missmutig blinzelte er in die Helligkeit, starrte erst Orla und dann den Rest skeptisch an. »Wer seid Ihr und was wollt Ihr?«, knurrte er.

»Wir sind ›Die glorreichen Sieben‹«, antwortete Alea.

Der Zwerg schnaubte abfällig. »Scheint zu dumm zum Zählen zu sein. Was wollt Ihr?«

Orla zog die Stirn kraus. »Das ist aber nicht sehr höflich.«

Kendrick räusperte sich. »Wir sind Auserwählte der Shiro Ahali. Eine Drachendame namens Josephine hat uns den Weg zur Silberschmiede gezeigt. Seid Ihr Skoruck, der Schmied?«

Der Zwerg rümpfte seine knollige Nase. »Bin ich. So, die Spitzohren haben Euch geschickt, ja?« Er stierte dabei spezifisch Alea an.

Doch die musterte ihn unbeeindruckt und erwiderte irgendetwas auf Zwergisch, das Dan nicht verstand. Orla hingegen kicherte. Und Skoruck sah einen Moment völlig verblüfft aus. Offenbar hatte Alea ihn mit ihrem Konter kalt erwischt.

Das hielt aber nicht lange an, denn der Zwerg fand zu seiner grummeligen Miene zurück. »Was ist es diesmal? Dämonen, die aus einem Riss im Himmel fallen? Horden von Untoten, die das Land überrennen? Kein Brot mehr im Haus?«

»Nebel aus der Kaltwüste«, antwortete Dan.

»Die Dämonen fallen nicht vom Himmel, sondern werden bald einfach durch die Tür spazieren«, fügte Orla hinzu.

»So, so.« Skoruck blickte von einem zum anderen. Seine Augen waren lächerlich klein in Relation zu seinem restlichen Gesicht. Wie zwei Knöpfe, die auf ein zu großes Kissen genäht worden waren. »Und wer von Euch muss den Helden spielen?«

Zögerlich gab sich Kendrick zu erkennen. »Ich.«

Seine Zurückhaltung stand im direkten Kontrast zu seiner Angeberei zu Beginn ihrer Reise und das machte ihn direkt sympathischer.

»Nach viel seht Ihr nicht aus«, murrte der Schmied.

Sagt der kleine Zwerg, dachte Dan augenrollend. *Aber gut, wer selbst ein laufender Meter ist, sollte nicht mit Maßbändern werfen. Oder wie ging das Sprichwort?*

»Wir brauchen keine Bewertung seiner Person, sondern ein neues Siegel für das Tor im Dörrtal«, murrte Orla. Kleine Flammen züngelten zwischen ihren Fingern hindurch. Die Art des Zwergs stieß ihr sauer auf und wenn Dan das Feuer richtig deutete, wurde ihr Geduldsfaden dünner. »Könnt Ihr uns da helfen?«

Skoruck grunzte. »Mitkommen!«

Er drehte sich um und schritt in die Dunkelheit hinter der Tür.

Unter gewöhnlichen Umständen hätte Dan es sich zweimal überlegt, ihm zu folgen. Einem fremden, nicht sehr freundlichen Mann, der sie an einen unbekannten Ort führen wollte, an dem er sich wesentlich besser auskannte. Eine paranoidere Person würde eine Todesfalle wittern.

Aber dank Josie hatte Skoruck einen Vertrauensvorschuss. Und Dan musste gestehen, dass er viel zu neugierig war, um Vorsicht walten zu lassen.

Nachdem er einen kurzen Blick mit seinen Gefährten getauscht hatte – Alea legte kampfbereit eine Hand an ihren Schwertgriff –, folgten sie dem Zwerg hintereinander in den Berg. Alea und Kendrick hatten dabei erhebliche Schwierigkeiten, weil sie sich alle durch die kleine Öffnung zwängen mussten.

Sie stiegen eine lange steinerne Treppe hinab. Rote Adern, von denen ein pulsierendes Leuchten ausging, zogen sich durch das umliegende Gestein. Mit jeder Stufe, die sie nahmen, wurde es heißer und die Luft dichter.

Bald hatte Dan das Gefühl, kaum noch atmen zu können. Seine Lungen schienen zum Bersten gefüllt zu sein. In seinem Mund, dem Hals und der Nase brannte es schmerzhaft; Schweiß lief in Strömen über sein Gesicht.

»Ich glaube, meine Rüstung fängt an zu schmelzen«, brummte Alea.

»Soll ich versuchen, uns etwas abzukühlen?«, bot Orla an.

»Ja, bitte. Ich sterbe hier«, jammerte Dan.

Kurz darauf spürte er einen kalten Luftzug, der wie ein sanftes Streicheln über sein verschwitztes Gesicht fuhr.

Orla ließ ihre Hände sinken. »Kann das leider nicht die ganze Zeit machen. Hier unten kostet das enorm viel arkane Kraft.«

Kendrick sah zu ihr. »Dann lass es lieber. Wir wollen nicht, dass du wieder zusammenbrichst wie bei der Drachen-Illusion.«

Abermals war Dan angenehm überrascht von ihrem Auserwählten. Sorgte er sich tatsächlich um Orla? Nachdem er ihr am Anfang der Reise noch erklärt hatte, dass Magie überflüssig war? Sie im Wald sogar als dumm bezeichnet hatte?

Dan gefiel diese neue Seite an Kendrick ausgesprochen gut.

Sag ich doch: Wir werden alle noch dicke Freunde!

Sie kamen unten an und fanden sich in einer Halle wieder. Gewaltige Säulen, die mit zwergischen Runen verziehrt waren, ragten bis hoch an die ferne Decke. Adern aus Gold zogen sich durch die glatten Wände. Das Herzstück bildete ein Ungetüm eines Schmelzofens, neben dem sich Dan noch kleiner vorkam, als er ohnehin schon war.

Allerdings schien Skoruck hier unten ganz allein zu sein. Weder auf dem Weg nach unten noch in diesem Hauptraum hatte er eine andere Person entdeckt.

Ist kein Wunder, dass er dann so ruppig wird. Würde auch bescheuert werden, wenn ich die ganze Zeit ohne Gesellschaft in dieser Hitze schmoren müsste.

Für Dan wäre das nichts. Aber vielleicht war dieser Zwerg schlicht sehr eigenbrötlerisch und zog die Einsamkeit vor.

»Wow«, stieß Orla aus. »Wie betreibt Ihr den Ofen?«

»Kohle«, knurrte der Zwerg. »Wie sonst?«

Allmählich hatte auch Dan genug von diesem unhöflichen Kerl. Er erinnerte sich daran, was sein kleiner Bruder immer getan hatte, wenn ihn irgendwas aufgeregt hatte.

Denk an eine grüne Wiese, Dan, erklang Vigos Stimme in seinem Kopf. *Entspannen … tief durchatmen … und an eine grüne Wiese denken.*

»Bei der Größe müsst ihr täglich Unmengen davon verbrauchen«, merkte die Gnomin an. »Ganz zu schweigen davon, was er benötigt, damit er abkühlt oder hochheizt. Wohin entweichen die Schadstoffe? Wie kommt Sauerstoff hier rein?«

Skoruck schüttelte missbilligend den Kopf. »Ihr redet zu viel, Weib.«

Weißes Pferd auf grüner Wiese, dachte Dan zunehmend angestrengt. Aus irgendeinem Grund hatte er das Bild eines feixenden Vigos vor sich. Sein Bruder hatte es stets außerordentlich lustig gefunden, wenn Dan innerlich fast explodiert wäre.

Orla zog die Stirn kraus. Sie öffnete den Mund, um etwas zu erwidern, doch er unterbrach sie sofort.

»Es geht Euch nichts an, verstanden? Es ist ein altes Geheimnis meiner Familie. Und wenn Ihr nun überlegt, Eure Magie gegen mich einzusetzen: Denkt daran, dass Ihr mich für dieses Siegel braucht. Geht Ihr mir zu sehr auf die Nerven, werfe ich Euch alle hochkant raus.«

Die Gnomin grummelte etwas Unverständliches in sich hinein.

Dan knirschte leise mit den Zähnen. Wenn er sich weiter eine verdammte grüne Wiese vorstellte, würde darauf bald ein Mord geschehen.

Ich bin die Ruhe in Person. Denk daran, deine Eltern haben dich verdammt gut erzogen!

Skoruck ging zu seiner Arbeitsecke. Neben einer breiten Werkbank aus rauem Stein und einem schwarzen Amboss waren auch allerlei Werkzeuge darauf aufgebahrt.

»Ich bin mir nicht sicher, ob ich alle Materialien habe, um das Siegel zu erschaffen«, erklärte der Schmied.

»Könnten wir in dem Fall helfen, welche zu besorgen?«, wollte Kendrick wissen.

Skoruck schielte mit diesen kleinen, gemeinen Knopfaugen zu ihm. Wie eine Spinne, die eine Fliege entedeckt hatte. »Das solltet Ihr, wenn Ihr ein Siegel haben wollt. Mal sehen …«

Er murrte auf Zwergisch vor sich hin und Dan tippte darauf, dass er aufzählte, was er benötigte, um es herzustellen. Er atmete die stickige Luft ein und zwang sich, zu entspannen.

Ich bin ein bisschen froh, dass Murphy nicht hier unten sein muss, ging es ihm durch den Kopf. *Das arme Kerlchen wäre verrückt geworden in seinem Pelz.*

Ob ihre tierischen Freunde sich sofort zurückverwandelten, wenn sie das Siegel angebracht und der Nebel endlich verschwunden war? Sein Frettchen und Imir hätten ausreichend Platz in den Rucksäcken. Aber Denu würde Schwierigkeiten bekommen.

Aber was ist, wenn sie sich nicht zurückverwandeln? Was machen wir dann? Was machen wir, wenn Kendrick erfriert, ehe er das Siegel anbringen kann?

Dan wischte sich den Schweiß aus dem Nacken. Er sollte nicht so pessimistisch denken. Es würde schon gutgehen, dafür sorgten sie.

»Hmpf«, gab Skoruck von sich. Der Laut klang unzufrieden.

»Was fehlt Euch?«, fragte Alea geradeheraus.

Benehmen, antwortete Dan innerlich. *Und grundsätzliche Höflichkeit.*

Der Zwerg wandte sich ihnen zu und fixierte sie argwöhnisch. »Ich brauche Euer Schwert«, er deutete auf Kendrick, »Euren Köcher und sämtliche Pfeile daraus«, er wies auf die Hochelfin, »Eure arkane Energie«, sein Finger wanderte zu Orla, »und Euren Umhang, Halbling.«

Alea verzog das Gesicht. »Der Köcher ist ein Geschenk der Shiro Ahali.«

»Geisterklinge ist notwendig, um den Nebel zu bezwingen«, sagte Kendrick fast zur gleichen Zeit.

»Aber ich *mag* meinen Umhang«, murrte Dan betroffen.

»Schnauze«, rief Skoruck. »Hört auf zu jammern und tut, was ich Euch sage! Denkt Ihr, die Spitzohren haben Euch diese Dinge aus Spaß geschenkt? Aus reiner Güte und Freundlichkeit? Nein, sie wussten genau, dass Ihr eines Tages hier landen werdet. Der Stahl, aus dem Euer Schwert geschmiedet ist, kann nur bei den Shiro Ahali gewonnen werden kann. Er wird die Grundlage des Siegels. Die Magie, die in Eurem Köcher steckt, wird, gepaart mit dem, was die

Gnomin kann, dabei dienen, das Siegel zu schmieden und zu formen. Aus dem Umhang dieser diebischen Elster werde ich ein Seil flechten. Ihr könnt damit in den Schatten verschwinden. Ist es aber am Siegel befestigt, wird es mit der Tür verschmelzen und dabei helfen, sie verschlossen zu halten. Also los, her damit oder verschwindet!«

Dan seufzte lautlos. Wenn sie seine Hilfe nicht wirklich dringend benötigen würden, hätte er Alea längst gebeten, diesen Zwerg quer durch den Raum zu werfen. Andererseits … wenn er die Hochelfin so betrachtete, dann würde sie das auch ohne sein Bitten tun. »Schon gut, schon gut. Meine Güte, ein bisschen Freundlichkeit ist doch wohl nicht zu viel verlangt, oder?«

Skoruck schnaubte.

Widerwillig traten Kendrick, Alea und Dan ihre Sachen an den Zwerg ab.

Als Skoruck den Köcher nahm, packte Alea ihn am Handgelenk. »Solltet Ihr uns belügen, werdet Ihr das bitter bereuen«, grollte sie.

»Ihr könnt mir nicht drohen«, erwiderte der Zwerg kalt.

Sie ließ von ihm ab. »Das war keine Drohung.«

»Wie viel Gold wollt Ihr dafür haben?« Orla langte bereits an den Geldbeutel an ihrem Gürtel. »Wir haben …«

»Nichts«, unterbrach der Schmied.

Orla stutzte und auch Dan legte ungläubig den Kopf schief.

»Ihr … wollt nur die Materialien?«, hakte die Gnomin nach.

Skoruck breitete die Gegenstände auf seiner Werkbank aus. »Wenn Ihr noch einmal so blöd fragt, berechne ich hundert Goldstücke pro Stunde!«

Dan gab zu, damit hatte er nicht gerechnet. Er erinnerte sich daran, dass Josie über Skoruck gesagt hatte, er sei zwar barsch, habe aber das Herz am rechten Fleck.

Er drückte Orla einen Runenstein in die Hände. »Ladet den mit so viel arkaner Energie auf, wie Ihr könnt. Hört erst auf, wenn Euch schwindelig wird!«

»Wie heißt das Zauberwort?«, entgegnete die Gnomin forsch.

»Sofort«, bellte der Zwerg.

Orla schob ihren Unterkiefer leicht vor. Dan sah ihr an, wie viele Schimpfwörter ihr gerade durch den Kopf sausten. Doch offenbar entschied sie, dass es diese Sache nicht wert war, und blieb still.

Sie wischte sich eine schweißnasse braune Haarsträhne aus der Stirn und schloss die Augen. Der Runenstein begann bläulich zu leuchten.

Alea stellte sich neben die Gnomin und legte die Hände auf ihre Schultern. Sollte Orla vor Anstrengung zusammenbrechen, konnte die Hochelfin sie gleich auffangen.

Dan leckte sich über die Lippen, schmeckte Salz. Der Durst brannte immer stärker in seiner Kehle. Unwillkürlich dachte er an das Eisbad, das Alea und Orla ihm bereitet hatten. In diesem Moment wünschte er sich nichts sehnlicher, als darin einzutauchen, bis ihm die Zähne klapperten.

Kendrick trat unruhig auf der Stelle. Sein Blick ruhte misstrauisch und irgendwie wehmütig auf dem Schwert. »Habt Ihr einen Ersatz für mich?«

»Hm?«, grunzte Skoruck.

»Ihr werdet mein Schwert einschmelzen, oder? Womit soll ich dann kämpfen?«, fragte Kendrick. »Ich brauche eine Waffe.«

»Ja, ja. Moment«, brummte Skoruck. »Ihr ladet den Stein schön weiter auf, Gnomin!«

Der Zwerg öffnete einen großen Stahlschrank, der erstaunlicherweise nicht rot glühte vor Hitze, stieg hinein und schloss die Türen.

Das Leuchten des Runensteins erlosch und Orla öffnete die Augen. Sie schwankte etwas und Alea stützte sie.

»Alles in Ordnung, Sonnenschein?«, fragte Dan.

Orla nickte. »Ja, ich …« Sie kniff die Lider zusammen und sank zu Boden. »Muss mich kurz hinsetzen.«

Die Gnomin lehnte sich mit dem Rücken gegen Aleas Beine. Dan ging vor ihr in die Hocke, holte den Trinkschlauch aus seiner Tasche und bot ihn ihr an. Orla trank ein paar Schlucke und seufzte tief.

»Es ist kühl«, nuschelte sie.

»Ich kann es kaum erwarten, wieder draußen zu sein«, murmelte Alea. »Bekomme allmählich Kopfschmerzen.«

Dan nickte. Ihm erging es ähnlich. Nachdem Orla abgesetzt hatte, trank auch er einige große Schlucke und verstaute den Schlauch anschließend.

Skoruck trat die Schranktüren auf und wieder zu ihnen heraus. Er hielt ein Langschwert mit silbern glänzender Klinge in den Händen. »Das hier sollte ein adäquater Ersatz für Geisterklinge sein.«

Kendrick nahm das Schwert entgegen und betrachtete es eingehend. Dan verstand nicht viel davon, doch selbst er erkannte, wie fein diese Waffe gearbeitet war.

Der Auserwählte vollführte ein paar Probeschwünge. »Danke. Ich hoffe, es kommt gegen den Nebel genauso gut an wie Geisterklinge.«

Skoruck schnaubte. »Wenn das Siegel erst einmal fertig ist, werdet Ihr das nicht mehr brauchen. Zwanzig Goldstücke für das Schwert!«

Kendrick schob die Klinge in die Lederscheide und bezahlte den Zwerg.

Anschließend wog Skoruck den aufgeladenen Runenstein prüfend in der Hand und nickte. »Gut. Ihr könnt erst einmal zurück an die Oberfläche. Ich werde einige Stunden brauchen. Außerdem will ich ein Wort allein mit dem sogenannten Helden sprechen.«

Orla stand auf. »Na schön. Kommt, Freunde!«

Kendrick blickte ihnen verwundert nach. Sobald sie um die erste Kurve der Treppe gegangen waren, stoppten sie allerdings.

»Ich horche mal, was Herr Zwerg und Kendrick zu bereden haben«, sagte Dan.

Alea nickte.

Orla hob die Hand. »Bis gleich.«

Dan schlich die Treppe hinunter und duckte sich in den Schatten zwischen zwei Fackeln. Ein wenig vermisste er den Umhang. Doch der einzige Unterschied zwischen früher und jetzt bestand darin, dass er wieder ein bisschen vorsichtiger sein musste.

»Fünfhundert Jahre ist es her, da stand eine Abenteurergruppe vor meinem Vater«, erzählte Skoruck gerade. »Auch sie wollten ein neues Siegel für das Tor zur Unterwelt haben.«

Dan zog die Brauen zusammen.

»Das heißt, dieses Nebelphänomen passiert schon zum zweiten Mal?«, sprach Kendrick die Frage aus, die auch ihm durch den Kopf ging. »Warum scheint es dann so, dass jeder davon überrascht ist? Ein solches Ereignis müsste doch in den Geschichtsbüchern stehen, oder?«

»Tja, müsste es«, bestätigte der Zwerg. »Meiner Meinung nach haben die Shiro Ahali diesen Vorfall vertuscht. Weil es ihre verdammte Aufgabe ist, über die Kaltwüste zu wachen, und sie versagt haben. Jetzt schon zum zweiten Mal. Vielleicht wurde das Siegel damals auch schlampig angebracht und Ihr steckt deshalb in diesem Dreck.«

Dan verschränkte die Arme vor der Brust. Er konnte sich bei aller Liebe nicht vorstellen, dass die Shiro Ahali eine weitreichende Bedrohung wie diesen Nebel samt seinen Folgen einfach aus dem Gedächtnis der Weltbevölkerung löschen konnten. Dann müssten diese Elfen regelrechte Götter sein.

Nein, ich vermute, das hat wieder was mit dem Nebel an sich zu tun. Vielleicht vergessen wir ihn ja auch, sobald das Siegel angebracht wurde?

»Worauf wollt Ihr hinaus?«, fragte Kendrick ungeduldig.

Und warum erinnert dieser Zwerg sich daran, wenn alle anderen den Vorfall vergessen haben?, dachte Dan.

»Der Held von damals zahlte den ultimativen Preis«, antwortete Skoruck. »Um das Siegel anzubringen, ist ein Opfer von Nöten. Ihr habt mit Sicherheit schon bemerkt, dass Euch der Nebel die Kraft entzieht. Es ist möglich, Euch vor den direkten Folgen zu schützen. Aber wenn Ihr erst einmal an der Tür seid und das Siegel anbringt, wird es Euch die Seele aus dem Leib ziehen. Nur so kann es halten.«

Dans Magen zog sich zusammen.

»Das … das heißt, ich werde sterben?«, stammelte Kendrick.

»Was glaubt Ihr denn? Dass Ihr die Tür einfach verschließen könnt und damit ist gut?« Skoruck schnaubte. »Wir sprechen vom Tor der Unterwelt, Jungchen. Wir sprechen von höherer, dunkler Magie. Ohne ein Opfer werdet Ihr diese Bedrohung niemals stoppen können. Was denkt Ihr denn, warum die Shiro Ahali eine Waise wie Euch auserwählt haben? Ihr habt keine Wurzeln, keine Familie und nichts, wohin Ihr zurückkehren könnt.«

»Ich könnte …«

»Nein«, unterbrach Skoruck barsch. »Als ob diese Elfen Euch wieder bei sich wohnen lassen. Ihr seid ein Mensch und habt dort nichts verloren. Denkt Ihr, es würde jemanden jucken, wenn Ihr sterbt? Nein. Ihr seid ein Niemand, dessen Ego von den Spitzohren aufgeblasen wurde.«

Kendrick schwieg. Vermutlich überfordert und erschüttert von dem, was er gerade erfahren hatte.

Dan knirschte leise mit den Zähnen.

Oh, nein, so nicht. Kendrick mag anfangs ein Arschloch gewesen sein, aber er hat sich mittlerweile wirklich gemacht. Wir lassen nicht zu, dass er einfach stirbt.

Aber wie sollten sie das verhindern? Wenn das Siegel wirklich eine Seele benötigte, dann …

»Ich werde nicht sterben«, sprach Kendrick entschlossen. »Ich bin nicht bis hierhergekommen, um mich am Ende des Weges töten zu lassen. Vielleicht kann ich nicht zu den Shiro Ahali zurückkehren. Vielleicht habe ich keine Wurzeln. Aber ich kann und werde mir etwas Neues aufbauen. Ich finde einen Weg, um zu überleben.«

Skoruck schnaubte wieder. »Redet Euch das ruhig ein.« Er bewegte sich durch den Raum. »Geht zurück zu Euren Kameraden! Das Gespräch bleibt unter uns, verstanden?«

»Ich bleibe hier unten, bis das Siegel fertig ist«, entgegnete Kendrick.

»Von mir aus«, knurrte der Zwerg.

Dan hingegen machte kehrt und lief eilig die Stufen hoch. Er musste Orla und Alea schnellstmöglich die fatalen Neuigkeiten überbringen, damit sie sich einen Plan einfallen lassen konnten.

25
Nebel vor dem Tor

Orla

Orla hatte ihre durchgeschwitzte Kleidung gewechselt und plünderte gerade das Essenspaket, das Josie ihnen mitgegeben hatte. Allmählich ging es ihr besser. Die frische Luft half, die pochenden Kopfschmerzen zu mildern und die Mahlzeit brachte sie wieder zu Kräften.

Alea stand mit verschränkten Armen vor dem Steintor und wartete unbewegt darauf, dass Dan und Kendrick zurückkehrten.

Der Himmel hatte sich zugezogen, dichte graue Wolken versprachen baldigen Regen.

Orla stopfte sich den Rest vom Kuchen in den Mund.

»Ich wäre trotzdem für teeren und federn«, antwortete Alea ins Blaue. »Und *dann* brennst du ihm die Augenbrauen weg.«

Orla summte nachdenklich und knabberte am Zwergenzwieback. Auf dem Weg nach oben war sie auch noch dafür gewesen, dem Zwerg sein ungehobeltes Verhalten heimzuzahlen. Doch nachdem sie gegessen und sich den Schweiß vom Körper gewaschen hatte, war auch ihr Kopf um einiges kühler.

»Einerseits hätte ich schon Lust, ihm einen kleinen Streich zu spielen«, gestand sie. »Andererseits ...«

Alea sah fragend zu ihr. »Hm?«

Orla zuckte mit den Schultern. »Er ist unfreundlich und mürrisch, aber hat uns nichts berechnet.«

Eine sanfte Brise wehte über die Ebene. Gepaart mit dem grauen Himmel und der kargen Vegetation, sah ihre Umgebung schlichtweg trostlos aus. Überall nur Stein und Sand und Felsen. Kein Wunder, dass Skoruck lieber unter Tage blieb. Und wiederum kein Wunder, dass er deshalb ständig schlechte Laune hatte.

»Schon wahr. Trotzdem stinkt mir sein Verhalten. Ich lasse mich ungern wie einen Idioten behandeln. Wie wär's, wenn du seinen Hammer in Gummi verwandelst?«, schlug Alea vor. Sie hob den Zeigefinger. »Und du brennst ihm die Brauen weg.«

Orla kicherte bei der Vorstellung, wie Skoruck auf ein Werkstück schlug und sein Hammerkopf schwungvoll zurücksprang.

»Zum Schluss färbst du ihm seinen Bart und die Haare in knallbunten Farben und ich bin zufrieden«, schloss die Hochelfin.

Orla fegte Krümel von ihrer ebenfalls grünen Ersatzrobe. »Sagen wir so: Sollte das Siegel nicht funktionieren und das alles nicht nur kostentechnisch umsonst gewesen sein, kommen wir hierher zurück und machen alles davon. Inklusive eines stinkenden Fisches, den wir hinter seinem Ofen verstecken.«

»Gemäß dem Fall, dass wir dann noch leben, um das tun zu können«, merkte Alea an.

Die kleine Tür im Steintor wurde geöffnet und Dan trat ins Freie. »Luft. Herrliche Luft.« Er streckte sich genüsslich dem Wind entgegen. »Wir müssen reden, Freunde.«

Dan begann damit, sich ungeniert seiner durchgeschwitzten Kleidung zu entledigen. »Es geht um Kendrick. Der wird übrigens unten bleiben, bis das Siegel fertig ist.«

Der Halbling kramte nur noch mit Unterhose bekleidet in seinem Rucksack. Er war recht gut gebaut, nicht übermäßig muskulös, aber man sah ihm an, dass er gerne auf Dächer kletterte und im Notfall schnell davonrennen konnte. Einige Tätowierungen bedeckten seine helle Haut. Auf der Brust, dem Rücken und den Oberarmen, sodass sie meistens unter seiner Kleidung versteckt waren.

Er erzählte ihnen, was Skoruck dem Auserwählten offenbart hatte.

Orla war mit Dan einer Meinung, dass sie Kendrick nicht einfach seinem Schicksal überlassen konnten. Vielleicht gab es eine Grauzone, die sie ausnutzen konnten? Magie war unglaublich flexibel, wenn man mit ihr umzugehen wusste.

Dan lief mit einem Stapel neuer Kleidung ins Gebüsch. »Orla, tust du mir den Gefallen?«

Wie zuvor bei sich selbst und Alea, beschwor sie eine kleine Regenwolke über ihm, sodass er sich waschen konnte.

Orla stützte den Kopf auf eine Hand.

Was ihr nicht in den Kopf wollte, war die Behauptung, dieses Nebelphänomen sei schon einmal passiert. Sie glaubte Skoruck in dem Bezug nicht. Wenn es so wäre, *musste* es Aufzeichnungen geben. Fünfhundert Jahre waren nicht einmal ein ganzes Elfenleben. Und kein Zauber, kein Fluch war mächtig genug, um die ganze Weltbevölkerung bis auf einen einzigen Zwerg vergessen zu lassen.

Doch warum sollte Skoruck sich so etwas ausdenken? Was war, wenn die Shiro Ahali ihnen wirklich etwas verheimlicht hatten? Wenn Thalion Graumantel genau wusste, welches Schicksal Kendrick erwartete und ihnen das – aus welchen hirnverbrannten Gründen auch immer – nicht mitgeteilt hatte.

Alea blickte zum Steintor. »Irgendjemand lügt uns an.«

»Denke ich auch«, stimmte Dan zu. »Die Frage ist nur: aus Boshaftigkeit oder Unwissen?«

»Was war der exakte Wortlaut des Zwergs?«, fragte Orla.

Der Halbling seifte sich gründlich die Haare ein. »Wenn Ihr erst einmal an der Tür seid und das Siegel anbringt, wird es Euch die Seele aus dem Leib ziehen.«

Orla malte grübelnd mit dem Zeigefinger Kreise in den Staub. So, wie Skoruck es ausgesprochen hatte, schien ein Opfer auf den ersten Blick unumgänglich. Laut den Shiro Ahali war Kendrick der Einzige, der das Siegel anbringen konnte.

»Nehmen wir an, das entspricht der Wahrheit. Gibt es eine Möglichkeit, Kendricks Seele zu schützen und dem Siegel eine andere anzubieten?« Alea kehrte dem Tor den Rücken. »Die von Mortas zum Beispiel?«

Orla zerrieb den Dreck zwischen ihren Fingern. »Das frage ich mich auch. Wir sollten hier vorsorglich davon ausgehen, dass Kendrick wirklich seine Seele verliert. Vorsicht ist bekanntlich besser als Nachsicht«, murmelte sie. »Es existieren Zauber, mit denen eine Seele konserviert werden kann. Aber dafür müssten wir sie ihm auch entziehen. Vielleicht ist es möglich sie … in seinem Körper … zu befestigen. Irgendwie.« Sie brummte frustriert. »Das ist nicht mein Feld der Magie. Für so etwas habe ich mich bisher nicht interessiert.«

Dan kam angekleidet und nach Seife duftend zu ihr. Sie trocknete den Halbling mit einem Fingerschnipsen. Alea setzte sich zu ihnen in ein kleines Dreieck.

»Elfische Magier sind in der Lage, diese Seelenmagie auszuführen«, erzählte sie. »So wurden Denu und ich miteinander verwoben. Allerdings ist das eine sehr spezielle, schwierige und seltene Gabe. Wir bräuchten verdammtes Glück, so jemanden zu finden, der dann auch willens ist, uns zu helfen.«

»Fairwick und der Rat der Magier sind zu weit weg, um zurückzukehren.« Orla kramte in ihrem Rucksack und warf den Inhalt, der im Weg war, ungeachtet hinter sich. Schmutzwäsche, leere Phiolen, lose Zettel. »Wo sind sie denn?«

Sie lehnte sich zurück und zog an einer absurd langen Kette aus verschiedenfarbigen Tüchern an deren Ende eine weiße Tontaube hing.

Alea und Dan beobachteten sie schweigend.

»Ich sollte hier dringend aufräumen«, murmelte Orla und entließ einen Schwarm bunter Schmetterlinge aus der Tasche. »Das waren nicht die aus Fairwick. Die sind immer noch ein Holz-Mobilé. Kann mich an die Hälfte hier gar nicht erinnern, dass ich sie eingepackt habe …«

Sie holte eine rote runde Kostümnase hervor und brachte sie mit leichtem Druck zum Quietschen.

»Ich hab dir auch nichts in die Tasche getan«, versicherte Dan amüsiert.

Orla zuckte mit den Schultern und steckte dem Halbling die rote Nase auf, ehe sie ihre Suche fortsetzte. »Aaah, hier sind sie ja.« Wesentlich umsichtiger nahm sie die Bücher heraus, die sie von den Shiro Ahali und dem Rat der Magier erhalten hatte. »Ich bin mir sicher, hier drin finden wir etwas, das uns weiterhilft.«

Sie öffnete die drei Werke, die am vielversprechendsten klangen und stellte sie um sich herum auf.

Dan sagte noch etwas, aber Orla vertiefte sich bereits in ihre Lektüre. Sie vergaß die Zeit, ihr Blick flog über die Zeilen.

Hochkonzentriert arbeitete sie sich von Kapitel zu Kapitel, drehte sich zwischen den Büchern hin und her. Selten war es so wichtig gewesen, schnell relevante Informationen zu finden wie jetzt.

Ab und an tauchte eine Hand in ihrem peripheren Sichtfeld auf, die ihr einen Keks aus Ragnars Geschenkbeutel reichte. Zu wem sie gehörte, war irrelevant.

Orla knabberte am Gebäck, ohne den Geschmack wahrzunehmen. Wie damals in den Prüfungsphasen an der Akademie, als es für sie nur den Lernstoff gegeben hatte.

Ob es hilfreich wäre, die ganze Prophezeiung zu kennen?, fragte sie sich im Stillen. *Vermutlich nicht. Die wird vollkommen kryptisch formuliert sein und uns nicht weiterbringen.*

Thalion hatte ihnen diese sogenannte Prophezeiung nie gezeigt, fiel ihr auf. Sie ärgerte sich, dass sie keine genauen Nachfragen gestellt hatte. Dass sie nicht drauf bestanden hatte, die Prophezeiung zu sehen und genau untersuchen zu dürfen.

»Orla!« Aleas harsche Stimme riss sie aus den Gedanken. »Der Nebel zieht auf. Komm her!«

Hastig sprang sie auf und setzte über ihre Büchermauer hinweg und eilte zu ihren Freunden. Alea und Dan standen Rücken an Rücken und hatten ihre Waffen gezogen.

Orla beförderte ihre Bücher mit einem Fingerschnipsen zurück in ihren Rucksack und sammelte anschließend Kraft für einen Feuerball.

Dichte Nebelschwaden bedeckten den Boden. Sie kamen ihr langsamer vor als in Fairwick, dennoch hatten sie die Ebene viel zu rasch vereinnahmt.

»Mortas, komm raus«, fauchte Alea.

Unruhig spürte Orla in sich hinein und wartete auf die Veränderung, die der Nebel unweigerlich bei ihr auslösen würde. Bisher bemerkte sie nichts, außer die kühle und klamme Feuchtigkeit, die Nebel nun einmal mit sich brachte.

»Hat irgendjemand von euch auf die Schnelle einen Plan?«, fragte Dan.

Alea rollte mit den Schultern. »Überleben.«

Der Halbling hielt sein Rapier vor sich. »Wäre auch mein Vorgehen gewesen.«

Sekunden, die sich wie Minuten anfühlten, verstrichen. Das Blut raschte in Orlas Ohren. Die Flammen, die ihre Hände einhüllten, pulsierten im Takt ihres Herzens.

»Mortas«, schrie Alea abermals.

Orla wartete darauf, dass ein vielstimmiges Knurren aus dem blinden milchigen Weiß drang. Auf zahlreiche Augenpaare, die wie verirrte Glühwürmchen im Nebel aufleuchteten und sich alle auf sie richten würden. Ein grollender Flammenring aus glimmenden Iriden von gefährlichen Kreaturen, die sich im Nebel verbargen und nur auf den Befehl zum Angriff warteten. Und dieses Mal war Kendrick nicht hier, um den Dunst zu vertreiben. Er besaß nicht einmal mehr das Schwert dafür.

Doch es passierte nichts.

Dan räusperte sich. »Also … das wird jetzt langsam ein bisschen unangenehm hier.«

Allmählich entspannte sich Orla. Sie drehte ihr Handgelenk und ließ die Flammen verschwinden. Mit einer scheuchenden Armbewegung wirbelte sie Wind auf, der den Nebel auseinanderstoben ließ.

Alea stöhnte genervt und senkte ihre Schwerter.

Dan hingegen lachte erleichtert. »Wer hätt's gedacht?«, rief er aus. »Es gibt eben noch gewöhnlichen Nebel in dieser Welt.«

Kräftige Flügelschläge erklangen über ihnen.

»Meine Lieben, könnt Ihr mich hören?«, rief Josie aus dem Himmel. Der Dunst verflüchtigte sich kurzzeitig um ihre Landestelle. »Ich habe den Nebel gesehen und mir Sorgen um Euch gemacht. Geht es Euch gut? Fehlt Euch auch nichts?«

»Wir sind in Ordnung«, antwortete Dan. »Kendrick ist noch unten bei Skoruck.«

»Wo wir gerade davon sprechen«, Orla ging zur Drachendame, »kennt Ihr Euch mit Seelenmagie aus?«

Josie neigte den Kopf. »Wie kommt Ihr denn auf so etwas?«

Orla fasste zusammen, was Skoruck dem Auserwählten erzählt hatte. Die Drachendame runzelte nachdenklich die Stirn. »Ich erlebe dieses Phänomen zum ersten Mal. Aber ich bin auch erst vor dreihundert Jahren nach Ursapenia gekommen.«

Alea stellte sich neben sie.

»Das beantwortet meine Frage nicht«, platzte es aus Orla heraus, ehe sie sich davon abhalten konnte.

»Oh, Verzeihung bitte.« Josie kicherte verlegen. »Nun, ich habe mich lange nicht mehr mit etwas anderem beschäftigt als mit Illusionen. Gelegentlich auch ein paar Verzauberungen. Die waren mir schon immer am liebsten, weil sie vielfältig sind, ohne böswillig Schaden oder viel Lärm zu machen. Seelenmagie ist etwas furchtbar kompliziertes und mitunter Gefährliches.«

»Damit kann ich umgehen«, versicherte Orla. »Könnt Ihr mir etwas beibringen? Ich lerne schnell.«

»Ich müsste erst einmal in meinem Kopf suchen.« Josie fasste sich an die Wange. »Und in meinen Büchern … Herrje, ich habe sie ewig nicht mehr sortiert. Wann habe ich das letzte Mal dort Staub gewischt? Ach je …«

»Keine Sorge, geht nur um Leben und Tod«, erwiderte Dan lappidar.

Die Drachendame blinzelte. »Oh, es tut mir leid. Ihr habt recht. Ich werde mein Bestes tun und sofort mit der Suche beginnen, wenn ich zurück in meiner Höhle bin. Wohin müsst Ihr als nächstes?«

»Alea?« Kendricks Stimme drang aus dem Nebel. »Orla? Dan? Wo seid ihr?«

Obwohl es unwahrscheinlich war, dass der Auserwählte es sah, winkte Dan ausschweifend. »Hier drüben!«

»Wir müssen zur Kaltwüste«, antwortete Alea der Drachendame. »Wenn Ihr uns nach Frostheim bringen könntet, wäre das eine große Hilfe.«

Kendrick stieß zu ihnen. »Mir ist fast das Herz stehengeblieben, als ich den Nebel gesehen habe.« Er nickte Josie zu. »Schön, Euch wiederzusehen.«

»Das Siegel ist fertig?« Das war eine Suggestivfrage. Orla wollte, dass er es sofort rausholte und es ihnen zeigte.

Der Auserwählte zog das ovale Signum aus seinem Rucksack. Es sah gläsern aus wie Geisterklinge und war in das Leder von Aleas Köcher eingelassen.

Wie Skoruck angekündigt hatte, war aus Dans Umhang eine dicke Kordel geworden, die an vier Stellen des Siegels angebracht war.

Dan betrachtete es mit skeptischer Miene. »Ich hätte es mir … spektakulärer vorgestellt.«

»Mein schöner Köcher«, brummte Alea unglücklich.

»Ich hoffe, das Ding hält, was es verspricht«, murmelte Kendrick. »Etwas in mir bezweifelt, dass Stoff und Leder für die Ewigkeit halten werden.«

Josie streckte ihre Flügel. »Habt Vertrauen, junger Mann. Auf Skorucks Werke ist Verlass. Ich werde den Korb holen. Bis nach Frostheim kann ich Euch leider nicht bringen. Diese niedrigen Temperaturen bekommen mir nicht gut. Aber ich werde Euch so weit wie möglich in die Kaltwüste tragen. Zunächst müssen wir aber zurück in meine Höhle.«

Alea nickte.

»Danke, Josie«, flötete Orla.

Josie erhob sich in die Luft und rief ihnen zu, dass es nicht lange dauern würde.

Kendrick zog die Brauen zusammen. »Wir haben keine Zeit, um zurückzukehren. Wir müssen sofort nach Frostheim aufbrechen.«

»Wir wissen, was Skoruck dir erzählt hat«, sagte Orla geradeheraus.

»Und wir werden nicht zulassen, dass du für die Rettung der Welt dein Leben lässt«, fügte Dan hinzu. »Es wäre ein nobles Opfer, aber wir wollen dich gerne lebend zurück zu den Shiro Ahali bringen.«

Kendrick öffnete den Mund.

»Ich habe mit Josie gesprochen und sie kann mir wahrscheinlich etwas über Seelenmagie beibringen«, fuhr Orla fort. »Ich habe folgende Theorie: Skrouck sagte, dass du deine Seele opfern musst, wenn du das Siegel anbringst, richtig?«

»N-Nun … ja, richtig«, bestätigte der Auserwählte.

»Ich glaube, dass es möglich ist, diesen, ich nenne es mal Fluch, umzulenken. Mortas wird aller Wahrscheinlichkeit nach im Dörrtal auftauchen, um uns zu stoppen.«

»Vielleicht auch schon vorher«, setzte Alea hinzu.

Orla nickte eifrig. »Wir werden noch … zwei, maximal drei Tage bei Josie bleiben. Ich werde so schnell lernen wie möglich. Josie ist ja auch an meiner Seite und wird mir helfen.«

»Wir zerbrechen den Stab, treten Mortas in den blasierten Arsch und fangen seine Seele irgendwie ein«, fasste Dan zusammen und untermalte seine Rede mit entsprechenden Gesten. »Wenn du das Siegel anbringst, lenken wir es irgendwie so, dass nicht deine, sondern Mortas' Seele geopfert wird.«

Kendrick kratzte sich an den Bartstoppeln auf seiner Wange. »Das sind mir zu viele ›Irgendwie‹ und zu wenig Sicherheit.«

Orla strich sich eine braune Haarsträhne hinter ihr spitzes Ohr. »Ein kleines Restrisiko bleibt immer.«

»Aber es ist einen Versuch wert, findest du nicht auch?«, fragte Dan.

»Mortas hat das Ganze angefangen. Er sollte es auch beenden«, ergänzte Alea.

Kendrick senkte den Blick auf seine Stiefel. »Ich weiß nicht, was ich sagen soll, ich … «

Dan winkte ab. »Du musst nichts sagen. Alles, was du tun musst, ist die Welt zu retten und zu überleben.«

»Ganz einfach, oder?«, fügte Orla grinsend hinzu. »Um den Rest kümmern wir uns.«

26

Weltuntergangsromantik

Alea

Sie hatten Orla und Josie maximal drei Tage gegeben. Länger konnten und durften sie die Weiterreise nicht verzögern. Alea kannte sich mit Magie nicht aus, sie hatte keine Ahnung, ob diese Spanne viel oder wenig war. Ein Waffenschmied benötigte in etwa diese Zeit, um ein Schwert herzustellen. Magie hatte aber weniger mit guten Werkzeugen und Handwerksgeschick zu tun, sondern vor allem mit mentaler Kraft, hatte Orla erklärt.

»Ein Roggenbrot muss eine Stunde lang backen, ehe es fertig ist. Wenn du jemandem ein Rätsel stellst, kannst du nicht erwarten, dass er nach exakt sechzig Minuten die Lösung hat. Vielleicht weiß er es früher, vielleicht muss er länger daran knobeln. Wenn du das Brot zu früh rausholst, ist es innen roh und wenn es zu lange drinnen bleibt, brennt es an«, hatte die Gnomin gesagt. »Denkarbeit mag keine zeitlichen Eingrenzungen. Deshalb sind Klausuren auch so anstrengend. Nie bleibt einem da Zeit zum Grübeln.«

Alea kehrte in die Drachenhöhle zurück. Die Wachen hatten sich endlich zurückgezogen und überbrachten König Bruno vermutlich gerade die Nachricht ihres angeblichen Todes.

Das wird uns noch in Schwierigkeiten bringen. Ich kenne unser Glück doch.

Aber vielleicht gingen sie als nächstes wirklich auf die Suche nach Prinzessin Bernadette. Ihre Gruppe ließ sich meist mit dem Wind treiben, die Abenteuer fanden eher sie als umgekehrt.

Zuerst beseitigen wir den Nebel. Dann wird Bruno erfahren, dass wir noch leben. Und was danach geschieht, wird sich zeigen.

Alea legte ihren Bogen ab. Josie war so freundlich gewesen, ihr einen Vorrat an Pfeilen zur Verfügung zu stellen. Alle waren von Prinzen verschossen worden, die gegen die Drachenillusion gekämpft hatten.

Sie war das zweite Mal allein gegen die Drachenillusion angetreten. Der Kampf gestern war besser gelaufen. Heute hatte sie zahlreiche Schrammen und Kratzer davongetragen und ihre Schulter fühlte sich geprellt an. Der Illusion war es gelungen, sie zu packen und herumzuschleudern wie eine Puppe, dennoch hatte Alea den Kampf letztlich für sich entscheiden können.

Dan saß nicht mehr am Tisch in der Raummitte, wo sie ihn zurückgelassen hatte.

Nachdem sie ihre oberflächlichen Wunden gereinigt und sich etwas von Josies Tee eingegossen hatte, schlenderte sie zum Tisch und warf einen Blick auf die Titelseite. Ursapenias beliebteste Zeitung ›Der Bärendienst‹ hatte ein langes Interview mit der Erzmagierin von Fairwick veröffentlicht, in dem sie über das Nebelphänomen sprach.

Alea nippte an ihrem Tee. Ein Krug mit kaltem Bier wäre ihr jetzt zwar lieber, aber Josie hatte nichts dergleichen im Haus. Dabei überflog sie den Artikel.

Der Magierrat forschte unermüdlich und stand im regen Kontakt mit den Shiro Ahali. Bisher hatten sie herausfinden können, dass der Nebel eine Macht des puren Chaos war. Er war in seinem Auftauchen und den Folgen völlig unberechenbar, wie sie selbst schon zur Genüge bemerkt hatten.

›Während der Nebel in Fairwick jeden, den er berührte, in Spielzeug verwandelte, hatte er in der Küstenstadt Dolas positive Auswirkungen. Sämtliche Schiffe und Häuser wurden repariert, Krankheiten und Verletzungen geheilt.‹

Alea erinnerte sich an Clearwick zurück. Der Nebel hatte ihnen nichts angetan, sie lediglich eingesperrt.

Wahrscheinlich ein Zufall.

Sie trank einen weiteren Schluck Tee.

Wenn der Nebel alles oder nichts auslösen kann, hatten wir einfach Glück.

Kendrick trat aus dem Gästezimmer. »Oh, ist … ist Dan gar nicht hier?«

»Wahrscheinlich bei Orla und Josie«, antwortete Alea, ohne den Blick von der Zeitung zu heben.

In den letzten zwei Tagen hatte der Nebel fünfmal zugeschlagen. Menschen und Tiere hatten ihre Körper getauscht, eine ganze Stadt war *aufgestanden und weggelaufen* – dass es bisher kaum Tote gab, grenzte an ein Wunder.

Sie blätterte um und fand eine Zeichnung der wandelnden Stadt. Die Häuser, Straßen und Bäume standen alle noch auf festem Grund. Unzählige Beinpaare waren aus dem Boden gewachsen und trugen die Stadt seither durch die Gegend. Dort, wo sie sich einst befunden hatte, war nur noch ein riesiger Krater. Die Bewohner wurden noch immer evakuiert.

Alea fragte sich, was geschah, wenn sie das Siegel anbrachten. Blieb die Stadt dort stehen, wo sie gerade war, oder würde sie zuerst an ihren ursprünglichen Standpunkt zurückkehren?

Kendrick räusperte sich. »Ähm … Alea?«

»Hm?« Sie drehte den Kopf in seine Richtung.

Er verlagerte unruhig das Gewicht von einem Bein aufs andere und fummelte nervös an seinem Hemdsaum. »Hast du … Würdest du … I-Ich muss etwas mit dir besprechen.«

Alea stellte ihren halbleeren Becher ab und lehnte sich gegen den Tisch. »Nur zu.«

»Nicht hier.« Kendrick räusperte sich wieder und nickte zum Vorhang. »Kommst du kurz mit?«

Alea zog die Brauen zusammen. Warum verhielt sich der Mann so seltsam?

Machen Menschen das so, wenn sie ein ernstes Gespräch führen müssen?
Zögerlich stieß sie sich vom Tisch ab und folgte ihm ins Gästezimmer. Sie stutzte. Tiefrote Blutflecke sprenkelten den Boden.
Moment.
Sie verengte die Lider, beugte sich leicht hinunter.
Das sind ... Rosenblüten ...?
Jetzt war Alea vollends verwirrt. War das eine komische Sitte unter Menschen, die sie nicht kannte? Führten sie *so* ihre Verhandlungen?

Kendrick räusperte sich schon wieder und zündete fahrig eine letzte Kerze an. »Alea, ich ... muss dir etwas gestehen.«

»Hat das was mit dem ganzen Kram hier zu tun?«, wollte sie wissen. »Weiß Josie, dass du Blumen geschlachtet und verstreut hast?«

Seine Wangen röteten sich. Vielleicht wurde er krank? Erst das ständige Hüstln und jetzt schien seine Körpertemperatur zu steigen. »Ja ... also, nein. Ich ...« Er fluchte.

»Was ist los, Kendrick?« Alea verschränkte die Arme vor der Brust. »Hat es etwas mit Mortas zu tun? Dem Nebel?«

»Es ... hat etwas mit dir zu tun. Und mir.« Der Auserwählte seufzte tief. »Alea, ich ... finde dich wirklich ... toll.«

Sie blinzelte einmal, verzog sonst aber keine Miene. »Danke?«

»Wie du kämpfst, dich bewegst, deine Stimme, dein Gesicht«, Kendrick sprach immer schneller, »einfach alles. Du bist eine großartige Kriegerin und eine beeindruckende Frau.«

Alea schwieg, unschlüssig, wohin er mit seinen Schmeicheleien wollte.

Er trat vorsichtig einen Schritt näher. »Wenn … wenn das alles vorbei ist und wir beide noch leben, könntest du dir dann vorstellen …« Kendrick räusperte sich abermals. »Könntest du dir vorstellen, mit mir auszugehen?«

Oh.

Ihr war, als legte sich ein Schalter in ihrem Kopf um.

Oh, nein.

Plötzlich wurde ihr so einiges bewusst. Sie erinnerte sich an seine Blicke, an Gespräche und Komplimente, die sie als merkwürdig empfunden hatte.

War das alles Balzverhalten gewesen? War so etwas üblich unter Menschen?

Alea schwieg unschlüssig.

Wie brachte sie ihm schonend bei, dass sie kein Interesse hatte? Kendrick hatte nichts an sich, das ihn attraktiv für sie machte. Selbst wenn er ein Elf wäre, käme er als Partner für sie nicht infrage.

Der Auserwählte knetete seine Hände. Er sah aus wie ein Lehrling, der sein Meisterstück präsentiert hatte und ungeduldig auf die Bewertung wartete.

»Die Antwort ist Nein.« Alea seufzte. »Es tut mir leid, Kendrick.«

Sie bemerkte die Enttäuschung, die seine Gesichtszüge verdunkelte, also erklärte sie sich. »Momentan führe ich das Leben einer Abenteurerin. Ich habe im Allgemeinen keine Absicht, eine Beziehung zu führen, insbesondere nicht mit einem Menschen. Später einmal, wenn ich genug vom Reisen und Kämpfen habe, suche ich mir einen Partner. Doch der wird ein Elf sein.«

Der Auserwählte ließ sich plump auf einen Stuhl fallen. »Ja, ich … habe es mir schon gedacht, dass du so was sagen wirst.« Er fegte eine Rosenblüte mit dem Schuh fort. »Dennoch hatte ich die Hoffnung, dass es vielleicht doch eine Chance gibt.«

Alea schüttelte entschieden den Kopf. »Nicht jetzt und auch nicht in ferner Zukunft.«

»Wir haben es!« Orlas Freudenschrei hallte durch die ganze Höhle und erlöste sie aus dieser unangenehmen Situation. »Wir haaaben eees!«

Alea lief eilig aus dem Gästezimmer, dicht gefolgt von Kendrick. Orla und Dan kamen beide in den Raum gerannt.

Die Gnomin kletterte auf einen Stuhl und sprang auf den Tisch. Triumphierend hielt sie einen schmalen, silbernen Anhänger in die Höhe, der die Form eines Eiszapfens hatte. »Ich präsentiere: der Seelenfänger!«

Alea und Dan applaudierten.

»Großartige Arbeit von Josie und dir«, lobte der Halbling. »Und ich war bei der Fertigstellung dabei!«

Kendrick nahm den Anhänger entgegen und musterte ihn eingehend. »Er sieht … ebenso gewöhnlich aus wie das Siegel. Wie funktioniert er?«

Orla ließ sich auf der Tischplatte in den Schneidersitz fallen. »Du musst nur auf Zuruf den Korken ziehen, sobald Mortas den Todesstoß bekommt. Ich lenke seine Seele dann ins Gefäß, bevor sie sich ins Jenseits verabschieden kann.«

Josie schob den violetten Vorhang zur Seite und schlenderte aus dem Nebenraum. Mit einem tiefen Seufzen ließ sich die Drachendame nieder. Sie sah erschöpft aus, ihre rubinroten Augen wirkten dumpf vor Müdigkeit. »Ich werde langsam zu alt, um nächtelang zu forschen.«

Dan holte die Schüssel, aus der Josie ihren Tee zu trinken pflegte, und schenkte ihr welchen ein.

»Wenn du merkst, dass du Hemmungen hast, den Todesstoß zu setzen, überlass das Alea«, sagte Orla. »Ich verstehe, dass Mortas mal dein Freund war. Aber er ist es heute nicht mehr.«

Alea nickte zustimmend. Sie würde nicht behaupten, dass sie sich darauf freute, Mortas zu töten, oder dass sie es kaum erwarten konnte, ihm etwas anzutun. Aber sie war bereit, ihm ihre Klinge ins Herz zu treiben, sobald sich die Gelegenheit ergab.

Dan reichte Josie ihren Tee.

»Ich danke dir, mein Lieber«, raunte die Drachendame und nippte an der Schüssel.

»Ich denke ... das habe ich mittlerweile begriffen«, murmelte Kendrick »Zwar spät, aber ...«

»Besser spät als nie«, vervollständigte Dan.

»So ist es.« Kendrick zog den kleinen Korken aus dem Gefäß. »Werde ich die Seele sehen? Oder woran erkenne ich, dass ich sie eingefangen habe?«

»Die Seele an sich wirst du nicht sehen«, antwortete die Gnomin. »Aber wenn sie im Gefäß gefangen ist, fühlt er sich warm an und leuchtet blau.«

»Und wenn ich dann mit dem Siegel vor dem Tor stehe, muss ich darauf hoffen, dass es Mortas' Seele als Oper anerkennt«, brummte Kendrick.

Dan tätschelte ihm aufmunternd die Schulter. »Optimistisch bleiben, Held. Wir sind so weit gekommen, diese letzte Hürde überwinden wir auch.«

Alea holte eine Karte aus ihrem Rucksack und rollte sie auf dem Tisch aus. »Das ist der Weg, der von uns liegt.«

Josie würde sie direkt am Rande der Kaltwüste absetzen. So sparten sie sich den langen Marsch dorthin. Bislang gab es keine Meldungen darüber, dass der Nebel die Kleinstadt Frostheim verändert hatte.

Aber in einem Punkt hatte Kendrick recht: Es konnte jederzeit passieren. In der nächsten Sekunde, Minute oder Stunde.

Alea hasste es, wenn Dinge unberechenbar waren. Sie hasste es, wenn sie einen Gegner nicht einschätzen konnte.

»Vom Rand der Kaltwüste bis nach Frostheim dauert es etwa zwei Tage.« Sie zeichnete den Pfad mit dem Zeigefinger nach. »Und von

Frostheim zum Dörrtal wird es noch mal drei bis vier Tage dauern. Wenn das Wetter mitspielt und wir ein ordentliches Tempo vorlegen.«

»Denk bitte dran, dass deine Beine in etwa doppelt so lang sind wie Orlas und meine«, erinnerte Dan sie. »Wenn du ein ›ordentliches Tempo‹ vorlegst, müssen wir rennen.«

Alea schmunzelte. »Wenn ihr zu langsam seid, kann ich euch gern tragen. Je einer von euch unter jedem Arm sollte kein Problem sein.«

Es wäre nicht das erste Mal, dass sie die beiden zu Trainingszwecken trug. Bei Klimmzügen hängten sie sich gern an ihre Beine und spielten zusätzliches Gewicht.

»Ich komme drauf zurück«, erwiderte er. »In Frostheim können wir ein letztes Mal unsere Vorräte auffüllen. Wir sollten außerdem alle in einem Zelt schlafen, um uns warm zu halten. Die Nächte werden bitterkalt.«

Alea verstaute die Karte in ihrem Rucksack. Sie hatten warme Decken dabei und Winterkleidung. Orla würde mit Sicherheit mit ihrer Magie helfen können, und wenn sie alle nah genug zusammenrückten, würde keiner so leicht frieren. Auch wenn Alea der Gedanke nicht besonders behagte. Sie war keine Freundin von engem Körperkontakt.

Insbesondere nicht nach dem, was Kendrick mir gerade gestanden hat.

Sie schielte zum Auserwählten und hoffte, dass sich beide einig waren, nie wieder darüber zu sprechen und die Sache einfach zu vergessen. Alea würde es jedenfalls tun.

»Tja, wenn ich jetzt nur die Wärmeelexiere hätte, die ich in Timbervale kaufen wollte«, murrte Kendrick. »Dummerweise haben so ein paar Chaoten den Marktplatz aufgemischt.«

»Tatsächlich?«, rief Dan und schlug gespielt schockiert die Hände an seine Wangen. »Nein, wer macht denn so was?«

Kendrick verschränkte die Arme vor der Brust. »Gerüchten zu Folge ein Halbling, eine Gnomin und eine Hochelfin.«

»Sagt mir nichts«, entgegnete Orla schulterzuckend.

Josie räusperte sich. »Ich bin mir sicher, dass ich noch etwas hier habe.« Sie seufzte. »Ich kann doch nichts wegschmeißen, wisst Ihr?«

Und Alea hatte immer geglaubt, dass hordende Drachen bloß ein Klischee waren.

»In der Kaltwüste selbst müssen wir besonders aufpassen«, merkte Orla an. »Wir haben gesehen, was der Nebel mit Orten macht, an denen er sich kurz aufhält. Was er mit der Kaltwüste gemacht hat, an dem er schon seit Wochen lungert, kann ich nicht einschätzen.«

Kendrick drehte den silbernen Anhänger zwischen Zeigefinger und Daumen. »Da der Nebel jedes Mal andere Auswirkungen hatte, ist es schier unmöglich, eine sichere Diagnose zu stellen. Nach allem, was wir wissen, könnte die Eistundra mittlerweile ein Sumpf sein.«

»Oder eine tatsächliche Wüste mit Sand und Kakteen«, schlug Dan vor.

»Oder eine hübsche Reihenhaus-Siedlung«, fügte Orla hinzu. »Mit süßen kleinen Gärten, gleichmäßig geschnittenem Gras und weißen Zäunen.«

Alea rümpfte die Nase. »In dem Fall bevorzuge ich die Tundra.«

Josie stellte ihre Schüssel ab. »Meine Lieben, ich bin erschöpft und muss schlafen. Morgen früh bei Sonnenaufgang brechen wir auf.«

»Das ist in Ordnung«, versicherte Dan.

»Bevor ich ins Nest gehe, werde ich mich noch um Aleas Wunden kümmern. Ihr solltet alle fit und ausgeruht sein, ehe ihr weiterzieht.« Josie erhob sich und streckte ihre Flügel. »Vergesst nicht, die Mützen und Schals einzupacken, die ich Euch gegeben habe! Es ist wichtig, dass Eure Köpfe und Hälse genau so warm bleiben, wie der Rest Eurer Körper.«

27
Willkommen in Frostheim

Dan

Der Flug zur Kaltwüste dauerte etwa sechs Stunden. Sie verabschiedeten sich ausführlich von Josie, die ihnen neue Essenspakete gepackt hatte und ihnen viel Glück wünschte.

Ausgestattet mit dicker Winterkleidung und den Wollmützen und Schals der Drachendame, zogen sie immer weiter gen Norden. Die Temperaturen fielen kontinuierlich und die Landschaft verkam zu einem Abbild karger Trostlosigkeit.

Es befanden sich keine Bäume hier, dafür reichlich Moos, Flechten, Gräser und Sträucher.

Der gefrorene Boden war von Schnee bedeckt. Dan bemerkte, dass es keine Spuren von wilden Tieren gab.

Normalerweise lebten auch in dieser noch so feindlichen Umgebung Bären, Hasen oder Rentiere. Doch alles, was er über weite Strecken entdeckte, waren Fußstapfen anderer Zweibeiner und die Spuren ihrer Schlitten und Zugtiere.

Er vermutete, dass die heimische Fauna den Nebel spürte, der aus dem Dörrtal aufzog, und geflüchtet war.

Fragt sich nur, wohin. Ein Wolf, der hier geboren wurde, ist an das Leben in der Kälte angepasst. Kommt er überhaupt in einer anderen Klimazone zurecht?

Er ließ seinen Blick über die Schneeverwehungen und eisigen Dünen wandern. Vorbei an dornigen Büschen, die ihre spindeldürren Zweige wie knochige Finger dem grauen Himmel entgegenstreckten.

Das Leben findet einen Weg. Tut es immer. Wenn die tierischen Einwohner der Kaltwüste bisher klargekommen sind, werden sie das auch weiterhin, bis es hier wieder sicher ist.

Am dritten Tag ihrer Reise schnitt der Wind tiefer als jede Klinge. Die Nächte waren noch schlimmer als die Tage. Obwohl sie alle dicht an dicht in einem Zelt schliefen, in ihrer Winterkleidung und mit dicken Decken, war es trotzdem biestig kalt.

Keiner von ihnen hatte viel Schlaf bekommen. Umso mehr freute sich Dan auf ein richtiges Bett in Frostheim. In etwa sechs Stunden würden sie die Stadt erreichen und konnten sich in einem Gasthaus aufwärmen.

»Ich sehe was, was du nicht siehst und daaas … ist grau«, sagte Orla. Ihre Stimme gedämpft durch den Schal, den sie bis über ihre Nase gewickelt hatte.

»Der Himmel«, antwortete Dan.

»Nein.«

»Dann der Boden.«

»Auch nicht.«

Dan überlegte einen Moment. Hier war inzwischen alles grau. Er rückte seinen Schal zurecht. »Aleas Unterwäsche.«

Kendrick zog eine Braue hoch und musterte Dan skeptisch.

Die Hochelfin warf einen Blick über die Schulter. »Die kann *keiner* von euch sehen.«

Kleine Falten an Orlas verschiedenfarbigen Augen zeigten an, dass sie grinste. »Sagst du.«

Alea schüttelte den Kopf. »Solange du nicht durch meine Kleidung sehen kannst, bezweifle ich das.«

»Vielleicht habe ich bei Josie einen neuen Zauber gelernt?«, neckte die Gnomin weiter. »Vielleicht kann ich euch alle nackt oder in Unterwäsche sehen?«

Dan streckte die Brust heraus und stemmte die Hände in die Hüfte. »Und? Gefällt dir, was du siehst?«

Orla pikte ihm mit dem Zeigefinger in den Bauch. Er entließ kichernd die Luft aus seinen Lungen. »Sagen wir so: Da ist nichts, was ich nicht schon gesehen hätte.«

Kendrick runzelte die Stirn. »Will ich wissen, was du damit meinst?«

»Vieles lässt sich mit schlechten Wetten und fehlendem Schamgefühl erklären«, antwortete Dan.

»Die kurze Antwort ist: Wir haben schon sehr oft zusammen in Seen gebadet«, unterbrach Orla ihn.

Kendrick gluckste. »Ah, verstehe.«

Sein Blick glitt zu Alea. Unauffällig, aber Dan entging er nicht. Er betrachtete sie einige Sekunden und seine Wangen, die von der Kälte ohnehin schon gerötet waren, verfärbten sich noch dunkler. Ob er sich gerade vorstellte, wie es wäre, wenn sie auch mit ihm baden ginge? Es brachte Dan zu der Frage zurück, ob und wann ihm jemand sagen sollte, dass er sich keine Hoffnung bei ihr machen brauchte.

Nun, wenn es jemand tut, dann muss es Alea selbst sein, dachte er. *Armer Kerl. Hoffen wir, dass er nicht in sie verliebt ist, sondern bloß ein bisschen vor sich hinschwärmt.*

Sie erreichten Frostheim kurz vor Anbruch der Dunkelheit des zweiten Tages und kehrten ins örtliche Gasthaus ein. Obwohl der Nebel sein Zentrum im Dörrtal hatte, war er noch nicht bis hierher vorgedrungen. Nach einer warmen Mahlzeit holte Alea die Karten heraus und verteilte sie.

Das Gasthaus war zu dieser Stunde gut gefüllt. Hinter dem Tresen stand ein etwa zwei Meter großer Ork, der jedoch eine hübsche rosafarbene Schürze trug, auf der ›Küss den Küchenchef‹ stand. Trotzdem warf Alea ihm immer wieder prüfende Seitenblicke zu. Doch je weiter der Abend fortschritt, desto mehr entspannte sich die Hochelfin und akzeptierte seine Gegenwart.

Das tiefe Summen verschiedener Stimmen, die sich miteinander vermischten, erfüllte die Luft. Dazwischen erklangen die Töne einer Laute gepaart mit dem Gesang einer einzelnen Bardin. Wenn Dan korrekt verstand, handelte das Lied von einem elenden Angeber, der sich mit seinen angeblichen Heldentaten brüstete, nur um anschließend in einem fairen Zweikampf besiegt und getötet zu werden.

Lustige Vorstellung haben die in Frostheim von heiteren Liedern.

Im Kamin brannte ein gemütliches Feuer, das jedoch einige unheimliche Schatten auf die ausgestopften Köpfe der Eisbären und Rentiere warf, die an der Wand daneben hingen. Es duftete nach gebratenem Fleisch, Honigwein und einem Hauch Pinie.

»Denkt ihr … denkt ihr, die Shiro Ahali nehmen mich wieder zurück?«, fragte Kendrick.

»Klar«, antwortete Orla prompt. »Warum sollten sie nicht?«

Der Auserwählte fächerte seine Karten und sortierte sie um. »Weil ich ein Mensch bin und sie das magische, geheimnisvolle und zurückgezogene Elfenvolk. Bisher haben sie mich bei sich leben lassen, weil ich der Auserwählte bin.«

Vom Tresen her erklang grollendes Gelächter. Ein glatzköpfiger Zwerg schlug mit der Faust auf die Theke. Das Gesicht hochrot, vermutlich sowohl vom Alkohol als auch vom Lachen. Die rothaarige Menschenfrau, die neben ihm saß, grinste zufrieden und trank aus ihrem Krug.

Dan warf eine erste Karte in die Tischmitte. »Ich glaube nicht, dass sie dich mir nichts, dir nichts verstoßen, wenn du nach getaner Arbeit zurückkehrst.«

»Die Shiro Ahali sind ein ehrenhaftes Volk«, stimmte Alea zu. »Sie haben dich großgezogen. Vermutlich sehen sie dich als einen der ihren an.«

Kendrick sah überrascht von seinem Blatt auf. »Meinst du?«

Dan konnte es ihm nicht verübeln. Dass das ausgerechnet von der Hochelfin kam, die ein großes Problem mit seinem Volk hatte, war außergewöhnlich. Doch sie hatte recht: Kendrick war zwar ein Mensch, mindestens aber ein Ehrenmitglied der Shiro Ahali.

»Sie haben dich gewisserweise adoptiert.« Alea griff beherzt in die bereitgestellte Schale mit gerösteten Nüssen. »Man schickt seinen Adoptivsohn nicht kaltherzig fort.«

Dan sperrte den Mund weit auf. Zielend kniff sie ein Auge zu und warf ihm eine Nuss in den Schlund.

»Danke!«

Eine zwergische Schankmaid brachte ihnen vier Krüge Met. Orla dankte im Namen von allen und gab ihr ein paar Silbermünzen Trinkgeld.

»Hast du schon Pläne für deine weitere Zukunft?«, wollte Dan wissen. »Gehst du weiter auf Abenteuerreise? Oder lässt du dich in Eänta-Dingens nieder?«

»E'aenathalas«, verbesserte Alea.

Dan nickte. »Das, was sie sagt.«

Kendrick kratzte sich am Kinn. Ihm war inzwischen ein ansehlicher Bart gewachsen, der ihn reifer, erwachsener wirken ließ. »Ehrlich gesagt, hab ich mir da nie viele Gedanken gemacht. Bisher zählte für mich immer nur meine Mission, mein Schicksal zu erfüllen. Ich, äh … kann mir vorstellen, bei den Elfen einen Beruf zu erlernen.«

Orla legte zwei Karten auf den Stapel. »Zum Beispiel?«

Die Tür wurde geöffnet und brachte einen Schwung Kälte samt Schneegestöber ins Haus. Ein Waldelf trat rasch ein und schloss die Tür hinter sich.

»Mich fasziniert das Handwerk des Goldschmieds.« Mit einer schüchternen Geste zog Kendrick den Kopf ein wenig ein. »Nicht sehr maskulin, ich weiß. Diese Leute sind geschickt, präzise und fertigen wunderbaren Schmuck an.«

»Oh, ja, das tun sie.« Dan schüttelte eine filigrane Goldkette wortwörtlich aus seinem Ärmel. »Ich unterstütze deine Idee. Sag Bescheid, wenn du erste Schmuckstücke zum Vorzeigen hast.«

Kendrick zog eine Braue hoch. »Uuund woher kommt die?«

»Hab ich gefunden«, erwiderte Dan und ließ das Kettchen in seine Manteltasche wandern.

Orla lachte. »Was die Leute so alles verlieren.«

»In meiner Gegenwart meistens Zähne«, murmelte Alea.

Schmachtend legte Dan eine Hand an seine Brust. »Und ihre Herzen.«

»Oh, ja … die auch.« Mit einem gespielt bösen Lächeln drehte die Hochelfin den Kopf zu Kendrick, der sie schon wieder recht verstört ansah. »Und ich bewahre sie gern in Glasbehältern auf und stelle sie mir ins Regal.«

Ihr Auserwählter entschied sich dafür, nicht weiter darauf einzugehen. Er räusperte sich und faltete die Hände. »Themenwechsel: Bevor ich mich in eine mehrjährige Ausbildung begebe, werde ich definitiv durch die Welt reisen. Ich habe Gefallen am Leben eines Abenteurers gefunden.«

»Das ist absolut verständlich.« Orla trank einen Schluck aus ihrem Humpen. »Man ist immer unterwegs, sieht viele tolle Orte und lernt eine Menge interessanter Personen und Tiere kennen.«

Eine Glocke wurde geläutet.

»Liebe Leute, es gab Trinkgeld«, verkündete der Ork hinter dem Tresen. »Jubel!«

»Jubel!«, stimmte das Gasthaus unisono ein.

Kendrick nahm eine Karte auf. »Aber was ist mit eurer Heimat? Habt ihr keine Familien, die euch vermissen?«

»Nein«, antwortete Alea knapp und deutlich kühler als vorher.

Wieder glitt ihr Blick zum Ork, verweilte dort sekundenlang, ehe sie ihn auf ihre Hände senkte.

Orla schüttelte ebenfalls den Kopf. »Meine Eltern leben beide nicht mehr und Geschwister habe ich keine.«

»Das … tut mir leid«, murmelte Kendrick verlegen.

»Ich habe eine sehr große Familie.« Dan zählte an den Fingern ab. »Noch zwei Großeltern mütterlicherseits, zwei Großtanten, vier Großonkel, fünf Tanten, drei Onkel, fünf Geschwister – darunter vier Schwestern und noch einen Bruder – vier Cousinen und drei Cousins.«

Kendrick blinzelte.

»Und da habe ich diverse Ehepartner noch gar nicht mitgezählt. Oder die entfernten Verwandten«, fügte Dan hinzu und warf eine Karte in die Tischmitte. »Die Reedfellows sind eine weit verbreitete Bande. Aber vor allem mit meinen Eltern und meinen Geschwistern halte ich regen Briefkontakt.«

»Wow«, raunte Kendrick lediglich.

Orla kicherte. »Dan hat genug Verwandte für uns alle zusammen.«

»Sollte dir mal einer von den Reedfellows begegnen und in deine Tasche greifen: Entschuldigung im Voraus dafür.« Dan nahm seinen Humpen an sich. »Das Diebische liegt uns einfach im Blut. Da fällt mir ein: Habe ich euch schon die Geschichte erzählt, wie meine ältere Schwester Tasha, Cousin Giso und ich in das Haus dieser Adelsfamilie eingebrochen sind?«

Obwohl sie noch bis tief in die Nacht hinein zusammengesessen, getrunken und gesprochen hatten, war Dan bereits eine Stunde nach Sonnenaufgang wach. Einerseits war es ihm zu kalt in seinem

Zimmer. Andererseits fühlte er in der Stille des Morgens die Last ihrer Aufgabe unangenehm deutlich.

Kendrick schien es nicht besser zu gehen. Er war im Laufe des gestrigen Abends immer schweigsamer und nachdenklicher geworden. Auf Nachfragen hatte er stets abgewiegelt, dass er lediglich müde sei.

Es hatte gutgetan, mit den anderen zu scherzen und Karten zu spielen, das war eine notwendige Ablenkung gewesen. Dennoch konnte Dan nicht länger verdrängen, dass sie kurz vor dem Ende ihrer Reise standen. Und es war ungewiss, ob sie alle oder überhaupt jemand von ihnen den Rückweg antrat.

Er mochte das nicht. Diese Zweifel, die an seinem Herzen nagten wie Mäuse an einem Brotlaib. Dan versuchte, sie zurückzuhalten, sie nicht bis zum Kern durchdringen zu lassen. Damit sie sich nicht festsetzten und sein Gemüt vergifteten. Zweifel ließen einen zögern, den Mut verlieren. Und das durfte nicht passieren.

Er wusch sich das Gesicht und betrachtete sich im Spiegel. Sein schwarzes Haar war zerzaust wie eh und je, er gab sich keine Mühe, es zu glätten. Nur den Kinnbart richtete er mit etwas Wasser.

Ah, das wird schon, dachte er und schnitt sich selbst Grimassen. *Wir sind Helden! Irgendwie. So teilweise, zumindest. Wenn Helden nicht dafür gemacht wären, das Böse zu besiegen und dann ruhmreich nach Hause zurückzukehren, würden nicht so viele Leute Held als Berufswunsch angeben.*

Er verließ seine Kammer und trottete hinab in die Gaststube. Überraschenderweise fand er dort den Auserwählten vor. Kendrick saß auf einem Stuhl vor dem Kamin und starrte in die Flammen.

»Gute Morgen«, rief Dan ihm zu.

Kendrick drehte ihm den Kopf zu. »Morgen. Konntest du auch nicht schlafen?«

Dan zuckte mit den Schultern. »Doch, doch. Nur zu wenig. Eigentlich kann mich der frühe Vogel mal, aber je eher wir aufbrechen, desto besser, oder?«

Kendrick blickte hinab auf den Seelenfänger, den er in den Händen hielt. »Mhm …«

So mutlos hatte Dan ihren Auserwählten noch nie gesehen. Er saß in sich zusammengesunken, der Kopf hing zwischen schlaffen Schultern. Nichts mehr zu erkennen von Kinn hoch und Brust raus. Wahrscheinlich hatte er schlichtweg Angst. Vor dem, was vor ihnen lag, vielleicht auch vor seiner generellen, ungewissen Zukunft.

Irgendetwas musste es geben, das Dan tun konnte, um ihn aufzuheitern. Ihm vielleicht sogar ein bisschen Optimismus einzuimpfen. Kendricks Zukunft mochte im Dunklen liegen, doch das bedeutete nicht, dass man ihm kein Licht in die Hand geben konnte.

Es dauerte nicht lange, bis auch Alea und Orla zu ihnen kamen und sie sich zum Frühstück an einen Tisch setzten.

Dan hatte eine deftige Mahlzeit mit Rührei, Speck und gebratenem Weißbrot vor sich. Orla löffelte Haferbrei mit süßem Apfelkompott und Alea aß eine reichhaltige Gemüsesuppe.

Kendrick starrte auf das Butterbrot auf seinem Teller, als wäre es mit Schimmel überzogen.

Anders als am vorherigen Abend war es still zwischen ihnen. Jeder vertilgte schweigend sein Frühstück, Blicke trafen sich nicht.

Dan wippte unruhig mit dem linken Bein und schaute aus dem Fenster neben ihm. Über Nacht hatte es geschneit, eine dicke weiße Decke überzog das Grau der Landschaft. Bei einem Wetter wie diesem hatten seine Geschwister und er immer Schneeballschlachten veranstaltet, egal, wie alt sie gewesen waren.

Kendrick seufzte und schob seinen Teller fort.

»Du solltest was essen«, merkte Orla an.

»Später«, murmelte er. »Ich hole unser Gepäck.«

Sie beendeten ihre Mahlzeit und verließen das Gasthaus.

Jetzt bei Tageslicht hatten sie zum ersten Mal die Gelegenheit, Frostheim zu bewundern. Dan schätzte, dass die Stadt in etwa so groß war wie Arrowfall. Statt Fachwerkhäuser gab es hier ausschließlich robuste Blockhütten, aus vielen Schornsteinen quoll Rauch empor. Die Straßen waren verschneit und es ließ sich nicht ausmachen, ob sie darunter gepflastert waren oder nicht.

Das ungeduldige Bellen der Schlittenhunde erfüllte die eiskalte Morgenluft. Erstaunlich viele Frühaufsteher waren bereits unterwegs, um ihr Tagewerk zu beginnen.

Dan nahm umsichtig Abstand und warf seinen Gefährten einen verstohlenen Blick zu. Sie waren alle damit beschäftigt, die Ausrüstung zu überprüfen und beachteten ihn gerade nicht.

Vorsichtig trat er in bereits eingetretene Spuren im Neuschnee, um verräterisches Knirschen zu vermeiden. Er schlich hinter das Gasthaus und kletterte geschickt aufs Dach.

Dan balancierte zum Schornstein, warf sich die Kapuze seines Umhangs über und verbarg sich im schmalen Schatten. Das war zwar nicht der tolle Umhang, den die Shiro Ahali ihm geschenkt hatten, aber er konnte sich auch ohne magisch verstärkten Stoff gut verstecken. Er griff in den Schnee und formte einen Ball. Vorsichtig lehnte er sich zur Seite. Kendrick hatte ihm praktischerweise den Rücken zugedreht. Er zielte und schleuderte dem Auserwählten den Schneeball direkt in den Nacken, ehe er sich rasch verbarg.

»Agh«, stieß Kendrick erschrocken aus. »Verdammt noch mal!«

»Dan, wir wissen genau, dass du das warst.« Alea drehte sich dem Dach zu. »Kommst du freiwillig raus oder muss ich dich holen?«

Dan blieb im Schatten, schob sich nur so weit vor, dass er hinter dem Schornstein hervorlugen konnte.

Um Orla schwebten bereits sechs Schneebälle, die sie mit Hilfe ihrer Magie formte.

Er wog ab. Die Gnomin abzuwerfen, war keine gute Idee. Aleas Reflexe waren zu gut, als dass er sie treffen könnte. Also wartete er, bis Kendrick in eine andere Richtung blickte und traf ihn an der Schläfe.

Der Auserwählte fluchte laut. »Warum ich?«

»Du bist ein einfaches Ziel«, antwortete Dan.

»Soll ich dich rächen?«, fragte Orla amüsiert.

Kendrick schnaubte empört. »Ich bitte darum!«

Die Gnomin schnipste und Dan flogen mindestens ein Dutzend Schneebälle um die Ohren. Er machte einen Satz zur Seite, rutschte den Dachgiebel hinab, während hinter ihm die Schneebälle aufprallten.

»Schneeballschlaaacht«, rief er übermütig.

Ja, es war albern, unreif und irgendwie niveaulos für eine Heldentruppe, sich so zu benehmen. Aber vor allem auch lustig.

Irgendwann schlossen sich ihnen einige Kinder aus Frostheim an.

Dan genoss es in vollen Zügen, sich so gehen zu lassen. Und er liebte es zu sehen, dass seine Freunde ebenfalls den Spaß ihres Lebens hatten. Selbst Alea gab ihre mürrische Fassade für eine Weile auf und schloss sich der allgemeinen guten Laune an.

Am Ende waren sie alle durchgefroren und nass, dafür um ein Vielfaches glücklicher. Die Kinder wurden von ihren Eltern in die Häuser geholt und auch ihre Gruppe kehrte noch einmal ins Gasthaus ein. Sie bestellten sich heiße Suppe und einen Humpen Bier für jeden.

»Danke dafür«, sagte Kendrick. »Ich hab mich lange nicht mehr so unbeschwert gefühlt.«

»Ein bisschen Blödsinn ab und zu kann ungemein erleichtern«, erwiderte Dan zwinkernd.

28
Im Herzen der Kaltwüste

Orla

Sie drangen immer tiefer in die Kaltwüste vor. Je näher sie dem Dörrtal im Herzen der Tundra kamen, desto spannender wurde ihre Umgebung. Neben eisbedeckten Bergen, die in den wunderschönen Farben der Aurora Borealis leuchteten, wuchsen hier einige Pflanzen. Gigantische Laubbäume an denen ebenso riesige Kastanien, Eicheln und Buchecken hingen. Kakteen in kreativen Formen wie Spiralen, Oktagone und die obligatorischen Phalli.

Der Boden unter ihnen war ein einziger Flickenteppich aus Schnee, Grasflächen, Sanddünen und sumpfigen Löchern. Der Himmel wechselte häufig seine Farbe. Von einem Pink am Morgen auf ein ungesundes Gelb am Vormittag zum jetzigen Schimmelgrün. Er schien mit jedem Schritt dunkler zu werden.

Bisher hatte sie keine Tiere gesehen und Orla war sich unsicher, ob sie das beruhigen oder alarmieren sollte. Die Präsenz des Nebels war hier stärker denn je. Orla spürte sie als unangenehmes Stechen im Körper. Als würden unzählige Ameisen unter und über ihre Haut krabbeln und sie mit Bissen traktieren.

Irgendwo mussten sich diese seltsamen Kreaturen verbergen, gegen die sie schon mehrfach gekämpft hatten.

Ihre Finger kribbelten und die Schläfen pochten. Seit sie die eisige Tundra betreten hatten, lag ein unsichtbares Gewicht auf ihrer Brust. Es fühlte sich an, als würde der Nebel ihr den Zugang zu ihrer Magie abschnüren. Je näher sie dem Dörrtal kamen, desto schwerer wurde dieses Gewicht. Desto enger zog sich die Schlinge um ihre Handgelenke. Sie bewegte ihre Finger, spürte ihre Gelenke knirschen.

»Geht es dir gut?«, fragte Alea.

»Um mich musst du dir keine Sorgen machen«, erwiderte Orla. »Kendrick, wie ist es bei dir?«

Das, was sie von der Hautfarbe des Auserwählten erkennen konnte, machte dem Schnee Konkurrenz. Er hatte sich die Kapuze seines Mantels tief in die Stirn gezogen und den Kopf gesenkt. »Könnte besser, aber auch wesentlich schlimmer sein.«

Dan reichte ihm ein Wärmeelixier. Josie hatte tatsächlich noch drei Flaschen davon bei sich gefunden. »Noch eins davon?«

»Die Kälte ist nicht das Problem«, entgegnete Kendrick und richtete seinen Blick in die Ferne. »Wir kommen dem Dörrtal näher und ich spüre, wie der Nebel an mir zehrt.«

Orla zog die Nase hoch. Bedächtig sammelte sie arkane Energie in ihren Händen. Ihre Adern brannten allein bei dem Versuch, eine kleine Flamme zu erzeugen.

Wenn es ihr überhaupt gelang, einen Feuerball zu beschwören, würde es wahnsinnige Schmerzen bedeuten.

Sie ballte eine Faust und drehte ihr Handgelenk.

Das wird schon werden, dachte sie mit Zuversicht. *Mortas bekommt ein paar Feuerzauber um die Ohren gepfeffert, bis seine hässliche Rüstung schmilzt.*

Kendrick stoppte plötzlich auf einem Fleck Wiese voller Gänseblümchen. »Leute, hört mal …« Er drehte sich zu ihnen um. »Ich habe keine Ahnung, was uns im Dörrtal erwartet. Ob das eine Schlacht ist, die wir überhaupt gewinnen können. Vielleicht taugt diese Geschichte nicht für Helden. Vielleicht ist die Welt an einen Punkt angelangt, an dem sie enden muss.«

Alea schüttelte den Kopf.

»So solltest du nicht denken«, stimmte Dan ihrem stummen Protest zu. »Niemand mag Pessimisten, Herr Auserwählter.«

Orla stemmte die Hände in die Hüfte. »Genau. Wir sind nicht bis hierhergekommen, um kurz vor dem Ziel aufzugeben.«

Kendrick schmunzelte. »Ja, ihr habt recht. Das ist vielleicht die letzte Möglichkeit, um große Reden zu schwingen, also lasst sie mich nutzen.« Er sah sie nacheinander an. »Ich weiß, dass ich mich anfangs wie ein verzogener, arroganter Bengel verhalten habe. Ihr seid dennoch an meiner Seite geblieben und habt mich nicht im Schlaf erwürgt.«

Alea zog eine Braue hoch und grinste schief. »Es ist nicht so, als hätte ich – *wir* – nicht darüber nachgedacht.«

»Aber nur ab und an«, fügte Dan hinzu.

Orla legte die Hände hinter ihren Rücken. »An sechs von sieben Tagen.«

Kendrick lachte leise. »Verstehe ich. Ohne euch wäre ich wahrscheinlich nicht einmal bis Fairwick gekommen, weil mich vorher ein Bär gefressen hätte. Oder eine Gruppe Banditen hätte mich in Grund und Boden geprügelt. Ihr habt mir durch die Spinnenhöhle geholfen und euch mit mir einem Drachen gestellt. Was auch immer uns im Zentrum dieser Einöde erwartet, schlimmer als Drachen und Riesenspinnen kann es kaum sein.«

»Außer es handelt sich um einen Hybrid aus Drache und Riesenspinne«, merkte Orla an.

Alea berührte ihren rechten Schwertknauf. »Und selbst das wird nur eine Herausforderung und kein Hindernis.«

Kendrick nickte. »Wenn das alles vorbei ist, zahle ich das feierliche Besäufnis.«

»Das wollte ich hören«, rief Dan und reckte die Faust in die Luft.

Orla war ein wenig stolz auf ihren Auserwählten. Er hatte sich wirklich gemausert und war von einem Möchtegern zu einem richtigen Anführer geworden.

Sie stapften weiter, wahlweise durch Schnee, Sand, Sumpf oder über Blümchen hinweg, und Alea schloss zu Kendrick auf.

»Hast du einen Plan?«

»So ... ungefähr.« Kendrick hob nacheinander drei Finger. »Schritt eins: Wir kommen an. Schritt zwei: epischer Endkampf. Schritt drei: Sieg.«

»Brillant«, kommentierte Alea trocken. »Ich hätte da vielleicht ein paar Verbesserungsvorschläge ...«

Der Nebel wurde dichter, war bald überall. An den Seiten türmte er sich zu Wänden auf, über ihnen wand er sich in hellgrauen Schwaden und verschlang den Himmel. Ein Meer aus glühenden Augenpaaren verfolgte jeden ihrer Schritte. Es war unmöglich abzuschätzen, wie viele Kreaturen im milchigen Weiß lauerten; wie nah oder fern sie waren.

Orla fühlte sich wie eine unglückliche Ratte, die in einem wirren Tunnelsystem gefangen war und keinen Ausgang fand. Mit dem Wissen im Nacken, dass irgendwo hier eine hungrige Katze lauerte, die nichts lieber tun würde, als ihr mit Krallen und Zähnen auf den Leib zu rücken.

Ein großer Schatten huschte an ihnen vorbei. Alea stach reflexartig danach, doch ihr Schwert stieß auf keinen Widerstand. Ein gehässiges, gackerndes Lachen antwortete ihr. Die Hochelfin fluchte durch zusammengebissene Zähne.

Sie warten, dachte Orla. *Sie warten auf einen Befehl oder einen Fehler von uns. Bisher habe ich zweiundfünfzig Augen gezählt. Aber ich fürchte, es sind mehr. Viel mehr.*

Ein markerschütterndes Heulen ließ die Haare in ihrem Nacken zu Berge stehen. Sie rieb sich über die Unterarme, um die Gänsehaut zu vertreiben. Solange die Monster blieben, wo sie waren, konnten sie jaulen so viel sie wollten.

Wenigstens schien das Siegel, das Kendrick bei sich trug, Wirkung zu zeigen. Der Nebel berührte sie, doch veränderte sie nicht. Zumindest fühlte Orla sich nicht anders als zuvor.

Sie spürte eine Hand auf ihrer Schulter und drehte den Kopf. Nur aufgrund der Größe konnte sie erahnen, dass es Dan war. Denn der dazugehörige Arm war bloß bis zum Handgelenk sichtbar. Der Rest verschwand im Nebel.

»Damit wir uns nicht verlieren«, erklärte der Halbling.

»Gute Idee.« Orla griff nach vorn und bekam Aleas Finger zu fassen. »Wie früher als Kinder. Wir nehmen uns alle an die Hand.«

»Da vorne«, rief Kendrick. »Seht ihr die Kuppel?«

Orla verengte die Lider. »Hier hinten ist alles Grau in Grau.«

Doch schon bald offenbarte sich auch ihr, was Kendrick vor allen anderen erblickt hatte. Der Nebel, der sich über dem Dörrtal wölbte, war schwarz, dunkelrote und violette Adern zogen sich durch den Dunst. Die Luft wurde mit jedem Schritt schwerer und das elektrische Knistern darin lauter. Bis es Orla in den Ohren wehtat und es ihr vorkam, als würde das unsichtbare Gewicht ihrer Umgebung ihre Füße fest in den Schnee pressen. Sie ballte eine Faust, ihre Magie zog sich weiter zurück. Grub sich in die Tiefe wie ein Maulwurf, der vor einem Fressfeind in die Erde flüchtete.

Orla spürte, dass Alea ihren Bogen zückte. »Du bleibst hinter mir. Überanstreng dich nicht. Wenn du keine Zauber wirken kannst, dann hilfst du uns im Notfall mit Tränken aus.«

Ihr gefiel die Aussicht nicht, nahezu nutzlos im Kampf zu sein, doch Orla akzeptierte diese Planung. Sie würde schon etwas finden, was sie Mortas an den Kopf werfen konnte.

»Kendrick wird Mortas direkt konfrontieren. Und Dan macht das, was er am besten kann.«

Dan zog sein Rapier. »Anderen auf die Nerven gehen und mit meiner Waffe piksen.«

»Seid ihr bereit?«, fragte Kendrick angespannt.

Eigentlich sollte alles in Orla schreien, dass es eine verdammt dumme Idee war, sich diesem dunklen Energiefeld zu nähern. Aber einerseits hatte sie sich noch nie von ihrer Vernunft aufhalten lassen. Und andererseits war die Neugier in ihr lauter. Wann bekam man schon die Gelegenheit, ein solches Phänomen zu untersuchen?

»Es könnte uns die Köpfe kosten«, sagte Alea.

»Oder einen langsamen und schmerzhaften Tod bedeuten«, fügte Dan hinzu.

»Ooooder wir werden doch noch alle zum Kaktus«, schlug Orla vor.

»Ich bin für den Kaktus«, murmelte Kendrick und ging voraus.

Nacheinander betraten sie die Kuppel. Zu ihrer angenehmen Überraschung verschwanden die unsichtbaren Fesseln, die gedroht hatten, ihre Magie zu unterbinden. Die Luft war wieder klar und leicht und das unangenehme Knistern einer dumpfen Ruhe gewichen.

Wir befinden uns im Auge des Sturms. Hier ist alles still. Nichts und niemand wird mich jetzt noch davon abhalten, Mortas ordentlich einzuheizen.

Orla ließ Flammenblumen in ihren Handflächen erblühen. Sie war bereit, Mortas entgegenzutreten.

Das Tor zur Unterwelt sah unbefriedigend unspektakulär aus. Orla hatte etwas Gewaltiges und Furchteinflößendes erwartet. Schwarzer Stein und Totenköpfe mit blutroten Augen. Vielleicht ein weit aufgerissenes, monströses Maul mit messerscharfen Zähnen. Stattdessen stand dort, mitten im Nichts, eine weiße Holztür. Sie hatte ein kleines, herzförmiges Fenster auf Augenhöhe eines durchschnittlich gewachsenen Menschen. Ein hübsches Eisblumen-Relief war ins Holz geschnitten worden.

»Ich bin nicht wütend«, kommentierte Dan neben ihr. »Nur enttäuscht.«

Die Tür stand leicht offen, das zerbrochene Siegel hielt sie nur noch mit Mühe und Not davon ab, gänzlich aufzuschwingen. Dunkle Energie strömte aus dem Türspalt wie Blut aus einer Wunde.

Orlas Haut kribbelte, sämtliche Haare auf ihren Armen und im Nacken standen zu Berge.

Normalerweise war Alea für makabere Vergleiche zuständig. Aber angesichts dieser drückenden Atmosphäre fiel ihr nichts Harmloseres ein.

Sie öffnete den Mund, wollte gerade vorschlagen, sich schnell an die Arbeit zu machen, ehe Mortas auftauchte. Doch leider kam sie nicht einmal dazu, eine einzige Silbe auszusprechen.

»Willkommen, Kendios!« Mortas' Stimme hallte gewaltig wie eine Lawine.

Orla verdrehte die Augen. »Ach, Mist.«

Mortas trat zu ihnen in die Kuppel. »Hier soll es also enden.«

»Ich wünschte, es wäre anders gekommen«, erwiderte Kendrick.

»Wir wussten beide, dass das hier der einzige Ausgang ist.« Mortas zog den Stab von seinem Rücken. »Deshalb sollten wir erst einmal für die nötige Fairness sorgen, nicht wahr?«

Drei Schattengestalten tauchten neben ihm auf. Orla erkannte sofort, dass es Doppelgänger von Alea, Dan und ihr selbst waren.

Wir sollten uns darauf einstellen, dass sie auch die gleichen Fähigkeiten im Kampf haben, dachte sie und warf ihren Freunden einen vielsagenden Blick zu. *Vielleicht denken sie sogar wie wir. Es sind Kopien, lasst uns hoffen, dass sie nicht auch noch klüger sind als wir.*

Alea zog ihre Schwerter und musterte ihre Schattendoppelgängerin, die es ihr gleichtat, kampflustig.

Orla hörte drohendes Knurren und Grollen von außerhalb der Kuppel.

Sie mussten Mortas schnellstmöglich zur Strecke bringen. Wenn es ihnen gelang, die Schatten zu bezwingen, würde er die Nebelkreaturen auf sie hetzen.

Wenn ich nicht ich, sondern der Schatten wäre – der ja irgendwie ich ist, nur anders – wie würde ich den Kampf beginnen? Sie überlegte fieberhaft. *Mit Feuer. Ich würde zuerst einen Feuerball werfen.*

»Tötet sie«, befahl Mortas.

Alea und ihr Schatten rannten aufeinander zu, ihre Klingen prallten gegeneinander. Dan und sein Schatten waren in der nächsten Sekunde aus ihrem Blickfeld verschwunden.

Orla sah gerade noch, wie ihr Schatten die Arme nach vorne warf, als bereits ein Feuerball aus schwarzen Flammen auf sie zuflog. Hastig formte sie einige Handzeichen und wirkte einen Konterzauber, der den gegnerischen Angriff verpuffen ließ. Sie wob einen Schutzschild um sich, der die nächsten Attacken abfangen sollte, und verschaffte sich einen Überblick.

Kendrick und Mortas fochten einen erbitterten Zweikampf aus.

»Glaubst du ernsthaft, dass du verschont wirst, wenn das Tor erst mal offen steht?«, fragte Kendrick.

»Natürlich werde ich verschont. Ich bin ebenfalls auserwählt«, fauchte Mortas und wehrte das Schwert des Auserwählten mit seinem Schild ab.

Kendrick trieb ihn weiter zurück. »Von wem?«

»Vom Nebel selbst«, antwortete Mortas. »Und im Gegensatz zu den Shiro Ahali hat er mir wahre Macht verliehen. Es braucht nur einen Fingerzeig von mir und der Nebel verbreitet Chaos. Ich kann ihn lenken, er folgt meinen Befehlen. Die Rüstung, die ich trage, ist von ihm geschmiedet worden.«

Kendrick schnaubte. »Und dass du nichts weiter als die Marionette einer bösen Macht bist, kommt dir nicht in den Sinn?«

»Sprach die Marionette der Shiro Ahali«, giftete Mortas zurück.

Die zwei steckten also auch im Endkampf weiterhin tief in ihrer Ehekrise.

Ein Feuerball traf ihre Barriere und erschütterte Orla bis auf die Knochen. Sie steckte mehr Energie in ihren Schild.

Alea und ihr Schatten rasten an ihr vorbei. Sie kämpften nicht nur gegeneinander: Sie waren in einen tödlichen Klingentanz verwickelt. Ihre fließenden Bewegungen waren synchron. Egal, wohin die Hochelfin ihre Klingen lenkte, der Schatten war in der Lage zu parieren.

Ein weiterer Feuerball zerschellte an ihrer Barriere.

Ähnlich sah es bei Dan und seinem Doppelgänger aus. Sie kreuzten ihre Rapiere und wann immer es schien, dass einer die Oberhand gewann, warf der andere ihn zurück. Der Halbling wich geschickt einem Stich aus, indem er sich fallen ließ. Er fing sich auf einer Hand und einem Fuß ab und nutzte den Schwung, um nach den Beinen seines Gegners zu treten. Doch der Schatten sprang hoch, drehte seine Waffe und richtete sie auf Dans Brust. Der rollte sich blitzschnell weg und kam zurück auf die Füße.

Abermals wurde ihr Schild von einem Feuerzauber getroffen.

Wir dürfen nicht gegen unsere eigenen Doppelgänger kämpfen, realisierte Orla. *Sie wissen, was wir tun werden. Ich hatte Glück, doch das kann nicht ewig so bleiben.*

Alea würde sich erst einmal von keiner anderen Idee überzeugen lassen. Zu sehr musste es ihr gefallen, sich selbst als Gegnerin zu haben.

»Dan«, rief Orla. »Komm her!«

Der Halbling duckte sich unter einem weiteren Rapierhieb weg und sprintete zu ihr.

»Kümmer dich um meinen Schatten«, zischte sie. »Ich …«

Der nächste Feuerball zerschmetterte ihren Schild. Orla wurde nach vorne geworfen und prallte gegen den Halbling. Beide gingen zu Boden.

»Ich schalte deinen Doppelgänger aus«, vervollständigte sie den Satz leicht benommen.

Aus dem Augenwinkel sah sie die schattenhafte Klinge von Dans Doppelgänger. Über sich spürte sie, wie ein gefährlicher Zauber sich näherte.

Sie wälzte sich von ihrem Freund herunter und aus der Schussbahn. Auch dem Halbling gelang es, rechtzeitig auszuweichen und aufzustehen.

Orla wandte sich seinem Schatten zu. »Dann wollen wir doch mal sehen, wie gut du mit mir zurechtkommst.«

Der Schatten flackerte kurz unsicher, doch bewegte sich dann auf sie zu. Sie ballte ihre Fäuste und bereitete einen Zauber vor. Dan flankierte seine Gegner oder griff aus dem Hinterhalt an. Da der Schatten sich nicht vor ihr verbergen konnte, würde er ersteres versuchen.

Er machte einen raschen Schritt zur Seite, wirbelte um sie herum und zielte mit seinem Rapier auf ihre Nierenregion. Er war ihr in die Falle gegangen.

Bevor die Klinge sie erreichen konnte, stampfte sie fest auf den Boden. Eine Welle purer Kraft ergriff den Schatten und schleuderte ihn fort.

Orla drehte sich ihm zu, die Macht des Feuers loderte in ihren Händen. Sie streckte die Arme aus und schickte einen gewaltigen Flammenstrahl in seine Richtung. Als sie die Arme senkte, war da eine rabenschwarze Rußspur auf dem Boden. Und Dans Schattendoppelgänger war fort.

Sie drehte ihren Kopf suchend herum und sah gerade rechtzeitig hin, um zu erleben, wie ihr Schatten verschwand. Er stand nur ein paar Meter von ihr entfernt und das Ende von Dans Rapier ragte unblutig aus seiner Brust. Ohne einen Laut löste sich ihre Doppelgängerin auf.

»Wir müssen Alea und Kendrick helfen«, rief Dan.

Es war ersichtlich, dass die Hochelfin nicht mehr lange durchhielt. Sie stand gebeugt, der Atem so schwer, dass ihre Schultern sich hoben und senkten. Sogar aus der Ferne erkannte Orla die Schweißperlen auf Aleas Stirn.

Beide rannten zu ihr.

»Alea, geh und hilf Kendrick«, forderte Orla. »Wir kümmern uns um deine dunkle Seite.«

29
Der Preis des Heldentums

Alea

Sie konnte gerade noch einen Schwertstreich abwehren, der ihren Hals getroffen hätte. Ihre Muskeln schmerzten und sie war außer Atem. Aber sie durfte nicht nachlassen. Wenn sie unaufmerksam wurde, bedeutete das ihren Tod.

»Ich kann nicht«, setzte sie an, der Gnomin zu widersprechen.

Jedoch riss Orla sie mit einem Zauber zurück. Dan brachte ihren Schatten erfolgreich zum Stolpern und lenkte seine Aufmerksamkeit auf sich.

»Los«, forderte Orla abermals. »Dein Stolz ist nicht wichtiger als die Rettung der Welt.«

Alea fluchte. Sie hatte recht. »Lasst euch nicht umbringen«, knurrte sie und lief eilig in die Richtung von Mortas und Kendrick.

Der Auserwählte lag am Boden, sein Schwert in unerreichbarer Ferne. Mortas hatte einen Fuß auf seine Brust gesetzt und lamentierte mit dramatischen Gesten vor sich hin. Was er genau sagte, interessierte sie nicht, seine Stimme war bloß Hintergrundrauschen.

Alea verlangsamte ihre Schritte und ging in einem weiten Radius um ihn herum.

»Wer hat dir denn Versprechungen gemacht? Eine Person aus Fleisch und Blut oder eine körperlose Stimme?«, fragte Kendrick gerade. »Ich habe diese Stimme auch gehört, weißt du. Im Traum. Mir hat sie gesagt, dass ich sterben werde und die Welt untergeht. Was hat sie dir gesagt?«

Alea konnte nicht fassen, dass die beiden noch immer miteinander diskutierten. Andererseits rettete genau das gerade Kendricks Leben.

Mortas trat nervös auf der Stelle. Er wandt den Kopf ab, sein Blick wanderte sekundenlang in unbestimmte Ferne. »Ich werde ein *göttlicher* Herrscher sein«, raunte er und blickte zurück zu Kendrick. »Das passende Zepter habe ich bereits.«

Lenk ihn weiter ab, dachte Alea. *Lass ihn reden, bis ich nah genug dran bin.*

Sie warf einen prüfenden Blick zur Kuppel. Solange Mortas nichts befahl, würden keine weiteren Kreaturen angreifen. Und der Kerl war so mit sich selbst beschäftigt, dass er vermutlich noch nicht bemerkt hatte, dass seine Schatten versagten.

»Wenn sich das Tor öffnet, bist du der Erste, der zu Grunde geht«, widersprach Kendrick. »Mortas, komm doch zur Vernunft!«

Mortas hob sein Schwert. »Wenn sich das Tor öffnet, werde ich eine Armee an Dämonen anführen und Fallopia unterwerfen. Ich, Mortas Shade, der ehemalige Waisenjunge. Dessen Leben zerstört wurde, nachdem sein bester Freund ihn eines Tages im Stich ließ. Sie haben mich dafür verantwortlich gemacht, Kendrick. Seit diesem Tag schlug mir nichts als Verachtung entgegen. Warum sollte ich irgendetwas anderes tun, als alles zu vernichten, wenn sich die Gelegenheit dazu ergibt?«

Alea hatte selten etwas Dümmeres gehört. Wenn Orla es auch vernommen hatte, würde die Gnomin dafür sorgen, dass dies als seine letzten Worte in die Geschichtsbücher einging.

Sie stand nun hinter ihm.

Der Stab auf seinem Rücken pulsierte mit einer Macht, die bis in Aleas Eingeweide vordrang und ihr den Magen verdrehte. Sie hob ihre Klingen und hoffte, dass der Stab ihr nicht in letzter Sekunde einen Strich durch die Rechnung machte.

Mortas lachte hohl. »Es wird mir eine Ehre sein, dich zu töten.«

Alea brauchte bloß einen einzigen Streich. Schnell und ohne viel federlesen, schnitt sie Mortas den Kopf von den Schultern. Vermutlich bemerkte der nicht einmal, dass der Stahl seinen Nacken durchdrang. Es war ein hinterhältiger Angriff, aber Alea würde eher einen Ork heiraten, als diesem Bastard einen ehrenhaften Kampf anzubieten. Nach allem, was er getan hatte, verdiente er dieses unrühmliche Ende.

»Lustig, etwas Ähnliches habe ich auch gerade gedacht«, zischte sie. »Das war für Denu, Imir und Murphy, du Bastard.«

Mortas' Körper brach zusammen und landete mit einem dumpfen Aufprall vor Kendricks Füßen. Das abgetrennte Haupt rollte über den gefrorenen Boden und zog eine rote Schneise durch den Schnee.

»Kendrick, das Gefäß«, schrie Dan dem Auserwählten zu.

Hastig fummelte Kendrick den Seelenfänger unter seiner Rüstung hervor und öffnete ihn. Seine Finger zitterten so sehr, dass ihm der Korken entglitt.

Orla streckte ihre Hände aus. Wie eine Puppenspielerin, die eine Marionette lenkte, zog sie Mortas' Seele aus dem Leib. Sie zeigte sich als ein vage menschenförmiges, weißblaues Leuchten, das langsam von der Leiche emporstieg.

Fasziniert beobachtete Alea diesen Vorgang. Sie hatte nie an der Existenz von Seelen gezweifelt, schließlich war ihre mit der von Denu verbunden. Doch dies war der erste Mal, dass sie eine mit eigenen Augen sah.

Kendrick hielt den Seelenfänger hoch. Das Geisterlicht warf kühle Schatten auf seine Züge.

Es spiegelte sich in seinen blauen Augen wider und Alea fragte sich, wie es sich anfühlen mochte. War es warm? Oder kühl? Blendete es? Dennoch ging sie nicht näher heran, aus Sorge, sie könnte das Ritual unterbrechen.

Mit ausschweifenden Gesten lenkte Orla die Seele in das Gefäß. Rasch hob Alea den velorenen Korken auf und versiegelte es, als es blau aufleuchtete.

Sekundenlang breitete sich eine unheimlich schwere Stille auf der Ebene aus. Alea starrte auf Mortas' Leiche, während sich in ihrem Kopf die letzten Sekunden wiederholten. Sie hatten ihm wahrlich die Seele geraubt.

Wäre er ein Elf, so könnte er weder als sein Totem noch als Baum wiedergeboren werden, dachte sie. *Woran glauben Menschen? Was blüht ihm nun im Jenseits?*

»Es hat funktioniert«, jubelte die Gnomin.

Alea unterbrach ihre Grübelei, hielt Kendrick ihre Hand hin und zog ihn auf die Beine. »Bist du verletzt?«

Das Gesicht des Auserwählten, das ohnehin vor Kälte gerötet war, färbte sich noch ein wenig dunkler. »Nein. Ich habe nur wieder versagt.«

»Gar nicht wahr«, erwiderte Dan aufmunternd. »Du hast ihn wunderbar hingehalten, bis wir unsere Schatten erledigen und Alea sich hinter ihn schleichen konnte. Ohne eure kleine Ehekrise wär's um einiges schwieriger geworden, ihn zu schlagen. Was machen wir mit dem Stab?«

Orla stand vor der kopflosen Leiche Mortas' und musterte den Stab eingehend. »Wir bringen ihn zum Rat der Magier.«

Kendrick betrachtete ebenfalls den Körper seines Widersachers. Seine Miene war verschlossen und düster.

War das Trauer? Bedauern? Alea war sich nicht sicher. Hatte Kendrick doch noch daran geglaubt, Mortas ändern zu können?

»Sollten wir ihn nicht lieber zerstören?«, fragte Alea leise.

Die Gnomin summte nachdenklich. »In diesem Stab steckt eine mächtige Entität. Wir wissen erstens nicht, wie wir ihn zerstören können. Und zweitens, ob wir die Entität so nicht befreien. Der Rat wird wissen, wie damit zu verfahren ist.«

Alea lauschte angespannt. Draußen hörte sie noch immer das Grollen und Knurren der Nebelkreaturen. Kamen sie näher? Oder blieben sie stets auf gleichem Abstand?

»Außerdem wird es einen Grund geben, warum es immer einen Hüter für den Stab gab«, warf Dan ein. »Vielleicht wird er ja in einem Stück gebraucht, um das sogenannte Tor verschlossen zu halten.«

»Wichtiger ist die Tür«, sagte Alea. »Wir sollten sie verschließen, bevor diese Monster sich auf uns stürzen.«

So gern sie sich auch mit diesen Biestern prügeln würde, der Kampf gegen ihre Schattendoppelgängerin hatte sie ausgelaugt. Die kalte Luft brannte mehr denn je in ihren Lungen und am liebsten hätte sie sich ein paar Sekunden in den Schnee gelegt.

Ich kann mich ausruhen, wenn wir unsere Aufgabe zu Ende gebracht haben, dachte sie und dehnte ihre schmerzenden Muskeln.

Kendrick nickte und löste sich von Mortas' Anblick. »Wir lassen seine Leiche nicht hier, oder? Ich meine … er verdient eine Beerdigung.«

»Nur wenn du ihn trägst«, erwiderte Alea.

Dan kratzte sich am Hinterkopf. »Wenn wir ihn beerdigen, dann anonym.«

Kendrick zog die Brauen zusammen. »Warum?«

»Weil Mortas sich keinen guten Namen gemacht hat und die Wahrscheinlichkeit hoch ist, dass die Leute sein Grab schänden werden«, erklärte Orla.

Kendrick seufzte schwer. »Stimmt. Egal. Hauptsache, er bekommt überhaupt eine Ruhestätte.« Er holte das neue Siegel aus seiner Tasche, atmete leise durch und wandte sich dem Tor zu. »Wünscht mir Glück, ja?«

Dan zeigte ihm beide Daumen nach oben. »Wir glauben an dich!«

Orla wickelte den Stab in einer Decke ein und schob ihn umsichtig in ihren Rucksack.

Alea verschränkte die Arme vor der Brust.

Langsam nährte sich Kendrick dem Tor. Es sah aus, als müsste er sich gegen einen unsichtbaren Widerstand lehnen. Jeder seiner Schritte wirkte schwerfällig.

»Du schaffst das«, rief Orla ihm zu.

Unruhig trommelte Alea mit den Fingern auf ihren Oberarmen. Er war keine fünf Meter mehr entfernt, doch es schien, als würde er sein Ziel nicht erreichen können.

Wieder fluchte sie leise und beschloss, dass sie ihm helfen musste. Er brauchte bloß einen letzten Schubs.

Dann bebte die Erde. Blitze zuckten durch die Nebelkuppel, die pulsierte wie ein schlagendes Herz.

Alea schwankte und stemmte die Füße fest gegen den Boden, um ihren Stand nicht zu verlieren. »Haltet euch fest!«

Orla und Dan packten je eines ihrer Beine. Sie waren kleiner und leichter und somit schneller in Gefahr, zu stürzen.

»Kendrick!«, brüllte Orla.

Der Auserwählte stand endlich vor der Tür. Beide Siegel leuchteten in einem tiefen Blau und warfen unheimliche Schatten auf seine verzerrte Miene.

Der Wind peitschte Schnee und winzige Eiskristalle auf. Alea wusste, dass sie den tobenden Elementen nicht lange standhalten würden. Sie konnte kaum noch stehen. Der Sturm würde Dan und Orla fortreißen, wenn sie ihm schutzlos ausgeliefert wären.

Sie holte hastig ihre Decke aus dem Rucksack. »Auf den Boden!«

»Was ist mit Kendrick?«, schrie Dan zurück.

»Nur er kann das Chaos hier aufhalten«, erwiderte Alea. »Wir können ihm nicht helfen.«

Sie packte die Gnomin und den Halbling und warf sich mit ihnen auf den Boden. Schützend zog sie die Decke über sie alle und die Welt wurde dunkel.

Irgendwann legte sich der Sturm, doch Alea traute der Ruhe nicht. Bis sie ein vorsichtiges Stupsen im Rücken spürte.

›Alea?‹ Denus sanfte Stimme hallte durch ihren Kopf. ›Geht es dir gut? Wo sind wir hier?‹

Sie warf die Decke zurück und sprang auf. Tatsächlich: Ihr Elch stand mitten in einer Schneewehe. Er sah zwar etwas verloren, aber unverändert aus.

Alea schlang die Arme um den Hals ihres alten Freundes und vergrub das Gesicht in seinem weißen Fell.

»Ich bin so froh, dich wiederzusehen«, murmelte sie.

›Aber Denu war doch nicht fort‹, entgegnete der Elch irritiert. ›Er hat geschlafen.‹

Alea gluckste leise. »Ich erkläre dir alles auf dem Rückweg, ja? Fühlst du dich ausgeruht?«

Denu schnaufte zustimmend. ›Denu hätte gerne Frühstück.‹

Es ging ihm wirklich gut. Es gab keine Worte, mit denen Alea ihre Erleichterung und Freude ausdrücken konnte, die durch ihren Körper flossen wie warmer Honigwein.

Die Stimmen von Dan und Orla, die ihre tierischen Freunde ebenfalls in Empfang nahmen, hörte sie nur mit halbem Ohr. Sie atmete den vertrauten Geruch des Elches ein, ignorierte die beißende Kälte und gab sich den gemeinsamen Erinnerungen hin. Wie sie Denu kennenlernte. Die Ausritte im Wald. Die vielen Abenteuer, die sie bestanden hatten.

Und die wir ab jetzt wieder gemeinsam bestehen werden. Du hast mir so gefehlt, mein Freund.

›Warum ist Kendrick eine Statue?‹, fragte der Elch.

Alea ruckte den Kopf hoch und zu Kendrick herum.

Er stand im Ausfallschritt vor dem nun verschlossenen Tor, die Hände noch am Siegel.

Doch seine Haut war zu Stein geworden. Sein Gesicht vor Anstrengung verzerrt; die Zähne zusammengebissen und gebleckt, die Augen zugekniffen.

Etwas Schweres sackte heiß und voller Stacheln in ihren Magen.

»Nein«, stieß Dan aus und lief auf Kendrick zu. »Nein, nein, nein, verdammt!«

Orla rannte eilig um den Auserwählten herum, tiefe Falten lagen auf ihrer Stirn. »Das … das kann nicht sein«, erklärte sie. »Mortas' Seele ist verschwunden. Das Gefäß hat sich aufgelöst. Es *hat funktioniert. Das darf* nicht sein!«

Alea schluckte trocken. Sie nahm zögerlich die Hand von Denus Schnauze und trat zu ihren Freunden.

Dan rang die Hände. »Ich will nicht glauben, dass alles umsonst war.«

Sein Frettchen sprang von seinen Schultern auf die von Kendrick. Murphy schnupperte an seinem Ohr und legte ratlos das Köpfchen schief.

»War es auch nicht«, erwiderte Orla heftig.

Imir, der wieder wie ein schuppiger Schal um ihren Hals lag, gab einen fragenden Laut von sich.

»Später, Kleiner«, murmelte sie und tätschelte ihn sacht. »Vielleicht … vielleicht ist es nur ein Fluch.«

Alea berührte Kendricks Arm. Er war kalt wie das Eis im Dörrtal und glatt wie feiner Marmor.

Leise knirschte sie mit den Zähnen, Wut brannte sich durch ihre Adern. Sollte das wirklich der Lohn für alles sein, das dieser Mann auf sich genommen hatte? Für die Hürden, die er überwunden hatte? Aus ihm war ein ehrenhafter Krieger geworden, der alles getan hatte, um diese Welt zu retten. Ja, er war sogar bereit gewesen, sich zu opfern. Er hatte dieses Ende nicht verdient.

»Wenn es ein Fluch ist, kannst du ihn brechen, Orla?«, fragte sie gepresst.

Die Gnomin antwortete nicht sofort. Sie schwieg viel zu lang.

»Orla«, drängte Alea.

»Ich … kann versuchen, Kontakt mit ihm aufzunehmen, wie damals zu Imir. Ob das funktioniert, weiß ich nicht.« Orla rieb sich die Stirn. »Aber einen Fluch brechen kann ich nicht. Das liegt außerhalb meiner Fähigkeiten.«

»Denkst du, er lebt noch?« Dans Stimme klang belegt.

Orla nickte entschlossen. »Solange mir nicht das Gegenteil bewiesen wurde, bin ich überzeugt davon, dass er noch lebt.« Sie drehte sich zu Denu um. »Würdest du ihn tragen, Großer?«

›Für eine leckere Mohrrübe oder einen Apfel trägt Denu alles, was ihm auf den Rücken gelegt wird‹, erklärte der Elch.

»Sollst du bekommen«, versprach Alea ihm.

»Wir müssen ihn vorher vom Siegel lösen, ohne seine Finger abzubrechen«, merkte Dan an und holte bereits sein Diebeswerkzeug hervor. »Alea, hilfst du mir gerade mal?«

Obwohl Kendricks Arme nicht weit oben waren, würde der Halbling sie nicht erreichen, ohne sich dauerhaft strecken zu müssen.

Alea ging in die Hocke und ließ ihn auf ihre Oberschenkel steigen.

Während der Halbling vorsichtig eine feine Säge ansetzte, um Kendricks Finger vom Siegel zu lösen, musterte Alea den Auserwählten unwohl. Es war nur schwer erträglich, dass sie kein Kunstwerk vor sich hatte, sondern dass dies einmal ein Mensch aus Fleisch und Blut gewesen war.

»Wir kriegen dich wieder hin, Ken«, murmelte der Halbling vor sich hin. »Du wirst schon sehen. Und wenn nicht wir, dann der Rat der Magier in Fairwick. Oder die Shiro Ahali. Kann doch nicht sein, dass du deine ganzen Pläne jetzt über den Haufen werfen musst …«

Vater hat immer gesagt, auf dem Schlachtfeld gibt es keine Helden. Alea ignorierte das Brennen ihrer müden Muskeln. Nur Tote und

Überlebende. Wenn das Dörrtal unser Schlachtfeld ist, dann ... Sie brach den Gedanken kopfschüttelnd ab.

Bei der Gelegenheit kam ihr Mortas in den Sinn. Kendrick hatte sie darum gebeten, diesen Mann zu beerdigen. Alea war zwar nicht begeistert von diesem Vorhaben, aber sie würde ihr Versprechen ihm gegenüber einhalten.

Stirnrunzelnd sah sie sich um, konnte die Leiche von Mortas aber nirgendwo entdecken. Vielleicht war er stärker eingeschneit worden als sie?

»In Ordnung, ich hab es«, verkündete Dan und sprang von ihren Beinen. »Danke, Löwin.«

Alea richtete sich auf. »Wo ist Mortas?«

»Der muss hier irgendwo rumliegen.« Dan verstaute sein Werkzeug. »Schleppen wir ihn auch mit? Oder versuchen wir, ihn hier zu bergraben?«

»Bin mir nicht sicher«, murmelte Alea.

Orla ließ einige kräftige Windböen aufkommen mit deren Hilfe sie den Neuschnee verscheuchte. Doch Mortas' Leiche tauchte nicht auf.

»Möglicherweise hat sie sich aufgelöst«, vermutete die Gnomin. »Hier waren seltsame magische Kräfte am Werk. Sein Körper war zum Zeitpunkt, an dem Kendrick das Siegel angebracht hat, bloß eine Hülle. Vielleicht ist er ... einfach zerfallen?«

Dan erschauderte. »Und seine Seele steckt in dem Siegel. Kein schönes Schicksal.«

Alea schnaubte leise und kippte vorsichtig Kendricks Statue an. »Aber eines, was er sich selbst ausgesucht hat. Fasst mit an!«

Gemeinsam trugen sie die Statue zu Denu und schnallten sie auf seinem Rücken fest. Der Elch erhob sich langsam.

»Geht es?«, fragte sie.

›Denu kann ihn tragen‹, antwortete der Elch. ›Bekommt er jetzt eine Mohrrübe?‹

30
Der Vierundzwanzig-Stun-den-rund-um-die-Sonnenuhr-Schnellreiseservice

Dan

Es war erstaunlich, wie schnell die Kaltwüste zu ihrem kalten Glanz zurückgekehrt war.

Keine Spur mehr von Grasflächen oder Sand, stattdessen Schnee und Eis, wohin das Auge blickte. Bis die Tiere zurückkehrten, würde es vermutlich noch eine Weile dauern.

Dan glaubte, dass die meisten instinktiv geflohen waren, als Mortas das Siegel zerstört hatte.

Skoruck hat in der Silberschmiede behauptet, dass es vor fünfhundert Jahren ein ähnliches Phänomen gab. Und dass der Held von damals nie zurückgekehrt sei. Dan starrte grübelnd in den Schnee und beobachtete, wie er Spuren darin hinterließ. *Hätten wir dann nicht eine Statue von ihm im Dörrtal finden müssen? Oder irgendeinen Hinweis darauf, dass vor uns jemand dort gewesen ist?*

Skoruck könnte gelogen haben, aber warum hätte er das tun sollen? Um Kendrick zu verunsichern? Vielleicht war das ein Test seiner Entschlossenheit gewesen? Oder war die Statue des alten Helden ebenso verschwunden wie Mortas' Leiche, als sich die Tür zur Unterwelt geöffnet hatte?

Sie waren schon ein paar Tage unterwegs, Frostheim war nur noch einen Katzensprung entfernt. Allmählich sorgte sich Dan um Denu. Der Elch war zweifellos stark und durchhaltefähig. Aber er bezweifelte, dass er diese schwere Statue den ganzen Weg zurück nach Fairwick tragen konnte. Das würde er aber weder Alea noch Denu sagen – sie fühlten sich bei so was schnell angegriffen.

»Und das ist das Geheimnis von Manatränken«, erklärte Orla gerade Kendrick. »Warum es aber niemandem gelingt, dass sie nach Blaubeere schmecken statt nach alten Socken, werde ich nie begreifen.«

Sie und Dan unterhielten sich regelmäßig mit der Statue. Ob Kendrick sie wirklich hören konnte, spielte keine Rolle. Dan würde ihren Auserwählten weiterhin wie ein Lebewesen behandeln, bis ihm eindeutig bewiesen wurde, dass Kendrick nur noch eine Statue war. Was natürlich niemals nachgewiesen werden würde.

Dennoch versuchte er, ihm nicht ins versteinerte Gesicht zu blicken. Dan hoffte, dass es nur die Anstrengung war, die sich auf Kendricks Mimik abgezeichnet hatte. Dass es nicht unerträglicher Schmerz und blanke Panik war, die sein Gesicht verzerrt hatten.

Was hatte Kendrick in seinem letzten wachen Moment gedacht? Wie hatte er sich gefühlt?

Dan senkte den Blick zu seinen Stiefeln.

Wäre es anders gekommen, wenn sie alle gemeinsam zur Tür gegangen wären?

›Dan ist traurig‹, stellte Murphy fest.

Sein Frettchen hatte sich in seiner Kapuze zusammengerollt und wärmte ihm angenehm den Nacken.

›Soll Murphy ihn aufmuntern? Murphy kann tanzen!‹

Er langte nach hinten und kratzte ihn sanft hinter dem Ohr. »Danke, Stinker. Aber es geht mir gut. Ich bin bloß besorgt um Ken.«

›Dan mag ihn jetzt?‹

»Ja, wir haben uns über die Zeit ganz gut angefreundet.«

›Dann entschuldigt sich Murphy bei ihm, dass er in seine Stiefel gekackt hat.‹

Er kicherte. »Lass mal gut sein. Je weniger er weiß, desto besser.«

»Wenn du ihn weiter zulaberst, wird er einen Hörschaden bekommen«, sagte Alea zur Gnomin.

»Blödsinn.« Orla winkte ab. »Eher wird er mit einem Hirn voller neuem Wissen aufwachen und vielleicht selbst anfangen, Magie zu studieren. Also, Kendrick, wo war ich? Genau, die Feuerzauber …«

Kopfschüttelnd, aber mit einem leichten Lächeln auf den Lippen, legte Alea ihre Hand an Denus Hals und klopfte ihn lobend. »Sag mir, wenn du eine Pause brauchst.«

Der Elch schnaufte leise. Sie musterte ihn eindringlich und runzelte die Stirn.

Dan erkannte Sorge in ihrer Miene. »Denkt ihr, wir können den Rückweg verkürzen? Josie, Portale, andere Möglichkeiten der magischen Schnellreise?«

Orla unterbrach ihren Vortrag darüber, wie man Feuerbälle mit einfachen Tricks kunterbunt gestalten konnte. »Oh, sicher. Wir fragen in Frostheim nach, ob sie ein Portal haben. Wenn nicht, werde ich ein Ritual vollziehen, mit dem ich eins finden kann. Die sind nämlich selten so offen wie in Clearwick und müssen erst aktiviert werden. Ich kann meinen Blick verzaubern, sodass ich in der Lage bin, die Runen zu finden, die sich zu Portalen öffnen lassen.«

Ihre Antwort war ohne Punkt und Komma gekommen und Dan brauchte ein paar Minuten, um alles richtig zu verarbeiten. »Danke. Das war alles, was ich wissen wollte.«

Orla grinste zufrieden und wandte sich wieder Kendricks Statue zu.

»Wir sollten die Statue verhüllen, bevor wir unter das Volk treten«, merkte Dan an.

Alea strich sanft durch Denus Fell. »Um möglichst wenig Aufmerksamkeit auf uns ziehen.«

»Da werden wir nicht umhinkommen«, entgegnete er. Murphy regte sich in seiner Kapuze, schien nach einer neuen, bequemeren Liegeposition zu suchen. »Die Leute werden fragen, warum wir zurück sind. Wir müssen ihnen sagen, dass die Gefahr gebannt ist.«

»Denke, das werden sie schon gemerkt haben«, sagte Alea. »Die Bewohner von Fairwick und Clearwick dürften ihre ursprüngliche Gestalt zurückhaben.«

»Stimmt.«

»Wenn jemand fragt, behaupten wir, die Shiro Ahali hätten ihn schon zu sich geholt«, meldete sich Orla. »Das Fußvolk muss halt laufen.«

Dan seufzte. »Lasst uns hoffen, dass die Presse sich ein bisschen Zeit mit ihren Sensationsberichten lässt.«

Sie erreichten Frostheim kurz nach Mitternacht und das war ihr Glück. So konnten sie Denu unbehelligt in einem Stall unterbringen und ein Zimmer im Gasthaus beziehen. Dank der eingetretenen Sperrstunde war auch die Schankstube leer und nur noch eine Schankmaid da, die letzte Aufräumarbeiten tätigte.

Es waren sogar Reste vom Abendessen für sie übrig. Orla hatte eine Illusion über Kendricks Statue gelegt, sodass sie nach einem Elfen in heldenhafter Pose aussah. Ein Fund aus der Kaltwüste, hatten sie der Schankmaid erklärt und die nicht weiter nachgebohrt.

»Sagt mal, gibt es in der Nähe Portale?«, fragte Orla.

Die Schankmaid stellte den sauberen Humpen, den sie abgetrocknet hatte, zu den anderen ins Regal. »Selbstverständlich. Ihr könnt gern unseren Vierundzwanzig-Stunden-Rund-um-die-Sonnenuhr-Schnellreiseservice nutzen. Für nur fünf Silberstücke pro Kopf, inklusive drei Silberstücke Schwerlastpauschale.«

Dan nickte eifrig. »Klingt gut. Nehmen wir.«

Alea händigte der Frau das Geld aus und bekam sieben Runensteine.

»Eure Tickets«, erklärte die Schankmaid. »Den kleinen grünen hängt Ihr der Statue um. Die roten gebt Ihr Euren Familiars und die violetten sind für Euch. Das Portal befindet sich im Hinterhof. Sagt einfach Euer Ziel innerhalb von Ursapenia und Ihr seid in Sekundenschnelle da. Allerdings müsst Ihr diesen Ort vorher schon einmal besucht haben.«

»Und für Reisen zwischen einzelnen Königreichen?«, hakte Orla nach. »Wir müssen dringend nach Fairwick in Leopenia.«

Die Schankmaid trocknete einen weiteren Humpen ab. »Dann empfehle ich Euch, nach Timbervale zu reisen. Es liegt grenznahe zu Leopenia. Fragt im örtlichen Gasthaus nach einer Schnellreise.«

Alea nickte ihr zu und auch Orla und Dan bedankten sich bei ihr. Diese Frau wusste gar nicht, wie sehr sie ihnen das Leben gerade erleichtert hatte.

Mit neuer Zuversicht zogen sie sich mit ihrer Mahlzeit auf ihr Zimmer zurück und stellten Kendrick mitten im Raum auf. Orla setzte sich im Schneidersitz vor ihn, legte eine Hand an sein Schienbein und schloss konzentriert die Augen.

Dan machte es sich auf einem der drei Betten bequem. Er stellte die Schüssel mit Eintopf auf seinen Schoß ab, aß aber nicht. Angespannt beobachtete er die Gnomin.

»Kendrick? Kannst du mich hören?«, fragte Orla leise.

Alea verschränkte die Arme vor der Brust und lehnte sich mit dem Rücken neben das Fenster an die Wand.

»Komm schon, Kendrick«, murmelte Orla. »Antworte mir!«

Murphy und Imir gesellten sich zu ihm aufs Bett. Sie tauschten einige Laute miteinander aus und Dan bemerkte, dass kleine Frettchenpfoten etwas aus seinem Essen fischten. Er ignorierte das geflissentlich.

Je länger eine Antwort von Kendrick auf sich warten ließ, desto dicker schien die Luft im Zimmer zu werden. Er rutschte nervös auf seinem Hintern hin und er, stellte schließlich die Schüssel weg und stand auf.

»Sag ihm, er bekommt einen Kuss von Alea, wenn er wieder der Alte wird.«

Alea zog eine Braue hoch und starrte ihn an, als wäre ihm ein zweiter Kopf gewachsen. »Bitte?«

»Nicht ernst gemeint«, fügte er rasch hinzu. »Nur als Motivationsschub.«

Die Hochelfin fasste sich an die Stirn. »Hör zu, ich habe Kendrick mehr als deutlich gemacht, dass ich kein Interesse an ihm habe. Und jetzt soll ich ihm doch versprechen, ihn zu küssen?«

Dan zupfte an seinem Kinnbart. »Hat er dir gesagt, dass er dich gut findet, oder bist du noch selbst draufgekommen, dass er dir schöne Augen macht?«

Mürrisch rümpfte Alea die Nase. »Als Orla und Josie den Seelenfänger gebaut haben, hat er mich gefragt, ob ich mit ihm ausgehen würde. Habe ihm gesagt, dass das nie passiert und er jegliche Hoffnung diesbezüglich aufgeben soll. Er ist in Ordnung – für einen Menschen. Nicht mehr und nicht weniger.«

Dan verschränkte die Finger hinter seinem Rücken. Wenn man ihre Vergangenheit und das negative Bild, das sie von Menschen hatte, bedachte, war das ein großes Kompliment. »Wenigstens habt ihr das mal aus der Welt geschafft und Kendrick kann sich anderweitig umschauen. Hey, notfalls kann ich ihn auch küssen, wenn es hilft.«

Alea schnaubte amüsiert. »Sagst du nicht immer, dass du ausschließlich Interesse an einer Dame in deiner Größe hast?«

Er zuckte mit den Schultern. »Ich behaupte auch ständig, dass ich Orla heiraten werde.«

»Sie *ist* eine Dame in deiner Größe.«

»Das ist a: richtig und b: falsch.«

Alea zog eine Braue hoch.

»Wir sind zwar auf Augenhöhe, aber wenn ich sie heiraten würde, wäre der Witz kaputt.« Außerdem sah er in Orla wirklich nur eine gute Freundin, mit Alea zusammen sogar seine beste. Dan setzte sich hin. »Ich kann Leute auch knutschen, ohne romantisches Interesse zu haben. Ich trage viel Liebe in mir.«

Orla seufzte tief. Das bläuliche Licht, in das sie die Statue gehüllt hatte, versiegte. »Ich erreiche ihn nicht.«

Dans Herz sank. Der Anflug von guter Laune, den er eben noch verspürt hatte, fiel zurück in eine Fallgrube aus Sorge und Unsicherheit. »Was bedeutet das?«

Alea löste sich von der Wand.

Orla stand auf und streckte sich. »Erst mal nur das. Ich kann nicht mit ihm sprechen.« Sie stemmte die Hände in die Hüfte und musterte Kendrick eingehend. »Das muss nicht heißen, dass er tot ist. Er könnte auch in einem tiefen Schlaf stecken. Was ich sagen kann, ist, dass das hier etwas anderes ist als die Verwandlungen in Fairwick. Die Leute dort wurden von den Auswirkungen des Nebels getroffen. Kendrick hat vermutlich einen Fluch direkt aus der Unterwelt abbekommen.«

Sie schwiegen gemeinsam. Sekunden streckten sich ins Endlose, bis Dan das Gefühl hatte, sie würden seit über einer Stunde still im Raum stehen.

»Morgen reisen wir weiter«, sagte Orla schließlich. »Von Timbervale aus wird es ein Portal nach Fairwick geben. Wenn der Rat der Magier keine Lösung findet, werden die Shiro Ahali wissen, was zu tun ist.«

Ihre Zuversicht fachte Dans Optimismus an. Auch er würde die Hoffnung wegen eines kleinen Rückschlags nicht aufgeben.

31

Der Heimweg

Orla

Nach dem Frühstück am nächsten Morgen brachen sie auf. Die Sonne war kaum aufgegangen und am Portaleingang erwartete sie ein müder und entsprechend schlecht gelaunter Mann.

»Fahrkarten, bitte«, brummte er.

Alea zeigte die Runensteine. »Drei Personen, inklusive Fracht und Familiars.«

Denu gähnte und schnaufte träge. Weißer Dunst drang aus seinen Nüstern. Imir und Murphy hatten dank ihrer Größe mehr Glück: Sie konnten auf den Schultern von Orla und Dan weiterschlafen.

»In Ordnung.« Der Mann musterte die Statue noch einen Moment länger.

»Was ist Euer Ziel?«

»Timbervale«, antwortete Dan.

Der Mann sprach leise eine Formel und trat dann zur Seite. »Für folgende Dinge wird keine Haftung übernommen: Übelkeit, Erbrechen, Verlust von Wertgegenständen, Gliedmaßen oder Innereien. Der Vierundzwanzig-Stunden-Rund-um-die-Sonnenuhr-Schnellreiseservice wünscht gute Reise.«

»Hat er gerade ›Verlust von Gliedmaßen und Innereien‹ gesagt?«, fragte Dan.

»Jupp«, bestätigte Orla unbekümmert.

»Gut. Wollte nur wissen, dass ich mich nicht verhört habe.« Dan grinste. »Kein Spaß ohne Risiko.«

Alea legte die Hände an seinen und den Rücken der Gnomin und gab ihnen einen sanften Schubs nach vorne.

Sie traten durch das Portal und einen Augenschlag später standen sie mitten auf dem Marktplatz von Timbervale.

Orla blinzelte den Schwindel fort und schüttelte sich. Sie überprüfte ihren Körper und stellte erfreut fest, dass sie vollständig war.

»Geht's allen gut?«

»Mir schon«, antwortete der Halbling. »Aber ich fürchte, Aleas Gehirn ist auf der Reise verloren gegangen.«

Alea zückte einen Dolch und hielt die Spitze in seine Richtung. »Dans Zunge könnte auch gleich noch verloren gehen. Habe gehört, solche Portale haben oft Spätfolgen.«

Dan grinste und strecke ihr eben jene Zunge heraus.

Hinter ihnen fiel etwas Schweres zu Boden.

»Oh, nein«, grollte eine Frau. »Ihr schon wieder.«

Orla drehte sich um. »Wir schon wieder?«

»*Ihr* schon wieder!«, wiederholte die Frau erbost. Wenn Orla sich nicht täuschte, war das die Alchimistin, bei der Kendrick Tränke kaufen wollte.

»Nein, *Ihr*«, konterte Dan und deutete mit beiden Zeigefingern auf sie.

»Ich dachte, König Bruno hätte Euch aus dem Reich gejagt«, echauffierte sich die Alchimistin. »Warum zum Geier seid Ihr wieder hier?«

»Wir sind wie Herpes: unangenehm, oft an unappetitlichen Stellen und man wird uns ums Verrecken nicht los«, antwortete der Halbling.

»Und deshalb müssen wir jetzt dringend eine Salbe gegen uns holen«, fügte Orla hinzu. »Wo geht es zum Gasthaus?«

Grummelnd hob die Alchimistin die Kiste auf, die sie fallen gelassen hatte. »Damit Ihr das in Brand stecken könnt?«

»Kommt, ich bin das letzte Mal dort gewesen«, sagte Alea. »Die Taverne ist gleich da vorn.«

Orla winkte der Zwergin und machte schwungvoll auf dem Absatz kehrt. Sie folgte Alea zwischen den leeren Marktständen entlang und huschte ins Innere, als sie die Tür aufhielt.

»Sollten wir«, hob Dan an, doch sie würde das Ende des Satzes nie erfahren.

»Sie sind es! ›Die glorreichen Sieben‹! Bitte, seid Ihr bereit für ein Interview?« Ein aufgeregter Waldelf kam auf sie zugerannt und kramte eilig Papier und Federkiel aus seinem Umhängebeutel. »Sylkas Farven von ›Blutbefleckt – Invasiv – Lausig – Destruktiv‹. Die Nachricht Eurer Heldentaten verbreitet sich wie ein Lauffeuer in Ursapenia.«

»Macht ihr das mal«, brummte Alea. »Ich kümmere mich um unsere Tickets.«

Dan und Orla wechselten einen Blick. Sie sah das schelmische Funkeln in seinen grünen Augen und grinste ihm zu. Das würde lustig werden.

»Fragt, guter Mann«, ermutigte der Halbling.

Der Waldelf tippte mit der Federspitze auf seine Zunge. »Gut, gut. Erste Frage: Wo sind die restlichen vier von Euch?«

»Wett-Iglubauen in der Kaltwüste«, antwortete Orla.

»Und wie sind ihre Namen?«

Dan kraulte Murphy am Kopf. »Lora, Sue, Nad und … Bob.«

Sylkas schrieb fleißig mit. »Wo ist der Auserwählte?«

Hätte er das nicht zu allererst fragen sollen?, dachte Orla. *Seltsame Prioritäten.* »Er ist schon zurück bei den Shiro Ahali.«

»Verstehe«, murmelte der Waldelf.

Orla schielte an ihm vorbei zu Alea. Die lehnte rücklings am Tresen und beobachtete das Spektakel amüsiert.

»Erzählt mir von Eurem Kampf im Dörrtal«, forderte Skylas euphorisch. »Lasst kein Detail aus!«

Natürlich taten sie das nicht. Sie schusterten eine absolute Blödsinnsgeschichte in allen bunten Farben dieser Welt zusammen, die er begeistert mitschrieb.

»Und eine Armee von Skeletten, die angeführt von einem gigantischen Knochendrachen aus dem Tor der Unterwelt marschiert sind«, schilderte Dan dramatisch und mit großen Gesten.

»Der Drache hat Feuer, Eis und pure Dunkelheit gespien«, fügte Orla hinzu.

»Einhörner waren auch da«, behauptete Dan. »Aber sie waren schwarz wie die Nacht, mit blutroten Augen und einem Horn, das schärfer war als jede Rasierklinge. Auf ihnen sind Untote geritten.«

»Wahnsinn«, flüsterte Skylas.

Alea bedeutete ihnen mit einer stillen Geste, dass sie aufbrechen mussten.

Orla nickte ihr kurz zu, um zu zeigen, dass sie verstanden hatte. Fünf Minuten würden sie noch Zeit haben. »Zum Glück hatte Dan Steaks in der Tasche. Damit konnten wir die Einhörner bestechen und auf unsere Seite ziehen, sodass sie sich gegen ihre untoten Reiter gewendet haben.«

»Orla hat daraufhin einen Zauber gewirkt, doch er hatte andere Ausmaße als geplant«, fuhr der Halbling fort. »Plötzlich hat es rosa Wattebäuschchen geregnet ...«

»Die sich in den Knochen der Skelette verfangen und sie verlangsamt haben«, vervollständigte sie und spannte einen imaginären Bogen. »Währenddessen hat unsere Freundin Alea einen Pfeil auf den Drachen geschossen. Durch meinen Zauber hat der sich aber ...«

»In eine Schlange verwandelt.« Dan fuchtelte mit den Händen in der Luft herum, als hielte er eine Schlange fest im Griff. »Und das hat den Drachen so erschreckt, dass er sich beim Feuer, Eis und Dunkelheit spucken verschluckt hat ...«

»Und explodiert ist.« Orla vollführte ausschweigende Armbewegungen. »Er ist zu buntem Glitzer zerfallen und ebenfalls auf die Untoten gerieselt.«

Dan nickte immer wieder eifrig. »Die daraufhin zu Süßigkeiten wurden. Statt aus Knochen, bestanden sie aus Zuckerstangen.«

Skylas kam gar nicht mehr dazu, irgendetwas nachzufragen. Oder zu *hinter*fragen. Er schrieb so schnell er konnte, um ihren Unsinn festzuhalten.

Gänzlich unrealistisch war es zugegebenermaßen nicht. Der Nebel hatte schließlich pures Chaos bedeutet.

»Dann waren sie ganz leicht zu besiegen. Währenddessen hat Kendrick sich dem Oberschurken gestellt.« Dan senkte seine Stimme bedrohlich. »Einem Erzdämon namens ...«

»Tim«, behauptete Orla. »Ein Akronym für ›Total infernalisches Monster‹ oder so. Kendrick hat ihn erschlagen und das Siegel angebracht.«

»Alles Böse aus der Unterwelt ist sofort verpufft, als wäre nichts gewesen«, fügte Dan hinzu.

Skylas atmete tief durch. »Das sind Titelstorys für mindestens sieben Tage.« Er verstaute sein Papier im Beutel. »Vielen Dank! Ich werde mich gleich daranmachen, meine Notizen zu Artikeln zu verarbeiten.«

Er machte kehrt und rannte die Treppe hinauf ins Obergeschoss.

Orla seufzte zufrieden. »Das war lustig. Hast du ...?«

Dan hielt die Notizen des Waldelfs hoch. »Selbstverständlich.«

Sie schnipste und ließ das Papier in Flammen aufgehen. Dan ließ die Aschefetzen zu Boden rieseln und sie schlugen ihre Fäuste gegeneinander.

»Kommt ihr dann?«, fragte Alea ungeduldig.

»Auf dem Weg«, antwortete Orla fröhlich.

Praktischerweise konnten sie als Zielort direkt das Ratsgebäude in Fairwick angeben. So musste der arme Denu die Statue nicht durch die ganze Stadt tragen. Orla drehte sich noch einmal um und ließ den Blick schweifen. Die Straßen Fairwicks waren geschäftig wie eh und je. Alles war wie früher.

»Helden müssen keine Nummer ziehen, oder?«, fragte Dan hoffnungsvoll.

Orla winkte ab. »Auf keinen Fall. Wir lassen uns direkt zur Erzmagierin bringen.« Sie sah hoch zu Kendrick. »Nicht mehr lange und du bist wieder der Alte.«

Alea führte Denu in das große Haus, Dan und Orla folgten ihr. Die Hufe des Elchs verursachten ein sanftes Klackern auf dem marmornen Boden.

Orla war lang nicht mehr hier gewesen und hatte fast vergessen, wie eindrucksvoll es war. Sie legte den Kopf in den Nacken und blickte hinauf zur schier endlos fernen Decke, an denen sich ein bildschöner Sternenhimmel widerspiegelte.

Die Halle war von Säulen und Statuen gesäumt. Dazwischen standen unzählige Sitzgelegenheiten für die armen Seelen, die etwas beantragen wollten.

Nach und nach drehten die Wartenden ihnen die Köpfe zu. Zunächst tuschelten sie nur aufgeregt miteinander. Dann sprang ein Zwerg auf seinen Stuhl. »Lang leben Kendrick und ›Die glorreichen Sieben‹!«

Die Halle brach in Jubel und Dankbarkeit aus.

Orla merkte, dass ihre Wangen warm wurden. So viel Lob und Freude berührten sie zutiefst. Sie war so unfassbar glücklich, dass alles funktioniert hatte und hier niemand mehr ein Spielzeug sein musste.

Es dauerte überdurchschnittlich lange, bis sie endlich die Rezeption erreichten.

»Ihr müsst gar nichts sagen«, unterbrach die Elfin hinter dem Tisch, als Orla gerade den Mund öffnete. »Bitte, geht sofort zur Erzmagierin. Sie erwartet Euch.«

»Danke«, erwiderte Dan. »Sonnenschein, führ uns hin!«

Eilig brachte Orla ihre Freunde zu dem Büro, in dem sie damals mit der Erzmagierin gesprochen hatte. In dem sie Imir, Denu und Murphy als Stofftiere vorgefunden hatte. Sie strich ihrem kleinen Pseudodrachen sanft über Kopf und Rücken. Glatte warme Schuppen und ein wohliges Geräusch und sie hoffte, dass es nie wieder anders sein würde.

Alea klopfte dreimal.

»Kommt rein«, kam die gedämpfte Antwort.

Orla tat wie geheißen. »Hallo! Da sind wir.«

Dan legte Zeige- und Mittelfinger zum saloppen Salut an die Stirn. »Vermelden gehorsamst: Gefahr erkannt, Gefahr gebannt.«

Die Erzmagierin erhob sich aus ihrem Stuhl und lief um den opulenten Schreibtisch herum. »Wir sind Euch zu ewigem Dank verpflichtet. Jeder, der von den Auswirkungen des Nebels betroffen war, hat seine alte Gestalt zurück. Es wird in wenigen Tagen ein großes Fest geben, um das zu feiern. Und nun, da Ihr zurück seid, hoffe ich, dass Ihr unsere Ehrengäste sein werdet.«

»Selbstverständlich«, versicherte Orla.

»Zu einer guten Feier sagen wir nie Nein«, fügte Dan hinzu. »Aber eine Kleinigkeit ist da noch.«

Alea deutete mit einer stillen Kopfbewegung auf die verhüllte Statue.

Die Erzmagierin näherte sich Denu, zog das Tuch fort und inspizierte Kendrick forschend. In ihrem Gesicht war nicht erkenntlich, wie sie seinen Zustand aufnahm. Ihre Miene blieb nachdenklich, aber bar jeder Emotion. Sie legte ihre schlanke Hand auf die Schnauze des Elches und lächelte ihn an. »Danke, dass du ihn getragen hast, mein Freund. Du bist wahrlich ein starkes Tier.«

Aleas Mundwinkel hoben sich zu einem stolzen Grinsen. Auch Denu schnaufte dankend.

»Was ist geschehen? Weiß jemand etwas davon?«, fragte die Hochelfin.

Orla schüttelte den Kopf. Sie berichtete ihr, dieses Mal von Grund auf ehrlich, aber nicht minder ausschweifend, was im Dörrtal vorgefallen war. »Wir haben es geheim gehalten. Könnt Ihr etwas für ihn tun?«

Die Erzmagierin murmelte eine Zauberformel und hüllte Kendrick in weißliches Licht. Danach schwieg sie lange nachdenklich. Sie wandte sich ab, ging einige Schritte durch den Raum.

Orla musste sich auf die Zunge beißen, um ihre Frage nicht zu wiederholen. Sie tippelte unruhig auf der Stelle.

Ein einfaches Ja oder Nein würde ihr schon reichen. Ersteres lieber als das Zweite. Hauptsache irgendetwas anderes als diese Stille.

Die Hochelfin stoppte vor einem breiten Bücherregal. Sie fuhr mit dem Finger über die Buchrücken und zog schließlich eines heraus.

Auch Dan trat von einem Fuß auf den anderen. Sein Frettchen wurde von dieser Nervosität angesteckt. Es schlängelte sich an ihm hoch wie ein Eichhörnchen an einem Baumstamm. Um die Beine, die Brust, huschte von der rechten auf die linke Schulter und trat kopfüber den Rückweg an. Einmal, zweimal. Bei der dritten Runde packte Dan das Tier und hielt es fest.

Alea war die Einzige, die stoisch stillstand und die Erzmagierin eingehend beobachtete.

Diese las noch immer in ihrem Buch. Sekunden streckten sich zu Minuten und Orla hatte das Gefühl, jederzeit zu explodieren wie der erfundene Knochendrache aus ihrer Geschichte. Nur würde aus ihr kein bunter Glitzer werden und vermutlich würde das Büro dann abbrennen.

»Es ist ein Fluch«, sagte die Erzmagierin endlich. Sie kam mit dem Buch zu ihnen. Mit einer Handbewegung ließ sie die Statue von Denus Rücken schweben und stellte sie umsichtig auf dem Boden ab. »Ein ganz gewöhnlicher, möchte ich hinzufügen.«

»Obwohl er das Tor zur Unterwelt berührt hat?«, hakte Dan nach.

»Seine Seele befindet sich noch in seinem Körper«, antwortete die Hochelfin. »Ich nehme an, dass Ihr einen Seelenfänger angefertigt habt? Das hat ihn gerettet. Auch das Amulett um seinen Hals hat auf meinen Zauber reagiert.«

»Ich hab's gewusst«, rief Orla und hob Imir hoch. »Der Seelenfänger hat funktioniert, Imir!«

Der Pseudodrache war ein wenig verwirrt, freute sich aber mit ihr.

Dan grinste breit. »Und Josies Amulett auch.«

Die Erzmagierin legte eine Hand auf Kendricks Brust und schloss konzentriert die Augen. Beide begannen zu leuchten und starke Magie erfüllte die Luft.

Orla spürte sie auf ihrer Haut knistern und in ihrem Blut rauschen. Voller Faszination beobachtete sie, wie der Stein Risse bekam. Die Fassade bröckelte ab, legte zuerst den Oberkörper, dann das Gesicht und zuletzt die Beine frei.

Die Hochelfin senkte die Hand. »Kendrick? Könnt Ihr mich hören?«

Der Auserwählte blinzelte. Langsam sah er an sich hinab, blickte sich um. Schien zu verarbeiten, wo er sich befand und was passiert war.

»Kenny«, jauchzte Dan und umarmte ihn freimütig. »Du bist zurück.«

Orla sprang auf die Schultern des Halblings und schloss sich der Umarmung an. »Wir haben nie daran gezweifelt, dass wir dich retten können. Wir wussten, dass du nicht für immer in Stein gemeißelt sein wirst.«

Alea lehnte sich seitlich gegen Denu. Sie sagte nichts, doch auch sie lächelte.

»Haben …«, krächzte Kendrick, »… wir es geschafft?«

»Ihr seid zurück in Fairwick«, erklärte die Hochelfin sanft. »Der Nebel ist verschwunden und die Ordnung wieder hergestellt.«

Kendrick atmete erleichtert aus. Verlegen sah er zu Alea, Dan und Orla, klopfte Letzterer etwas unbeholfen auf den Rücken. »Danke, ich … ich weiß gar nicht wie … und ob …«

Orla löste sich kichernd von ihm. »Komm, wir erzählen dir von unserer Rückreise. Am besten bei Tee und Ragnars Keksen, wie wär's?«

»Ich werde indessen die Shiro Ahali benachrichtigen, dass es Euch gut geht«, erklärte die Erzmagierin. »Thalion Graumantel wird sehr erfreut sein, Euch wieder in E'enathalas willkommen zu heißen.«

»Aber davor feiern wir«, frohlockte der Halbling.

Orla legte ihren Rucksack ab und kramte den eingewickelten Stab hervor. »Die Leiche von Mortas ist verschwunden, nachdem wir das Tor schließen konnten. Den hier hat er zurückgelassen. Bei Euch wird er sicher aufgehoben sein.«

»Ausgezeichnet.« Die Erzmagierin nahm den Stab vorsichtig an sich. »Ich werde ihn sofort in unser Archiv bringen.«

»Eine Sache noch«, hob Dan an. »Der Zwerg Skoruck, der das Siegel schmiedete, behauptet, dass dieses Nebelphänomen vor fünfhundert Jahren schon einmal vorgekommen sei … Stimmt das?«

Die Hochelfin stutzte und tiefe Falten bildeten sich auf ihrer Stirn. »Nein«, antwortete sie bedächtig. »In keinem Geschichtsbuch Fallopias wird von einem solchen Nebel berichtet. Ich lebe bereits länger als fünf Jahrhunderte und erinnere mich an nichts dergleichen.«

»Da wollte uns jemand einen Bären aufbinden«, grummelte Alea.

Orla hatte keine Ahnung, was den unfreundlichen Zwerg dazu getrieben hatte. Vielleicht war es seiner schlechten Laune zu verdanken.

»Aber in einem Punkt hatte er recht«, sagte Kendrick leise. »Ohne den Seelenfänger und das Drachenherz wäre ich jetzt tot.«

Orla nickte langsam. »Hätte er dich nicht gewarnt, dass dich dein Vorhaben umbringen kann, wären wir weitergezogen, ohne noch einmal in Josies Höhle zu gehen.«

»Warum er allerdings den ganzen Mist drumherum erzählt und nicht direkt zum Punkt gekommen ist, wird auf ewig sein Geheimnis bleiben.« Dan hob die Schultern. »Vielleicht ist er ein verkannter Geschichtenerzähler, wer weiß. Mir reicht es zu wissen, dass er das nicht aus Boshaftigkeit erzählt hat, sondern uns auf seine eigene, uncharmante Art helfen wollte.«

Sie verließen das Ratsgebäude und erlaubten ihren tierischen Begleitern, die Stadt allein zu durchstreifen. Bei der Gelegenheit fiel Orla ein, dass sich noch Frösche, Käfer und Insekten irgendwo in den Untiefen ihrer Tasche befanden. Sie hatte sie eingesteckt, als sie zu Spielzeug geworden waren.

»Werdet ihr mit zurück nach E'aenathalas kommen?«, fragte Kendrick.

Orla ging in die Hocke und kletterte in ihre Tasche, um sich auf die Suche nach den Tierchen zu machen.

»Nein«, antwortete Alea.

»Das Abenteuer ruft uns anderswo«, erklärte Dan.

»Verstehe.« Kendrick klang ein wenig enttäuscht. »Ich werde euch ziemlich vermissen, wisst ihr das?«

»Ah, wir haben doch noch ein paar Tage zusammen.« Orla konnte das Grinsen in Dans Stimme hören. »Und aus der Welt sind wir nicht.«

»Erst mal«, fügte Alea hinzu. »Wer weiß, ob uns das nicht auch noch passiert.«

Orla fand den Frosch unter einem Haufen Kräuter. Von den Käfern war keine Spur zu sehen und sie vermutete, dass der Frosch sie gefressen hatte. »Na, wenigstens bist du satt, Kleiner.«

Mit dem Tier in der Hand kam sie wieder nach draußen und setzte ihn ins Gras.

Dan klatschte in die Hände. »Jetzt, da wir das geklärt haben: Auf zu Ragnar und Elfie! Kekse erwarten uns.«

Epilog
Hoch die Krüge!

Alea

Zwei Tage später.

Der Abend war angenehm mild, die Luft erfüllt von Musik, Gesang und Gelächter. Die Marktfläche von Fairwick war zu einem prächtigen Festplatz umfunktioniert worden. Bunte Lichkugeln schwebten wie große Glühwürmchen über den Feiernden. In der Mitte stand eine Bühne auf der eine Gruppe Barden spielte. Drumherum war ausreichend Raum gelassen worden, um zu tanzen.

Auf langen Tafeln gab es ein köstliches Buffet und darauf alles, was das Herz begehrte. Saftigen Braten und frischen Fisch, allerlei buntes Obst und Gemüse. Süßes oder Salziges, Vor- und Nachspeisen, diverse Gerichte für Vegetarier und Veganer. Die Auswahl war riesig und Aleas Magen definitiv zu klein. Sie nahm sich kleine Portionen, nicht mehr als ein oder zwei Bissen, um möglichst viel kosten zu können.

Während sie gebackene Süßkartoffeln und glasierte Möhrchen auf ihren Teller tat, langte Kendrick vor allem beim Fleisch zu.

»Wohin sind Orla und Dan eigentlich so schnell verschwunden?«, fragte er.

Alea deutete mit dem Kinn in Richtung Bühne und Kendrick folgte ihrem Zeichen.

Trotz ihrer geringen Körpergröße, fand Alea ihre Freunde schnell zwischen den anderen Festteilnehmern. Dan und Orla wirbelten gemeinsam über die Fläche in einer beeindruckenden Mischung verschiedener Tanzstile. Sie lachten, sangen vielleicht auch mit. Beide hatten sich extra herausgeputzt für den Abend. Orla trug ein grünes Kleid, dessen Rock schwungvoll um ihre kurzen Beine wehte. Dan hatte sich für ein weißes Hemd mit schwarzer Weste und Hose entschieden. Auf seinem Kopf saß ein Zylinder.

Alea zeigte es nicht direkt, aber ihr ging das Herz auf, die beiden so ausgelassen und fröhlich zu sehen. Ihre Freunde zu beobachten, wie sie sich amüsierten, versüßte auch ihr den Abend. Sie selbst hatte sich nicht sonderlich fein gemacht. Auf ihre Rüstung zu verzichten und sogar entgegen allen Prinzipien ihre Schwerter nicht am Gürtel zu tragen, war das höchste der Gefühle. Das saubere grüne Hemd und die braune Hose mussten als Ausgehkleidung genügen.

»Schon irgendwie süß die beiden«, kommentierte Kendrick.

Alea schmunzelte. »Ja, manchmal können sie das sein, wenn sie wollen.«

Sie folgte dem Auserwählten zurück zu ihrem Tisch. Dan und Orla hatten ihre Portionen kaum angerührt, als die Musik sie zur Bühne gezogen hatte.

Alea überpürfte ihren Bierkrug. Er war noch gut zur Hälfte gefüllt.

»Was ist mit dir?«, fragte Kendrick. »Hast du auch Lust auf ein Tänzchen?«

»Ich tanze nur über Schlachtfelder«, erwiderte sie und schob sich eine Bratkartoffel in den Mund.

Kendrick schmunzelte. »Verstehe. Du kannst nicht tanzen.«

Sie zog eine Braue hoch. »Das habe ich nicht gesagt.«

»Hast du Angst, dich zu blamieren?«

»Nein.«

Kendricks Lächeln wurde breiter. »Was hält dich dann auf?«

Alea blinzelte. Sie hatte keine schlüssige Antwort darauf. Langsam führte sie ihren Krug an die Lippen und trank einen Schluck. »Gib mir ein, zwei Liter Bier Zeit. Dann denke ich noch mal drüber nach.«

Sie aßen schweigend und Alea beobachtete die Personen um sich herum. Bald gesellten sich Dan und Orla zu ihnen.

»Die Barden sind großartig«, verkündete die Gnomin. »Ihr müsst nach der Pause mit nach vorne kommen.«

»Alea hat schon zugestimmt, das zu tun«, behauptete Kendrick.

»Nur wenn ich betrunken genug bin«, brummte Alea.

Dan grinste. »Das sollte kein Problem sein. Wir ordern gleich eine neue Runde Bier.«

Orla zog ihren Teller, auf dem hauptsächlich Kuchen und kandierte Früchte platziert waren, an sich heran. »Eine Sache wollte ich dich schon die ganze Zeit fragen, Kendrick: Wie war es eigentlich eine Statue zu sein? Hast du irgendwas gemerkt?«

Kendrick schüttelte den Kopf. »Nein, gar nichts.« Er löffelte etwas von seiner Hühnersuppe. »Es war so, als würde ich schlafen. Als ich das Siegel angebracht habe, ist alles um mich dunkel geworden und ich habe das Bewusstsein verloren. Das Nächste, an das ich mich erinnere, ist das Gesicht der Erzmagierin vor mir.«

»Also ein bisschen so, wie bei Denu, Imir und Murphy«, sagte Dan.

Alea lehnte sich auf ihrem Stuhl zurück. In nicht allzu weiter Ferne erblickte sie den Keksbäcker Ragnar und seine Halb-Orkin Frau Elfie. Sie saßen mit einer Gruppe Zwerge zusammen und schienen Karten zu spielen. Als Elfie kurz den Kopf hob und sich ihre Blicke kreuzten, lächelte Alea ihr freundlich zu. Die Halb-Orkin erwiderte diese Geste mit einem breiten Grinsen.

»Ich werde morgen nach Kargbach aufbrechen«, erzählte Kendrick. »Dort wartet ein Schiff auf mich, das mich zurück nach E'aenathalas bringt. Und danach …« Er zuckte mit den Schultern. »Werde ich sehen, was das Schicksal für mich bereithält.«

Thalion Graumantel hatte schnell auf die Botschaft der Erzmagierin reagiert, die ihn vom Erfolg der Mission berichtet hatte. Er hatte versichert, dass Kendrick jetzt und für den Rest seiner Lebenszeit in E'aenathalas willkommen war. Und dass die Shiro Ahali sich auf seine Rückkehr in ihre Mitte freuten.

»Denk dran, dass es jetzt dein eigenes ist.« Dan trank einen Schluck Bier. »Diese Auserwählter-Sache ist offiziell vorbei. Du kannst dich neuen Projekten widmen.«

»Zum Beispiel einen Töpferkurs belegen«, schlug Orla vor.

»Oder Häkeln lernen«, fügte Dan hinzu.

»Ein Drachenbaby finden und großziehen.«

»Dir eine Armee aus magisch begabten Waschbären züchten und die Weltherrschaft übernehmen!«

Alea gluckste.

Kendrick musterte die beiden wenig überzeugt. »Ich denke, fürs Erste setze ich mein Vorhaben um, eine Lehre beim Goldschmied einzugehen. Reisen werde ich dann, wenn ich einen festen Beruf und sicheres Einkommen habe. Und den Rest – häkeln, töpfern und solche Späße – mache ich ganz sicher irgendwann später. Bis auf das Ding mit den Waschbären.«

Schmollend schob Dan die Unterlippe vor. »Schade.«

Kendrick seufzte gesättigt und tätschelte seinen Bauch. »Was ist mit euch? Habt ihr Pläne?«

Alea schluckte den letzten Bissen herunter und legte ihr Besteck ab. »Nun, unser letztes Abenteuer hat noch ein paar Fragen offengelassen. Was wurde aus Prinzessin Bernadette?«

»Was meinte Skoruck damit, dass es vor fünfhundert Jahren ein ähnliches Phänomen gab?«, führte Orla weiter aus. »Da muss irgendetwas hinterstecken.«

Je länger Alea über Skorucks Aussage nachdachte, desto neugieriger wurde sie. Die Möglichkeit, dass der Zwerg sie belogen hatte, bestand nach wie vor. Zumal sich sonst niemand daran zu erinnern schien. Woher konnte er wissen, dass das Siegel ein Opfer braucht? War es möglich, dass der Zwerg einen Fluch über das Siegel gelegt hatte? Wenn ja, warum hätte er das tun sollen?

Das Schicksal der Prinzessin hingegen war für sie weniger dringlich. Sollte Bernadette ihre gewonnene Freiheit auskosten solange sie wollte. Josie gab schließlich auf sie Acht. Und solange König Bruno nicht mitbekam, dass sie wieder in seinem Reich umherstreiften, würden sie nicht in diese royale Angelegenheit reingezogen werden.

Ich kenne uns. Alea seufzte innerlich. *Sobald wir nur einen Fuß in das Königreich setzen, werden wir von Wachen umzingelt, die uns zu Bruno bringen. Markiert meine Worte: Früher oder später jagen wir der flüchtigen Prinzessin nach.*

»Vielleicht gehen wir zurück nach Ursapenia, besuchen Skoruck und halten nebenbei die Augen nach der Prinzessin offen.« Dan baumelte mit den Beinen. »Vielleicht gehen wir auch in die entgegengesetzte Richtung und warten darauf, dass das Abenteuer uns findet.«

»Das tut es immer«, versicherte Orla. »Wann machst du dich morgen auf den Weg, Kendrick?«

Kendrick schwenkte seinen Weinkelch. »Das mache ich davon abhängig, wie schwer mein Kopf ist.« Er nippte an seinem Getränk. »Spätestens am Nachmittag.«

Die Barden waren auf die Bühne zurückgekehrt und stimmten ein neues Lied an.

»Wir begleiten dich nach Kargbach«, bot Dan an. »Der alten Zeiten willen, darfst du unseren Zug leiten.«

Kendrick streckte die Brust heraus. »Es wäre mir eine Ehre, ein letztes Mal diese wundervolle Gruppe anzuführen.«

Orla sprang von ihrem Stuhl, lief um den Tisch herum und nahm Aleas Hand. »Wunderbar! Jetzt kommt mit, ich liebe dieses Lied.«

Die Hochelfin protestierte murrend, ließ sich jedoch von der Gnomin mitziehen. Sie konnten sich problemlos machtbesessenen Schurken, Riesenspinnen und Drachen stellen. Aber tanzen, nüchtern, ohne ihre Schwerter, zwischen all diesen Fremden, das war eine gänzlich andere Herausforderung.

Unsicher blickte sie in die strahlenden Gesichter von Dan und Orla, auch Kendrick musterte sie mit aufmunternder Erwartung. Wie könnte sie da nur Nein zu ihnen sagen?

Die Feierlichkeiten erstreckten sich bis weit in die Nacht. Orla, Dan, Kendrick und Alea verließen den Festplatz beinahe als die Letzten.

»Hey, Orla.« Der Halbling stupste sie sacht mit dem Ellenbogen an. »Ich sehe was, was du nicht siehst und das ist rot.«

Orla richtete ihren Blick gen Horizont und Alea tat es ihr gleich. Das erste Flimmern der Sonne kündigte einen neuen Tag an. Sie war gespannt, wohin er sie führen würde.

Glossar

Orte

Arrowfall: Eine hübsche Kleinstadt in der das Glück nur einen Pfeilschuss entfernt ist.

Clearwick: Kleines Dorf in den Bergen.

Dörrtal: Das Herz der Kaltwüste. Dort befindet sich das Tor zur Unterwelt.

Fairwick: Stadt der Magie. Sitz des Magierrates und der rennomierten Akademie.

Fallopia: Fantastischer Name der Welt, in der diese Geschichte spielt.

Frostheim: Ein Städchen mitten in der der Kaltwüste. Letzte Möglichkeit für Abenteuerer, ihre Vorräte aufzufüllen.

Kaltwüste: Eine eisige, weitläufige Tundra. Sehr lebens-bejahend.

Leopenia: Das Reich von König Leopold und Königin Leonie. Bisher am stärksten vom Nebelphänomen betroffen.

Timbervale: Eine Stadt in Ursapenia.

Ursapenia: Befreundetes Nachbarreich von Leopenia. Herrscher ist König Bruno.

Völker

Dunkelelfen: Zwischen 1,70 und 1,90 Meter groß. Dunkelgraue Haut, rote Augen und meist weißes Haar.

Elfen: Gibt es in vielen Formen und Farben. Was sie gemeinsam haben, ist die fehlende Körperbehaarung und die lange Lebensspanne, die bis zu tausend Jahre umfassen kann.

Gnome: Im Durchschnitt ein wenig kleiner als Halblinge. Wirken auf viele Betrachter kindlich mit ihren kleinen Stupsnasen und großen Augen. Verbergen allerdings einen Mund voller Zähne, die ebenso spitz sind wie ihre Ohren. Sie können bis zu vierhundert Jahre alt werden. Ähnlich wie bei Halblingen sieht man ihnen ihr Alter bis zum Schluss nicht an. Gnome sind von Natur aus sehr wissbegierig und neugierig, was sie überdurchschnittlich oft akademische Laufbahnen einschlagen lässt.

Halblinge: Auch bekannt als das ›kleine Volk‹. Werden zwischen 80 und 110 Zentimetern groß. Halblinge werden bis zu zweihundertfünfzig Jahre alt, ohne Alterserscheinungen zu zeigen. Sie behalten sich auch als Greise noch ihre fast kindliche Neugier und Entdeckerfreude bei.

Wie Elfen und Gnome haben auch Halbinge spitze Ohren, zudem nur wenig Körperbehaarung, ausgenommen an den Füßen, und sind äußerst anpassungsfähig. Bei ihnen kommen sämtliche Haar- und Hautfarben vor wie auch bei den Menschen.

Halb-Orks: Entstanden aus einer Beziehung zwischen Ork und einem anderen Volk (zum Beispiel einem Menschen). Haben oft keinen leichten Stand, weil Orks immer noch gefürchtet werden. Sind aber diejenigen, die sich zuerst den Städten zugewandt haben.

Hochelfen: zwischen 1,80 und 2,20 Meter groß. Augen, Haare und Haut sind meist sehr hell.

Orks: Kehren mehr und mehr in die Städte ein und verlieren viel von ihrem Schrecken. Vor allem in früheren Zeiten ein durch Aggressionen und Brutalitäten bekanntes Volk. Groß und stark, mit ausgeprägtem Unterbiss und olivfarbener Haut. Häufig in Nomadenstämmen unterwegs, denen man in der Regel nicht begegnen will.

Shiro Ahali: Größen variieren zwischen denen der anderen Elfenvölker. Sie haben bronzefarbene Haut und auffällig helle Augen.

Je nach Rang des Elfen bedecken verschiedene Tätowierungen ihre Körper.

Tiefgnome: Leben zumeist unter Tage. Können Erzadern und Edelsteine erspüren und haben einen überragenden Orientierungssinn.

Menschen: Sind nicht so spannend, dürfen aber auch mitspielen.

Waldelfen: Zwischen 1,50 und 1,70 Meter groß. Meist dunklere Haut und braunes bis schwarzes Haar. Kleines Elfenvolk.

Waldgnome: Sind am weitesten verbreitet. Besitzen die Fähigkeit, mit kleineren Tieren zu kommunizieren.

Zwerge: Klein, stämmig, bärtig. Sind größer als Gnome und Halblinge, aber immer noch kürzer als Waldelfen. Eng verbündet mit den Tiefgnomen. Sie teilen die Leidenschaft am Bergbau und die Freude darüber, auf Edelsteine zu treffen. Ähnlich anpassungsfähig wie die Halblinge.

Nachwort

Wie der ein oder andere vielleicht weiß, bin ich ein Gamer. Ich liebe Videospiele, Gesellschafts- und Brettspiele – dabei muss ich nicht immer aktiv mitspielen. Manchmal genügt es mir auch, einfach dabei zu sein und anderen zuzusehen.

Es ist noch gar nicht so lange her, da hat meine liebe Freundin Caro mich zu einer Runde DSA (Das schwarze Auge) eingeladen. Das war mein erster Berührungspunkt mit Pen and Paper Rollenspielen und ich habe es schnell lieben gelernt.

Nachdem unsere Gruppe die Kampagne erfolgreich beendet hat, waren wir uns einig, dass wir weiter miteinander spielen wollten. Nur das System sollte ein anderes sein: Dungeons and Dragons.

Für ›Die Fürsten der Apokalypse‹ habe ich meinen chaotisch guten Schurken Dan erstellt. Ein generell gut gelaunter und umgänglicher Halbling mit einem Hang dazu, Blödsinn zu bauen. Martin, der uns auch durch unser erstes Abenteuer leitete, hat wieder den Posten des Dungeon Masters übernommen.

Unsere kleine Abenteuergruppe besteht aus:

- der Gnomin Orla, ein Evocation Wizard. Hirn der Gruppe. Liebt Tiere, Bücher und Süßigkeiten. Dinge fangen in ihrer Nähe oft an zu brennen.
- der Hochelfin Alea, ein Beastmaster Ranger. Muskel Nummer eins der Gruppe. Mag Tiere lieber als Zweibeiner. Fan von Kneipenschlägereien, gutem Bier und ihren Schwertern.
- Phesolis, eine Tiefling Sorceress. Stimme des Pragmatismus. Gemeinsam mit Orla ein Feuerball-Feuerwerk. Schert sich wenig um die Meinung von anderen. Träumt davon, einen eigenen Greifen zu besitzen.

- Ela, eine Bloodhunter Dragonborn. Muskel Nummer zwei. Am liebsten als Werwolf unterwegs. Ist fasziniert von Drachen. Sieht Kämpfe, ähnlich wie Alea, als Freizeitsport an.
- Dan, ein Arcane Trickster Rouge. Herz der Gruppe. Mag alles, was glänzt und wertvoll ist. Sein liebster Zaubertrick ist es, Gold von Fremden in die eigene Tasche verschwinden zu lassen. Mitunter ein wenig vorlaut.
- Und natürlich Denu, Imir und Murphy, den treuen tierischen Begleitern.

Leider konnte ich nicht die ganze Truppe mit einbinden. Tieflinge und Dragonborn sind zu eng mit Dungeons und Dragons verknüpft. Und ich hätte seeehr viel erklären müssen, woher quasi Halbdrachen und Halbdämonen kommen.

Deshalb habe ich mich auf Alea, Orla und Dan konzentriert – ohnehin die Troublemaker unserer Runde.

Einiges, was wir in der Kampagne angestellt haben, wurde auch in diesem Roman verarbeitet und nur ein bisschen abgewandelt (s. Orla und der Zuchtbulle, den sie ersteigert hat).

Anderes musste ich hierfür abschwächen und/oder weglassen, damit der locker leichte Tonfall erhalten bleibt. (Ihr ahnt gar nicht, wie schnell fliehende Leute an spontaner Selbstentzündung sterben können …)

Unser Dungeon Master Martin lässt uns wirklich sehr viele Freiheiten darin, Chaos zu stiften. Und er lässt uns auch die Konsequenzen spüren, wenn wir zu sehr über die Stränge schlagen. Es macht großen Spaß und mir sind die Charaktere, insbesondere natürlich meinem lieben Halbling, sehr ans Herz gewachsen. Und ich hoffe, dass wir gemeinsam noch viele weitere Abenteuer erleben werden.

Wie immer geht mein Dank an meine Testleser raus: Steff, Sabrina, Nancy, Andreas, Juliane, Lisa, Caro und Martin.

Mit besonderem Dank an die letzten drei, die mir auch beim Plotten geholfen haben. Danke an Lisa und Caro dafür, dass sie mir Alea und Orla für die Geschichte geliehen haben.

Vielen Dank an meinen Lektor Matti, der mir schon zum zweiten Mal geholfen hat, das Beste aus meinem Werk rauszuholen. Die Zusammenarbeit mit dir macht immer viel Spaß.

Danke an Alex und das abermals wunderschöne Cover, das er für mich gezaubert hat.

Danke an Corinne für ihre unermüdliche Arbeit als Verlegerin. Für ihren Glauben an mich und meine Geschichten, den Zuspruch und die Chancen, die ich bekomme. Der Sternensand Verlag hat so viel für mich und mein Selbstwertgefühl getan.

Danke wieder einmal an Judith für die wunderschöne Illustration, die sie für diesen Roman gezeichnet hat.

Und wie immer auch danke an meine beste Freundin Anika, die mich bei jedem Projekt aufs Neue unterstützt.

Über den Autor

Jamie L. Farley wurde 1990 in Rostock geboren. 2010 zog er nach Leipzig und machte dort eine Ausbildung zum Ergotherapeuten. Schnell merkte er jedoch, dass das nicht der richtige Job für ihn ist, weshalb er sich entschlossen hat Pokémontrainer zu werden. Er ist in Leipzig geblieben und wohnt zusammen mit seiner besten Freundin Anika, einer Ente namens Dave und dem Hauszombie Bradley in einer WG. Neben der Schreiberei gehören Videospiele zu seiner liebsten Freizeitbeschäftigung. Nach dem Veröffentlichen von zwei Kurzgeschichten, erschien sein Debüt ‚Adular (Band 1): Schutt und Asche' Anfang 2019 im Sternensand Verlag.

Kontakt:

Facebook: www.facebook.com/jamieliamfarley

Mehr vom Autor

Jamie L. Farley
Adular-Trilogie
Dark Fantasy
Als Taschenbuch und E-Book

Klappentext Band 1:
Als Dunkelelf im Kaiserreich Adular zu leben, bedeutet, weniger wert zu sein als Straßendreck. Dûhirion ist einer von ihnen und musste früh lernen, dass das Leben nicht fair spielt, insbesondere dann nicht, wenn man mit grauer Haut geboren wird. Menschen, Zwerge, Waldelfen und Hochelfen blicken auf ihn und seinesgleichen herab wie auf Ungeziefer. Als Kind wurde er an die Assassinengilde Umbra verkauft und dort unter grausamen Bedingungen zum Meuchelmörder ausgebildet. Eigentlich hatte er nicht geplant, sich in die beginnenden Aufstände seitens der Dunkelelfen einzumischen, auch wenn er die Unterdrückung seines Volkes nicht gutheißt. Doch da ist seine verbotene Liebe zur Waldelfin Elanor. Die Beziehung zu ihr lässt Dûhirion unfreiwillig ins Zentrum der Unruhen rücken - und dabei wird nicht nur sein Leben in Gefahr gebracht.

Jamie L. Farley
Rabenjagd-Dilogie
Dark Fantasy, Jugendroman
Als Taschenbuch und E-Book

Klappentext Band 1:
Ich bin die Dunkelheit. Ich bin alles, was du fürchtest, alles, was du hast, und alles, was dir geblieben ist.

Der achtzehnjährige Clay ist ein Außenseiter und bekommt das in der Schule täglich zu spüren. Halt findet er bei seinen beiden einzigen Freunden, die ihn jedoch nur begrenzt vor den Attacken seiner Mitschüler schützen können. Seine Faszination für Horrorfilme zieht ihn immer wieder zu den alten Ruinen im Wald. Als er und seine Clique dort auf eine ominöse Kiste in einem Kellergewölbe stoßen, kann Clay nicht anders, als sie zu öffnen – und bricht damit einen uralten Bann.
Zweihundert Jahre war der Vampir Krátos in einem Sarg gefangen. Traumatisiert und verzweifelt folgt er der bösen Stimme in seinem Kopf, die ihn antreibt, Rache zu nehmen an jenen, die ihn gequält haben. Die ihm alles nahmen, was er liebte. Und die er in den Jugendlichen wiederzuerkennen glaubt.

Besucht uns im Netz:

www.sternensand-verlag.ch

www.facebook.com/sternensandverlag

www.instagram.com/sternensandverlag